Brigitte Glaser, Jahrgang 1955, stammt wie ihre Heldin aus dem Badischen und lebt und arbeitet seit fast dreißig Jahren in Köln. Bei Emons erschienen ihre Katharina-Schweitzer-Romane »Leichenschmaus«, »Kirschtote«, »Mordstafel« und »Eisbombe«. Sie ist außerdem die Autorin der Stadtteilkrimis »Tatort Veedel« im Kölner Stadt-Anzeiger. Die bisherigen 33 Kurzkrimis erschienen im Emons Verlag in einem Sammelband.

Im Anhang finden sich Rezepte für Bienenstich und andere Honigspezialitäten.

BRIGITTE GLASER

Bienen-Stich

DER BADISCHE KRIMI

emons:

© Hermann-Josef Emons Verlag
Alle Rechte vorbehalten
Umschlagzeichnung: Heribert Stragholz
Druck und Bindung: CPI – Clausen & Bosse, Leck
Printed in Germany 2009
ISBN 978-3-89705-681-7
Der Badische Krimi 20
Originalausgabe

Unser Newsletter informiert Sie
regelmäßig über Neues von emons:
Kostenlos bestellen unter
www.emons-verlag.de

Für Bernd, Beate und Martina

Neun kopflose Hühner torkeln wild durcheinander und spritzen mit ihrem Blut zackige Muster auf den grauen Kachelboden. Mit dem Beil in der Hand jage ich das zehnte Huhn durch die blutverschmierte Küche. Coq au vin steht auf dem Speiseplan, im Restaurant poltern die hungrigen Gäste. Das zehnte Huhn gackert nervös und entwischt mir mit wildem Flügelschlagen jedes Mal, wenn ich es am Hals packen will. Aber ich kann erst anfangen zu kochen, wenn ich auch das letzte Huhn geköpft und dann alle gerupft und ausgenommen habe.

Das Telefon riss mich aus diesem Hühnerblutbad. Ein jobbedingter Alptraum. Köche träumen gern so einen Scheiß.

»Ja?«, raunzte ich in den Hörer.

»Kannst wenigstens Guten Morgen sagen!«

Auch heute noch, fünfundzwanzig Jahre nachdem ich ausgezogen war, konnte es Martha nicht lassen, mich im Kasernenton in aller Herrgottsfrühe aus dem Bett zu klingeln. Meist nutzte meine Mutter meinen schlaftrunkenen Zustand, um mir Vorwürfe zu machen. Nie würde ich mich melden, die eigenen Eltern wären mir egal, immer vergäße ich Familienfeste.

»Mama«, stöhnte ich und versuchte die kopflosen Hühner zu verscheuchen. »Was willst du diesmal?«

»Tante Rosa ist tot.«

Die Hühner verschwanden sofort, stattdessen klumpte sich mein Magen zu einem harten, schmerzenden Etwas zusammen.

»Die Beerdigung ist am Freitag«, hörte ich Martha sagen, »'s wär besser, du kommst heut schon. Auch wegen dem Testament.«

Der Klumpen in meinem Magen zog sich fester zusammen. Ich ließ mich an der Wand auf dem Fußboden nieder, zog die Knie eng an den Körper, in der Hoffnung, dass es dann nicht so weh tat.

»Katharina? Du kommst doch?«

»Ja«, murmelte ich und legte auf.

Eine frühe Bahn rumpelte über den Gotenring, der Dackel aus der Wohnung über uns kläffte, auf der Kasemattenstraße startete ein Auto. Die Stadt erwachte. Ohne mich. Ich war nicht da.

Von dem geträumten Hühnergemetzel wanderten meine Gedanken zu Rosas Schlachtfesten. Anfang der siebziger Jahre schlachtete kaum ein Bauer mehr zu Hause, alle brachten ihre Schweine oder Kälber direkt zum Metzger, holten sich dort die fertige Wurst und das portionierte Fleisch für die Gefriertruhe ab. Nicht so Rosa. Ein kriegsversehrter, einbeiniger Fleischer aus dem Hanauerland tötete und zerlegte das Schwein für sie. Ich muss acht oder neun Jahre alt gewesen sein, als ich zum ersten Mal dabei war. Sie zwang mich zuzusehen, wie der Einbeinige das Schwein erschoss. »Es hat Angst vor dem Tod, wie jede Kreatur«, sagte sie, als der Fleischer der quietschenden Sau den Bolzen an die Stirn drückte. »Schau ihr in die Augen«, befahl sie. »Sie stirbt, damit wir in den nächsten Monaten gut zu essen haben. – Fressen und gefressen werden, so geht es zu auf unserer Welt!« Geschockt nahm ich die plötzliche Stille im Hof wahr, nachdem der Schlachter die Sau von ihrer Angst erlöst hatte. Ich wartete nicht, bis er das tote Tier mit heißem Wasser überbrühte und ihm mit Ketten die Borsten abrieb. Ich stolperte zu meinem Fahrrad, schwang mich auf den Sattel und raste am Bach entlang die Talstraße hinunter, immer schneller und schneller, bis mir der Wind um die Ohren pfiff. Ich wollte Rosa nie wieder besuchen. Ich hasste sie, weil sie so brutal, direkt und ohne viel Federlesen war.

Immer noch zusammengekrümmt wie ein Embryo schreckte ich auf, als mich jemand an der Schulter berührte.

»Kathi!«, murmelte Ecki. »Hast schlecht geträumt?«

»Rosa ist tot«, sagte ich.

»Rosa?«, fragte Ecki.

Nicht mal Ecki hatte ich von Rosa erzählt! Wie hatte ich Rosa nur für so lange Zeit vergessen können?

»Sie war meine Patentante.«

»Vielleicht erbst was!«, rief er, während er im Bad nach Papiertaschentüchern für mich suchte. »Ein bissl Extrageld könnt dich und die Weiße Lilie über das nächste halbe Jahr retten. – Hat's überhaupt was zum Vererben?«

»Ich hab mich bestimmt zehn Jahre nicht bei ihr gemeldet«, schniefte ich.

Ecki rupfte ein Taschentuch aus der Plastikpackung und drückte es mir in die Hand. »Vor zehn Jahren haben wir zwei uns kennengelernt«, sagte er.

Und sofort fiel mir ein, wann ich Rosa zum letzten Mal gesehen hatte. Die Silberhochzeit meiner Eltern, großes Familienfest, ich, frisch verliebt, zum ersten Mal mit Ecki in Fautenbach. Während er reihenweise meine Tanten und Kusinen mit seinem Wiener Charme einwickelte, nahm Rosa mich zur Seite und sagte: »Der ist ein Hallodri! Lass die Finger davon, bevor's richtig wehtut.« Ich stellte ihr Ecki an dem Abend nicht vor und erzählte Ecki nicht, was sie über ihn gesagt hatte, erzählte ihm eigentlich überhaupt nichts über sie. Den Satz mit dem Hallodri hatte ich ihr übel genommen, wie so vieles. Dabei hatte sie recht gehabt, wie bei so vielem.

Ein paar Stunden später fegte ich über die Frankfurter Autobahn in Richtung Süden. Während hinter dem Siebengebirge die Sonne unterging, sang Billie Holiday »Travelin' Light«, eines von Rosas Lieblingsstücken. Das Stück hatte sie, genau wie die Musik von Glenn Miller, aus Amerika mitgebracht, als sie Ende der vierziger Jahre mit Karl nach Fautenbach kam. Die zwei hatten sich in New York kennengelernt, Rosa hatte dort als Köchin, Karl als »Tschoffr«, wie Rosa es in ihrem harten, alemannisch gefärbten Englisch ausdrückte, gearbeitet. Es brauchte zwei Jahre Englischunterricht, bis ich kapierte, dass »Tschoffr« nichts anderes als Chauffeur bedeutete.

Musikhören mit Rosa war den kalten Winternachmittagen vorbehalten, wenn es auf dem Feld und im Garten nichts zu tun gab und ich sie mit Fragen zu ihrem Leben in New York löchern durfte. Nie hat sie mir alle beantwortet. Von Rosas Ami-Musik mochte ich als Kind schnelle, fröhliche Stücke wie »Chattanooga Choo Choo« oder »Pennsylvania 6-5000« gern, besonders wenn Rosa mit mir dazu Boogie tanzte. Den traurigen Blues von Billie Holiday verstand ich erst, als mir zum ersten Mal das Herz gebrochen wurde.

Es war nach Mitternacht, als ich in Achern von der Autobahn abfuhr. Am Ortseingang von Fautenbach erinnerte mich die riesige Holzzwiebel sofort wieder an Rosa. Im ewigen Wettstreit mit Traudl um die größte Zwiebel hatte sie beim jährlichen »Ziwwlfescht« öfter als ihre Nachbarin den ersten Platz ergattert. Dabei war Traudl die Frau mit dem grünen Daumen und nicht Rosa. Die

Zwiebelfelder, die früher die Scherwiller Straße säumten, hatten einem Neubaugebiet weichen müssen. Jahrelang war hier nicht gebaut worden, aber auf einmal säumten frisch gestrichene Einfamilienhäuschen die Straße. Selbst in so einem kleinen Kaff wie meinem Heimatdorf blieb nichts, wie es war.

Als ich im Hof der Linde parkte, lag die Gaststube bereits im Dunkeln. Auch im Schlafzimmer meiner Eltern brannte kein Licht mehr. Ich hatte Martha überhaupt nicht Bescheid gegeben, dass ich tatsächlich heute schon kommen würde. Wenn ich meine Mutter jetzt wach klingelte, würde sie, aus dem Schlaf gerissen und schlecht gelaunt, sofort eine geballte Ladung Vorwürfe über mir ausschütten. Nichts, was ich jetzt gebrauchen konnte.

Kurz entschlossen stieg ich wieder ins Auto. »Fautenbach ist ein Straßendorf«, hatte uns Fräulein Giersig in Heimatkunde beigebracht, »es wurde nur rechts und links entlang des Baches gebaut. Deshalb ist es fast vier Kilometer lang, aber nicht mal einen halben Kilometer breit.« Und diese vier Kilometer fuhr ich durch die stille Talstraße bis hinauf zum Weber-Hof und zur Ölmühle. Dahinter lag Rosas Haus. Es war das letzte im Dorf, ein altes Fachwerkhaus mit einer separaten Tabakscheune. Rosas Garten zog sich bis zu den Kirschbaumhügeln hin, hinter den Bohnenstangen stapelten sich ihre bunten Bienenstöcke. Der Hühnerhof lag in Richtung Bach, ein Maisfeld verdeckte dessen Lauf. Aber natürlich wusste ich, wie er sich von der Schwend aus in vielen Serpentinen den Schwarzwald hinunterschlängelte, bis er im Unterdorf in die Acher floss.

Ich parkte unter der alten Kastanie und stieg aus. Der Kies knirschte unter meinen Füßen, der Bach murmelte leise, ein leichter Sommerwind ließ die Maisblätter hinter dem Hühnerhof rascheln und wehte den Duft reifer Zwetschgen vom Garten zu mir herüber. Alles unglaublich vertraut. Viele Jahre lang war mir dieser Ort Heimat gewesen, weit mehr als mein Zuhause in der Linde.

Ihr Ersatzschlüssel lag immer noch unter Schnurresten in einem alten Bastkörbchen auf der Fensterbank. Rosa hatte das Versteck nicht geändert, aber der Schlüssel war ein anderer. Sie hatte das Schloss austauschen lassen. Auf den ersten Blick war dies die einzige Neuerung in Rosas Haushalt. Im schmalen Flur, von dem aus eine steile Treppe zu den Schlafzimmern führte, hingen noch die Bilder aus gepressten Blumen, das graue Wandtelefon und das Poster mit den New Yorker Bauarbeitern beim Frühstück in luftiger Höhe, das ich ihr zum siebzigsten Geburtstag geschenkt hatte. Wie immer führte mein erster Weg in die Küche. Beim Lichtanmachen stolperte ich über eine Wurstmaschine und sah sofort, dass hier alles zum Schlachten bereitstand: die ausgespülten Konservendosen auf dem Tisch, die großen Töpfe auf dem Herd und eben diese Wurstmaschine, die genauso aussah wie die, die der einbeinige Schlachter immer im Gepäck gehabt hatte. Hielt sich Rosa tatsächlich noch eine Sau?

Ich öffnete die Tür zum Garten, in deren Rahmen sich ein altmodischer brauner Fliegenfänger, schwarz gepunktet von Fliegenleichen, kringelte, und ging nach draußen. Ich roch die Sau, bevor ich sie sah. Sie stand in einer Box von Rosas altem Schweinestall, schaute mich mit ihren kleinen, wässrigen Augen neugierig an und grunzte gierig. Ich schüttete ihr aus einem Eimer ein paar gekochte Kartoffeln in den Futtertrog, mischte Wasser darunter und beobachtete, wie sie sich schlabbernd darüber hermachte. Sie war fett und schwer, reif für den Schlachter.

Zurück in der Küche trieb mich mein leerer Magen in die Speisekammer. Diese roch wie früher nach Geräuchertem. Ich entdeckte zwei schwarz glänzende Speckseiten und je eine Kette schrumpeliger Leberwürstchen und Landjägerle. In den Regalen thronten in großen Gläsern und irdenen Töpfen Rosas Spezialitäten: süßsauer eingelegte Sauerkirschen, Zimtzwetschgen, Dillgurken und natürlich gläserweise Honig. Blüten-, Raps-, Löwenzahn-, Kastanienhonig, Rosas ganzer Stolz. Von allen Arbeiten auf dem Hof hatte ihr die Imkerei am meisten Freude gemacht. Ich riss eines der Leberwürstchen ab, fand im Kühlschrank Senf und ein Ulmer Bier, schob auf dem Küchentisch ein paar Konservendosen, alte Zeitungen und anderen Papierkram beiseite und setzte mich. Die Küche roch nach Rosa. Unvorstellbar, dass sie nie mehr zur Tür hereinkommen sollte.

Irgendwann schlenderte ich hinüber in die gute Stube, wo immer noch das Schränkchen mit den alten Ami-Schallplatten stand, neben dem inzwischen ein neuer Computer seinen Platz gefunden hatte, auch ein Internetmodem entdeckte ich. Irgendwie passte es zu ihr, dass sie sich auf ihre alten Tage noch auf das World Wide

Web eingelassen hatte. Den abgewetzten rot-gelben Perserteppich sprenkelten kleine weiße Papierschnipsel, wie sie bei feinen Ausschneidearbeiten entstanden, regelrecht groß und grobschlächtig wirkte dazwischen der abgerissene Knopf einer Drillichjacke. Den hob ich auf, legte ihn in das Nähkästchen in der Kommode, fand darin die alten Goldknöpfe, meinen Schatz aus Kinderzeiten. Zwischen dem Gold kringelte sich ein bunt geflochtenes Freundschaftsbändchen neueren Datums. Ich ließ die weichen Baumwollfäden durch die Finger gleiten und besah mir das Foto, das schon seit Ewigkeiten über der Kommode an der Wand hing: Rosa und Karl beim Entenfüttern im Central Park, ein freudig in die Kamera blickendes junges Paar. Ein Bild, aufgenommen kurz bevor sie erfuhren, dass sie nach Deutschland zurückmussten. Wie wäre Rosas Leben verlaufen, wenn sie in Amerika geblieben wäre? Wäre sie glücklicher, zufriedener, erfolgreicher gewesen? Hingen Glück und Zufriedenheit von dem Ort ab, an dem man lebte? Hätte ich sie dann jemals kennengelernt? – Ich holte Billie Holiday aus dem Plattenschrank, legte »Travelin' Light« auf, trank das kalte Bier, atmete Rosas Luft und merkte, dass ich zu müde zum Weinen war.

Die schmalen Holzstufen knarrten auf dem Weg nach oben. Die Kammer, in der ich früher öfter geschlafen hatte, fand ich unverändert. Allerdings war das Bett bezogen und benutzt, Rosa musste also in den letzten Tagen Übernachtungsbesuch gehabt haben. Ich kramte einen Satz frischer Wäsche aus der Kommode, bezog Kissen und Plumeau neu, legte mich ins Bett und schlief sofort ein.

Es dauerte nicht lange, bis Rosa in mein Zimmer trat. »Lässt du dich auch mal wieder blicken«, begrüßte sie mich. »Das ist recht, ich werd ja nicht jünger. Komm«, befahl sie und schlug die Bettdecke zur Seite, »ich muss dir was zeigen!« Ich folgte ihr die schmale Stiege hinunter, bemerkte, dass ihr Hals noch faltiger, die grauen, kurz geschnittenen Haare noch dünner geworden waren seit meinem letzten Besuch. Aber ihr Gang war aufrecht und kraftvoll wie immer. Sie öffnete die Küchentür, die, bevor ich folgen konnte, von einem heftigen Windstoß zugeknallt wurde und sich nicht mehr öffnen ließ. Der Wind pfiff um die Ecken, brachte die Kaffeetassen zum Klirren, wirbelte das Stroh vor dem Schweinestall auf. Ich drückte mich gegen die Küchentür und stolperte, als der Wind plötzlich nachließ, in den Raum. Wie ein Tornado war er hier durchgefegt, zerbrochene Fensterscheiben, umgekippte Stühle, Geschirr-scherben. Die Tür zum Garten klapperte leise, und in dem Tür-rahmen, dort, wo vorher noch der Fliegenfänger gebaumelt hatte, hing Rosa. Die Beine gespreizt, den Kopf nach unten, so wie da-mals die Sau des einbeinigen Metzgers. Unter ihrem Kopf hatte sich eine Blutlache gebildet. Die Arme schaukelten unmittelbar über dem Boden, und der Schlüssel, den Rosa in der rechten Hand hielt, kratzte unverständliche Zeichen in das Blut auf dem alten Stein-boden.

»Nein«, schrie ich, »nicht Rosa!«

Ich saß aufrecht im Bett. Hinter dem schmalen Fenster beleuch-tete ein halbvoller Mond die dunklen Bergkämme des Schwarz-waldes. Unten schlug eine Tür auf und zu. War ich wach oder träumte ich? Dann ein weiteres Geräusch, Schritte im Kies. Ich sprang aus dem Bett, hastete nach unten. Der Sommerwind spielte mit der Küchentür, in der wieder der Fliegenfänger schaukelte, aber mir ging das grauenvolle Traumbild nicht aus dem Kopf. Ich schloss schnell die Tür. Gerade als ich mich fragte, ob ich sie, bevor ich nach oben in die Kammer gegangen war, offen gelassen hatte, hörte ich, wie etwas weiter weg ein Auto gestartet wurde. Ich rann-te zum Vordereingang, riss die Tür auf, sah zwei Scheinwerfer, die sich in Richtung Dorf bewegten, konnte unter der Straßenlaterne an der Ölmühle die Umrisse eines roten Autos erkennen, bevor es die Dunkelheit dahinter wieder verschluckte.

Ich lief zurück ins Haus, und plötzlich fiel mir ein, dass ich Martha überhaupt nicht gefragt hatte, woran Rosa gestorben war.

ZWEI

»Sie ist von der Leiter g'falle!«

Traudl hatte mein Auto im Hof bemerkt, sich gewundert, was ich schon so früh bei Rosa suchte, sich noch mehr gewundert, als sie hörte, dass ich in ihrem Haus geschlafen hatte. Mit ihrer schrundigen Hand auf meinem Arm und den kleinen Stechaugen hinter der dicken Brille sah sie mich lange an.

»Isch sie dir begegnet?«, fragte sie dann, und als ich die Stirn runzelte und schwieg, meinte sie: »'s heißt doch, dass die Toten noch so lange in ihren Häusern rumoren, bis sie unter der Erde sind.«

Ich sprach nicht über meinen Traum, wollte stattdessen wissen, wie Rosa gestorben war. Als Traudl es mir erzählte, schüttelte ich ungläubig den Kopf. Seit dem Unfall mied Rosa Leitern wie der Teufel das Weihwasser. Mit sechzig war sie beim Kirschenpflücken von einer besonders hohen gefallen, hatte mit einem komplizierten Beckenbruch vier Wochen im Krankenhaus gelegen und sich geschworen, nie mehr auf eine Leiter zu steigen. Seit dieser Zeit musste die Verwandtschaft antanzen, um ihre Kirschen, Zwetschgen und Mirabellen zu ernten. Das wusste Traudl so gut wie ich.

»Wieso ist sie wieder auf eine Leiter gestiegen?«

»Des wisse nur die Rosa und der Herrgott. Vielleicht hat sie auf ihre alte Tag noch der Hafer g'stoche. Nimm doch nur mal die Sau! Sie hat doch schlachte wolle an dem Tag.«

Traudl sah mich an, als ob ich ihr Rosas Verhalten erklären könnte. Wir standen unter dem Zwetschgenbaum, genau an der Stelle, an der Traudl Rosa vor zwei Tagen gefunden hatte.

»Mittags, so gegen einse. Der Schlag hat sie troffe, hab ich gedacht, weil des hat sie sich doch immer g'wünscht: g'sund sterben. Ein Herzschlag, und aus. Ein schönerer Tod kann's doch nicht geben mit dreiundachtzig.«

»Aber es war kein Herzschlag?«

»Genickbruch, hat der Dr. Buchenberger g'sagt. – Den hab ich sofort ang'rufe.«

Ich nickte, trat an die Leiter, blickte nach oben in die Krone des

Baumes, ins eng verzweigte Geäst, an dem die reifen Zwetschgen hingen. Ich prüfte den Stand der Leiter, sie war fest und gut in den Boden gerammt.

»Und die Leiter?«, fragte ich.

»Die isch auf ihre draufg'lege. Ich hab sie wieder an den Baum g'stellt, nachdem sie die Rosa …« Schnell wischte sie mit einem großen Taschentuch die Augen hinter den Brillengläsern.

Ich kletterte hinauf, keine Sprosse erwies sich als morsch oder wackelig. Der Blick von hier oben war weit und nach allen Richtungen offen. Man sah die Dorfstraße, die sich am Bach entlangschlängelte, die Kirschbaumhügel, die sich in Richtung Mösbach erstreckten, und natürlich den Schwarzwald, mächtig und schön, ein Bild wie für eine Werbepostkarte gemacht. Aber wegen dieses Blicks wäre Rosa niemals hier hochgestiegen. Wieder schob sich das blutige Traumbild von der aufgehängten Rosa in meinen Kopf. Ich versuchte mich an die Zeichen, die ihr toter Arm mit dem Schlüssel in das Blut gemalt hatte, zu erinnern. Es waren keine Buchstaben gewesen, eher Striche, Kreise, Balken, wie sie in asiatischen oder arabischen Schriftbildern vorkamen. Fremd, unerklärlich, verworren. Und was sollte der Schlüssel, den sie so fest umklammert hielt?

Autogeräusche durchbrachen meine Gedanken, und ich sah eine Kolonne von drei weißen Kastenwagen mit roter Aufschrift an der Ölmühle vorbei dorfauswärts fahren. Ich konnte ihnen folgen, bis sie hinter dem Maisfeld verschwanden und danach nicht mehr zum Vorschein kamen.

»Sind das die Vermesser?«, rief Traudl zu mir hinauf.

»Weiße Autos, rote Aufschrift«, erklärte ich und kletterte wieder nach unten. »Sie haben hinter dem Maisfeld gestoppt.«

Traudl nickte. »Jetzt geht's los.«

»Was?«, fragte ich.

»Soll doch alles Bauland werden, vom Mais bis nauf zum Rückstaubecken. Die nächste zwei Jahr wird hier mehr los sein als auf dem Bühler Zwetschgenfest. – ›Bauland in absolut ruhiger Lage mit freiem Blick auf den Schwarzwald‹. Hast du die großen Schilder am Dorfeingang nicht g'sehe?«

Ich schüttelte den Kopf. »Mir ist nur die Holzzwiebel aufgefallen. Die hat mich an euren Wettstreit erinnert.«

Traudls Augen blitzten. »Diesmal hätt ich g'wonne. Geh in mein Garten und guck! Hab eine Zwiebel, die ist größer als alles, was wir bisher g'züchtet haben.« Und dann leiser, leicht weinend: »Aber was nützt mir das, wo die Rosa tot ist?« Die verhornte Hand kramte in der Kittelschürze wieder nach dem Taschentuch, und Traudl schnäuzte sich. »Was willsch übrigens mit der Sau mache?«, fragte sie, als sie sich wieder gefasst hatte.

»Seit wann schlachtet Rosa im August? Sonst hat sie das immer im Winter gemacht.«

»Ach je. Was isch schon noch wie früher? Der Metzger isch alt, hat's an der Leber, das gesunde Bein tut ihm weh, der Stumpf auch, und die Rosa macht z' viel. Seit Aschermittwoch schiebet sie die Sau vor sich her. Mal hat er nicht könne, mal sie. Aber jetzt wird's höchste Eisenbahn.«

»Die Wurstmaschine von dem Einbeinigen steht in der Küche.«

»Dann isch er schon da g'wese? Ein paarmal hab ich ihr g'sagt: Was willsch du noch mit einer Sau, Rosa? Und wenn, musst du wirklich noch selber schlachten? Bring sie dem Jörger-Metzger, der erledigt das für dich. Aber vernünftiger isch sie nicht g'worde mit dem Alter, wirklich nicht.«

Wieder kramte sie nach dem Taschentuch, schnäuzte sich und sah mich an, als wüsste ich, warum Rosa im Alter nicht vernünftig geworden war.

»Wo ist Rosa jetzt?«, fragte ich stattdessen.

»Dort, wo alle erst hinkommen. In der Leichenhalle.«

»Hast du noch den Schlüssel?«

Traudl nickte. O-beinig watschelte sie zurück zu ihrem Haus. Ich folgte ihr in die niedrige dunkle Küche, in der immer noch der süßlich-modrige Geruch von Krankheit hing, wie damals, als sie ihre kranke Schwester gepflegt hatte. Solange ich denken kann, hat Traudl die Kirche, das Pfarrheim und die Leichenhalle geputzt.

»Sie liegt in der zweiten Kühlkammer«, erklärte sie, als sie mir den Schlüssel in die Hand drückte.

Ich wählte den Weg über die Felder. Ein sanfter Wind strich durch die Blätter der abgeernteten Kirschbäume und sorgte dafür, dass dieser Augustmorgen sommerlich warm, aber nicht zu heiß war. Hinter der alten Kirche nahm ich den steilen Weg, der hoch zum

Friedhof führte. Auf dem höchsten Hügel liegend, umgeben von einem Meer von Kirschbäumen, mit einem weiten Blick hinunter in die Rheinebene und hinauf zum Schwarzwald, hatte man den Toten den schönsten Ort des Dorfes gegeben. Nirgendwo waren sie dem Himmel näher als hier.

Vor mir lag der flache Bau der Leichenhalle, aber zuerst stapfte ich durch den tiefen Kies bis zum Grab meiner Großeltern und erinnerte mich daran, wie Rosa mir zum ersten Mal den Tod gezeigt hatte. Ich war sechs, hatte gerade das Pfeiffersche Drüsenfieber hinter mir, als meine Großmutter starb. Rosa hatte sie in der Kammer, in der ich die Nacht zuvor geschlafen hatte, aufgebahrt. Ich sah den Sarg, der auf zwei Stühlen neben dem Bett aufgebockt war. Die Großmutter lag in einem weißen Totenhemd auf dem Rücken, um ihren Kopf einen Kranz blutroter Nelken, die Hände um einen Rosenkranz gefaltet. »Du kannst ruhig zu ihr gehen«, sagte Rosa, als ich vom Flur aus einen Blick in das Zimmer wagte, »sie tut dir nichts.« Ich aber stellte mir vor, dass der Tod überall in dieser Kammer war, ansteckend wie das Pfeiffersche Drüsenfieber, und mich, falls ich näher trat, genauso packte, wie er die Großmutter mit sich genommen hatte. Ich sträubte mich, auch nur einen Fuß in die Kammer zu setzen. Aber Rosas Hand auf meiner Schulter schob mich kraftvoll und unerbittlich vorwärts in den Totenraum, und als ich, starr vor Angst, fest davon überzeugt, gleich sterben zu müssen, vor dem Sarg stehen blieb, trat sie an mir vorbei, strich behutsam über das Gesicht der Toten, arrangierte die roten Nelken neu und sagte: »So enden wir alle. Auch du, obwohl du noch nicht mal erwachsen bist.«

Dafür hatte ich sie gehasst und dafür, dass ich jahrelang nicht auf dem Rücken oder in dieser Kammer schlafen konnte. Und gleichzeitig bewunderte ich sie, weil sie weiterlebte, obwohl sie ja nicht nur im Totenzimmer gestanden, sondern die Tote sogar berührt hatte! Irgendwie begriff ich, dass der Tod nicht wie das Pfeiffersche Drüsenfieber war, es nicht jeden in seiner Umgebung erwischte, er lange Ruhe geben konnte, bis er, wie jetzt bei Rosa, wieder unerwartet zuschlug.

Ich griff nach dem Schlüssel in meiner Hosentasche, ging zurück zur Leichenhalle, schloss die Seitentür auf, trat hinein in den kühlen, dunklen Flur und öffnete die Tür, auf die eine große Zwei gemalt war. Kein weißes Totenhemd, kein Rosenkranz, keine roten Nelken. Dafür stach ein anderes Rot sofort ins Auge. Nur notdürftig von den spärlich grauen Haaren bedeckt zog sich eine tiefe, blutige Kerbe vom Ohr bis zur Stirn. Vielleicht durch die Wunde, vielleicht durch den Tod wirkte ihr Gesicht viel kleiner, als ich es in Erinnerung hatte, und ohne die lebendigen braunen Augen uralt. Vorsichtig strich ich über die kalte, wächserne Haut.

»Rosa«, flüsterte ich, »jetzt habe ich dir nicht mehr sagen können, wie wichtig du für mich warst.« Ich spürte die Tränen, die Kühle des Raumes und den Verlust. Zehn Jahre hatte ich kaum an sie gedacht, und jetzt, wo sie tot war, schmerzten die ewig verschobenen Besuche, die nicht geführten Gespräche, der blöde Streit. Nicht mal zu ihrem Achtzigsten war ich gekommen, hatte nur einen Fleurop-Strauß und eine Karte geschickt und am Telefon meinen Glückwunsch aufgesagt. Wir zwei hätten uns wieder vertragen, ganz bestimmt, so wie wir uns immer wieder vertragen hatten, wenn der scheiß Tod uns keinen Strich durch die Rechnung gemacht hätte. Ich strich über die alten, knochigen Hände und küsste die kalte Stirn. »He said goodbye and took my heart away«, sang ich leise ihr altes Lieblingslied, »so since that day, I'm travelling light.«

Zwanzig Minuten später klopfte ich bei Traudl, um ihr den Schlüssel zurückzugeben.

»Sie sieht friedlich aus, oder?«

»Hast du die Leichenwäsche gemacht?«

Sie nickte.

»Ja«, bestätigte ich, »sie sieht friedlich aus, trotz der Wunde am Kopf.«

»Ich hab überlegt, ob ich ihr ein Kopftuch aufziehe«, sagte Traudl, »aber das hätt sie bestimmt nicht wolle.«

»Ist das beim Sturz passiert?«

»Des isch von der Leiter, die auf sie draufg'falle isch. 's hat noch viel schlimmer ausg'sehe, bevor ich sie herg'richtet hab«, erklärte sie mir, griff wieder zum Taschentuch, tupfte die feuchten Augen und schnäuzte sich.

»Die Traudl könnt sich vor dem Haus einen kleinen Salzsee anlegen«, hörte ich Rosa spotten. »Ich kenn keinen, der so nah am Wasser gebaut ist. So viel, wie die plärrt!« Rosa mal wieder! Dabei wussten alle im Dorf, wie jähzornig Traudls alter Vater sein konnte und dass sie die jüngere Schwester, mit Multipler Sklerose ans Bett gefesselt, pflegen musste. »Sie isch ä armer Siech«, hieß es überall, »het ä schwärs Päckl zum Trage.«

Ich war fünfzehn und mit Rosa im Garten, als ich die Peitsche knallen hörte, mit der der alte Morgenthaler nach Traudl schlug, und ihr verzweifeltes Schluchzen zu uns herüberdrang. »Du musst was machen«, hatte ich Rosa angefleht, die so tat, als merke sie nichts, »geh rüber und stell ihn zur Rede.« – »Sie muss erst wollen, dass es aufhört«, erwiderte sie hart. Ich warf ihr vor, dass sie selbstgerecht und feige sei, klemmte mich auf mein Fahrrad und raste davon, schämte mich, weil ich nicht selbst rübergegangen war. Irgendwann später, ich weiß nicht mehr, wann, hat sie mir erzählt, dass sie Traudls Vater mit einer Anzeige gedroht hat, aber Traudl sie angefleht habe, nicht zur Polizei zu gehen. Sie könne sich doch nicht gegen den eigenen Vater stellen, außerdem, so oft schlage er sie nicht, und dann müsse sie doch auch an das Gerede im Dorf denken, an die Blicke der Leute beim Einkaufen, beim Kirchgang. »So jemandem kannst du nicht helfen. Der Mensch muss wollen, dass sich was ändert, sonst passiert nichts. Merk dir das!« – Rosa-Lehren. Alte Geschichten, Traudls Vater war längst tot, genau wie die kranke Schwester, Traudl aber hatte auch danach nicht aufrecht gehen gelernt, sie ging weiter gebückt, behielt die leidende Miene, blieb nah am Wasser gebaut.

»Gute Arbeit«, kam ich auf Rosa zurück, »auch dass du ihr das taubenblaue Wollkleid angezogen hast. Das hat sie besonders gern gehabt.«

Traudl nickte.

Stumm hingen wir eine Zeit lang, jede für sich, Rosa-Erinnerungen nach. Traudl wieder mit Tränen und Schnupftuch. Fast fünfzig Jahre waren die beiden Frauen Nachbarinnen gewesen. Ein großer Verlust auch für sie.

»Morgen kommt sie unter die Erde.« Wieder wischte Traudl die feuchten Augen. »D' Elsbeth kommt auch.«

»Wie geht's der Elsbeth?«, fragte ich aus Höflichkeit, denn Traudls Tochter hat mich nie interessiert. Ein paar Jahre älter als ich, hatte ich als Kind wenig mit ihr gespielt und kaum Erinnerungen an sie.

»Sie isch die Leiterin von einem Altenheim in Villingen«, erklärte mir Traudl stolz, »Heilig-Geist, da, wo auch die Ottilie, d'Schweschter von der Rosa, isch. D' Rosa hat doch, als die Ottilie immer wirrer g'worden isch, mit der Elsbeth g'redet wegen einem Platz. Und dann isch ein Zimmer frei g'worden, und die Ottilie hat einziehen können. Sie muss viel schaffe, die Elsbeth, und viel Verantwortung trage. Das drückt ihr schwer aufs Gemüt. Aber sie kommt trotzdem morgen zur Beerdigung.«

»'s wird langsam Zeit für die Linde«, wechselte ich das Thema.

»Kommsch noch mal vorbei?«, fragte Traudl.

»Bestimmt.«

»Du weisch ja, wo der Schlüssel liegt.«

Ich nickte und ging durch Traudls Garten zurück zu Rosas Grundstück. Hinter den Bohnenstangen leuchteten ihre Bienenkästen in kräftigen Rot- und Gelbtönen. »Schau!«, hörte ich sie sagen. »Siehst du die, die den Schwänzletanz machen? Damit erklären sie den anderen, wo's das beste Futter gibt!« Heute sah ich sie nicht. Weder die, die mit dem Schwänzle tanzten, noch die anderen. Überhaupt keine Bienen schwirrten in Rosas Garten umher.

Hatte Rosa ihre Bienenzucht drangegeben? Ich konnte es mir nicht vorstellen, eher hätte sie die Sau abgeschafft. Aber ich hatte sie zehn Jahre nicht gesehen, wer weiß, wie sie sich verändert hatte? Als ich auf dem Weg zum Haus an dem Zwetschgenbaum vorbeikam, suchte ich an der Leiter nach Blutspuren, die die hässliche Wunde an Rosas Kopf hinterlassen haben musste, fand aber nichts dergleichen. Im Haus sperrte ich sorgfältig alle Fenster und Türen zu und legte den Schlüssel zurück in das Bastkörbchen. Dann klingelte mein Handy.

»Bist du noch in Köln?«, fragte Martha. »Wann kommst du?«

»Ich bin in fünf Minuten da.«

Innereien setzt kaum ein Koch mehr auf die Speisekarte, aber meine Mutter. »Heute saure Nierle« stand auf der Schiefertafel, die an der dicken Linde lehnte, der der Gasthof meiner Eltern seinen Namen verdankte. Saure Nierle waren eine Spezialität der Linde, eines der wenigen Gerichte, die Martha wirklich gut kochen konnte. Es war Mittagszeit, und eine Mischung aus Touristen, Durchreisenden und Stammgästen saß an den sonnenbeschirmten Außentischen und verspeiste Marthas Spezialität oder wartete darauf. An dem kleinen Tisch links neben dem Eingang tunkte ein älterer Herr im hellen Anzug mit einem Stück Brot den letzten Soßenrest von seinem Teller. Er hob sein Gesicht, als ich auf der Höhe seines Tisches war.

»Saure Nierle waren schon vor zwanzig Jahren Ihre Leibspeise«, sagte ich. »Guten Tag, Dr. Buchenberger.«

»Wenn das nicht die kleine Katharina ist«, antwortete er und schüttelte mir die Hand, »die kleine Katharina, die …«

»… so groß geworden ist«, beendeten wir den Satz unisono.

Seit meinem vierzehnten Lebensjahr sagte er dies jedes Mal, wenn er mich sah. Denn spätestens ab dieser Zeit hatten Marthas Gene mit voller Wucht zugeschlagen und das zarte, untergewichtige Kleinkind, das er mal behandelt hatte, in einen großen, schweren Teenager verwandelt, der der Walkürengestalt der Mutter in nichts nachstand. Ihr wunderschönes pechschwarzes Haar und den bronzefarbenen Teint hatte sie mir nicht vererbt, da hatte sich die väterliche Seite mit roten Locken, heller Haut und unzähligen Sommersprossen durchgesetzt.

»Trauriger Anlass, dein Besuch.« Der alte Arzt seufzte.

»Schwer zu glauben, dass sie wieder auf eine Leiter gestiegen ist.«

»Kann mich noch gut an den Beckenbruch erinnern. Teuflische Sache, hat ihr lang Malaisen bereitet«, meinte er, »aber du glaubst gar nicht, was alte Leute so alles tun, was sie nicht tun sollten oder sich selbst verboten haben. Manchmal sind sie so unvernünftig wie kleine Kinder!«

»Hat sie Alzheimer bekommen?«

»Nein, nein, ihre kleinen grauen Zellen funktionierten brillant«, versicherte er. »Ihr Verstand war immer noch messerscharf und ihre Schlagfertigkeit unerreicht.«

»Wieso ist sie dann auf diese Leiter gestiegen?«

»Himmel sapperlot, da ist sie ja!«, donnerte hinter mir die vertraute Stimme meines Vaters. »Komm rein, d' Martha ist schon ganz ungeduldig.«

»Ich mache nächsten Monat ein paar Tage Urlaub in Köln«, sagte Dr. Buchenberger beim Abschied, »will mir das neue Richter-Fenster im Dom anschauen.«

»Dann kommen Sie doch mal bei mir zum Essen vorbei«, schlug ich vor. »Die Weiße Lilie liegt in Köln-Mülheim. Ich würde mich freuen.«

»Kommst du jetzt?«, drängelte mein Vater.

Ich folgte ihm in die Gaststube, die nach dem hellen Augustlicht auf der Terrasse wie eine dunkle Höhle wirkte. Auf der Bank vor dem großen grünen Kachelofen lagen die hiesigen Tageszeitungen und auf den Tischen immer noch diese hässlichen beigefarbenen Kunststoffdecken mit den roten Bordüren. Mein Vater deutete mit dem Kopf in Richtung Küche und machte sich dann hinter dem Tresen zu schaffen, wo er ein Bier zapfte und zwei Gläser mit Weißweinschorle füllte.

Ich atmete tief durch, bevor ich die Tür zur Küche aufstieß. Dann kriegte ich den Mund vor Staunen nicht mehr zu. Frisch gekachelt mit einem großen neuen Gasherd, zwei neuen Kühlschränken, einem Dampfgarer, großzügigen Waschbecken und einer durchgängigen Edelstahlarbeitsfläche war die alte Küche meiner Mutter nicht wiederzuerkennen. Erst vor ein paar Jahren hatte ich meine Küche in der Weißen Lilie finanzieren müssen, und der Kredit dafür war noch lange nicht abbezahlt. Ich hatte also eine ziemlich genaue Vorstellung davon, was meine Eltern hier investiert hatten.

In drei verschiedenen Pfannen schwenkte Martha die dünn geschnittenen, mit Zwiebeln und Weißwein gewürzten Nierle. Trotz des feinen Dufts, den die Nierchen durchs Braten und Würzen erhielten, roch ich noch den penetranten Gestank von Pisse, der immer da ist, wenn man die rohen Innereien wässert und säubert.

»Hallo, Mama.«

»Kommst natürlich im günstigsten Augenblick.« Sie sah nur kurz auf. »Ich muss noch acht Portionen machen.«

Ich fragte nicht, ob ich ihr helfen sollte. Nach all den Jahren wussten wir beide, dass wir nicht gemeinsam in einer Küche arbeiten konnten.

»Guck mal, was auf dem Regal hinter dem Radio liegt«, befahl sie mir und löschte eine weitere Portion Nierle mit Weißwein ab.

Ich tat wie geheißen, zog einen Umschlag hervor, auf dem in Rosas energischer Schrift »Mein Testament« stand.

Traudl habe angerufen, erzählte Martha weiter Pfannen schwenkend, nachdem sie die tote Rosa gefunden hatte. Mein Vater Edgar, als einziger Bruder von Karl, war ihr nächster Verwandter im Dorf. Nachdem der Leichenwagen Rosa abgeholt hatte, war Traudl mit Edgar und Dr. Buchenberger in Rosas gute Stube gegangen. Traudl wusste, wo Rosa ihr Testament aufbewahrte, und hatte es Edgar mitgegeben.

Ich hielt den Umschlag in der Hand, traute mich nicht, ihn zu öffnen.

»Guck's dir an«, sagte Martha. »In einer Stund bin ich hier fertig.«

Ich stellte mich ans geöffnete Küchenfenster und legte den Umschlag auf die Fensterbank. Von der Schule drang der Lärm johlender Kinder zu mir herüber, und ich sah, wie sich die Grundschüler laufend, schubsend, redend oder lachend auf den Weg nach Hause machten. Nach zehn Minuten war der Spuk vorbei, und nur noch eine getigerte Katze räkelte sich auf einem sonnigen Fleck des Schulhofes. Mit einem energischen Griff zog ich das Blatt Papier aus dem Umschlag. Es standen nur zwei Sätze darauf. »Alles, was ich besitze, vermache ich meiner Nichte Katharina Schweitzer.« Und ein Stück weiter unten: »Ich versichere, dass ich im Vollbesitz meiner geistigen Kräfte bin.« Unterschrift, Ort und Datum. Sie hatte das Testament vor zwei Jahren gemacht, also lange nach unserem letzten Streit.

Ich merkte nicht, wie Martha neben mich trat, mir ein Taschentuch zusteckte, das Blatt aus den Händen nahm und wieder in den Umschlag steckte.

»Du bist immer ihr besonderer Liebling gewesen, hast ja als Kind mehr Zeit bei ihr als bei uns verbracht. Gedankt hast du's ihr im Alter nicht. Hast sie noch weniger besucht als uns.«

Noch keine Stunde zu Hause, und Martha fuhr schon die erste Breitseite gegen mich. Leider hatte ich im Gegensatz zu meinem Bruder nie gelernt, die Ohren auf Durchzug zu stellen. Aber diesmal würde ich ihr nicht auf den Leim gehen.

»Muss noch was für die Beerdigung organisiert werden?«, fragte ich.

»Das macht ja heut alles das Beerdigungsinstitut. Morgen, zehn Uhr dreißig, ist angesetzt. Der Pfarrer ist auch bestellt. Zum Mittagessen sind wir wieder hier.«

»Kommt jemand aus dem Oberland?« Rosa war auf der Baar, in Aasen, einem kleinen Dorf in der Nähe von Bad Dürrheim, aufgewachsen.

»Von ihren Geschwistern lebt ja nur noch Ottilie. Die ist doch verwirrt und schon seit Jahren im Heim. Michaela hat noch nicht gewusst, ob sie sie mitbringt.«

Rosa hatte weder ihre Schwester noch deren Tochter besonders gut leiden können.

»Michaela ist in den letzten Jahren immer mal wieder da gewesen. Neben dem Papa ist sie ja die Einzige gewesen, die sich um die alte Frau gekümmert hat.«

Die zweite Breitseite. Ich war selbst gespannt, wie lange ich durchhielt. In Gedanken ging ich Rosas Freundinnen durch. »Was ist mit Antoinette?«

»Die kann nimmer Auto fahren, auf keinen Fall mehr durch Straßburg.«

Schade. Rosas elsässische Freundin hatte ich immer gemocht. »Hast du was für den Leichenschmaus überlegt?«, fragte ich dann.

»Ist alles da. Nudelsuppe, Sauerbraten. In der Gefriertruhe gibt's Eis.«

Klar. Nur keine Umstände. Schon gar nicht für Rosa. Dabei hatte sie sich bei mir mal einen ganz besonderen Leichenschmaus gewünscht. »Ich würde gern kochen. – Wenn du mich in deine neue Küche lässt.«

»Damit hast du nicht gerechnet, oder? Dass ich mir mal so eine neue Küche gönne.« Ein leichtes Lächeln zeigte ihren Besitzerstolz. »Der Herd war kaputt, und ich werd nicht jünger. Mit dir ist ja nicht zu rechnen, und dein Bruder kann auch nicht. Da haben wir halt in Sachen investiert, die mir die Arbeit leichter machen.«

»Schon gut, Mama. Also?«

Sie zögerte, schüttelte den Kopf. »Da vererbt dir die Rosa alles, und du willst nicht mal auf ihre Beerdigung.«

Natürlich, die Beerdigung! Wie in jedem Dorf gab's auch hier ein paar Klageweiber, die sich für jede Leiche auf den Friedhof schleppten, um hinterher herumtratschen zu können, wer den Toten die letzte Ehre erwiesen hatte, ob's eine große oder kleine Beerdigung gewesen war. Und Martha mit ihren starren Vorstellungen von Dingen, die man tut oder nicht tut, mit ihren im Klatsch-

und-Tratsch-Hören erprobten Wirtinnen-Ohren wusste schon genau, was dann über mich erzählt werden würde: »Zehn Jahre hat sie sich nicht bei ihr gemeldet, und nicht mal zur Beerdigung kommt sie. Aber das Geld steckt sie ein, dafür ist sie sich nicht zu schade. Die Großstadt hat sie hochnäsig gemacht, sie weiß nicht mehr, was sich gehört.«

»Ich bin in der Leichenhalle gewesen und hab mich von ihr verabschiedet, Mama. – Ich frag mich, wieso sie wieder auf eine Leiter gestiegen ist.«

Martha schnaubte ärgerlich: »Lass die Toten in Ruhe, Katharina! Wenn du anfängst, herumzustochern, wird sie auch nicht mehr lebendig. Die Rosa war dreiundachtzig, ein gesegnetes Alter. Ich wär dankbar, ich könnt so sterben wie sie.«

Ich zuckte mit den Schultern. Was anderes hatte ich von meiner Mutter nicht erwartet. »Was ist jetzt mit der Küche?«

»Von mir aus. Einer muss sich ja ums Essen kümmern«, knurrte sie.

Keine weitere Breitseite mehr? Jetzt überraschte sie mich.

»Du musst das nach Achern zum Grundbuchamt bringen, auch wegen dem Bauland«, befahl Martha und gab mir das Testament zurück.

»Was für Bauland?«

»Du weißt doch, wie stur die Rosa hat sein können. Von wegen im Alter wird man weise, also …«

»Martha!«

Mein Vater schnitt ihr mit strengem Ton das Wort ab. Er stand in der Küchentür. Seit meinem letzten Besuch waren seine Haare noch weißer geworden. Nur noch die Sommersprossen erinnerten daran, dass sie mal im gleichen satten Rot wie meine geleuchtet hatten. Ohne ein weiteres Wort stapfte Martha zum Herd, packte Töpfe und Pfannen zusammen, schleppte sie zur Spüle, pausierte dabei gelegentlich, strich sich über die Hüfte, die sie seit dem Beinbruch vor ein paar Jahren schmerzte.

Es stach scharf ins Herz, zu sehen, wie die eigenen Eltern alt wurden.

»Die Zwetschgen im Grasgarten müssen runter«, wandte sich Edgar an mich, »wenn du mir hilfst, sind wir in einer Stunde fertig mit dem Baum.«

Kein Wort mehr zu dem Bauland von keinem der beiden. Ich folgte meinem Vater nach draußen, griff im Schuppen nach zwei Körben, während Edgar die Leiter schulterte und in den Garten schleppte.

»Und?«, schnaufte er, als er sie sicher an den Baum gelehnt und in die Erde gestampft hatte. »Was macht die Weiße Lilie? Hast du wegen Rosas Beerdigung zumachen müssen?«

»Zum Glück nicht. Ecki vertritt mich.«

»So, so.«

»In drei Wochen fängt er einen neuen Posten in Singapur an. So lang ist er in Köln.«

»Dann passt's ja.« Ohne ein weiteres Wort nahm Edgar sich einen Korb und stieg auf die Leiter.

Das schätze ich an meinem Vater. Er bohrt nicht in meinem Liebesleben herum. Dass ich mit einem Mann zusammen bin, der überall in der Welt, aber nicht an meiner Seite kocht und nur gelegentlich bei mir hereinschneit, kann ich manchmal selbst nicht kapieren, und mein Vater kapiert es überhaupt nicht. Dennoch mischt er sich nicht ein.

»Aber laufen tut das Geschäft?«

»Reich werd ich damit nicht. Am Ende vom Monat bin ich immer froh, wenn ich meine Leute bezahlen kann.«

Er nickte wieder, fragte auch hier nicht näher nach. Blau schimmerten die berühmtesten Früchte der Gegend zwischen den Blättern, und die faulen unter dem Baum zeigten an, dass es höchste Eisenbahn war, sie zu ernten. Mit geübtem Griff packte Edgar nach den Ästen, knipste die Früchte ab. Ich widmete mich den tief hängenden Ästen, die ich ohne Leiter abernten konnte. Schnell waren die reifsten gepflückt, und ich dachte an Zwetschgenkuchen mit Kartoffelsuppe, ein Gericht, das Rosa immer aus den ersten reifen Zwetschgen zubereitet hatte. Auch wenn man die ungewöhnliche Kombination nur im Badischen kennt, es gibt nichts Leckereres: eine sämige, milde, nur leicht mit Knoblauch gewürzte Kartoffelsuppe und dazu ein einfacher, mit Zimt und Zucker bestreuter Zwetschgenhefekuchen. Dann dachte ich wieder an das Testament und den scharfen Ton, mit dem Edgar Martha vorhin in der Küche das Wort abgeschnitten hatte.

»Was ist mit dem Bauland, Papa?«

»Das Bauland, ja, das Bauland. Hast du doch bestimmt gesehen, als du von der Autobahn gekommen bist, oder?« Er dehnte die Worte in die Länge, sagte dann eine ganze Weile nichts, bevor er sich doch zum Weiterreden entschloss: »Jahrelang ist hier gar nicht gebaut worden, aber letztes Jahr hat die Gemeinde nicht nur die Felder an der Scherwiller Straße, sondern auch das Gebiet hinter Rosas Haus bis hoch zum Rückstaubecken des Bachs als Bauland ausgewiesen. Weißt ja, dass wir da ein Feld haben, und die Rosa hat auch eins. Das kannst du jetzt verkaufen, dann hast du für ein paar Monate keine Sorgen mit deiner Weißen Lilie. Die Unterlagen liegen in Rosas guter Stube. Schau sie dir an, ich finde, dass der Retsch gut zahlt.« Er reichte mir einen vollen Korb nach unten, stieg langsam von der Leiter.

»Habt ihr schon verkauft?«, wollte ich wissen.

»Noch nicht, aber jetzt dann schon«, nuschelte er ungenau und suchte sich einen neuen Ort zum Aufstellen. Während er nach einem sicheren Stand suchte, hielt ich die Leiter fest.

»Wieso ist Rosa noch mal auf eine Leiter gestiegen? Kannst du dir das erklären?«

»Weißt du, darüber mach ich mir gar keine Gedanken«, seufzte er und hakte seinen Korb in einen Ast fest. »Die Rosa hat ihr Leben gelebt bis zuletzt, ohne dass ihr einer dreinreden konnt. Ich bin froh, dass sie so hat sterben können. Du weißt doch selber, wie viele dann noch ins Altenheim müssen oder den Verstand verlieren …«

»Trotzdem.«

Mein Vater zuckte mit den Schultern und hielt den Mund. Vielleicht hatte er recht, und auch ich sollte froh sein, dass Rosa so ein schneller Tod vergönnt gewesen war. Schweigsam pflückten wir weiter Zwetschgen, schleppten eine halbe Stunde später die vollen Körbe in die Küche der Linde.

»Sie wird nicht wieder lebendig, wenn du herausfindest, warum sie auf die Leiter gestiegen ist«, griff mein Vater das Thema noch mal auf, bevor ich mich auf den Weg zu Rosas Haus machte. »Grad für dich ist es schwer, dass sie nicht mehr unter uns ist. Aber sie ist tot, Katharina, damit müssen wir alle leben.«

Wie lebt man mit dem Tod?, fragte ich mich, als ich Rosas Schlüssel aus dem Bastkörbchen kramte. Ich hatte es bis heute nicht herausgefunden. Als Kind hatte ich mir den Tod als übergroßen Sensenmann vorgestellt, der alle Menschen in unserem Dorf umbrachte. Aber man konnte mit ihm verhandeln, ihn freundlich bitten, dass dabei ein paar überleben durften: die Eltern, der Bruder und Rosa. Klar weiß ich heute, dass der Tod weder Rücksicht auf die Wünsche einer Acht- noch einer Dreiundvierzigjährigen nimmt. Er lässt nicht mit sich handeln, holt sich, wen er will, und schert sich nicht um die Lücken, die er bei denen reißt, die zurückbleiben.

In der guten Stube lagen ein paar an Rosa adressierte, teils ungeöffnete Umschläge der Firma »Retsch & Co«, aber ich hatte nicht die geringste Lust, mich jetzt mit dem Bauland zu beschäftigen. Stattdessen registrierte ich, dass Rosa sich noch ein neues tragbares Telefon mit einem Anrufbeantworter gekauft hatte. Ich drückte auf Abhören und lauschte der Stimme einer fremden Frau. »Hallo, Frau Schweitzer, ich bin's. Wegen dem Clothianidin ... Am besten schicke ich Ihnen die Namen. Rufen Sie mich an, meine Nummer haben Sie ja.«

Eine junge Stimme, ein Kaiserstühler Dialekt, und was zum Teufel war Clothianidin? Ich wiederholte die Nachricht, stellte fest, dass sie schon eine Woche vor Rosas Tod eingegangen war und die Anruferin eine unterdrückte Nummer benutzt hatte. Keine Möglichkeit, zurückzurufen, außerdem schien Rosa den Anrufbeantworter nicht regelmäßig abgehört zu haben.

Nichts in diesem Zimmer half mir, etwas über die Anruferin oder dieses Clothianidin herauszufinden, zudem roch es im Haus so intensiv nach Rosa, dass es mich raus in den Garten trieb, in eine pralle hochsommerliche Üppigkeit. Gemüse in Hülle und Fülle, der Duft von Rosmarin und reifen Tomaten, rot, gelb, rosa blühende Dahlien, prächtige Gladiolen, zarte pastellfarbene Astern, ein Festmahl für Bienen, die hier genauso fehlten wie Rosa.

»Sie können Hunderte von Düften unterscheiden«, hörte ich Rosa flüstern, die auf der alten Bank unter dem Holunderbusch zum Bienenbeobachten neben der kleinen Katharina saß, »und sie sind die exaktesten Baumeister der Welt.« Ich weiß nicht mehr, wie oft ich mit Lineal und kariertem Papier versucht habe, gleichgroße Waben zu zeichnen, wie viele Blätter zusammengeknüllt im Papierkorb gelandet sind, wie wütend ich als Kind war, weil mir die Waben nicht gleichmäßig gerieten. Und Rosa dann: »Du kannst es bis an dein Lebensende probieren, nie kommst du an die Bienen ran.«

Ihr Wissen über Bienen war immens, ganz strenge Lehrmeisterin fragte sie mich regelmäßig ab: »Was sind die sechs Berufe der Bienen, Katharina? Welche Aufgabe müssen die Drohnen erfüllen? Wofür brauchen die Bienen das Gelée royale? Was passiert beim Hochzeitsflug?« Mit acht Jahren hatte ich ihr noch gern darauf geantwortet, aber je älter ich wurde, desto nerviger fand ich die Fragerei. Als Erwachsene hatte ich die Bienen vergessen, aber jetzt, in diesem Garten, in dem ich sie so oft mit Rosa beobachtet hatte, vermisste ich sie. Selbst wenn Rosa ihre Bienenstöcke aufgegeben hatte, wo waren die Bienen von anderen Imkern? Wieso gab es in diesem Blütenmeer keine Bienen mehr?

Ich schlenderte zum Zwetschgenbaum hinüber. Die Unglücksleiter lehnte unschuldig am Baum, verriet nicht, warum Rosa heruntergefallen war. Ich pflückte ein paar frische Zwetschgen, spuckte die Kerne in den Garten, zermanschte mit meinen Schuhen ein paar vom Baum gefallene schon gärende Früchte und machte eine andere Entdeckung: Auch die Wespen waren weg. Dabei gab es im Spätsommer keinen einzigen Zwetschgenbaum, unter dem sie nicht in Massen herumsurrten, damit beschäftigt, die aufgeplatzten Früchte zu fressen. Hier war keine einzige.

DREI

Ochsengroße Killerbienen pflügten durch meine Träume, hinter-
ließen auf ihrem Weg allerorts verwüstete Bienenstöcke, verbrann-
te Erde, blattlose Bäume, verdorrte Blumen. Meine Tante Rosa in
Gestalt einer Zeichentrickbiene und mit einem Kassettenrekorder
zwischen den Beinchen führte eine bunt gemischte Tierschar in den
Kampf gegen die Killerbienen. Diese nahmen sofort Reißaus, wenn
das Rosa-Bienchen auf den Playknopf drückte und wie durch tausend Lautsprecher verstärkt die Stimme von Karel Gott ertönte,
der sang: »Und diese Biene, die ich meine, nennt sich Maja. Schlaue,
freche, süße Biene Maja …«

Lieber Killerbienen im Traum als wieder das schreckliche Bild
von der aufgehängten Rosa, dachte ich am nächsten Morgen, als
mir das Lied immer noch im Kopf herumspukte. Ich pflanzte mich
mit einem Kaffee auf Rosas Gartenbank und überlegte, wie der
Text weiterging: »Maja kommt aus dieser Welt«? »Maja zeigt dir
ihre Welt«? Ich kam nicht drauf, war zu lange her. Drüben sah ich
Traudl schon in ihrem Garten werkeln, die, kaum dass sie mich er-
späht hatte, zu mir herüberwatschelte und eine kohlkopfgroße
Zwiebel neben mir auf die Bank legte.

»Alle Achtung!«

»Und das ist nicht die größte«, behauptete sie. »Komm gucken,
wenn du mir nicht glaubst.«

Ich glaubte ihr, und Traudl wirkte enttäuscht. Aber ich wollte
mich nicht in ihren Garten schleppen lassen, denn Traudl würde
mir nicht nur die Riesenzwiebeln zeigen, sondern auch den Man-
gold, den Blumenkohl, die gelben Rübchen, die Zucchini und was
sie dieses Jahr sonst noch gepflanzt hatte. Ganz zu schweigen von
der Litanei über erprobte Bodenbehandlung, die sie herunterrasseln
würde: Bearbeitung der Oberkrume, Lockerung der Unterkrume,
Hornmist, Hornkiesel, Leguminosen. Für ihre Gartenarbeit fand
Traudl Worte ohne Ende. Stundenlang hatte sie uns früher in ihrem
Garten festgehalten. Ich erinnerte mich an lange Abhandlungen
über Mineraldünger und daran, wie sie Rosa von der wunderbaren
Wirkung der Kalkdüngung bei Vollmond überzeugen wollte. Nur

um diesen ewigen Gartenführungen und Fachabhandlungen zu entgehen, war Rosa damals in diesen Zwiebelwettstreit eingestiegen. »Jetzt, wo wir Konkurrenten sind«, hatte sie Traudl erklärt, »ist es besser, keine betritt den Garten von der anderen. Besser keine redet über Saatgut, Setzplatz, Düngung. Das verzerrt sonst den Wettbewerb, verstehst du?« Eine der wenigen Male, wo Rosa auf List und nicht auf Konfrontation gesetzt hatte. Es hatte funktioniert.

Traudl tupfte sich wieder die Stechäuglein mit einem Taschentuch.

»Ein anderes Mal«, tröstete ich sie und hörte, wie in meinem Kopf Karel Gott wieder von der Biene Maja sang. »Was hat Rosa eigentlich mit ihren Bienen gemacht?«

»Ja, weisch das nicht?« Sie schüttelte den Kopf, konnte nicht glauben, dass ich davon noch nichts gehört hatte. »Morgalomania«, murmelte sie dann düster, »2012 ist nicht mehr weit.«

Ich verstand gar nichts, und Traudls Erzählungen über die Maya-Indianer, die an einen Neuanfang der Welt im Jahre 2012 glaubten, für den alles Bestehende zerstört werden musste, damit das Zeitalter »Morgalomania« anbrechen konnte, verwirrten mich eher, als dass sie mich aufklärten.

»Die ganzen Naturkatastrophen, das sind alles untrügliche Zeichen, Katharina«, prophezeite sie.

Nostradamus, Flares, Sonnenstürme, Meteoriteneinschläge und die Umkehrung der magnetischen Pole, von denen Traudl dann sprach, verwirrten mich noch mehr, für sie aber schien das eine schlüssige Welt, von der aus sie mühelos zu Matthäus 24, Verse 35–36, wandern konnte, der das, was sie gerade gesagt hatte, ad absurdum führte: »Himmel und Erde werden vergehen, meine Worte aber werden nicht vergehen. Von jenem Tag und jener Stunde hat niemand Kenntnis, weder die Engel noch der Himmel noch der Sohn, sondern nur der Vater.«

»Aber«, gelang es mir irgendwann, sie zu unterbrechen, »was hat das alles mit Rosas Bienen zu tun?«

»Sie sind tot, alle verreckt. Bienen, Wespen, Hummeln, Hornissen und Schmetterlinge. Genau wie es in der Prophezeiung steht: Erst sterben die Bienen, dann der Mensch. Und dann geht die Welt unter. Der Zorn des Herrn.«

»Und seit wann?«

»Angefangen hat's in den milden Apriltagen. Jeden Morgen hat die Rosa schaufelweise tote Bienen vor dem Stock gefunden. – Alle sind verreckt, alle. Kannst du alles nachlesen. Ich hab die Bücher daheim, ich kann dir die Stellen zeigen!«

Auf keinen Fall, dachte ich und griff dankbar nach meinem klingelnden Handy. Martha, die wissen wollte, wann ich endlich käme. Der Leichenschmaus.

»Teufelszeug«, schimpfte Traudl und deutete auf mein Handy. »Am Anfang hat die Rosa gedacht, die Dinger sind schuld am Tod von den Bienen. Hast du eine Ahnung, wie viele unsichtbare Strahlen deswegen durch die Luft schwirren? Hast du eine Ahnung, was das –«

»Traudl«, unterbrach ich sie, »ich muss in die Linde zum Kochen. Wir sehen uns nach der Beerdigung.«

Während ich Kürbis klein schnitt und den Truthahn füllte, dachte ich darüber nach, dass es jenseits von Traudls apokalyptischen Visionen rationale Erklärungen für das Bienensterben geben musste. Aber als ich den Honig über die Quitten träufelte, kam es mir doch unheimlich vor, dass es keine Bienen mehr geben sollte. Bilder aus alten Science-Fiction-Filmen in Schwarz-Weiß tauchten vor mir auf, in denen durch eine kleine Verschiebung in der Natur – verwachsene Vögel oder vermehrtes Auftauchen von Schlangen – eine komplett bedrohliche Stimmung erzeugt und auf den Zuschauer übertragen wurde. Martha holte mich aus dieser düsteren Stimmung, indem sie mir ihren neuen Herd und den Dampfgarer erklärte.

»Gib Gas, in anderthalb Stunden sind wir wieder da«, befahl sie, als sie die Goldknöpfe ihrer schwarzen Chanel-Jacke schloss und den dazu passenden Rock zurechtzupfte. Dann brüllte sie die Treppe hinauf: »Edgar! Wir müssen los.«

Wie würdest du am liebsten sterben? Es muss nach dem Tod der Großmutter gewesen sein, als ich Rosa das gefragt habe. »Keiner kann sich aussuchen, wie er stirbt, außer er legt selbst Hand an sich«, lautete Rosas Antwort. Ja schon, machte die kleine Katharina weiter, aber wünschen darf man sich doch erst mal alles. Zum Beispiel, ob man lieber im Bett sterben will oder beim Essen, im

Winter oder im Sommer. »Im Sommer«, antwortete Rosa schnell, »draußen auf dem Feld. Und mein Leichenschmaus soll auch draußen sein, an einem großen Tisch mit einer weißen Tischdecke, auf die während des Essens eine Taube scheißt.« Und was soll's zum Essen geben? Eine untypische Frage für eine Sechsjährige, aber schon die kleine Katharina hatte sich fürs Essen interessiert. »Well«, kicherte Rosa, »schocken wir die Badener mit einem *real american meal*: Kürbissuppe, Bagels mit Pastrami, *turkey* mit Süßkartoffeln und ein Quitten-*Pie* zum Nachtisch.«

Den Kürbis hatte ich aus Rosas Garten, die Quitten aus ihrer Vorratskammer mitgebracht, Truthahn, Süßkartoffeln, Bagels, selbst Pastrami-Schinken fand ich im Scheck-in, dem bestsortierten Supermarkt der Gegend. Den großen Tisch und die weiße Tischdecke hatte Edgar schon vor der Beerdigung in den Grasgarten schleppen müssen.

Es war ein Tag, wie Rosa ihn sich gewünscht hätte. Angenehme fünfundzwanzig Grad, ein leichter Sommerwind, der nach späten Zwetschgen und frühen Äpfeln roch. Mein kleiner Neffe Daniel, o-beinig und noch mit Windeln gepolstert, umrundete den Tisch im Grasgarten immer wieder, konnte unter den Gästen kein anderes Kind ausmachen, nur ernst dreinblickende Erwachsene: die Mutter-Tochter-Paare Michaela und Ottilie auf der einen und Traudl und Elsbeth auf der anderen Seite, an den Kopfenden Martha und Edgar, dazwischen mein Bruder Bernhard, seine Frau Sonja und ich. Der kleine Daniel stolperte mit den kurzen Beinchen über eine Graskrumme und hielt sich schnell an dem nackten, von Krampfadern durchzogenen Bein von Michaela fest. Seine Augen rutschten über einen gedeckten grauen Baumwollrock und ein schwarzes T-Shirt nach oben zu einem Gesicht, dessen fast waagrechter Mund sich ein gezwungenes Lächeln abrang. Die Störung passte der Kusine aus dem Oberland gar nicht, die gerade angesetzt hatte, nach dem Testament der Tante zu fragen. Ob es überhaupt eines gebe, wollte sie wissen, wenn nicht, seien schließlich Ottilie und sie als einzige noch lebende Blutsverwandte die Erben.

Martha lockte den kleinen Kerl zu sich, drückte ihn stolz an ihre Großmutterbrust, nicht ohne mir dabei einen Blick zu schicken, den ich nur zu gut kannte: Da siehst du's. Der Bernhard hat mir einen Enkel geschenkt, aber du hast es nicht mal geschafft zu heiraten. Einer ihrer Vorwürfe, den sie mir direkt oder indirekt ich weiß nicht wie oft gemacht hatte. Ich war froh, dass in der Zwischenzeit meine biologische Uhr nicht mehr tickte. Edgar holte derweil das Testament und legte es vor Michaela auf den Tisch. Die Enden des waagrechten Mundes bogen sich nach unten. So eine Flappe hatte sie schon als Kind gezogen, wenn es mir gelungen war, das letzte Stück Linzer Torte von Rosas Kaffeetafel vor ihr zu ergattern.

Also das wundere sie wirklich, meinte sie ganz bekümmert, mehrfach habe Rosa ihr zugesagt, dass sie sie in ihrem Testament berücksichtigen würde, sie wolle jetzt wirklich nicht falsch verstanden werden, aber ob man wirklich sicher sein könne, dass dies das letzte Testament sei?

»Ebbes anderes hätt die Rosa mir g'sagt«, beeilte sich Traudl zu antworten. Sie habe doch gewusst, wo Rosa ihr Testament aufbewahrte. Selbst wenn sie es geändert hätte, hätte sie es wieder in das Regal neben dem Plattenschrank gelegt. Eine Vereinbarung auf Gegenseitigkeit sei das gewesen, auch Rosa habe gewusst, wo sie, Traudl, ihr Testament aufhob. »Und der letzte Wille von einer Toten …«

»… den muss man erfüllen«, vervollständigte Michaela den Satz. Das sei doch selbstverständlich, über so etwas brauche man hier am Tisch gar nicht zu reden. Aber sie könne sich immer noch nicht vorstellen, dass Rosa nur Katharina – »nichts gegen dich persönlich, ganz bestimmt nicht« – und niemanden aus ihrer Blutsverwandtschaft testamentarisch berücksichtigt habe.

Den kleinen Daniel hatte es nicht lange auf Marthas Schoß gehalten, er saß jetzt unter dem Tisch, zwirbelte die losen Socken von Tante Ottilie nach unten und kitzelte dabei ihre Waden, was ihr sichtlich Vergnügen bereitete. Die alte Frau gluckste wie ein junges Mädchen.

»Der Klapperstorch, der Klapperstorch«, kicherte sie. »Die Rosa hat mich doch deswegen ang'rufe!«

Es war das erste Mal, dass Ottilie etwas sagte. Bisher hatte sie versucht, mit zittriger Hand den Suppenlöffel zu füllen, es damit aber nie bis zum Mund geschafft, stattdessen die Suppe auf den Tisch geschlabbert und wirre Blicke in die Runde geschickt. Behutsam hatte Michaela ihr den Löffel abgenommen, sie wie ein kleines

Kind gefüttert und dabei erzählt, dass Ottilie auch Messer und Gabel verwechsele, nicht mal mehr ein Butterbrot allein essen könne. Ich dachte an Edgars Sätze über ein würdiges Alter und war jetzt froh, dass Rosa einen schnellen Tod unter dem Zwetschgenbaum gefunden hatte.

»Der Klapperstorch bringt die Kinder, Mutti, deswegen hat dich die Rosa bestimmt nicht angerufen«, korrigierte Michaela sie und wischte ihr mit einer feinen Bewegung den Mund sauber. Schnell kam sie danach wieder auf das Testament zurück. Sie würde gern selbst noch einmal in Rosas Haus nachsehen.

»Tu, was du nicht lassen kannst«, meinte Martha. »Oder, Katharina?«

Sie wolle ja überhaupt nicht hetzen, es sei doch so schön, wie wir alle hier zusammensitzen, aber: »Geht es vielleicht gleich?«

Da war er wieder, dieser gierige Blick wie damals bei der Linzer Torte, der im Widerspruch zu dieser Ich-bin-so-fromm-dass-ich-in-den-Himmel-komm-Haltung stand. Gern hatte Michaela mich danach gepfetzt oder getreten oder mir in den Kakao gespuckt. Dabei war's doch ein Spiel, verdammt. Sie war einfach nicht so flink wie ich. Und manche können nicht verlieren – weder als Kinder noch als Erwachsene.

»Auf keinen Fall sofort«, entschied ich und fügte nach einer längeren Pause, während der mich fast die ganze Tischrunde anstarrte, hinzu: »Von mir aus morgen früh.«

»Doch, doch, Klapperstorch«, plapperte Ottilie und reichte Daniel ein Messer zum Spielen, was Michaela ihm schnell wieder abnahm. »Frau Neininger hat er geholt und den Herrn Lang. Der Klapperstorch bringt die Kinder, und er holt uns Alte heim.«

»Manchmal wüsst man gern, wie sie auf so Geschichten kommen«, meldete sich Traudls Tochter Elsbeth, die Altenheimleiterin, zu Wort.

Ich hätte sie nicht wiedererkannt. Als Kind war sie eher weich und rundlich gewesen, jetzt dagegen hatte sie etwas streng Asketisches. So, als würde sie sich nur makrobiotisch oder vegan ernähren und nie Sex haben.

»Aber das Gehirn von Dementen muss man sich völlig durchlöchert vorstellen«, erklärte sie. »Das, was sie noch sagen können, ist für Außenstehende meist völlig unverständlich.«

»Ein Kern Wahrheit ist immer drin«, widersprach Edgar.

»Schwachsinn ist's, wenn ihr mich fragt«, warf Michaela ein. »Das einzig Gute ist, dass sie es selber nicht merken.«

»Manchmal gibt es kleine Erinnerungsfenster, die dann aber in keinem Zusammenhang stehen«, ergänzte Elsbeth.

»Der Klapperstorch, der Klapperstorch«, plapperte Ottilie weiter, und genervt sprang Elsbeth auf und bot an, mit Ottilie eine Runde spazieren zu gehen.

Ich stand ebenfalls auf, um das Fleisch zu holen. Mein Bruder begleitete mich. Erst gingen wir nebeneinander, dann überholte Bernhard mich, dann ich ihn, wieder er, mit Schubsen und Kneifen ging's weiter hin und her, dann fingen wir an zu laufen, die Suppenteller klapperten, schneller und schneller, hinter uns brüllte Martha: »Passt auf, verdammt noch mal!« Bernhard drängte mich zur Seite, ich überholte wieder, er stürmte an mir vorbei in die Küche. Wir lachten. Keine Ahnung, wie oft wir das gemacht hatten.

»Kindskopf«, schnaufte ich.

»Selber Kindskopf«, gab er zurück und nahm ganz selbstverständlich die Teller an, die ich ihm reichte, und schob sie in die Spülmaschine. In alter Bruder-Schwester-Manier brachten wir uns gegenseitig auf den Stand der Dinge.

»Haben die Eltern schon wegen dem Bauland mit dir geredet?«, wollte er wissen.

»Edgar hat mir ein paar Brocken hingeworfen. Sie wollen das Feld am Rückstaubecken verkaufen, und ich soll Rosas Land verkaufen. Hab allerdings bei Rosa noch nicht in die Unterlagen geguckt.«

»Sie müssen das Land verkaufen, Schwesterherz.« Bernhard deutete mit dem Kopf auf die neue Küche. »Das können sie nicht aus der Portokasse bezahlen.«

»Ja und? Du hast nichts dagegen, ich hab nichts dagegen. Warum haben sie es denn nicht schon längst getan?«

»Kannst du dich an Asterix erinnern? ›Ganz Gallien ist von den Römern besetzt …‹«

»Das von unbeugsamen Galliern bevölkerte Dorf?«

»Genau. Und jetzt rate mal, wer in der Baulandsache der unbeugsame Gallier war.«

»Rosa?«

»Sie hat ihr Land nicht verkaufen wollen.«

Ich verstand das Problem nicht. »Ihr Land, okay. Aber was hat die Eltern gehindert, zu verkaufen?«

»Der Preis. 's geht doch da wie immer ums Geld. Rosas Land ist das Herzstück. Wenn sie nicht verkauft, sind die anderen Grundstücke weniger wert. Der Vater sagt, dass der Retsch ihr wirklich ein Spitzenangebot gemacht hat. Aber sie wollt nicht. Sieh zu, dass du das Land verkaufst, sowie das Testament Gültigkeit hat, damit die Alten wieder ruhiger schlafen können.«

»Weißt du, warum Rosa das Land nicht verkaufen wollte?«

Bernhard zuckte mit den Schultern, bevor er mich fragend ansah. »Du hast keine Ahnung, was Rosa in letzter Zeit so gemacht hat, oder?«

»Seit zehn Jahren nicht mehr«, flüsterte ich.

»Stimmt!« Bernhard half mir, den Truthahn aus dem Ofen zu nehmen, und schüttete die Süßkartoffeln in eine Schüssel. »Die Silberhochzeit. Geschimpft wie ein Rohrspatz hast du über sie. Weil sie sich mal wieder in dein Leben eingemischt hat, mal wieder versucht hat, dir einen Mann madig zu machen. – Du und Rosa, da wollt immer jede mit dem Kopf durch die Wand.«

»Ich hab mich nicht mehr mit ihr versöhnen können, Brüderlein.« Ohne dass ich es wollte, tropften ein paar Tränen auf den Truthahn. Schnell rieb ich mir mit dem Handtuch übers Gesicht.

»Sie sich aber mit dir. Sonst hätt sie dir wohl kaum alles hinterlassen, oder?«

Ich schnäuzte mich und nickte. »Wenn jetzt aber die Michaela recht hat? Wenn Rosa das Testament geändert hat?«

Mein Bruder sah mich an, als hätte ich nicht alle Tassen im Schrank. »Michaela doch nicht, niemals! Daran hat sich in den letzten zehn Jahren nichts geändert. – Und jetzt raus mit dem Vogel, sonst sind die Süßkartoffeln kalt, bevor sie auf dem Tisch stehen.«

»Was hat Rosa denn so gemacht in letzter Zeit?«, fragte ich auf dem Weg nach draußen.

»Hast du schon von dem Bienensterben gehört? Von der Mais-Guerilla?« Bernhard legte einen Schritt zu. Der Truthahn war schwer.

»Mais-Guerilla?«

»Red mit deinem alten Freund FK! Der weiß Bescheid, ist ein richtiger Experte.«

»FK? Ausgerechnet FK?«

Bernhard blieb mir eine Antwort schuldig, denn bei Tisch schwirrten alle bis auf Edgar, der mit den Augen rollte, und Ottilie, die ziellos zwischen den Obstbäumen herumirrte, aufgeregt um Martha herum, hantierten mit Wasserflaschen und Servietten.

»Hockt euch wieder hin, sonst wird das Essen kalt«, forderte Edgar die Frauen auf und lief zu den Bäumen, um Ottilie zu holen. Als er mit ihr zurückkam, saßen alle wieder auf ihren Plätzen, und ich sah, wie Martha ärgerlich über den weißen Fleck auf dem Ärmel ihrer schwarzen Jacke wischte. Eine Taube hatte ihr draufgeschissen. Okay, Rosa, dachte ich. Hast mal wieder deinen Willen bekommen.

In der Nase den Geruch von frisch aufgeschütteter Erde; üppige Friedhofskränze und das heute gesetzte Holzkreuz auf dem Erdhügel vor Augen: »Rosa Schweitzer, geborene Rombach, geboren am 12.11.1926, gestorben am 19.8.2008«. Hinter den Kirschbaumhügeln ein letzter roter Sonnenstreifen im aufkommenden Nachthimmel, Gutwetterzeichen für den morgigen Tag.

»Hallo, Schätzelchen, ich bin's.«

Zwei alte Frauen schlurften mit Gießkannen über den Kies, stellten sie an der Wasserstelle ab, latschten langsam zum Ausgang weiter, ihre Schritte verstummten schnell. Jetzt war ich allein auf dem Friedhof, allein mit dem Handy und Adelas Stimme in meinem Ohr.

»Wollt hören, wie es dir geht. Hast du alles gut überstanden?«, fragte meine Freundin und Mitbewohnerin.

Ich sah ihre kleine dralle Gestalt, eingehüllt in diese plüschige burgunderrote Mohairjacke, hörte ihre Stiefelchen klackern, als sie in der Dunkelheit verschwand. Damals, als ich Konrad gefunden hatte und sie Hilfe holen ging. Dessen tote blaue, nie mehr leuchtende Robert-Redford-Augen in dem von einem schweren Schlag zertrümmerten Schädel erschienen mir manchmal im Schlaf, genau wie die schweren Steine, die mich fast umgebracht hatten. All diese Bilder kamen und gingen nach Belieben wie alle Gespenster der Vergangenheit. Ich sah Adela an meinem Krankenbett sitzen, besorgt auf mich einreden und beruhigend meine Hand tätscheln, und niemand konnte so gut Händetätscheln wie Adela.

»Stell dir vor, Rosa hat mir alles vermacht«, erklärte ich ihr, »deshalb muss ich noch ein paar Tage bleiben, da gibt's einiges zu regeln. Ist bei euch in der Kasemattenstraße alles in Ordnung?«

»Kuno kränkelt mit einem Hexenschuss. Leidende Männer, du weißt schon! Er hat mit Ecki Wein für die Weiße Lilie gekauft, die zwei haben es mit der Verkostung übertrieben. Das hat sein Hirn getrübt, er hat geglaubt, er wäre Herkules und könnte fünf Kisten gleichzeitig schleppen. – Nun ja, kleine Sünden bestraft der Herr sofort«, kicherte Adela.

»Wieso kauft Ecki Wein für die Weiße Lilie?«, fragte ich alarmiert.

»Schätzelchen, ich weiß wirklich nicht, ob es so eine gute Idee war, dass Ecki dich in der Weißen Lilie vertritt …«

»Was hat er noch gemacht?«

»Er hat die Bestellungen bei deinem Geflügelhändler storniert, der schon damit gedroht hat, dass du deine Hühner in Zukunft sonst wo kaufen kannst. Ecki findet es auch zu umständlich, für Schweine- und Rindfleisch bis ins Vorgebirge zu fahren, er denkt, Großmarkt reicht für alles …«

In mir schrillte ein Alarmglöckchen nach dem anderen, verdichtete sich zu einem Großalarm. Wie lange hatte ich nach guten Lieferanten gesucht, und wie oft hatte ich mit Ecki über die Qualität von Lebensmitteln gestritten!

»Ich ruf ihn sofort an!«, tobte ich.

»Vielleicht machst du auch gleich beim Geflügelhändler und beim Metzger schön Wetter«, schlug Adela vor. »Und was ist mit der Kräuterfrau?«

»Hat er die auch verprellt?«, brüllte ich und schreckte mit meiner lauten Stimme ein paar Spatzen auf, die aufgeregt aus einem großen Buchsbaum flatterten, um sich dann ein ruhigeres Quartier für die Nacht zu suchen. Ich sah auf die Uhr. Rushhour, da mussten sie in der Weißen Lilie noch die Hauptgänge und alle Desserts rausschaffen. Besser ich wartete noch eine Stunde, besser ich beruhigte mich vorher. Das meinte auch Adela, die mich daran erinnerte, dass ich zwei Schäufele und drei Flaschen Kirschwasser mit nach Köln bringen sollte.

Ich warf einen letzten Blick auf das frische Grab. »Mit so was musst du dich nicht mehr herumschlagen, Rosa«, flüsterte ich, »du musst dich jetzt mit gar nichts mehr herumschlagen.«

Einmal, bei einem unserer seltenen Telefongespräche, hatte ich ihr erzählt, dass ich in Köln ein eigenes Restaurant aufgemacht hatte. »Weiße Lilie, so, so«, hatte sie gebrummelt. »Allein oder mit diesem Matuschek?« Schon der verächtliche Ton, mit dem sie »Matuschek« aussprach, hatte mich wieder auf die Palme gebracht! »Einfach ist so was nicht, aber zäh genug bist du ja«, hatte sie dann schnell hinterhergeschickt. Wie so oft hatte sie recht behalten, auch mir blieben die Berg- und Talfahrten in der Gastronomie nicht erspart. 2005 sah es so aus, als könnte ich meine Kredite nicht zurückbezahlen, dann puschten mich eine unerwartete Geldspritze und eine Gault-Millau-Kritik wieder nach oben. Und heute muss ich knapp und genau kalkulieren, um über die Runden zu kommen. Die Geiz-ist-geil-Mentalität macht es schwer, Menschen dazu zu bringen, für gutes Essen gutes Geld auszugeben.

Das letzte Rot am Abendhimmel verschwand. Zeit zu gehen. Ich hörte meine Schritte im Kies knirschen, lauter als vorhin die der alten Frauen, weil in der aufsteigenden Dunkelheit jedes Geräusch lauter war. Die Grabmale auf meinem Weg nach draußen waren alle ohne Namen, die hatte die Nacht bereits verschluckt, nur noch ovale, quadratische, rechteckige Umrisse von Steinen, die Leichenhalle dahinter ein mächtiger grauer Quader. Ich beeilte mich, nach draußen zu kommen. Am Eingang stieß ich fast mit einem kräftig gebauten Mann zusammen.

»'n Obed«, sagte ich, weil man sich hier auf dem Land immer grüßt, aber er sah mich nicht mal an, drehte sich nur um und lief schnell davon.

Unter mir schimmerte, von einer einsamen Straßenlaterne teilweise beleuchtet, das Dach der alten Kirche. Bis dahin lag mein Weg im Dunkeln. Auf dem Asphalt waren meine Schritte jetzt so leise, dass ich neben mir den Mais rascheln hörte. Und noch etwas hörte ich. Ein leises, schnelles Atmen, eine Art Hecheln. Ich hielt an, lauschte, hörte keine weiteren Schritte, das Hecheln aber deutlich.

»Hallo? Ist hier jemand?« Keine Antwort, nur das Hecheln, näher jetzt. Es kam aus dem Mais. Dreihundert Meter bis zur Straßenlaterne, schätzte ich. Dreihundert Meter steil bergab. Ich rannte, bremste, stolperte, mein eigener Atem, hektisch, schnell. Das Herz pumpte mit Volldampf Luft in die Lungen. Die Scheinwerfer eines Autos, das die schmale Straße zur alten Kirche hochkroch. Endlich war ich unten, der Mais von der Dunkelheit verschluckt, genau wie das Hecheln. Niemand zu sehen. Nur noch mein Herz pochte.

Ich wählte den besser beleuchteten Weg am Bach entlang, sah, dass im Gasthaus Zum Eichberg noch Gäste auf der Terrasse saßen. Ich kehrte ein, setzte mich etwas abseits der anderen, bestellte ein Bier, wartete, dass mein Verstand wieder einsetzte. Ein aufgeschrecktes Rebhuhn, ein Fuchs auf der Jagd, sagte er mir. Du hast vergessen, die Zeichen der Nacht zu deuten, lebst zu lange in der immer beleuchteten Stadt. Es ist nichts, worüber du dir Sorgen machen musst. Wirklich?, meldeten sich meine Zweifel. Und wenn es kein Rebhuhn, kein Fuchs, sondern ein Mensch war? Das rote Auto, die Schritte im Kies, die offene Tür in Rosas Haus.

Mach dich nicht verrückt, befahl ich mir, bevor ich zum Handy griff und die Nummer der Weißen Lilie wählte. Eva, meine schöne Service-Chefin, nahm das Gespräch an.

»Seid ihr durch?«, fragte ich.

»So ein Fünfer-Grüppchen sitzt noch bei Mokka und Grappa«, meldete sie.

»Und wie läuft's?«

»Mach dir keine Sorgen, wir kriegen das schon hin.«

Eva, kampferprobt, eine Meisterin im Beruhigen. Wann würde sie mir sagen, dass der Laden aus dem Ruder läuft? Nach drei Tagen? Nach einer Woche? Oder erst, wenn ich wieder zurück war?

»Gib mir mal Ecki«, sagte ich.

»Wirklich, Katharina, kein Grund zur Panik«, versicherte sie mir, bevor ich das Klappern von Töpfen hörte und Ecki am Telefon hatte.

»Servus, Kathi. Was macht die Heimat?«

Ah, diese Stimme, samtweich wie ein guter Burgunder, und dann dieser leichte Wiener Tonfall. In diese Stimme hatte ich mich zuerst verliebt. Damals, als wir beide bei Gehrer in Wien arbeiteten, Ecki Matuschek auf dem Poissonier-, ich auf dem Patissier-Posten. Irgendwann hatte Ecki nach Feierabend gefragt: »Magst was von Wien sehen?« Mit den Sehenswürdigkeiten hatte er sich nicht aufgehalten: Stephansdom, Hofburg, Reitschule, Sissi-Schmäh, forget it! Jede Nacht einen anderen Park hatte er mir gezeigt, Volksgarten schon, trotz Fiaker, Stadtpark, Belvedere, Augarten, und mir dabei ins Ohr geflüstert, wie toll mein Haar rieche und dass ich die schönsten Ohrmuscheln auf der Welt hätte. Stundenlang diese samtene Stimme an meinem Ohr, die wie ein gutes Gift jeden Tag tiefer in mein Innerstes drang, bis ich ihn nur noch küssen und mit ihm ins Bett wollte, davon träumte, mit ihm ein Restaurant zu eröffnen. »Paradeiser« sollte es heißen, so hatten wir es frisch verliebt an einem frühen Morgen bei einem ersten Kaffee auf dem Naschmarkt beschlossen. Ist nichts geworden aus dem Paradies, nichts aus dem Projekt Arbeit & Liebe und eigentlich auch nichts aus Ecki und mir. Aber auf seine Stimme fall ich immer noch rein …

»Hält mich noch ein bisschen fest, die Heimat, weil ich tatsächlich geerbt hab.«

»Hab ich's nicht g'sagt! Lohnt sich's?«

»Ein Stück Bauland, ein altes Haus, ein großer Garten, eine fette Sau, ein paar leere Bienenstöcke …«

»Besser wie nix.«

»Ich schätze, in einer Woche müsst ich das Wichtigste erledigt haben.«

»Dann ist ja gut, dass ich ›Wiener Woche‹ auf den Speiseplan gesetzt habe.«

»Wiener Woche?« Meine Stimme war so laut geworden, dass ich die Aufmerksamkeit aller Gäste auf der Terrasse hatte. »Bin ich mit dir nicht genau den Speiseplan durchgegangen? Habe ich dir nicht gesagt, was für wann wo bestellt ist?«, bremste ich meine Lautstärke. »Und wie kommst du auf die Idee, Wein zu kaufen?«

»Hast einen Veltliner, einen Zweigelt im Sortiment? Kannst doch keine Wiener Woche machen ohne österreichischen Wein.«

»Du sollst überhaupt keine Wiener Woche machen, Ecki, sondern kochen, was ich dir gesagt habe!« Wieder hörten alle Gäste mit, ich war auf hundertachtzig.

»Kathi, geh, reg dich nicht auf! Ich kann nicht so kochen wie du, und da ist ein guter Kontrast besser als eine schlechte Imitation, außerdem, erinner dich! Hat nicht der Gehrer mal Mailänder

Wochen g'habt? Und in Brüssel, haben wir da ned Südstaaten-Küche gekocht?«

»In der Weißen Lilie Schnitzel mit Kartoffelsalat?«, brüllte ich.

»Geh, Kathi, hast doch lang genug in Wien gearbeitet, hast nicht immer gern ein gebratenes Beuschel gegessen? Oder böhmische Dalken, Cremekrapferl, Griesnockerl, Grammelpogatschen, Powidltascherl? Und«, fügte Ecki hinzu, »ein gutes Wiener Schnitzel ist die Leibspeise der meisten Köche.«

»Leck mich, Ecki!«, schrie ich weiter. »Es ist mein Restaurant, es ist meine Karte, mein Stil. Da kommt mir kein Lungenhaschee auf die Teller!«

Noch während ich Ecki anbrüllte, hatte ich ein paar Münzen neben mein Bierglas gelegt und mich auf den Heimweg gemacht. Die Wut trieb mich zu Windeseile, ich hastete die Talstraße entlang, achtete auf nichts. Als aus dem Hohlweg ein schwarzer Wagen mit hohem Tempo um die Ecke bog, konnte ich gerade noch zur Seite springen, bevor er mich streifte. »Fuck you!«, brüllte ich dem Fahrer durch das schlafende Dorf hinterher und hetzte weiter. Ich musste nach Köln zurück, Ecki aus meiner Küche werfen, am besten direkt aus meinem Leben kegeln, ihn endlich aus meinem Herzen reißen, in dem er immer noch einen festen Platz hatte. Schnell packte ich in Rosas Haus den Kulturbeutel und warf ihn mit der Tasche ins Auto. Ich startete den Wagen, fuhr durch das dunkle Dorf in Richtung Autobahn. Billie Holiday sang unpassenderweise »Travelin' Light«. Entnervt stellte ich die CD aus, ich reiste nicht mit leichtem Gepäck, ich kochte vor Wut.

Dass sich Ecki meinen Anordnungen widersetzte, ärgerte mich maßlos, aber damit waren wir wieder bei dem Kapitel Arbeit & Liebe angelangt, unerfreulich, schwierig, vom Scheitern geprägt, niemals üblichen Regeln gehorchend. Der Windhund, der Hallodri, der glitschige Fisch. Ich fluchte noch eine Weile vor mich hin, bis ich den gröbsten Ärger ausgespuckt hatte. Langsam drehte mein Puls auf Normalgeschwindigkeit zurück, und ich fragte mich, ob es klug war, was ich vorhatte. Ob mir Ecki in ein paar Tagen wirklich Kundschaft und Lieferanten verprellte. Ob ich meiner Brigade nicht mehr trauen sollte. Ich hatte mich immer noch nicht entschieden, als kurz vor der Autobahnauffahrt das Tankstellenschild – »24 h open« – in der Dunkelheit aufleuchtete. Benzin brauchte ich auf alle Fälle, also setzte ich den Blinker und tankte. Während der Sprit in den Tank plätscherte, ging ich vor den Zapfsäulen auf und ab. Fahr ich jetzt oder fahr ich nicht? Wenn ich jetzt fahre, muss ich bald schon wieder hierher, um die Erbschaftssachen zu klären. Wer würde mich dann in der Weißen Lilie vertreten? Kann ich es mir leisten, sie zuzumachen? Zwischen all den Fragen trällerte in meinem Hinterkopf eine hohe Frauenstimme: »Du musst dein Leben in Ordnung bringen! Du musst dein Leben in Ordnung bringen!« Ja, verdammt. Aber doch nicht sofort.

Der Zapfhahn machte schon seit Längerem dieses nervig surrende Geräusch, womit er signalisierte, dass der Tank voll war. Ich steckte ihn in den Stutzen zurück, dabei fiel mein Blick durch die hell erleuchtete Glasfront des Tankgasthofs auf den einsamen Gast, der mit aufgeklapptem Laptop an einem der Fensterplätze saß. Den Mann kannte ich, gut sogar. FK Feger. Okay, dachte ich, so kann eine Entscheidung auch ausfallen. Ich zahlte mein Benzin und ging rüber in den Gasthof.

FK blickte nicht auf, als ich eintrat. Er hatte abgenommen seit unserer letzten Begegnung, das Gesicht strenger, schmaler, zwei tiefe Furchen in den Wangen, der behäbige Familienvater-Bauch verschwunden, die Haare grau gesprenkelt wie Pfeffer und Salz. Fünf Jahre war das her, seit Konrads Tod hatten wir uns nicht mehr gesehen, nur gelegentlich telefoniert. Warum saß er nicht zu Hause an seinem Schreibtisch? Was trieb ihn in die Ödnis dieser Tanke? Die lud doch bestenfalls dazu ein, einen Kaffee auf der Durchreise zu trinken, war aber keinesfalls ein Ort zum Arbeiten.

»Hallo, FK.« Ich schob ihm einen Pappbecher mit Kaffee hin und nahm einen Schluck von meinem. Heiß, bitter, abgestanden.

»Katharina!«

Er tauchte von einem weit entfernten Ort oder aus einem tiefen Gedanken auf, und sein Blick konnte sich nicht entscheiden, ob er sich freute, mich zu sehen, oder ob er sich ärgerte, dass ich ihn störte.

»Bist du unter die Sportler gegangen?« Ich deutete auf seinen nicht mehr vorhandenen Bauch.

»Never! Stress tut's auch.« Jetzt doch ein Grinsen, einen Schluck Kaffee, den Blick auf mich gerichtet. »Lang nicht gesehen. Bist du auf dem Weg zurück nach Köln?«

Ich zuckte unbestimmt mit den Schultern. »Und du? Schreibst an einer Geschichte über die Einsamkeit von Reisenden? An der Schönheit des Ortes kann's nicht liegen, dass du hier mitten in der Nacht hockst.«

»Es ist ein guter Ort«, widersprach er, »einer zum Aufbrechen. Zwei Stunden bis Basel, vier bis Köln, fünf bis Paris.«

Paris, unsere erste Reise mit sechzehn. FK hatte einen Kumpel, Xavier, der in Achern bei den französischen Militärs stationiert war und aus Paris stammte. »Kannst jederzeit kommen, *bien sûr*, und bring Catherine mit!« Wir sind getrampt, irgendwann spätnachts durchs zehnte Arrondissement geirrt, haben die Adresse dann doch gefunden. Ein winziges Appartement, viel zu klein für noch zwei deutsche Gäste. Als Ersatz eine billige Absteige, der Wirt in einem schmuddeligen weißen Bademantel zog mich mit Blicken aus, als ich im Voraus bezahlte, und fragte mit einer Stimme, so rauchig wie die von Serge Reggiani: »*Vous êtes la caisse, Madame?*« Kakerlaken im Zimmer, die Matratzen so durchgelegen, dass es unmöglich war, nicht zueinanderzurollen. Rücken an Rücken lagen wir in dem versifften Bett. Wir hatten nicht miteinander geschlafen. War nicht der richtige Zeitpunkt.

»Paris«, erinnerte sich auch FK und lächelte.

In dem Lächeln erkannte ich den Jungen wieder, der er damals gewesen war. Unsicher und charmant, weltoffen und ängstlich, voller Zweifel und großer Pläne. Nicht mehr Fritz Karl, sondern FK. Ein erfolgreicher Journalist, mindestens Frankfurter Rundschau, besser noch Reisereporter bei Geo. Stattdessen Acher und Bühler Bote, ein Reiseradius von zwanzig Kilometern, die kleine Welt vom Achertal bis zum Hanauerland. »Ich will nichts anderes«, hatte er noch vor fünf Jahren trotzig erklärt, »geh mir fort mit großen Themen. Ich schreib über Kaninchenzüchter, Weinfeste und Kirchenchöre und hab Zeit für Frau und Kinder.«

»Hab gehört, du schreibst über das Bienensterben? Sollst ein richtiger Experte sein.«

Er zuckte mit den Schultern.

»Traudl hat mir nur schauerliche Geschichten darüber erzählt.

Handystrahlungen, der bevorstehende Untergang der Welt und so. Denk nicht, dass du darüber schreibst, oder?«

»Du willst wirklich was über das Bienensterben wissen?«

Ich nahm einen Schluck von dem schrecklichen Kaffee und nickte.

»Offiziell eine Verquickung unglücklicher Umstände«, begann er, »alle großen deutschsprachigen Zeitungen, auch Rundfunk und Fernsehen haben darüber berichtet. Du hast wirklich noch nichts davon gehört?«

Ich schüttelte den Kopf.

»Liest du überhaupt keine Zeitungen?«

Wie denn bei meinem Job? Morgens früh raus, nachts spät zurück, da fallen mir die Augen schon bei der Titelseite zu.

»An Köln«, sagte ich, »ist das Bienensterben irgendwie vorbeigegangen.«

»An Köln geht alles vorbei. In Köln dreht sich alles immer nur um Köln«, stichelte er. »Also ganz von vorn?«

»Ganz von vorn.«

»Der Oberrheingraben«, begann FK, »ist die wärmste Gegend Deutschlands. Durch die Klimaveränderung wird es hier immer wärmer, was dazu führt, dass Insekten nachwandern, die sich in diesem wärmeren Klima wohlfühlen. So ist der Maiswurzelbohrer an den Oberrhein gekommen.«

»Hä?«, fragte ich blöd.

»Das Ganze ist nicht in drei Sätzen zu erklären. Entweder du hörst zu oder wir lassen es!«

FK konnte immer noch so oberlehrerhaft klingen wie in unserer Schulzeit.

»Der Maiswurzelbohrer ist ein Quarantäne-Schädling, wahrscheinlich während des Bosnienkriegs nach Europa eingeschleppt. So genau lässt sich das nicht nachvollziehen, Globalisierung gilt nicht nur für Geld, Jobs und Reisen, sondern auch für Ungeziefer. In der europäischen Landwirtschaft wird die Strategie gefahren, alle Quarantäne-Schädlinge aggressiv zu bekämpfen, da man nicht weiß, welche Auswirkungen ihre Existenz auf die heimische Flora und Fauna hat. Man baut bei der Schädlingsbekämpfung ausschließlich auf chemische Mittel.«

»Maiswurzelbohrer, Quarantäne-Schädling, chemische Mittel«, wiederholte ich brav.

»Im Frühjahr 2007 taucht der Maiswurzelbohrer zum ersten Mal am Oberrheingraben auf. Wie der Name schon sagt, greift dieses Ungeziefer die Maiswurzeln an«, machte FK weiter. »Man hat ihn nur an ganz wenigen Stellen gefunden, am Oberrhein in der Gegend von Lahr, aber wie gesagt, man will mit allen Mitteln verhindern, dass sich so ein fremder Schädling ausbreitet. Der Oberrheingraben ist eine bevorzugte Gegend für den Maisanbau, Mais braucht Feuchtigkeit und Sonne, findet also hier die idealen Bedingungen, ist außerdem, was die Bodenbeanspruchung angeht, recht genügsam. Mit entsprechender Düngung kann ausschließlich Mais angebaut werden, was dazu geführt hat, dass sich viele Landwirte in der Region auf Maisanbau spezialisiert haben. Bei uns in der Ortenau wird auf fünfundfünfzig Prozent der Anbaufläche Mais angebaut. Du kannst dir also vorstellen, was für ruinöse Auswirkungen es auf diese Monokultur-Landwirtschaft hätte, wenn sich der Maiswurzelbohrer ausbreiten würde.«

»Wird das jetzt ein Referat über Landwirtschaft im Oberrheingraben?«

»Du bist eine Nervensäge, Katharina«, wies mich FK zurecht und fuhr unbeirrt fort: »Die chemische Industrie bietet zur Bekämpfung des Maiswurzelbohrers ein relativ neues Insektizid, Ponchito, mit dem Wirkstoff Clothianidin an, und das Regierungspräsidium Freiburg hat für die Aussaat 2008 angeordnet, dass aller Saatmais mit diesem Wirkstoff behandelt werden muss. Die Maiskörner werden mit diesem Insektizid umhüllt, Beizung nennt man das. Wenn jetzt der Maiswurzelbohrer an der Pflanze nagt, frisst er das Gift und verreckt angeblich. Für Menschen und andere Tiere soll dieses Insektizid, wie fast alle Segnungen der chemischen Industrie, gefahrlos sein.«

»Wer's glaubt, wird selig«, gähnte ich und wusste jetzt zumindest, worüber die anonyme Frauenstimme auf Rosas Anrufbeantworter gesprochen hatte. Über ein Gift, das Maiswurzelbohrer tötet, und dann hatte sie noch eine Liste mit Namen erwähnt …

»Genau!«, stimmte FK diesmal zu. »Jetzt wird dieser mit Clothianidin gebeizte Saatmais mit pneumatischen Setzmaschinen in die Erde gedrückt. Und da die Beizung das Korn ganz locker ummantelt, löst sich durch den Luftdruck der Setzmaschinen etwas von dem Insektizid ab. – Hast du das bis hierher verstanden?«

»Ich bin doch nicht blöd, aber was hat das alles mit Bienen zu tun?«

Ein strafendes Stirnrunzeln, bevor er weiterredete. »Wenn du keine Zeitungen liest und immer nur in der Küche herumwurstelst, kannst du dich bestimmt auch nicht an das Wetter in diesem Frühjahr erinnern«, vermutete FK richtig. »Wir hatten einen ausgesprochen milden und trockenen April. Und jetzt kommen die Bienen ins Spiel. Schon zehn Grad Wärme sind für sie ausreichend, um nach dem Winter aus ihrem Stock zu kommen und ihre Arbeit aufzunehmen. Zuerst findet ein Reinigungsflug statt. Alle Exkremente, die die Bienen den Winter über in ihrer dehnbaren Kotblase gespeichert haben, werden dann im Flug entsorgt.«

»FK, über Bienen brauchst du mir nichts zu erzählen!«, unterbrach ich ihn und erinnerte ihn an meine Lehrmeisterin. »Diese Kotblase habe ich mir immer als ziemlich widerlich vorgestellt. ›Fällt uns denn da keine Scheiße auf den Kopf?‹, habe ich Rosa gefragt.«

»Ja, ja«, stimmte er mir unwillig zu und machte schnell weiter. »Die Bienen halten nach den ersten Frühlingsblüten Ausschau, Haselstrauch und so weiter. Für die ersten Ausflüge reichen ihnen wenige Stunden in der Woche. Sobald die Temperaturen regelmäßig über zehn Grad steigen, so wie im Frühjahr 2008, verstärkt die Königin die Eiablage. Viele …«

»FK«, unterbrach ich ihn wieder, »hör auf mit der Bienennummer, da hab ich eine harte Schule hinter mir. Was du mir doch sagen willst, ist Folgendes: Durch das warme Aprilwetter waren frühzeitig schon viele Bienenvölker unterwegs. Jetzt komm also einfach zum entscheidenden Punkt!«

»Durch den pneumatischen Druck der Setzmaschinen löst sich ein Teil der Beizung vom Korn, kommt in die Luft, wird durch leichten Wind weiter verteilt, setzt sich auch auf Obstblüten, Wildwiesen, Rapsfeldern ab.«

»Und die Bienen schleppen das Gift mit Pollen und Nektar in den Bienenstock«, folgerte ich.

»Und sterben in Massen«, ergänzte FK. »Jetzt reagieren Bienen immer sehr sensibel auf Veränderungen in der Umwelt, durch die Behandlung der Felder mit Insektiziden sind sie schon lange geschwächt, und es sind auch bereits Völker gestorben. Aber nie in diesem Ausmaß wie Anfang Mai 2008. Der Badische Imkerverband schlägt Alarm, vermutet zuerst ein neues Spritzmittel für Obstbäume als Ursache. Aber schnell stellt sich heraus, dass nur Bienenvölker in der Maissaat sterben. Und da Ponchito in diesem Jahr zum ersten Mal ausgesät wurde, liegt es nahe, dass genau dieses Beizmittel die Bienen vergiftet.«

»So weit, so schlecht. Aber doch allemal besser, als wenn man die Ursache überhaupt nicht herausfinden kann.«

»Es hat aber nichts geholfen! Die Imker haben das baden-württembergische Landwirtschaftsministerium aufgefordert, die Aussaat sofort zu stoppen. Aber der Landwirtschaftsminister reagiert nicht, will wissenschaftliche Beweise. Die Maisbauern, in Angst vor einem bevorstehenden Verbot der Aussaat, drücken den giftigen Mais in einem Affentempo unter die Erde. Am Wegrand hast du überall diese durch das Ponchito rot gefärbten Maiskörner liegen sehen. Erst Mitte Mai reagiert das Ministerium mit der Empfehlung, Ponchito nicht mehr zu säen. Aber zu diesem Zeitpunkt ist bereits aller Mais in der Erde, und über zwölftausend Bienenvölker sterben einen langsamen Tod.«

»Darunter auch Rosas.«

»Ja. Rosa hat alle verloren.«

Alle Bienenvölker. Seit ich denken kann, hat Rosa Bienen gezüchtet. Was für ein furchtbarer Verlust!

»FK, was ist die Mais-Guerilla?«

»Die zornige Antwort der Betrogenen, der illegale Widerstand gegen die legale Vernichtung unserer Ressourcen, der Stachel im Fleisch der Landwirtschaftsindustrie. Such's dir aus. Mindestens ein Motiv trifft für jeden Guerillero zu.«

»Und Rosa gehörte dazu?«

»So habe ich sie wiedergetroffen. Sie hat mich erst nicht erkannt. Aber ich hab mich erinnert, dass wir manchmal ihr Haus gehütet haben, wenn sie verreist war.«

»Ja«, bestätigte ich und sah uns in ihrer guten Stube sitzen. Ich hatte FK Rosas Ami-Platten vorgespielt, während er gegen die USA wetterte und sich aufregte, dass mit Ronald Reagan ein drittklassiger Schauspieler Präsident der USA werden konnte. Während ich Billie Holiday verteidigte, begeisterte er sich für Gianna Nannini. Schwärmte ich von Han Solo, dem fliegenden Falken und Tolkiens

»Herr der Ringe«, konterte FK mit Martin Scorseses »Wie ein wilder Stier« und warf mir zudem komplett unpolitisches Verhalten vor. Er wollte mich überreden, genau wie er Mitglied bei der frisch gegründeten Partei der Grünen zu werden. »Deine langen Abhandlungen über den NATO-Doppelbeschluss waren nur zu ertragen, weil wir gleichzeitig ›California‹ von Gianna Nannini hörten«, sagte ich laut.

»Oh ja, bis spät in die Nacht. Und Rosa hat nie gefragt, wo und wie wir nachts geschlafen haben …«

»Sie war selbst verliebt in der Zeit, in einen verheirateten Tierarzt.«

»Und wir waren blöderweise total brav …«

»Du warst mit der Abschaffung der Cruise Missiles beschäftigt …«

Wir lächelten beide. Ob die Bilder, an die wir uns erinnerten, deckungsgleich waren? Ob er gewartet hatte, dass ich in sein Zimmer kam, so wie ich auf ihn? Ob er wie ich auf keinen Fall den Anfang machen wollte? Wieso wir damals nicht zusammengekommen, kein richtiges Liebespaar geworden sind? Wer kann das noch genau sagen nach all den Jahren?

»Wie geht's der Familie?«, fragte ich.

»Alles in Ordnung«, grummelte er. »Der Felix macht nächstes Jahr Abi, die Lisa ist auch aus der Pubertät raus, und der Kleine wechselt jetzt die Schule.«

»So groß sind die schon?« Zu diesem Teil seines Lebens fiel mir nicht mehr ein. Die frühe Heirat, die Kinder, damit hatte ich nichts zu tun, da kochte ich schon im Elsass, in der Toskana oder in Wien und hatte FK weit hinter mir gelassen.

»Hat Rosa die Sau noch geschlachtet?«

Auch FK war bei unverfänglichen Kleinigkeiten angelangt. Von meinem Erwachsenenleben wusste er so wenig wie ich von seinem.

»Du weißt von der Sau?«

»Immer wieder hat sie davon gesprochen, dass sie sich einen Tag fürs Schlachten frei schaufeln muss.«

Ich sollte mal den einbeinigen Metzger anrufen, dachte ich. Die Sau war wirklich schlachtreif.

»Und jetzt machst du dich auf den Weg nach Köln?«, fragte FK dann und klappte seinen Laptop zu.

»Heut nicht mehr.«

Morgen würde ich Ecki anrufen, mit ihm die Wiener Woche en détail besprechen. Er konnte mir damit die Weiße Lilie nicht ruinieren, ganz bestimmt nicht. Eines nach dem anderen. Erst hier alles regeln, dann wieder an Köln und Ecki denken.

Wir traten hinaus in die kühle Nacht. Die Luft roch nach Benzin, im Hintergrund zischten nächtliche Raser über die Autobahn.

»Also denn, man sieht sich.« FK tippte zum Abschied fast unmerklich auf meinen Arm, schulterte die Laptoptasche, vergrub die Hände in den Hosentaschen und stapfte, ohne sich noch einmal umzudrehen, auf seinen Wagen zu. Er erinnerte mich an einen einsamen Wolf, ein Image, das er als junger Mann sehr gepflegt hatte. Vielleicht kam mir dieses Bild nur, weil ich den älteren FK eigentlich kaum kannte.

Ich blickte hinüber zu dem großen Parkplatz, beobachtete, wie ein schwerer Laster mit seinen Scheinwerfern die heruntergekommene Fassade des alten Achersee-Hotels streifte, bevor er in Richtung Autobahn abbog. Der Achersee, eine andere Geschichte mit FK, gerade mal fünf Jahre her, keine angenehmen Erinnerungen.

Und plötzlich hörte ich wieder das Hecheln im Mais und hatte Angst, in Rosas leeres Haus zurückzukehren.

VIER

Den Geruch von Papier in der Nase, die Augen verklebt, ein pelziger Geschmack im Mund, die Wirbelsäule steif, die Schulterblätter schmerzend und jetzt dieser hartnäckige Ton im Ohr. Mein müder Arm suchte am Telefon den Ausstellknopf, erwischte den falschen, ließ eine frisch-fröhliche Stimme in den Raum.

»Sind Sie das, Frau Schweitzer, Katharina Schweitzer? Hier spricht Günther Retsch.«

Er habe erfahren, dass ich Rosas Erbin sei, ob er vorbeikommen könne, ob es mir in einer Stunde recht sei? Es war entschieden zu früh am Tag, als dass ich hätte Nein sagen können.

Ich musste tatsächlich geschlafen haben! Ich rieb die Augen, reckte die Schultern, taumelte ins Bad, stellte meinen Körper unter kaltes Wasser, rubbelte mein Gehirn wach. Wann war ich eingeschlafen? So überdreht und ängstlich, wie ich mich gefühlt hatte, war an Schlaf gestern Nacht nicht zu denken gewesen. Die tote Rosa, die toten Bienen, die Wiener Woche, die bescheuerte Sängerin, die wollte, dass ich mein Leben aufräumte. Dazwischen immer wieder das Hecheln im Maisfeld. Dabei war das Haus still gewesen, draußen nur das Plätschern des Baches und das Rauschen der Blätter.

Zur Beruhigung der Nerven hatte ich alle Baulandunterlagen gelesen und sortiert. Rosas Acker lag in der Mitte des ausgewiesenen Baulandes. Unmöglich, ohne diesen ein harmonisches neues Wohngebiet zu planen. Ein großes Feld, sicherlich ausreichend für drei Bauplätze. Früher, als sie noch eine Kuh besaß, hatte sie Futterrüben darauf angebaut. Wahrscheinlich hatte sie es in der Zwischenzeit verpachtet. Bei Verkauf mussten die Pachtverträge gekündigt werden. Wo verwahrte sie wohl die Unterlagen darüber auf? Anstatt in ihren Schränken nachzusehen, musste ich am Tisch eingenickt sein.

Draußen beschien die morgendliche Augustsonne den prallen Garten, im Lindenbaum lärmten die Spatzen. Nach einem schnellen Kaffee auf der Gartenbank fütterte ich die Sau mit den restlichen Kartoffeln. Dann suchte ich in Rosas Telefonregister die Nummer des einbeinigen Schlachters und rief ihn an. Er ging nicht ans Telefon.

Vor dem Haus rollten Autoreifen über den Kies. War die Stunde schon um? Autotüren wurden zugeschlagen, dann hörte ich: Ja, aussteigen, Mutti, wir sind bei Tante Rosa. Du weißt doch noch, wer Rosa war, gell, Mutti? Nein, nein, nicht deine Mutter, deine Schwester ist die Rosa g'wesen.«

Die Invasion aus dem Oberland. Ich ging zur Haustür.

»Wir sind doch nicht zu früh, oder, Katharina? Du brauchst dich auch gar nicht an uns zu stören«, plapperte Michaela und schob Ottilie eilig ins Haus. »Ich bin so oft hier gewesen in den letzten Jahren, ich kenn jeden Winkel im Haus. Setzt du die Mutti auf einen Gartenstuhl, ja? Sie sitzt so gern in der Sonne und schaut die Blumen an, in Heilig-Geist macht sie das am allerliebsten. Brauchst mir nicht helfen, wirklich nicht.«

Sie setzte so ein bittendes Da-kannst-du-doch-nichts-dagegen-haben-Lächeln auf, aber in ihren Augen blitzte wieder die Gier. »Invasionen entgehst du nicht, wenn du dich ihnen entgegenstemmst«, hatte Gehrer, mein Chef in Wien, mal gesagt, »am besten du machst die Vorder- und die Hintertür sperrangelweit auf, dann ist's schnell vorbei.«

»Tu, was du nicht lassen kannst«, sagte ich deshalb, führte Ottilie in den Garten, ging zurück in die gute Stube und holte mir die Baulandunterlagen.

»Was hast du da? Meinst du nicht, da könnt vielleicht ein Papier dazwischengerutscht sein? Ordentlich ist die Tante Rosa ja wirklich nicht gewesen«, schnappte Michaela sofort zu. »Nur deshalb denk ich doch, dass ihr vielleicht was übersehen habt …«

»Michaela, es sind die Unterlagen des Erschließungsträgers«, bremste ich sie.

»Ja, das Bauland«, seufzte sie kenntnisreich, »sie hat immer gesagt, dann ist für alle ein bisschen Geld da, wenn ich nicht mehr bin.«

»Ach?«, fragte ich interessiert. »Sie hat mit dir über das Bauland geredet?«

»Tante Rosa hat mit mir über alles geredet«, sprudelte sie übereifrig hervor, »ich war doch die Einzige, die sich noch um sie gekümmert hat. Ich mein, ist doch verständlich, dass du aus Köln nicht immer hast kommen können, und Edgar und Martha mit dem Gasthof, da ist ja auch wenig Zeit, und ich hab mich halt verpflichtet gefühlt, aber nicht dass du mich falsch verstehst, ich hab's wirklich gern getan. Ich weiß doch, wie schnell die Tage gezählt sind, seit die Mutti so krank …«

»Das Bauland am Rückstaubecken?«

»Ja, ja. Ich mein, was hätte sie sonst mit dem Land noch machen sollen? Sie hat immer gesagt, je mehr zu Lebzeiten geregelt ist, desto besser. Und Geld verteilt sich schneller als Grund und Boden.«

»Und warum hat sie das Land dann nicht verkauft?«

»Hat sie das nicht gemacht?« Michaela war verwundert. »Letztes Mal, als ich sie besucht hab, da haben wir drüber g'schwätzt. Mich hat der Bauunternehmer, dieser Retsch, angesprochen, ob ich nicht mal mit der Rosa … Mit ihm hat sie aus irgendeinem Grund nicht reden wollen. Und das hab ich g'macht. Sie hat zwar g'sagt: ›Das ist meine Sach‹, aber ich hab den Eindruck g'habt, dass ich sie überzeugt hätt.«

»Hat nicht gestimmt, dein Eindruck«, meinte ich und marschierte mit den Bauunterlagen nach draußen.

Ich setzte mich neben Ottilie, der eine struppige junge Katze auf den Schoß gesprungen war, auf die Bank und widmete mich mit nun wachem Kopf den Unterlagen. Retsch bot tatsächlich eine stattliche Summe für Rosas Feld. Ich rechnete hoch, dass ich damit nicht nur die permanenten finanziellen Engpässe beseitigen, sondern auch die dringend nötige Sanierung der Sanitäranlagen in der Weißen Lilie finanzieren könnte. Drinnen hörte ich Michaela rumoren.

Ottilie strich mit ungelenken Bewegungen über das Fell der Katze und summte leise »Heile, heile, Gänschen«, bevor sie abrupt aufhörte und mit einer petzenden Kinderstimme rief: »Der Klapperstorch hat die Rosa geholt, der Klapperstorch hat die Rosa geholt.«

Erschreckt sprang die Katze von ihrem Schoß, und auch Ottilie hielt es nicht mehr auf der Bank, sie irrte wie gestern bei der Beerdigung im Garten umher, zupfte hie und da einen Grashalm oder eine Blume und dann eine Zwetschge. Sie ließ Blume und Grashalm fallen, betrachtete die Zwetschge, wusste aber nicht, was sie damit machen sollte. Ich nahm ihr die Frucht ab, teilte und entsteinte sie, steckte ihr die erste Hälfte vorsichtig in den Mund. Sie testete sie zaghaft, wie etwas, das sie noch nie gegessen hatte, nickte dann, und ich schob die zweite Hälfte hinterher. Sie blieb unter dem Zwetschgenbaum stehen, ich setzte mich wieder, vertiefte mich erneut in die Baulandunterlagen.

Als ich das nächste Mal aufblickte, war Ottilie verschwunden. Ich rief nach ihr, weit weg konnte sie nicht sein, bekam aber keine Antwort. Ich fand sie hinter den leeren Bienenstöcken. Dort lagerte Rosa unter einer Teerpappe Stöcke und Stäbe, wie man sie für die Gartenarbeit braucht. Einen dieser Stöcke hielt Ottilie in der Hand und reichte ihn mir. Schon mehrfach benutzt, vielleicht einen Meter lang, ein Stock, um Tomatenpflanzen anzubinden. Ich wollte ihn schon zurücklegen, als mir der braune Fleck im oberen Drittel des Stocks auffiel. Ich rieb daran, schnupperte. Der Geruch rostiger Nägel. Eisen. Getrocknetes Blut. Ottilie nickte eifrig, aber als ich fragte: »Wo hast du ihn gefunden? Ist das Rosas Blut?«, da folgte sie mit ihren Augen einem Rotkehlchenpaar, stolperte durch das Gestrüpp den Kirschbaumhügel hoch, ohne wahrzunehmen, dass direkt daneben ein Weg berganführte. Ich eilte ihr hinterher, griff mir ihren Arm, lenkte sie zurück, setzte sie wieder auf die Bank, brachte den Stock in die Küche und traute meinen Augen nicht.

Michaela hatte auf dem Küchentisch alles gestapelt, was in Rosas Haushalt irgendwie von Wert war: das zwölfteilige Silber, die schweren Kerzenleuchter, die lange Tischdecke aus Amerika, das Heizkissen, den Entsafter, die Schneidemaschine, den Mixer. Und jetzt kam sie mit einem Bügeleisen durch die Tür.

»Ha weisch, Katharina, ich hab nur mal rausg'sucht, was die Rosa mir versprochen hat. ›Michaela‹, hat sie immer g'sagt, ›das will doch sowieso kein Mensch, aber wenn du Freud dran hast …‹«

»Hast du ein anderes Testament gefunden?«

»Bis jetzt nicht. Und vielleicht hat es die Rosa wirklich nicht mehr geschafft, mit dreiundachtzig, da vergisst man schon manches …«

»Sie war nicht dement!«

»Also, das hab ich nicht behaupten wollen, wirklich nicht. Ich weiß doch, wie das ist, durch die Mutti. Aber ich hab halt gedacht, du respektierst bestimmt ihren Willen, auch wenn sie ihn jetzt nicht mehr aufschreiben konnt. Ich mein, mit dem Bauland kriegst du ja richtig Geld, das hat der Retsch mir zumindest erzählt, und dann noch das Haus, da machen dir doch ein paar Kleinigkeiten gar nichts aus. Schließlich war die Rosa doch immer großzügig, sehr großzügig ...«

»Besser, du gehst jetzt, Michaela!«

»Also Katharina, das ist jetzt aber nicht die feine Art. Nie hätt die Rosa –«

»Verschwinde, und zwar subito!« Ich war wild entschlossen, sie zu packen und vor die Tür zu schleppen, wenn sie es immer noch nicht kapierte. Nicht eine persönliche Erinnerung, nicht ein Foto, nicht eine Postkarte hatte sie ausgesucht. Nur Sachen, die sie irgendwie zu Geld machen konnte. Ich ging nach draußen, fand Ottilie wieder unter dem Zwetschgenbaum, wo sie sich bückte, mir einen kleinen zerbrochenen Ast hinhielt. Ich steckte ihn ein und führte sie durch Küche und Flur hindurch. Michaela folgte uns unwillig, drängte mich aber schnell von Ottilie weg, packte ihre Mutter vorsichtig und führte sie zum Auto.

Vielleicht schickte Michaela als Nächstes ihren holzklotzigen Mann, vielleicht schaltete sie einen Anwalt ein. Irgendwelchen Ärger würde sie mir schon machen. Was hätte dagegen gesprochen, sie die Sachen einfach mitnehmen zu lassen? Eigentlich nichts, aber ihre Gier hatte mich auf die Palme gebracht. Ich wartete, bis sie den Wagen gestartet hatte, und betrachtete den Ast, den Ottilie mir gereicht hatte. Dürr, klein, brüchig, überall unter Bäumen zu finden. Wo hatte sie den Stock mit den Blutspuren gefunden? Mit ihrem löchrigen Gehirn würde sie mir dies nicht beantworten können. Vielleicht Traudl. Mit meinen Blicken folgte ich Michaelas Wagen bis zur Abzweigung an der Ölmühle, sah, dass gleichzeitig ein silberner Volvo von der Talstraße kommend in meine Richtung abbog. Bestimmt Retsch. »Take a Chance on me« hörte ich ABBA im Wagen singen, als er ihn vor mir zum Stehen brachte.

Meckischnitt, blauer Blazer mit Goldknöpfen, fünfzig plus, die kräftige Statur eines Baritons registrierte ich, als er sich aus dem Wagen hievte und mit einem breiten Lächeln auf mich zukam. Die zwei Schritte reichten ihm, um mir sein Beileid auszusprechen und sich bei mir zu bedanken, weil ich so schnell Zeit für ihn hatte.

Dann ein warmes Händeschütteln, direkter Augenkontakt. »Take a Chance on me«, der Song war Programm. Auf dem Weg in die Küche lobte er mich über den grünen Klee. Stationen in Frankreich, Belgien, Österreich, Italien, nur die besten Restaurants, die größten Lehrmeister und jetzt selbstständig, ein eigenes Restaurant in Köln, bestes Renommee, Kritiken in führenden Restaurantführern, eine steile Karriere für ein Mädchen vom Land. – Martha und Edgar hatten ihn gut vorbereitet. Als er Michaelas Sammelsurium sah, stutzte er kurz, sagte aber nichts, schenkte mir wieder so ein breites Lächeln.

Take a Chance on me. Na denn, starten wir mal einen Versuch, dachte ich und fragte ihn, ob er wisse, dass das Testament noch nicht rechtskräftig sei. Selbstverständlich, versicherte er, er wolle mit mir grundsätzlich über das Bauprojekt sprechen, und falls ich bereit sei zu verkaufen, sei die Testamentsabwicklung letztendlich nur eine Formsache. Oder wolle jemand das Testament anfechten? Wieder der Blick auf Michaelas Schätze.

»Glaub nicht.«

Er nickte beruhigt. Ob ich schon einmal in die Unterlagen geschaut hätte? Ein wirklich außergewöhnlich schönes Neubaugebiet, schwärmte er, das könne ich ihm glauben, als Erschließungsträger sei dies nicht sein erstes Projekt, aber noch nie seien so viele Positivfaktoren zusammengekommen: absolut ruhige Lage, dieser atemberaubende Blick in den Schwarzwald, Wanderwege, Fahrradwege in unmittelbarer Nähe und gleichzeitig keine sechs Minuten bis zur nächsten Autobahnauffahrt, keine Stunde bis Freiburg, nur eine halbe bis Baden-Baden und Straßburg. Kultur und Natur, ländliche Ruhe und lebhaftes Stadtleben. Man könne also den Bauherren einiges bieten, was sich natürlich auch im Preis für das Bauland niederschlage. Was ich denn zu der Summe sage, die er Rosa Schweitzer geboten habe?

Er musste mir das Projekt nicht schmackhaft machen, mich interessierte, warum Rosa es nicht verkaufen wollte.

»Rosa Schweitzers Land ist das Herzstück«, sagte ich.

Er nickte eifrig und lächelte wissend. »Oh ja, und glauben Sie mir, das ist im Preis durchaus berücksichtigt.«

»Können Sie ohne das Land meiner Tante überhaupt bauen?«

»Gehen, liebe Frau Schweitzer, tut fast alles. Aber natürlich, Sie haben recht, mit einem weiterhin landwirtschaftlich genutzten Feld in der Mitte hätte das Bauland natürlich nicht die Attraktivität. Nun, wenn Sie andere finanzielle Vorstellungen haben, nur zu, auf den Tisch damit. Ich bin sicher, wir finden eine Lösung.« Er nickte zuversichtlich.

Take a Chance on me, dachte ich und erhöhte den Preis. Er seufzte, bot niedriger, ich schüttelte den Kopf. Dann nannte er die Summe, die seine absolute Schmerzgrenze markierte. Auf keinen Fall, beschied ich ihm, und so feilschten wir noch eine Weile miteinander, bis wir uns handelseinig waren. Er werde einen Vorvertrag vorbereiten, erklärte Retsch, in dem er als Erschließungsträger die Option auf das Land erhalte. Ich solle doch schnellstmöglich mit dem Testament zum Grundbuchamt gehen und dort meine Ansprüche anmelden, vielleicht könne er mit seinen Beziehungen das Verfahren beschleunigen, dann seien wir beide auf der sicheren Seite. Er war guter Dinge, ich war guter Dinge, von diesem Deal hatten wir beide etwas. Er das dringend benötigte Bauland, ich das dringend benötigte Geld. Wie in der Gegend so üblich schlug ich vor, darauf ein Kirschwasser zu trinken. Als ich mit der Flasche aus Rosas Speisekammer zurückkam, sah ich ihn aus der Gartentür blicken, neben der ich Ottilies Stock abgestellt hatte. Ich sprach ihn an, und als er sich umdrehte, wirkte er für eine winzige Sekunde erschreckt, so als hätte ich ihn bei etwas Verbotenem erwischt. Dann kehrte das breite Geschäftslächeln in sein Gesicht zurück.

»Weshalb hat meine Tante das Land nicht verkaufen wollen?«

»Das hat sie mir nie gesagt.«

Ich wartete, dass er weiterredete, so wortreich, wie er mir vorhin den Baulandverkauf schmackhaft gemacht hatte, aber er kippte hastig den Kirsch hinunter und verkündete, dass er jetzt gehen müsse. Er flüchtete regelrecht, wollte auf gar keinen Fall weiter mit mir reden oder sich noch länger in dieser Küche aufhalten. Er bot mir keine Gelegenheit zu fragen, wieso.

»Money, Money, Money« sang ABBA, als er den Wagen startete, und vielleicht wurde mir in diesem Augenblick bewusst, dass es bei dem Bauprojekt um verdammt viel Geld ging und Rosa erst durch ihren Tod den Weg dafür frei gemacht hatte.

Während mir noch »… in a rich man's world« im Kopf herumspukte, griff ich mir Ottilies Stock und marschierte zu Traudl, die wieder in ihrem Garten werkelte und heute Stangenbohnen erntete.

»Hat der Stock vielleicht neben Rosa und der Leiter gelegen?« Traudl sah sich den Stock an, stellte die Plastikschüssel mit den Bohnen auf den Boden und schüttelte den Kopf. »Das ist ein Tomatenstock, den hätt die Rosa nie und nimmer unter dem Zwetschgenbaum liegen lassen. Wieso?«

Ich zeigte ihr die Stelle mit dem getrockneten Blut. »Ottilie hat ihn gefunden, hinter den Bienenstöcken.«

»Du glaubst also auch …?« Sie machte einen Schritt auf mich zu, griff nach meinem Unterarm, richtete die überraschten Stechäuglein auf mich.

»Was glaub ich?«

»Erst stirbt die Biene und dann der Mensch. Die Prophezeiung, verstehsch? Die Tiere sind die Boten, sie wittern das Unheil zuerst, die Heuschrecken im alten Ägypten, die Vögel, die vor dem Tsunami aufhören zu singen, die toten Bienen, alles Zeichen. Emil stürzt die Treppe hinunter, Rosa fällt von der Leiter, alles Zeichen. Der Herr vernichtet, was er liebt, das Ende der Welt ist nah. Aber die Menschen wollen nicht sehen, die raffen und prassen, versündigen sich an der Schöpfung, achten nicht auf die Zeichen des Herrn. Und diesmal gibt es keinen Noah, der von jeder Art ein Paar mit auf die Arche nimmt, diesmal wird alles untergehen, nicht ein Strauch, nicht ein Tier, nicht das winzigste Lebewesen wird der Vernichtung entgehen. Dann verschwindet die Venus im Westen, und das Siebengestirn erhebt sich im Osten. Und dann geht die Sonne für immer unter, und an ihre Stelle tritt Orion …«

Das also hatte Traudl sich als Halt für ihre alten Tage, als Erklärung für ein trostloses Leben gewählt. Apokalyptische Visionen. Sie erzählte davon mit der gleichen Inbrunst, mit der sie uns vor Jahren die verschiedenen Düngungen für ihren Garten angepriesen hatte. Ich betrachtete ihren prächtigen Garten, wo nichts dem Untergang geweiht schien, alles in paradiesischem Überfluss gedieh, die riesigen Zwiebeln, die prallen Tomaten, die reifen Zucchini, und ließ sie reden. Das Blut konnte lange vor Rosas Tod an diesen Tomatenstock gelangt sein. Eine Verletzung durch ein spitzes Holzstück vielleicht. Ein zufälliger Griff der wirren

Ottilie. Aber möglicherweise konnte mir Traudl noch etwas über Retsch sagen.

»Sei bereit für dein Ende, Katharina. Bereue deine Sünden, bring dein Leben in Ordnung, regele, was zu regeln ist, damit du reinen Herzens vor deinen Schöpfer treten kannst«, forderte mich Traudl auf.

»Erst mal muss ich Rosas Nachlass regeln!«, versuchte ich sie zu prosaischen Dingen zurückzuholen. »Grad war der Retsch da wegen dem Bauland am Rückstaubecken. Weißt du, warum Rosa ihm das Land nicht verkaufen wollte?«

»Dem?« Traudls Stimme überschlug sich fast. »Dem hätt ich auch nichts verkauft. Das ist ein Blutsauger, ein Handlanger des Teufels, auf den die Hölle wartet. Strebt nur nach Tand und dem schnöden Mammon.«

»Und die Rosa«, startete ich einen neuen Versuch, »warum wollte sie ihm das Land nicht verkaufen?«

»›Dem Haderlump verkauf ich nichts‹, hat sie immer gesagt, und ich hab ihr recht gegeben.«

»Hat sie auch gesagt, warum?«

»An seine Händ klebt Blut …«

»Deine oder Rosas Worte?«

»Rosas. Wir sind uns einig g'wese, dass da oben überhaupt nicht gebaut werden soll. Der Mensch zerstört, er bewahrt nicht …«

»Was hat sie damit gemeint?«, warf ich Traudl schnell entgegen, bevor sie sich in die nächste Apokalypse hineinsteigern konnte. »Macht der Retsch illegale Geschäfte? Oder hat er jemanden über den Tisch gezogen? Kann er seine Rechnungen nicht zahlen?«

»Die Rosa hat über den Retsch mehr g'wusst, als dem lieb war«, behauptete sie mit triumphierendem Blick.

»Was, Traudl, was?«

»Meinscht du, sie hat mir alles g'sagt? Aber glaub mir, sie hat was gewusst. Sonst hätt der doch versucht, sie genauso unter Druck zu setzen wie die anderen Landeigentümer, die ihr Bauland gut verkaufen wollten.«

»Wer hat Rosa unter Druck gesetzt?«

»Alle. Der Markus Weber hat gedroht, dass er ihr das Haus abfackelt, wenn sie nicht endlich verkauft. Die anderen haben es nicht so offen gemacht. Anonyme Anrufe, zerstochene Reifen. Verstehsch? Und einmal sind sie alle zusammen hier aufgetaucht: der Jäger Karle, die Zunsinger Gerda, der Löffler Frieder, der Schindler Fritz und der Weber Markus. Habe denkt, sie könne die Rosa weichkoche. Aber die habe die Rosa nicht kennt, habe keine Ahnung g'habt, wie oft die schon allein gegen alle angetreten isch. Und dann: Red doch mal mit deiner Mutter. Die isch wegen dem Bauland öfter zur Rosa g'laufen, als sie sie in den letzten fünfzig Jahren besucht hat.«

Martha bei Rosa? Martha hatte ihre Schwägerin nicht mehr besucht seit dem Sommer, in dem ich fünfzehn geworden war. Warum hatte sie nicht Edgar geschickt? Was für ein Fass hatte ich da aufgemacht?

»Und was isch jetzt mit dem einbeinigen Metzger?«, wechselte Traudl unvermittelt das Thema. »Hat der sich gemeldet? Der lässt doch seine Wurstmaschine nicht stehen, der braucht die doch …«

»Ich habe angerufen. Er war nicht da.«

»Er ist der Nächste«, prophezeite Traudl düster. »Die Bienen, Emil, Rosa und jetzt der Einbeinige. Und du weißt nicht den Tag noch die Stunde, sagt der Herr, aber meine Jünger werden wissen, wann …«

Ich verabschiedete mich, bevor sie weiterreden konnte, stolperte in Rosas Garten zurück. Schon fast wieder am Haus, kehrte ich noch mal um.

»Welcher Emil?«, fragte ich.

»Der Retsch Emil aus Lauf, war auch Imker, die Rosa hat ihn gut g'kennt.«

»Retsch? Ist er mit Günther Retsch verwandt?«

»Sein Vater!«

Traudl sah mich an, als würde sie mir damit des Rätsels Lösung präsentieren. Dabei hatte sie mich nur verwirrt mit ihren Ahnungen und Prophezeiungen. Ich latschte zurück, suchte in Rosas Stall nach einer passenden Arbeitshose, tauschte Flip-Flops gegen Holzpantoffeln, griff nach dem Krail und zwei Körben. Die Sau brauchte neue Kartoffeln, und ich musste die Angst loswerden.

Eine der drei Reihen gut gehäufelter Kartoffeln, die zwischen Erbsen und Zwiebeln standen, reichte fürs Erste. Ich schob die getrockneten Blätter zur Seite und lockerte mit dem Krail die Erde.

Zum Auflesen der Kartoffeln kniete ich mich hin, entfernte die
gröbsten Erdreste, warf die großen in den einen, die kleinen für die
Sau in den anderen Korb. Aber auch wenn ich meine Hände noch
so tief in die Erde grub, noch so energisch die dreckverkrusteten
Knollen säuberte, meine Gedanken wurden davon nicht klar, sie
drehten sich wie ein wild gewordenes Sternensystem, es blieb die
Angst, die mich seit dem Gespräch mit Traudl im Griff hatte.

Martha und Rosa! Ein heißer Sommertag vor fast dreißig Jahren. In der Linde Vorbereitungen für eine Hochzeitsgesellschaft.
Martha unter Strom, hundertfünfzig Personen, vier Gänge, das ist
kein Pappenstiel. Sie kocht Hühnerbrühe, verwandelt die Küche in
eine überhitzte Sauna. Ich, vielleicht zehn, muss Stangenbohnen
köpfen, kiloweise. Sklavenarbeit. Meine Freundin Teresa kommt,
will mich zum Schwimmen abholen. »Erst die Arbeit, dann das
Vergnügen.« Ein neuer Korb Bohnen, die Hühnersauna, auf dem
Küchenboden dampfen vier gedeckte Apfelkuchen aus. Lass mich
doch endlich gehen, Mama, bettle ich. »Erst die Arbeit.« Ich hasse
sie dafür, kämpfe mit den Tränen. Mama, bitte. »Hör auf zu jam-
mern.« Ich werde wütend, furchtbar wütend, trample die vier Apfelkuchen zu Brei. Martha tobt, knallt mir rechts und links eine,
zieht mich an den Haaren, ich brülle. Plötzlich steht Rosa in der
Tür: »Lass sie sofort los, Martha!« – »Schau, was sie gemacht hat,
misch dich nicht ein!« Sie zieht fester an den Haaren, ich brülle
noch lauter. »Schlagen hilft nichts, Martha, macht alles nur schlimmer. Du vergreifst dich an einem Kind.« Rosa kommt näher, Martha sagt: »Hau ab! Misch dich nicht ein.« Rosa greift sich ein Messer,
rammt es direkt neben Marthas Arm in ein Küchenbrett. Martha
erschrickt, lässt mich los, greift nach Rosas Hals, würgt sie. Ich
schluchze, schüttele an Marthas Armen. Lass Rosa los! Martha lässt
los, nur noch Blicke zischen hin und her. Rosas streng und unerbittlich, Marthas voller Hass. Die zehnjährige Katharina weiß, dass
die Mutter Rosa weder die Einmischung noch die Bloßstellung je
verzeihen wird.

Die Angst einer Zehnjährigen, das ist lange her, sagte ich mir,
Kinder haben nur einen begrenzten Blick auf die Welt, können Si-
tuationen nicht richtig einschätzen. Aber dass Martha und Rosa in
der Zwischenzeit freundschaftlich miteinander umgingen, niemals.
Warum also hatte Martha die Verhandlungen über das Bauland

nicht Edgar überlassen? Edgar, der immer ein gutes Verhältnis zu Rosa gepflegt hatte. Warum hatte Martha, die Rosas Haus niemals betrat, diese mehrfach besucht?

Verrenn dich nicht, riet ich mir selbst, als ich mir den Dreck von den Fingern schrubbte, Angst ist ein schlechter Ratgeber, sie macht blind. Benutz deinen Kopf, sortier deine Gedanken! Also, erster Versuch: die toten Bienen, die tote Rosa und mit Emil Retsch noch ein toter Imker. Die Bienen vergiftet, Rosa von der Leiter gefallen, Emil die Treppe hinuntergestürzt. Zweiter Versuch, das Bauland: Rosa blockiert durch ihre Weigerung den Landverkauf, drückt den Preis für alle, die verkaufen wollen. Ihr Tod macht den Weg frei. Hat einer der Landbesitzer Rosa von der Leiter gestoßen? Falsch, falsch, falsch. Rosa wäre nie auf eine Leiter gestiegen. Damit war ich wieder am Anfang aller Fragen angelangt. Warum ist sie auf eine Leiter gestiegen? Wenn ich diese Frage beantworten könnte, dachte ich mir, als Handyklingeln meine Gedanken störte, dann würde ich wissen, ob Rosa, wie alle hier sagen, einen schönen, schnellen Tod gefunden oder ob sie jemand umgebracht hatte.

»Ja?«, blaffte ich in mein Handy.

»Hast dich beruhigt, Kathi? Siehst die Wiener Woche jetzt in einem anderem Licht?«

Ecki gab seiner Samtstimme einen leicht besorgten Ton, aber ich merkte sofort, dass er eigentlich unverschämt gut gelaunt war.

»Hab gedacht, dass du mir in einer Woche die Weiße Lilie nicht ruinieren kannst.«

»Du bist so negativ, Kathi. Geh her, hab ich je was ruiniert?«

Oh ja, hätte ich am liebsten gerufen, weil ich sofort an die zerstörten Träume vom Paradeiser und gemeinsamem Liebesglück dachte. Aber die Geschichte hatten wir schon zu oft aufgewärmt. Stattdessen fragte ich: »Wie sieht dein Speiseplan aus?«

»Heut gibt's einen großartigen Tafelspitz, klassisch in Brühe mit Kren dabei. Als Dessert Wiener Mehlspeisen: ein Mohr im Hemd, besoffene Kapuziner, Mundkücherl mit Zwetschgenröster.«

»Und die Vorspeisen?«

»Die Paradeisersupp, du weißt schon, wo's doch heuer so gute Paradeiser gibt ...«

»Keine Paradeiser, Ecki!«, unterbrach ich ihn scharf. Für unser

Restaurant hatten wir uns ganze Paradeiser-Menüs ausgedacht. Tomaten in der Vorspeise, Tomaten im Hauptgang, karamellisierte Tomaten zum Dessert. Und jetzt wollte Ecki, so mir nichts, dir nichts, eins von den alten Rezepten aus dem Hut zaubern? Nichts da. Die Idee vom Paradies war gestorben. »Außerdem«, schob ich etwas gnädiger hinterher, »wenn du den Tafelspitz in Brühe servierst, kannst du zur Vorspeise keine Suppe schicken.«

»Was hältst von Appetitkrapferln mit faschiertem Schinken? Oder Fisolen und Karfiol mit Butter und Bröseln?«

»Ein bisschen schlicht, aber von mir aus!«

»Und jetzt, Kathi!« – die Samtstimme machte eine kleine dramatische Pause – »das Größte! 's gibt Schrammelmusik dazu.«

»Was?«

»Dadadada dada, dadadada dada. Kennst doch Zithermusik, Anton Karas, ›Der dritte Mann‹, hast bestimmt schon mal g'sehn. Orson Welles in der Wiener Kanalisation, die G'schicht mit dem Penizillin.«

»In der Weißen Lilie gibt es keine Lautsprecheranlage. Bei mir wird gegessen und sich unterhalten ...«

»'s braucht keine Anlage, live, Kathi! Ein echter Wiener aus der Josefstadt. Hab ihn beim Bier in der ›Vielharmonie‹ getroffen und sofort engagiert.«

»Ecki«, sagte ich und bemühte mich, ganz ruhig zu bleiben. »Ich hab bewusst auf Musik in der Weißen Lilie verzichtet. Man wird doch überall berieselt. Bei mir dagegen soll man sich am Gespräch mit seinen Nachbarn und am Essen erfreuen und sonst gar nichts.«

»Ist doch eh alles eine Ausnahm mit mir als Koch und der Wiener Woche«, versuchte Eckis Samtstimme mich zu beruhigen. »Was hast gegen einen Schrammelspieler? Ein bissl Wiener Kanalisation, ein bissl Heurigenstimmung ...?«

»Heurigenstimmung?«, brüllte ich. Jetzt war's vorbei mit dem Zusammenreißen und dem Gutzureden. »Warum nicht gleich Karnevalsmusik? Schick deinen Josefstädter doch ins Altenheim vis à vis! Da passt deine Heurigenmusik hin, die alten Leute erinnern sich dann vielleicht an den dritten Mann, Hans Moser oder Paul Hörbiger, und haben Spaß dabei! Auf keinen Fall in der Weißen Lilie, hast du kapiert, Ecki? Auf gar keinen Fall!«, befahl ich und drückte, nachdem ich fünf weitere Aber-Sätze von Ecki abgewürgt hatte, die Off-Taste.

Ich wollte mir gar nicht ausmalen, auf was für Ideen Ecki noch kommen könnte! Ich sollte mich beeilen, damit ich so schnell wie möglich nach Köln zurückkam. Zuerst wollte ich das Testament beim Grundbuchamt einreichen. Ich packte die Papiere zusammen und fuhr los.

Wegen der Sache mit der Sau machte ich auf dem Weg nach Achern beim Jörger-Metzger halt. Selbstverständlich könne er das Schwein für mich schlachten, versicherte er mir, bis zu seinem nächsten Schlachttag müsse ich aber schon warten. Ob ich spezielle Wünsche hätte, Fleischaufteilung, Wurstsorten und so weiter?

»Mach, wie du's immer machst«, entschied ich schnell. »Und früher geht es auf keinen Fall?«

Leider nicht, er brauche die Tage zum Wursten und Räuchern. Die Rosa habe doch immer den Einbeinigen aus dem Hanauerland bestellt, obwohl das nimmer legal sei, EU-Rechte und so weiter lassen keine Hausschlachtungen mehr zu. »Aber trotzdem, frag den, der hat keine Metzgerei zu führen und kann vielleicht schneller«, schlug der Jörger vor.

»Der ist wie vom Erdboden verschluckt«, erzählte ich, »hat aber seine Wurstmaschine in Rosas Küche stehen lassen.«

Der Jörger fand das merkwürdig, sogar äußerst merkwürdig. Aber dann fiel ihm ein, dass der Einbeinige gelegentlich ein Kirschwasser über den Durst trank und vielleicht irgendwo seinen Rausch ausschlief.

»Schon vier Tage lang?«, fragte ich, und der Jörger blickte wieder ernst und fand es merkwürdig, äußerst merkwürdig.

Ich fuhr weiter nach Achern, dort im Stop-and-go die Hauptstraße entlang, parkte den Wagen hinter der Sparkasse, ging weiter zum Rathausplatz, wo Einheimische und Schwarzwaldtouristen ihr Eis löffelten und in den Geschäften ringsherum das Gleiche kaufen konnten wie in Bottrop oder Bremerhaven. In einer der größten Bausünden Acherns, dem Rathausklotz aus den späten siebziger Jahren, war das Grundbuchamt untergebracht. Es würde mindestens zwei Monate dauern, bis Rosas Felder auf mich übertragen waren, beschied mir eine dürre Angestellte. Dann zurück zur Sparkasse, wo Rosa ihr Konto hatte und es auch dauerte, bis ich erfahren würde, ob überhaupt und wenn ja, wie viel Geld sie dort liegen hatte. Wo ich schon dabei war, marschierte ich auch noch zur Lokalredaktion des Acher und Bühler Boten, um Rosas Abonnement zu kündigen. Wenigstens das ging schneller. Ich fragte nach FK und erfuhr, dass er schon nach Hause gegangen war.

In seinem Haus am Feldschlössle, einem flachen Bungalow aus den frühen Siebzigern, dem Elternhaus seiner Frau, hatte ich ihn nur einmal besucht. Ein merkwürdiger Abend mit belanglosem Geplänkel in angespannter Atmosphäre. Rita, FKs Frau, hatte Nüsschen und Salzstangen zum Bier serviert, ihre Hand lag den ganzen Abend auf FKs Knie, und sie hatte mir immer wieder versichert, wie glücklich FK und sie miteinander waren. »Nicht wahr, Schatz?« FK hatte genickt und Bier getrunken, und ich täuschte ein plötzliches Kopfweh vor, um der zementierten Paar-Idylle zu entfliehen. Wir hatten uns danach hie und da, aber niemals mehr bei FK zu Hause getroffen. Deshalb wunderte ich mich über mich selbst, als ich jetzt vor der Tür dieses Bungalows stand und klingelte. Rita, älter und breiter geworden, öffnete die Tür mit misstrauischem Blick. Ich setzte ein freundliches Lächeln auf.

»Ich weiß nicht, ob du dich an mich erinnerst ...?«

»Und ob. Wenn du zu FK willst, der wohnt hier nicht mehr. Ich hab ihn rausgeschmissen.«

Den Buchsbaumkranz an der Tür zierten zitronenfarbene Kunstblüten und orangefarbene Schleifen, zwei ebenfalls künstliche Schmetterlinge in Himmelblau schienen sich über den Kunstblumen zu küssen. Keine Ahnung, wie lange ich sie anstarrte, nachdem mir Rita ohne ein weiteres Wort die Tür vor der Nase zugeschlagen hatte. Irgendwann löste ich mich von den künstlichen Schmetterlingen und ging zum Auto. Also damit hatte ich nun nicht gerechnet. Ich fuhr zu Rosas Haus zurück, setzte mich vor die leeren Bienenstöcke und ließ meine Gedanken kreisen. In meinem Kopf krachte die harte Gitarre von Gianna Nannini, und ihre rauchige Stimme sang von Kalifornien und von Freiheit, von »America« und der Einsamkeit, in die jeder zurückgeworfen wird. Dann rief ich FK an. Abendessen im Ulmer Braustübl schlug ich vor. Er war sofort einverstanden.

FK saß schon an einem der Biertische unter einer großen Kastanie und blickte zu dem kleinen Sportplatz hinüber, wo winzige Jungen in übergroßen Trikots Fußball spielten und von ihren Vätern am Spielfeldrand angefeuert wurden, als wären sie alle kleine Podolskis oder Ronaldinhos.

»Spielt einer deiner Söhne Fußball?«

»Zum Glück nicht. Wenn ich das sehe, dann weiß ich, was sie mir alles erspart haben.« Er lächelte das alte spöttische FK-Lächeln.

»Was willst du essen?« Er reichte mir die Speisekarte.

»Ist der Elsässer Wurstsalat gut hier?«

»Dass du so was überhaupt isst!«

»Ist Teil meiner kulinarischen Arche Noah, prägendes Gericht meiner Kindheit. Wenn ich im Badischen bin, esse ich mindestens einmal Elsässer Wurstsalat. An so schlichten Gerichten kannst du am besten merken, wie viel man falsch machen kann. Du brauchst eine richtig gute Lyoner Wurst, dann der Käse, unbedingt echter Emmentaler, die Essiggurken nicht zu wässrig, nicht zu süß und die Zwiebeln nicht zu scharf, die Vinaigrette leicht essigbetont mit einem neutralen Öl, auf keinen Fall Senf; Tomaten und Radieschen als Dekoration möglich, frische Gurken gehen auf gar keinen Fall. Und das Brot dazu muss stimmen. Ein Holzofenbrot mit einem kleinen Roggenanteil ist perfekt.«

»Ist schon gut, Katharina, so genau wollt ich es gar nicht wissen. – Hier!« Er kramte ein paar Papiere aus seiner Laptoptasche. »Ich hab dir einiges zum Bienensterben kopiert. Falls es dich noch interessiert.«

»Klar!« Ich überflog die Überschriften: »Durchfall und Herzrasen nach Pollenverzehr«, »Das rätselhafte Bienensterben. Todeszone Oberrhein«, »Bienensterben, Insektizid-Lobbyismus und die Ignoranz der deutschen Behörden«, »Tod im Maisfeld. Die Biene, das Geld und der Tod«. – Dabei dachte ich an das, was Rita gesagt hatte. Von wegen alles in Ordnung. Es war unmöglich, jetzt mit ihm über das Bienensterben zu reden.

»Ich war bei dir zu Hause«, begann ich, während die Bedienung meine Bestellung aufnahm und FK ein Schäufele mit Kartoffelsalat servierte. »Rita sagt ...«

»Erzählt sie immer noch, dass sie mich rausgeschmissen hat?«, unterbrach mich FK und fing an, schnell zu essen.

»Was ist passiert?«

»Was soll schon passiert sein? Paare trennen sich, Familien lösen sich auf. Wenn die Kinder flügge werden, merken viele Eltern, dass sie sich nichts mehr zu sagen haben. Warum soll ich eine Ausnahme sein?« Er schaufelte weiter den Kartoffelsalat in sich hinein, als hätte er seit Tagen nichts gegessen.

»Jetzt komm mir nicht mit so billigen Allgemeinplätzen. Wann bist du ausgezogen?«

»Vor zwei Monaten.«

»Und wo wohnst du jetzt?«

»Bei einem Kollegen in der Illenau. Der hat sich letztes Jahr von seiner Frau getrennt. – Eine kleine Männer-Not-WG.«

»Zwei Monate«, murmelte ich und dachte an meinen Schmerz nach Spielmanns Tod und an den nach der Bombayreise, als ich gespürt hatte, was mit Ecki alles nicht möglich war. »Zwei Monate ist gar nichts. Da bluten alle offenen Wunden noch.«

»Du musst es ja wissen.« Sein Teller war leer, bevor ich meinen Wurstsalat serviert bekam. FK bestellte ein weiteres Bier.

»Jetzt tu doch nicht so cool! Oder hast du genügend Leute, bei denen du dich ausheulen kannst?«

Es dauerte zwei Stunden und drei weitere Biere, bevor er mit ein paar Bruchstücken herausrückte. Der Anlass wie meist sehr banal. Davor: das schleichende Desinteresse am Partner, der ritualisierte Sex, die stummen Fernsehabende, die Jahre im Voraus geplanten Familienreisen, die Kombination aus Sicherheit und Langeweile. Einerseits gut, dass es jetzt vorbei war, andererseits dieser Bruch, dieser Verlust von Vertrautem, die Kinder nicht mehr jeden Tag sehen können, die Angst vor dem Alleinsein. Alles auch nicht angenehm, kürzte er zum Schluss ab. Wer sprach schon gern vom Scheitern? Von den Schlägen unter die Gürtellinie aus verletzter Liebe. Von den Gemeinheiten, zu denen man fähig war. Von der Breitseite, die man dem vertrauten Partner als Angriffsfläche bot. Von der Einsamkeit nach einer schlaflosen Nacht am frühen Morgen. Von den Tränen, die dann flossen, und dem Schnaps, der dann nicht half.

»Und bei dir? Redest du dir immer noch den Wiener schön?«

Ich erinnerte mich gar nicht daran, ihm von Ecki erzählt zu haben, aber es musste wohl so gewesen sein. Ich verscheuchte die Sängerin in meinem Kopf, die schon wieder anfing, vom Aufräumen zu singen, und sagte: »Ecki macht nie das, was ich will. Das macht mich wahnsinnig, und gleichzeitig finde ich es anziehend, ihn nie wirklich zu packen zu kriegen.«

»Hängen wir da einer pubertären, romantischen Form der Liebe nach, Frau Schweitzer? Nur was ich nicht kriegen kann, ist wirklich begehrenswert?«

»Vergiss es, FK.«

»Liebe in Cinemascope. Nur die großen Momente, der Alltag verschwindet in einer Abblende. Auf keinen Fall in die Niederungen hinabsteigen, wir sind ja so was Besonderes, was, Katharina?«

»Wie erfüllend eine alltägliche Liebe sein kann, hast du mir ja grad erzählt.«

»Pulst gern in offenen Wunden, was? Wie oft siehst du deinen Wiener im Jahr? Eine Woche? Zwei oder drei? Und was machst du die vielen anderen Wochen?«

»Ich arbeite.«

»Arbeit hilft«, stimmte er mir, wieder friedlicher gestimmt, zu. »Es klingt makaber, aber für mich kam das Bienensterben zum richtigen Zeitpunkt. Es hat mich während der Trennung davor bewahrt, in Selbstmitleid zu versinken. Hab ich erzählt, dass von der Industrie ganz bewusst verschwiegen wurde, dass es schon Erfahrungen mit Ponchito gab? Keine vier Wochen bevor das Bienensterben am Oberrhein begann, sind schon tausende Bienenvölker in der Po-Ebene gestorben. Auch das eine Maisanbauregion, auch dort die chemische Keule gegen den Maiswurzelbohrer. Man hat diese Information zurückgehalten, bis der Saatmais in Deutschland in der Erde war. Völlig klar, was dahintersteckt: Ponchito ist ein deutsches Produkt, noch relativ neu auf dem Markt, das soll weltweit verkauft werden. Es macht keinen guten Eindruck, wenn dieses Mittel im Herstellerland verboten ist. Mais ist eine der meist angebauten Pflanzen auf der Welt. Das Saatmaisgeschäft wird von drei großen amerikanischen Konzernen beherrscht, deren Lobbyarbeit so gut ist, dass kein Bauer anderen, möglicherweise sogar selbst gezogenen Saatmais anbauen kann. Die Bauern hängen am Tropf der chemischen Industrie, und die Politik tut alles, damit das so bleibt. Wenn du dich damit näher beschäftigst, merkst du, dass von Autarkie in der Landwirtschaft nicht mehr die Rede sein kann, und das Bild von Bauern als Heger und Bewahrer der Natur nur eine Werbeschablone ist. Es findet ein beispielloser, unglaublicher Raubbau statt, bei dem nur eines zählt: Profit. Die Gewinner sind nicht die Bauern, sondern die Chemiekonzerne. Leider aber machen die Bauern beziehungsweise ihre Vertreter im Bauernverband das Spiel mit, setzen nicht mehrheitlich auf ökologischen Landbau, was die einzige Alternative wäre. Weißt du, welches schlichte Mittel gegen den Maiswurzelbohrer helfen würde? Die gute alte Dreifelderwirtschaft. Ein Jahr Brachland, ein Jahr Getreide, bis im dritten Jahr dann wieder Mais angebaut wird, ist der Maiswurzelbohrer verhungert ...«

Die Bedienung kam zum Kassieren. Wir waren die letzten Gäste, die kleinen Fußballer schon längst verschwunden, das Fußballfeld von der Nacht verschluckt, am Himmel allein der Abendstern.

»Und die Mais-Guerilla, FK?«

»Es gibt ein Video bei YouTube, das du dir ansehen kannst. Rosa in Aktion, nicht schlecht! Heißt das, du bleibst noch hier?«

»Wenn Ecki mir die Weiße Lilie nicht abfackelt ...«

Das alte FK-Grinsen.

Ich fuhr über Mösbach und den Drei-Kirschen-Weg zurück. Schon von Weitem sah ich, dass in Rosas Haus Licht brannte, aber im Hof stand kein fremdes rotes Auto, sondern ein Benz, den ich ziemlich gut kannte. Damit hatte ich nicht gerechnet, dass sie in Rosas Haus auf mich wartete. Ich ging um das Haus herum, klopfte an die Hintertür. Martha saß am Küchentisch.

»Ich muss mit dir reden.«

Ich verscheuchte die Bilder vom letzten Mal, als wir beide in dieser Küche gestanden hatten, räumte ein paar von Michaelas Schätzen zur Seite, setzte mich und sah sie interessiert an. Es musste etwas wirklich Wichtiges sein, das sie mitten in der Nacht ausgerechnet hier mit mir besprechen wollte.

»Die letzten Jahre waren nicht gut, immer weniger Gäste. Alle rennen so neumodischem Zeugs hinterher, wie Tacos und Tempura oder wie das Glump heißt. Und überhaupt, die Leut gehen nimmer so oft essen, 's Geld sitzt nicht mehr so locker, ich brauch dir das nicht erzählen, das weißt du selber.«

Sie hatte mir den Rücken zugekehrt, die Hände über dem breiten Hintern verschränkt, ihre Augen fixierten entweder den Fliegenfänger in der Gartentür oder starrten in die dahinterliegende Dunkelheit.

»Wir haben überlegt, ob wir die Linde verpachten sollen, aber 's Geld für hinterher reicht noch nicht, ein paar Jahre müssen wir schon noch schaffen. Als dann die Gemeinde das Bauland ausgeschrieben hat, haben wir beschlossen zu verkaufen. Und dann ist der Gasherd kaputtgegangen. Also haben wir entschieden, noch mal in die Küche zu investieren, und dafür einen Kredit aufgenommen. Der Retsch hat ein gutes Angebot gemacht, immer vorausgesetzt, alle verkaufen ihr Bauland. Er ist nur an dem kompletten Areal interessiert. Deshalb ist es wichtig, dass du jetzt so schnell wie möglich Rosas Land verkaufst. – Hast du schon mit dem Retsch geredet?«

»Hab ich. Aber ich kapier nicht, warum die Rosa ihm ihr Land nicht verkaufen wollte!«

Ein kurzes Schnauben, dann sagte Martha ganz ruhig: »Es ist doch wurscht, was die Rosa wollt oder nicht, es ist jetzt dein Land. Und sag bloß nicht, dass du das Geld nicht brauchen kannst. Dir geht's auch nicht besser als uns. – Ich mein, das ganze Problem hätten wir nicht, wenn du nicht unbedingt ein eigenes Restaurant, wenn du die Linde übernommen hättest –«

»Mama!«, unterbrach ich sie scharf. Darüber, dass ich in die Linde zurückkehren sollte, hatten wir mindestens so oft gestritten wie übers Heiraten und Kinderkriegen.

»Wir haben uns ja damit abgefunden, dass weder du noch der Bernhard …«, lenkte sie schnell ein und drehte mir den Kopf zu. »Was meinst du, warum wir den Zirkus noch machen? Doch nicht zum Vergnügen, sondern nur, damit wir euch im Alter nicht auf der Tasche liegen.«

»Warum hat der Papa denn nicht mit Rosa geredet?«

»Hat er doch! Weißt du, was sie gesagt hat? ›Ich hab meine Gründe, Edgar, glaub mir! Ihr werdet mir alle dankbar sein, wenn da oben nicht gebaut wird.‹ Sonst nichts. Und er hat's abgenickt, ich mein, er kann halt keinen Druck machen, aber jetzt sag du, was soll man mit so etwas Schwammigem anfangen?«

»Aber ihr habt doch überlegt, was das für Gründe sein könnten, oder?«

»Was hast du denn mit dem Retsch vereinbart?«

»Er macht einen Vorvertrag. Das Testament ist noch nicht rechtskräftig.«

»Aber den unterschreibst du?«

»Es ist Rosas Land und Rosas Geld. Ich möchte nichts damit machen, was sie nicht gewollt hätte.«

Ein lauteres Schnauben, dann: »Zehn Jahre hast du dich nicht um sie gekümmert, und jetzt geht's dir plötzlich drum, was sie gewollt hat? Und was deine Eltern wollen, zählt gar nichts!«

Vorsicht, ermahnte ich mich, nicht auf den Vorwurfs-Zug aufsteigen! »Was weißt du über den Retsch? Ist er ein seriöser Geschäftsmann?«

»Meinst du, unsere Gemeinde würde ihm diese schwierigen Verhandlungen mit Landeigentümern und Bauherren überlassen, wenn sie davor nicht geprüft hätte, ob er und seine Firma gut sind?«

»Na ja«, sagte ich und dachte an das eine oder andere Kölner Projekt. Museumsloch, U-Bahnbau, eine Panne nach der anderen, Schuldzuweisungen, die im Pingpong-Tempo hin und her geschoben wurden. »Klüngel« hatten die Kölner nicht exklusiv gepachtet, den gab es überall, wo's um viel Geld ging. »Was hat er denn sonst noch gebaut?«

»In Stadelhofen und Nesselried, in Altschweier und Windschläg hat er Neubaugebiete erschlossen. Auch an einem Teil von der neuen B 3 zwischen Baden-Baden und Bühl war seine Firma beteiligt. Das ist alles mit rechten Dingen zugegangen. Wenn's nicht so wäre, hätte ich in der Linde bestimmt mal das eine oder andere gehört. Nur mit einer Industrieanlage im Elsass soll er sich verspekuliert haben. Aber du weißt ja selbst, dass das eigentlich nichts heißt. Im Baugewerbe gibt es noch mehr Berg- und Talfahrten als in der Gastronomie.«

»Er soll Blut an den Händen haben …«

»So ein Schwachsinn kann doch nur von der Traudl kommen, oder? Die denkt doch auch, dass er ein Handlanger des Satans ist. Du hast schon gemerkt, dass sie nicht mehr so richtig tickt im Kopf? Die wartet ja jeden Tag auf den Weltuntergang.«

»Aber die Rosa war noch klar im Kopf. Es muss einen Grund geben, warum sie nicht verkaufen wollte.«

»Darum hättest du dich zu ihren Lebzeiten kümmern müssen!

Jetzt wird es dir keiner mehr sagen können!« Marthas Hände, wieder über dem Hintern verschränkt, wippten ungeduldig auf und ab. »Und es ist auch nicht richtig, dass du hier im Haus von einer Toten wohnst, anstatt daheim bei deinen Eltern zu sein.«

Genau. Was sollten denn die Leute denken? Das machte einen schlechten Eindruck, so wie damals mit fünfzehn, als ich überhaupt nicht mehr nach Hause wollte. Die Fassade musste stimmen, koste es, was es wolle. Kinder, die nicht spurten, Kinder, die verrückt spielten, konnten sich Wirtsleute nicht erlauben. Man saß doch immer auf dem Präsentierteller. Die alten Verletzungen.

»Erzähl mir nicht, dass Rosa dir nichts gesagt hat, so oft, wie du wegen dem Bauland bei ihr warst!«

Martha drehte sich um, donnerte eine Hand auf den Tisch, und alles, was von Michaelas Schätzen klirren konnte, klirrte. »Ich bin vor ihr zu Kreuze gekrochen«, zischte sie mich an. »Hab doch gedacht, 's liegt an mir, dass sie nicht verkaufen will. An den alten Geschichten, die sie nicht vergessen konnt. ›Rosa‹, habe ich gesagt, ›lass das Vergangene ruhen. Ist alles vergeben und vergessen. Denk einmal an uns! Wir brauchen das Geld, sonst sind wir am Ende. Für wen willst du das Land? Hast niemanden mehr, sogar Katharina hat dich im Stich gelassen …‹«

»Was?« Ein Hieb mitten ins Herz. Funkstille war's, aber ich hätte Rosa niemals im Stich gelassen, niemals. Von wegen die alten Geschichten vergeben und vergessen, Martha hatte mich gegen Rosa ausgespielt, mich als falschen Trumpf benutzt. »Raus!«, brüllte ich weinend. »Verlass sofort mein Haus!«

Anstatt einer Antwort klatschte eine Hand auf meine Wange, die sofort anfing zu brennen. Immer hatte sie geschlagen, wenn sie nicht weiterwusste. Auf den zweiten Schlag war ich gefasst. Ich packte ihren Arm, drehte ihn nach hinten und schob sie so durch den Flur nach draußen, schlug die Tür hinter ihr zu. Dann rannte ich nach oben, vergrub mich unter der Bettdecke, wimmerte wie ein kleines Kind. Ich hörte sie nicht über den Kies stolpern, hörte nicht, wie sie den Benz startete, abwürgte, neu startete, hörte nicht, wie sein Brummen verebbte, wie mit dem Plätschern des Baches und dem Rascheln des Maises die Töne der Nacht zurückkehrten.

FÜNF

Bienensterben, erfuhr ich aus FKs Unterlagen, hatte es in Europa schon Jahre vor dem Einsatz von Clothianidin gegeben. Die bisher größten Verluste bei der Bienenzucht wurden von der Varroa-Milbe ausgelöst, einem Parasit, der die Tiere aussaugt. 1977 hatten Wissenschaftler eine asiatische Bienenrasse zu Forschungszwecken nach Deutschland geholt und dabei diese asiatische Milbenart eingeschleppt, die für die europäischen Bienen tödlich ist. Seither gehen jedes Jahr rund zehn Prozent der Bienenvölker an der Milbe zugrunde. Aber es ist nicht die Varroa-Milbe allein, die den Bienen zu schaffen macht, es sind viele Ursachen, die die Bienen langsam überwältigen. Die Flurbereinigungen, die keine Feldraine mehr übrig gelassen haben, die Monokulturen und eine allzu perfekte Forstwirtschaft, die jeden hohlen Baumstumpf aus dem Wald holt, in dem die wilden Schwärme sich einst ansiedelten. Die Städte und Vorstädte, die das Land überwuchern. Die Pestizide, die die Bienen langsam vergiften. Krankheiten und Parasiten aus allen möglichen Teilen der Welt eingeschleppt im Zuge der transkontinentalen Verschickung von Zuchtbienen. Inzwischen fehlt den Bienen auch der Mensch, der ihnen Unterkunft bietet. In der freien Natur ist kaum noch Platz für sie. Aber die Imker sterben aus, weil sie, wie in Deutschland, oft Hobby-Imker sind, Pensionäre, die sich die Anschaffung neuer und die Versorgung kranker Völker in jedem Frühling aufs Neue nicht mehr leisten können.

Mit einem Artikel aus der Badischen Zeitung gelangte ich zurück zum badischen Bienensterben. Hat der Giftstaub, der fürs Bienensterben in der Rheinebene verantwortlich ist, Menschen krank gemacht? Einzelne Imker und Bauern sollen nach der Aussaat von behandeltem Mais gesundheitliche Probleme gehabt haben. Ein Imker habe Pollen aus dem Bienenstock gegessen und sei danach wegen heftigen Durchfalls tagelang in ärztlicher Behandlung gewesen; ein anderer habe nach dem Genuss von Bienenbrot Herzrasen bekommen. Beides sei in die Zeit gefallen, in der mit Ponchito gebeizte Maissaat ausgebracht wurde. Damit stand der Verdacht im Raum, dass auch Menschen geschädigt wurden …

Den ganzen Morgen saß ich auf der Gartenbank und las. Das Bienensterben war weit weg von Martha, und an sie und die gestrige Nacht wollte ich an diesem Morgen nicht denken. Ich war froh, dass sie mich nicht bis in meine Träume verfolgt hatte. Dort hatte Rosa wieder gegen die Killerbienen gekämpft, diesmal unterstützt von weiteren Zeichentrickbienen mit Che-Guevara-Baskenmützen. Che-Guevara-Baskenmützen! Wie kam man nur auf so einen Scheiß? Manchmal fragte ich mich, wo im Hirn all die merkwürdigen Bilder versteckt waren, die nur in Träumen sichtbar wurden. War das meine Traumvorstellung der Mais-Guerilla? Über die reale Mais-Guerilla fand sich kein Artikel in FKs Lesepaket. Was hatte er gesagt? Ein Video bei YouTube?

Rosa hatte ihren Rechner nicht durch ein Kennwort geschützt. Ohne langes Suchen fand ich unter dem Stichwort »Mais-Guerilla« einen kleinen Film: Ein Maisfeld am frühen Morgen, Tau tropft von den Blättern, im Hintergrund fröhliche Musik, ein Samba-Rhythmus, ein deutscher Text, von dem ich nur verstand: »Wir befreien das Feld vom giftigen Mais, wir befreien das Feld vom giftigen Mais.« Plötzlich kamen von allen Seiten Leute ins Bild, aber ich sah nur Rosa: Rosa in alten, weiten Jeans und einem Holzfällerhemd, Rosa, die sich bewegt, die lacht, die spricht, deren Hände nach dem Mais greifen, deren Füße den Mais niedertrampeln. Einmal fährt die Kamera ganz nah auf ihr Gesicht, und ihre dunklen Augen blicken mich an wie früher mit dieser Mischung aus Unerbittlichkeit und Wärme, die ich gleichermaßen geliebt und gehasst hatte. Mit einem Mal war sie unglaublich lebendig, und ich hörte sie mit ihrer kräftigen Stimme fragen: »Wie oft muss eine Biene für ein Glas Honig ausfliegen?« Vierzigtausend Mal, antwortet die kleine Katharina brav, sie fliegt dafür einmal um die Welt. »Und warum sind die Bienen so großzügig?« Weil sie mehr Honig sammeln, als sie selbst brauchen. »Und was macht Honig für den Menschen so wertvoll?« Er schmeckt gut, und er wehrt Krankheiten ab. Ich weiß nicht mehr, wie oft wir diese Frage-Antwort-Spielchen gemacht hatten.

Ich drückte auf die Pausentaste, als ihr Gesicht den ganzen Bildschirm füllte. Mit den Fingern fuhr ich die Falten um die Augen nach, umrundete den energischen Mund, streifte den runzligen Hals, strich über das dünne Haar, erinnerte mich daran, wie ich es ihr zum ersten Mal kurz geschnitten hatte. Dem war ein entsetzlicher Streit mit Martha vorausgegangen. Aus lauter Wut hatte sie mir mit der großen Küchenschere ein Loch in die Haare geschnitten, und ich war danach zu Rosa geflüchtet, hatte auf der Fahrradfahrt vergeblich versucht, die kahle Stelle über dem Ohr mit anderen Haaren zu bedecken. Rosa sah mich nur an, fragte nicht, was passiert war. »Los, hol die gute Schere aus der Nähkiste«, befahl sie. Wir müssen es kaschieren, schluchzte ich, ich will nicht noch mehr Haare verlieren. »Hol jetzt die Schere«, wiederholte sie und zog die Haarnadeln aus dem grauen Knoten, schüttelte ihr damals schon dünnes Haar. »Zeit für Veränderungen«, fuhr sie fort, »hab immer schon kurze Haare gewollt. Schneid sie mir ab!« Aber ich schluchzte weiter. Also holte Rosa die Schere, stellte den großen Badezimmerspiegel auf den Küchentisch, legte sich ein Handtuch um die Schultern, drückte mir Kamm und Schere in die Hand und knurrte: »Jetzt hör auf zu plärren und fang an!« – So hatten wir eine Zeit lang den gleichen Kurzhaarschnitt, und Rosa hatte ihren bis zu ihrem Tod behalten.

Danke, Rosa, sagte ich zu dem Foto auf dem Bildschirm und merkte, dass mir die Tränen kamen, danke für alles. Ich stellte die Sambamusik leise, ging zurück auf Start und sah mir Rosa immer wieder an, wiegte mich in der Illusion, sie wäre noch so lebendig wie in dem Film und würde gleich zur Tür hereinkommen und mich anscheißen, weil ich hier heulend vor dem Bildschirm saß und Trübsal blies. Nach dem ich-weiß-nicht-wievielten Mal konnte ich endlich den Blick von Rosa abwenden und mir ansehen, was in diesem Video eigentlich geschah.

Ingesamt zehn Leute, die im Mais ausschwirrten, zählte ich. Auffällig war, dass diese entweder sehr alt oder sehr jung waren. Neben Rosa noch eine alte Frau und drei alte Männer. In den Gesichtszügen der alten Männer versuchte ich eine Ähnlichkeit mit Günther Retsch zu entdecken, um herauszufinden, ob ich in einem von ihnen dessen Vater Emil erkennen konnte. Niemand ähnelte dem Baulandmakler. Entweder hatte Günther nur die Gene seiner Mutter geerbt oder Emil Retsch gehörte nicht zur Mais-Guerilla. Nach den Alten nahm ich mir die Jungen vor. Die schienen alle aus der alternativen Szene zu kommen. Ökos, Punks, Grufties, Emos waren vertreten. Die, die nichts mehr zu verlieren haben, und die,

die nach etwas suchen, was den Einsatz lohnt, dachte ich bei dieser Allianz zwischen Jung und Alt. Nach einem für mich undurchschaubaren Muster trampelten die Leute den Mais nieder, pflockten Transparente in den Boden. »Für das Leben, gegen Monopol-Saatmais«, »Befreit die Felder von Ponchito«, »Zuerst stirbt die Biene und dann der Mensch«, »Todeszone Oberrhein« las ich. Irgendwann kam Hektik in die Gruppe, Hundegebell war zu hören, Hundeführer der Polizei betraten das Maisfeld, scheuchten die Guerilleros vom Acker. Keiner leistete Widerstand, die Leute ließen sich friedlich abführen.

Je öfter ich mir das Video ansah, desto mehr begriff ich, warum Rosa sich dieser Gruppe angeschlossen hatte. Ein Leben lang hatte sie geglaubt, dass man Dinge durch Taten verändern kann. Immer hatte sie ihre Position durch Handeln ausgedrückt. »Du glaubst, dass uns das trotzdem nicht das Recht gibt, fremdes Eigentum zu zerstören?«, hörte ich sie fragen. »Ist es nicht Sklaverei, in die die Chemieriesen die Bauern zwingen? Was sind ein paar Maisfelder im Vergleich zu dem, was diese Verbrecher zerstören? Die Verhältnismäßigkeit der Mittel, verstehsch?«

Meine Service-Chefin rief an, als ich wieder auf das Standbild von Rosas Gesicht starrte, und hielt sich nicht mit Vorreden auf. Leider habe sie schlechte Nachrichten aus der Weißen Lilie. Sofort dachte ich an den Tafelspitz und die Mehlspeisen. Natürlich! Die Gäste haben sich beschwert, vermissen das Niveau meiner Küche.

»Nein, nein«, widersprach Eva. »Was das anbelangt, musst du dir keine Sorgen machen. Die Wiener Woche läuft klasse, der Zitherspieler war ein voller Erfolg, so was sollten wir ruhig öfter machen.«

Zitherspieler! Da konnte ich mir den Mund fusselig reden, Ecki machte einfach, was er wollte. Mein Pulsschlag schnellte sofort in die Höhe.

»Dafür hat der Weinkühlschrank im Keller seinen Geist aufgegeben, ich brauche schnell einen neuen, sonst kann ich heute Abend keine kalten Getränke servieren. Reg dich nicht auf, Katharina, nein, du musst jetzt nicht anfangen zu suchen, ich habe schon einen Kühlschrank gefunden, der sofort lieferbar ist. Den kann ich aber nicht aus der Barkasse zahlen.«

»Wie viel?«

»Dreitausend, cash.«

»Wieso cash?«

»So sind halt heut manche. Zu viel schlechte Erfahrungen mit Kreditkarten.«

Wenn ich den Dispo auf meinem Konto ausreizte, fehlte mir immer noch ein Tausender. Diese unvorhergesehenen Investitionen brachten mich jedes Mal an den Rand des Ruins. »Bestell den Kühlschrank. Adela hat eine Vollmacht für mein Konto. Ruf sie an, wenn du weißt, wann das Teil geliefert wird.«

Ich wusste nicht, was mich mehr aufregte, der kaputte Kühlschrank oder der Zitherspieler, als ich wenig später in der Kasemattenstraße anrief. Nach dem zehnten Klingeln hatte ich eine grummelige Adela am Telefon. Ihre Stimme klang nach zu wenig Schlaf und zu viel Alkohol.

»Kannst du mir tausend Euro leihen?« Ich erklärte ihr die Sache mit dem Kühlschrank dreimal, bis ich endlich den Eindruck hatte, dass sie wach genug war, um es zu begreifen. Dann klagte sie über die knappe Rente und die knapper werdenden Ersparnisse. Ich versprach ihr, bei dem Baulandverkauf auf einen Vorschuss zu bestehen, damit ich ihr das Geld schnell zurückzahlen konnte.

»Okay«, gähnte sie dann, »ich kümmere mich drum.«

Wo sie denn versumpft sei, wollte ich dann wissen, und sie erzählte, dass Ecki gestern diesen Zitherspieler mit nach Hause gebracht hatte. »Reizend und charmant, Schätzelchen, ein Wiener halt«, schwärmte sie. Weil der keinen Schlafplatz hatte, dafür aber ein paar Flaschen wirklich ausgezeichneten Wein und leider auch einen großartigen Marillenschnaps. »In meinem Alter steckst du das nicht mehr so weg, wenn du mal über die Stränge schlägst.« Aber es sei ein netter Abend gewesen, sie hätten viel gelacht und gesungen. Am Ende habe der Zitherspieler »In unserm Veedel« und »Drink doch ene mit« mit seinem Instrument begleiten können. »Der war total begeistert von der Weißen Lilie, Schätzelchen, davon, dass alle Gäste an einem gemeinsamen Tisch sitzen, und Ecki hat erzählt, dass die Kombination aus Mehlspeisen und Zithermusik ein voller Erfolg war. – Jetzt planen sie einen Abend mit alpiner Brotzeit und Jodeln.«

»Jodeln?«, kreischte ich. »Wo ist Ecki?«

»Reg dich nicht auf, Schätzelchen! Ich glaube, er duscht grad und schon ziemlich lange. Der ist nämlich noch später ins Bett als Kuno und ich. Hat mit dem Zitherspieler den Marillenschnaps leer gemacht. Der braucht noch eine Weile, bis eine Botschaft sein Gehirn erreicht.«

»Sag ihm, er soll mich anrufen.«

Wie ein wütender Stier stampfte ich auf dem Kies vor Rosas Haus auf und ab und versuchte mich zu beruhigen. Zufriedene Gäste sind das A und O in der Gastronomie. Besser also, die Wiener Woche ist ein Erfolg als ein Desaster, und, so oder so, nächste Woche ist der Spuk vorbei, und bis dahin kann nicht mehr viel passieren. Aber Jodeln, ausgerechnet Jodeln, ärgerte ich mich und war sofort wieder auf hundertachtzig. Ich stampfte also weiter, damit die Wut verrauchte, und hörte Retschs Wagen erst, als er schon in die Einfahrt zum Hof fuhr. »Waterloo« sangen Agnetha und Frida heute. Die verlorene Schlacht, wie passend. Retsch stieg aus, und ich ging ihm entgegen. Nein, Ecki mit seinen Eskapaden würde nicht zu meinem persönlichen Waterloo werden, das würde Retschs Geld zu verhindern wissen.

»Ist das eine neue Form von Jogging?« Wieder der kräftige Händedruck und das gewinnende Lächeln.

»Ich musste Luft ablassen, ein bisschen Ärger im Betrieb.«

»Kenn ich. Kaum ist die Katze aus dem Haus, tanzen die Mäuse auf dem Tisch. – Wann müssen Sie denn zurück?«

»So bald wie möglich!« Ich hielt ihm die Tür auf, führte ihn in die Küche.

»Was wollen Sie eigentlich mit dem Haus machen?«

Die Frage hatte ich mir noch gar nicht gestellt. Zu viele Erinnerungen, zu viele Gefühle. Den rettenden Schlupfwinkel der Jugend sieht man nicht als Verkaufsobjekt.

»Wenn Sie es verkaufen wollen, zahle ich Ihnen einen guten Preis.« Er legte die Mappe mit den Verträgen auf den Tisch. »Wenn Sie mal einen Blick drauf werfen wollen.«

Ich schob die Papiere zur Seite und fragte nach einem Vorschuss.

»Hängt von der Höhe ab«, meinte er.

Wir einigten uns auf sechstausend. Retsch würde bis morgen

den Vertrag entsprechend ergänzen. Er war fair und korrekt, ich verstand nicht, warum Rosa keine Geschäfte mit ihm machen wollte.

»Meine Tante hat übrigens Ihren Vater gekannt!«

»Ja?«

Wusste er nichts davon? Oder wollte er nicht darüber sprechen?

»Er war auch Imker, habe ich gehört.«

»Ein Hobby seiner späten Jahre. Vor sechs Jahren hatte er einen Herzinfarkt und hat sich danach ganz aus der Firma zurückgezogen. Da hat er die Imkerei für sich entdeckt. Möglich, dass sie sich darüber kennengelernt haben.«

»Oder über die Mais-Guerilla.«

»Mais-Guerilla? Sagt mir nichts.«

»Eine Gruppe, die Maisfelder zerstört, um damit auf das Bienensterben aufmerksam zu machen.«

Eine Pause, dann ein trockenes Lachen. »Glaub nicht, dass es einem alten Handwerker und Geschäftsmann in den Sinn gekommen wäre, auf den Feldern möglicher Kunden herumzutrampeln. – Allerdings«, fügte er hinzu, »beschwören will ich das nicht. Alte Leute entwickeln manchmal wunderliche Züge, auch mein Vater. Da steht so ein Mensch jahrelang einer Firma von fünfzig Mitarbeitern vor und zieht sich dann ganz in sein Schneckenhäuschen zurück! Er wollt gar nichts mehr wissen davon! Das ist jetzt dein Bier, hat er immer gesagt.«

Retsch stand wie beim letzten Mal vor der Küchentür und sah auf den Garten hinaus.

»Und meine Tante hat Ihnen bei den Verkaufsverhandlungen auch nichts davon gesagt?«

»Nein. Sie hat, ehrlich gesagt, überhaupt nicht mit mir gesprochen. Immer wenn ich bei ihr geklingelt habe, hat sie mir ohne ein Wort die Tür vor der Nase zugeknallt.«

»Kein Wort?«

»Kein Wort. Aber Gott ja, man ist doch einiges gewohnt. Alte Leute haben ihre Mucken und Schrullen, und man kann ja auch verstehen, dass sie den Baulärm direkt vor der Haustür nicht mehr haben wollen. Zum Glück sind die Verhandlungen mit Ihnen einfacher. Im fernen Köln ist Ihnen der Baulärm egal, und im Gegensatz zu Ihrer Tante können Sie mit dem Geld etwas anfangen.«

»Da möchte ich noch hinkommen, dass ich kein Geld mehr brauche!«

Wir lachten beide.

»Wirklich schön hier, der Blick.« Retsch deutete nach draußen. »Der Zwetschgenbaum, die Bienenstöcke, die Kirschen. Ein Traum in Weiß ist das gewesen, als alles geblüht hat. Das Haus ist nicht viel wert, aber das Grundstück! Da finde ich schnell einen Käufer. Also, überlegen Sie es sich!« Ein auffordendes Lächeln, dann packte er die Papiere ein. »Ich muss mal weiter. Vielleicht schaff ich's heut noch mit den Verträgen, vielleicht wird's morgen. Auf einen Tag mehr oder weniger kommt's jetzt nicht mehr an. Ich meld mich.«

Wieder der feste Händedruck, den Weg nach draußen fand er allein, und kurze Zeit später hörte ich ABBA wieder »Waterloo« singen. Ein Traum in Weiß. So, so. Er hatte mich angelogen. Zumindest ein Mal hatte ihn Rosa ins Haus gelassen, wie könnte er sich sonst an die blühenden Bäume im Garten erinnern? Die sieht man von der Straße und der Frontseite des Hauses nicht. Und überhaupt, Rosa hätte ihm gesagt, warum sie nicht verkaufen wollte, und dann erst die Tür vor der Nase zugeschlagen.

Ich ging zurück in die gute Stube, rief mir auf dem Monitor noch einmal Rosas Gesicht auf. »Wieso hast du keine Fährte gelegt, damit ich die Rätsel lösen kann, die du mir hinterlassen hast? Wieso lässt du mich mit den vielen Fragen allein?« Aber sie sah mich nur stumm an mit diesem leicht verächtlichen Lächeln, das auf dem Bildschirm festgefroren war. »Denken, Katharina, kann dir keiner abnehmen. Wie oft habe ich dir das gesagt?«

Ich beschloss, mir das geplante Neubaugebiet anzusehen. Von der Ölmühle aus folgte ich dem schmalen Feldweg ein paar Minuten bachaufwärts. Würde das Maisfeld nicht die Sicht verstellen, könnte ich das Gelände von Rosas Haus aus erblicken. Begrenzt von Bach, Rückstaubecken, Kirschbaumhügeln und dem Maisfeld wirkte das Bauland wie eine Insel. In den Kirschbaumhügeln hörte man einen Traktor arbeiten. Wenn dieser verstummte, beherrschten nur das Plätschern des Baches, das Rascheln von Mais und Baumblättern und das Zwitschern der Vögel das Terrain. Und dann der großartige Blick auf Katzenkopf und Katzenschrofen bis hoch zur Hornisgrinde. Eine traumhafte Lage, da hatte Retsch recht.

Keiner der Landbesitzer hatte auf den Feldern in diesem Jahr etwas angebaut, erstaunlicherweise war auch Rosas Feld eine verwilderte Sommerwiese. Selbst wenn sonst noch nichts darauf hindeutete, dass hier bald eine Wohnanlage mit mehr als zwanzig neuen Häusern stehen würde, eines war ganz klar: Retsch brauchte Rosas Feld, um mit dem Bau beginnen zu können. Sie hatte durch ihr Nein das ganze Projekt blockiert und sich eine Schar von Feinden gemacht: alle Verkaufswilligen, inklusive meiner Eltern und natürlich Retsch selbst. Zwanzig neue Häuser, plus die dazugehörige Infrastruktur, des Weiteren eine neue Straße als Querverbindung zur L 87. Das war eine Größenordnung, die auch einen Erschließungsträger ruinieren konnte.

Tötete man deshalb eine alte Frau?

Wieder dachte ich an das furchtbare Bild der in der Tür baumelnden Rosa. Verrenn dich nicht, Katharina, verrenn dich nicht, ermahnte ich mich wieder, es war nur ein Traum. Lauter drang jetzt Traktortuckern an mein Ohr. Ich pflückte ein paar Blutstropfen und Glockenblumen am Wegrand und lief bergan in Richtung Oberachern. Vor mir lag die düstere Eselsgasse. Der Hohlweg war so schmal, dass die Bäume rechts und links des Weges ein dichtes Dach darüber bildeten. Auf den steilen Seitenwänden wucherten Farn, Brombeergestrüpp und allerlei Unkraut. Hier hatte ich als Kind mit den Nachbarsjungen gespielt. Cowboy und Indianer, die Schlacht um Mittelerde. Was war das für ein Vergnügen gewesen, auf dem Hintern den steilen Abhang hinunterzurutschen, nachdem man sich mühsam nach oben gekämpft hatte.

Von oben hörte ich den Traktor nahen. Ich wusste, dass es keine Stelle gab, wo ich dem Fahrzeug ausweichen konnte, und legte einen Schritt zu. Der Schlepper würde warten müssen, bis ich an ihm vorbei war. Oben füllte er mit den breiten Reifen schon den Ausgang des Hohlwegs. Ich konnte den Fahrer nicht erkennen, signalisierte ihm mit den Armen, dass ich mich beeilen würde. Als Antwort ertönte ein lautes Brummen des Motors. Und dann, ganz plötzlich, gab der Fendt Gas und schoss mit holpernden Reifen auf mich zu. Sandstaub wirbelte durch die Luft, und ich stand wie fest geschweißt mitten auf dem Weg und starrte auf die grün-schwarze

Schnauze des riesigen Traktors, der mit unverminderter Geschwindigkeit auf mich zuraste. Das Hirn begriff nicht, was die Augen sahen. Erst als ich schon die tiefen Profile der großen Reifen erkennen konnte, sprang ich nach rechts, ließ die Blutstropfen fallen, robbte mich den Abhang hoch, klammerte mich an das Brombeergestrüpp. Eingehüllt von einer Staubwolke donnerte der Fendt an mir vorbei, der Mann am Steuer nicht mehr als ein Schattenriss mit Baseballkappe. Ich ließ die Brombeere los, rutschte zurück in den Hohlweg, stolperte den Berg hinunter, starrte dem Trecker nach. Der bretterte mit Höchstgeschwindigkeit durch das Bauland, holperte über den schmalen Weg am Bach und verschwand bei der Ölmühle aus meinem Blickfeld.

Ich atmete schwer. Meine von Dornen zerkratzten Hände und Arme brannten wie Feuer, Blut sickerte aus den Kratzern, meine Hose war zerrissen, in den Schuhen piekten kleine Erdbrocken. Das Herz pochte bis zum Hals, die Nase lief. Ich wischte mir den Rotz ab, leerte meine Schuhe, klopfte den Staub von der Hose. Der Kerl hätte mich mit voller Absicht umgefahren, wenn ich nicht zur Seite gesprungen wäre. Ein Durchgeknallter, und ich hatte mir nicht mal die Nummer des Traktors gemerkt.

An der Ölmühle kam mir ein Fahrradfahrer entgegen, ein älterer Mann, den ich nicht kannte. Einen Fendt? Vielleicht, er kenne sich nicht aus mit Traktoren. Der Treckerfahrer? Da habe er nicht drauf geachtet, er sei nicht von hier. Nach einem befremdeten Blick auf meine zerrissene Hose trat er schnell in die Pedale und verschwand.

In Rosas Haus riss ich mir die Kleider vom Leib, stellte mich unter die Dusche, säuberte die Kratzer mit Kirschwasser, schlüpfte in frische Klamotten. Dann rief ich Retsch an, bestand darauf, den Vertrag heute noch zu unterschreiben. Was immer Rosas Geheimnis war, umbringen lassen wollte ich mich deswegen nicht. Rosas altes Flurtelefon klingelte, als ich meine Sachen packte. Nach kurzem Zögern nahm ich doch den Hörer ab.

»Grüß dich, Rosa«, sagte eine fremde Männerstimme, nachdem ich mich mit »Schweitzer« gemeldet hatte. »Morgen könnt ich vorbeikommen wegen der Zwetschgen.«

Da wusste jemand tatsächlich nicht, dass Rosa gestorben war. Ich erklärte ihm, wer ich war und dass Rosa tot war.

»Was?«, fragte die fremde Stimme betroffen und verstummte.

»Die Beerdigung war vor zwei Tagen. Wer sind Sie?«

»Franz Trautwein, Imker aus Bahlingen, Rosa hat bei mir ihre Bienen-Königinnen gekauft.«

Jetzt erkannte ich den Kaiserstühler Dialekt. Der gleiche wie auf dem Anrufbeantworter. Trautweins Stimme klang nach einem alten Mann, die anonyme Anruferin war eine junge Frau gewesen. Der Kaiserstuhl lag sechzig Kilometer weiter südlich, Einzugsbereich der Freiburger Zeitung, Rosas Todesanzeige war nur im Acher und Bühler Bote erschienen.

»Wie ist sie gestorben?«, fragte der fremde Mann.

»Sie ist von der Leiter gefallen.«

»Sie hat doch Angst g'habt vor Leitern! Deshalb hat sie mich doch g'fragt, ob ich ihr die Zwetschgen runtermache.«

Wenn sie ihn gebeten hatte, ihre Zwetschgen zu ernten, dann hatte sie ihre Angst vor Leitern nicht verloren, dachte ich, gab aber zunächst die offizielle Version ihres Todes wieder: »Alte Leute machen manchmal merkwürdige Dinge, meint der Arzt.«

»Die Rosa wär niemals auf eine Leiter gestiegen. Die Sache stinkt. Niemals ist die von der Leiter gefallen. Da hat man nachgeholfen. So weit ist es schon gekommen. Jetzt bringen die Drecksäcke von der Mais-Mafia schon alte Frauen um!«

»Mais-Mafia?«, hakte ich nach, aber da hatte der Mann schon aufgelegt.

Mais-Mafia. Wer und was das auch immer war, der erste Hinweis, dass an meinem Verdacht was dran sein könnte, kam zu spät. Der Traktor hatte das Fass zum Überlaufen gebracht. Ich packte weiter, warf meine Kosmetika in den Kulturbeutel, stand unentschlossen vor dem Plattenschrank im Wohnzimmer. Die Platten würde ich mitnehmen, wenn ich das Haus verkauft hatte. Planlos warf ich die Speckseiten, den Honig und das Kirschwasser in eine Kiste. Und jetzt bloß weg hier.

Ich verstaute die Fresskiste im Kofferraum, als der Kies hinter mir knirschte und mein Vater vom Fahrrad stieg.

»Da hab ich aber Glück, dass ich dich erwisch«, schnaufte er und nahm die Fahrradklammer vom Hosenbein.

»Hat sie dich geschickt zum Schönwetter-Machen?« Ich knallte den Kofferraum zu. »Das brauchst du nicht mehr. Ich fahr jetzt beim Retsch vorbei und unterschreib den Kaufvertrag. Dann habt ihr das, was ihr wollt.«

»Und ich hab denkt, du spazierst mit mir eine Runde durch die Kirschbäume.«

»Papa!« Ich stapfte nach drinnen, um meine Tasche zu holen. Ein letzter Blick auf das graue Telefon, die Bilder mit den Trockenblumen, das New-York-Poster.

»Katharina«, versuchte er es weiter. »Ich weiß doch, dass es für dich am allerschwersten ist mit der Rosa. Hast sie gehen lassen müssen, ohne Ade zu sagen.«

Mein Vater! Vorsichtig und zurückhaltend wie immer! Nein, nein, er würde nicht sagen, es ist dein schlechtes Gewissen, was dich so ungnädig sein lässt, er würde die zehn Jahre nicht in den Mund nehmen, in denen ich Rosa nicht mehr besucht hatte. Aber er dachte es.

»Aber deswegen musst du nicht alles an deiner Mutter auslassen.« Edgar griff nach meiner Tasche.

»Wer hat denn wem eine geknallt?« Ich riss ihm die Tasche aus der Hand, verstaute sie hinter dem Fahrersitz.

»Die Hand ist ihr ausgerutscht, und daraus machst du so ein Drama!«

»Ein Drama machen. Aber klar doch!«, blaffte ich ihn an, während ich zurückging, die Tür abschloss, den Schlüssel in das Bastkörbchen legte. »So wie damals, als sie mich gegen den Kühlschrank geschleudert hat. Gebrochene Rippen kann man sowieso nicht schienen. Die braucht keinen Doktor. Marthas Worte, als du mich zum Dr. Buchenberger fahren wolltest. Ich bin wieder aus dem Auto gestiegen, wollt eh nicht zum Arzt. Aber du hättest mich auch nicht mehr gefahren, weil du immer auf ihrer Seite gestanden hast!«

»Du weißt, dass das nicht stimmt!« – Herrje, jetzt auch noch Edgars trauriger Hundeblick! – »Aber gegen zwei Dickschädel wie euch, da hab ich einfach nichts ausrichten können. Und in einem bestimmten Alter hast du nichts ausgelassen, um sie auf die Palme zu bringen!«

»Lassen wir das!« Ich öffnete die Fahrertür, konnte kaum ertragen, wie Edgar mich ansah. »Das bringt eh nichts. Ich weiß schon, warum ich hier abgehauen bin.« Schnell setzte ich mich ans Steuer und startete den Wagen.

Edgar patschte mit seiner großen Hand gegen die Fensterscheibe. »'s wär gut, ihr könntet mit der Vergangenheit abschließen, alle beide. Oder willst du mit der Martha auch so enden wie mit Rosa?«

»Ach, lass mich in Ruhe!«

»Katharina!« Edgar ließ die Fensterscheibe nicht los. »Denk drüber nach! Und wenn ich dir helfen kann, brauchst du es nur zu sagen.«

»Da ist was«, sagte ich und ließ die Scheibe auf die Hälfte nach unten. »Find raus, wer in Fautenbach einen großen Fendt fährt und heute auf den Kirschfeldern in Richtung Oberachern gearbeitet hat. Der Dreckskerl hätt mich in der Eselsgasse fast umgefahren.«

Dann gab ich Gas und brauste davon. Im Rückspiegel sah ich, wie mein Vater stehen blieb und langsam die Hand zum Winken hob. An der Ölmühle war er aus meinem Blick verschwunden.

Retsch wohnte in Achern in einer ruhigen Straße hinter der Illenau in Richtung Sasbachwalden. Ein Haus mit blau glasierten Dachziegeln und einem protzigen Swimmingpool im Garten. Den Weg zur Haustür säumten Statuen, wie sie gern in Gärten von italienischen Restaurants benutzt werden, um den Gästen etwas von Kultur und Leben in *bella Italia* vorzugaukeln. Ich blieb eine Weile vor dem Haus stehen, ließ es in seiner ganzen Grauslichkeit auf mich wirken, dann wendete ich den Wagen und fuhr auf den Autobahnzubringer. An der Baumschule auf der Höhe des Achersees fielen mir gestutzte Buchsbäume in Schneckenform auf. Wie für Retschs Vorgarten gemacht.

Ich nahm die Autobahn Richtung Freiburg. Was der alte Imker gesagt hatte, ließ mir doch keine Ruhe. Ich brauste an dem blau schimmernden Schwarzwald vorbei, ließ auf dem Weg nach Süden das Offenburger Ei und den riesigen Vergnügungspark bei Rust hinter mir. Schon von Weitem sah ich am Fuße des Kaiserstuhls das alte Gebäude und die große Werbetafel der Riegeler Brauerei. Ich setzte den Blinker, es waren nur drei Kilometer bis Bahlingen. Altes Fachwerk, frisch herausgeputzt, und prächtige Holztore prägten das Straßenbild des Dorfes, typisch für die wohlhabenden

Winzerorte des Kaiserstuhls. In einer kleinen Bäckerei erkundigte ich mich nach Franz Trautwein. Man kannte ihn hier. Der Weg zu ihm führte durch den Ort steil bergan in Richtung Silberbrunnen und Schelinger Höhe. Vor dem letzten Haus im Dorf ein Holzschild im Garten: »Honig direkt vom Imker«. Ich hatte mein Ziel erreicht.

Rebfelder mit schon erbsengroßen Trauben an den Rispen zogen sich hinter Trautweins Haus weiter den Hügel hinauf, und in einer Mulde lag ein großes Sonnenblumenfeld. Am Rande des Feldes leuchteten kleine rot und gelb angemalte Quadrate, Bienenstöcke. Daneben parkte ein Kombi mit Anhänger. Ich blieb in sicherem Abstand stehen und beobachtete, wie Trautwein die Tracht erntete. Er war ein kleiner drahtiger Mann mit Lederhaut und schaufelgroßen Händen. Er trug keinen Bienenschutz. Auch Rosa hatte diesen nur selten benutzt. Bienen sind von Natur aus friedlich, hatte sie mir erklärt, und wenn du ihnen ruhig begegnest, dann tun sie dir nichts. Aber Vorsicht! Wenn du nervös oder hampelig bist, dann stechen sie.

Trautwein verstand seinen Job. Die Bienen umschwirrten ihn, aber keine stach, als er mit geübtem Griff die mit Honigwaben gefüllten Zargen aus dem Bienenstock nahm und die Bienenvölker mit Zuckerwasser fütterte. Er bemerkte mich erst, als er die letzte Zarge ausgetauscht und auf dem Anhänger verstaut hatte.

»D' Frau verkauft den Honig«, rief er mir zu und deutete auf sein Haus. »Sie müssen nicht auf mich warten.«

»Honig hab ich genug, die Rosa hat noch Vorräte. Wir zwei haben vorhin telefoniert.«

Jetzt blickte er mich neugierig an und kam auf mich zu. »Dann bist du die Köchin, die als junges Mädel bei der Rosa gelebt hat.«

Ein kräftiger Händedruck. Riesige Finger, verhornt, mit Schwielen und Narben, altersbedingt schon leicht nach innen gekrümmt. Aber jünger als Rosa, ich schätzte ihn auf Anfang siebzig.

»Ich bin der Franz. Mein Beileid. Du musst mir genau erzählen, wie sie g'storben ist. 's wundert mich, dass der Tobias nichts g'sagt hat. Aber bei dem weiß man halt nie genau, wo er sich grad rumtreibt.«

Tiefe Geheimratsecken gruben sich in das noch kräftige graue Haar. Ich erkannte in ihm einen der alten Männer wieder, die ich auf dem YouTube-Video über die Mais-Guerilla gesehen hatte. Warum ich hier war, fragte sein Blick.

»Ich verstehe auch nicht, warum sie wieder auf eine Leiter gestiegen ist«, erklärte ich.

Er nickte, machte mir ein Zeichen, ihm zu folgen. Er dirigierte mich auf den Beifahrersitz seines Wagens und fuhr dann das kurze Stück bis zu seinem Hof. Ich packte mit an, als er die mit Honigwaben gefüllten Zargen in einen Kellerraum zu der großen Zentrifuge brachte. In die setzte er sorgfältig eine nach der anderen. Er platzierte einen großen Plastikeimer unter dem Ausfluss, dann stellte er das Gerät an. Während die Zentrifuge den Honig aus den Waben schleuderte und das zähflüssige Gold langsam den Eimer füllte, fragte ich ihn nach der Mais-Mafia.

»Die isch wie alle Mafia-Organisationen schwer zu durchschauen. Ich sag nur, es wird g'schmiert wie blöd zwischen Industrie und Politik ist. Die Sach isch schlimmer wie damals in Whyl.«

Wut und Trauer waren in seinem Blick, als er mich ansah. Aber ich guckte irritiert zurück, konnte nichts damit anfangen, was er sagte.

»Nimm nur mal die Forschung. Bienen werden schon sehr lang erforscht, weil sie so was wie ein Seismograf für die Umwelt sind. Weisch, was der Einstein g'sagt hat? ›Zuerst stirbt die Biene und dann der Mensch.‹ Der Satz macht doch klar, wie wichtig die Bienen für uns sind. Forschung, sagt man so schön, muss unabhängig sein. Aber jetzt kostet die Forschung Geld, und weil im Staatssäckl nichts mehr drin ist, braucht man dafür andere Geldgeber. Und jetzt rat mal, wer der größte Financier in der deutschen Bienenforschung ist? Meranto, also die Firma, die das Teufelszeugs Ponchito auf dem Markt g'worfe hat. ›Wes Brot ich friss, des Lied ich sing‹ oder wie der alte Spruch heißt. Von wegen unabhängig. Da wird geloge und betroge, dass sich die Balken biegen.«

»Okay«, sagte ich, »aber was hat das mit Rosas Tod zu tun?«

»Weisch, wo mir der Krage endgültig geplatzt isch?«, überging Franz Trautwein meine Frage. »Als Meranto den geschädigten Imkern Geld angeboten hat. Erst hat man im Landwirtschaftsministerium den Kopf in den Sand g'steckt, hat viel zu lang g'wartet, bis man das Ponchito verboten hat, dann hat man endlich mit Samtpfötle bei Meranto angeklopft, ob die sich die Sache mit dem Bienensterben erklären können. Die habet nur mit dem Kopf g'schüttelt und sich furchtbar g'wundert. Dabei habet die Drecksäck genau g'wusst, was in der Po-Ebene passiert isch. Sie habet das g'wusst, bevor die Maisaussaat los'gange isch, die Lumpesiach habet zug'lasse, dass unsere Bienen verrecken. Und hinterher, wo sie nimmer leugnen haben können, dass des Ponchito für den Bienentod verantwortlich isch, da kommen sie mit Almosen. ›Natürlich wollen wir die geschädigten Imker unterstützen‹, habet sie g'sagt und das Geld klimpern lassen. ›Jeder geschädigte Imker kriegt was‹, habet sie hinaustrompetet, aber nur, wenn dabei auf jede Schadensersatzklage verzichtet wird. Was ist das für eine Welt«, schimpfte er, während er die Zentrifuge ausmachte und den ersten vollen Eimer zur Seite schob, »wo der Profit über alles geht? Jahrtausendelange Bienenzucht für die Katz? Was denken die denn, wie es in Zukunft mit dem Obstbau weitergehen soll? Soll die Bestäubung auch chemisch gemacht werden? Wo mir das klar geworden ist, hab ich g'wusst, dass ich was machen muss. Seither bin ich dabei, hock mit jungen Revoluzzern an einem Tisch, mach Maisfelder kaputt, kassier Anzeigen, leiste passiven Widerstand gegen die Polizei. Meine Frau erklärt mich schon für verrückt, aber 's isch andersrum: Ich wär verrückt g'worden, wenn ich nichts gemacht hätt. Die Zerstörung der Schöpfung darf der Mensch nicht zulassen!«

Abrupt hörte er auf zu reden und rollte mir den vollen Honigeimer vor die Füße. Zähflüssiges Gold. Süß, gesund und bei richtiger Lagerung ewig haltbar. Jahrtausendelang von den Menschen geschätzt. Bei den alten Ägyptern wog man den Honig mit Lasttieren auf, hatte mir Rosa mal erzählt. Ohne die Bienen würde es keinen Honig mehr geben. Ich konnte die Wut des alten Mannes verstehen, aber deswegen war ich nicht hier.

»Rosa«, versuchte ich es noch einmal.

»Der Tobias, das isch einer von unsre erfahrene Kämpfer, der war schon bei der Genmais-Feldbefreiung im Oderbruch dabei«, machte Trautwein weiter. »Eigentlich ist er Krankenpfleger, der hat den Emil Retsch betreut nach seinem Herzinfarkt. So hat er den Emil für die Mais-Guerilla gewonnen und der Emil die Rosa. Und jetzt sind sie beide tot, die Rosa und der Emil.«

Er sah mich an, als müsste mir dies etwas sagen. Auch Traudl hatte in ihren wirren Reden einen Zusammenhang zwischen diesen beiden Toten hergestellt. Und Retsch hatte mich in einem weiteren Punkt angelogen. Sein Vater war Mitglied in der Mais-Guerilla gewesen.

»Was denkst du, ist mit Rosa passiert?«, bohrte ich nach.

»Ich wett um zwei Bienenvölker, dass sie niemals auf eine Leiter gestiegen ist.«

»Die Leiter hat auf ihr gelegen, so haben die Nachbarin und später der Arzt sie gefunden«, wiederholte ich das, was man mir über ihren Tod gesagt hatte. »Es hat keinen Zweifel gegeben, dass sie von der Leiter gestürzt ist und sich dabei das Genick gebrochen hat. Ein Unfall.«

»Die Leiter hätt man doch auch auf sie drauflegen können. So dass es aussieht wie ein Unfall, oder?«

Irgendwie hatte ich bisher nicht gewagt, so weit zu denken. Dass Rosa nicht durch den Sturz vom Baum gestorben war, sondern anderswo. Dann war es Mord, und jemand wollte ihren Tod wie ein Unfall aussehen lassen.

»Ist die Leiche denn gründlich untersucht worden? Oder hat der Hausarzt nur einen Blick drauf g'worfen und dann den Totenschein ausgestellt?«, hakte Trautwein nach.

»Letzteres«, antwortete ich. »Jetzt sag schon, Franz, hast du einen konkreten Verdacht?«

»Das Gesicht von Ponchito«, murmelte er, und ich verstand mal wieder gar nichts.

Während der Honig weiter in den neuen Eimer tropfte, erzählte er mir von dieser speziellen Aktion der Mais-Guerilla, einer Idee von Rosa. »Erinnert euch an die Nazis?«, hatte sie den anderen gesagt. »Bei denen hat das System nur funktioniert, weil alle mitgemacht haben, die Großen und die Kleinen. Genau wie bei dem Ponchito. Da kommt der Maiswurzelbohrer, die Regierungspräsidien schlagen Alarm, der Maisanbau ist in Gefahr. Die chemische Industrie sagt, da haben wir was für euch, hilft garantiert, vernichtet das Ungeziefer. – Prima, sagen die Landwirtschaftsverwaltungen und ordnen an, dass das Zeugs benutzt werden muss, ohne genau zu prüfen, ob das gefährlich ist oder nicht. Die Raiffeisenmärkte kaufen es ein, und die Bauern folgen brav und säen das Giftzeugs. Hinter jeder dieser Entscheidungen«, hatte Rosa weiter erklärt, »stehen Menschen, die alle behaupten, nur Rädchen in einem großen Getriebe zu sein. Und denen geben wir ein Gesicht«, schloss Franz Trautwein.

»Starker Tobak!«, meinte ich.

»Fairplay gibt's da nicht.«

»Und dann?«, fragte ich.

»Wir sind zu elft. Einer kommt vom Hochrhein, eine aus Freiburg, zwei vom Kaiserstuhl, drei aus der Ortenau, zwei aus Straßburg, einer aus der Gegend von Karlsruhe. Jeder von uns hat sich eines dieser Rädchen aus seiner Region ausgeguckt.«

»Der andere Kaiserstühler«, wollte ich wissen, »ist das eine junge Frau?«

Ein irritiertes Kopfschütteln. »Der Kurt ist Imker aus Oberrotweil. Wieso?«

»Auf Rosas Anrufbeantworter war eine Nachricht, in der es um Clothianidin ging. Die Frau hat sich nicht mit Namen gemeldet. Ich hab den Kaiserstühler Dialekt erkannt, eine junge Stimme.«

Er zuckte ratlos mit den Schultern.

»Und wen hat Rosa genommen?«, kam ich auf die Aktion der Mais-Guerilla zurück.

»Den Vertreter von Meranto. Adrian Droll, einer, der nur seine Karriere im Blick hat und auch gern mal für seine Firma den Ausputzer spielt, wohnt in Achern.«

Ein neuer Name, Adrian Droll. »Und wie sah die Aktion konkret aus?«

»Fotos haben wir g'sucht als Erstes, im Internet und in den Zeitungen. Dann haben wir genau aufgeschrieben, was der- oder diejenige mit dem Ponchito zu tun hat. Dann haben wir einen Steckbrief von der Person gemacht, groß ›Wanted‹ und ›Das ist das Gesicht von Ponchito‹ drübergeschrieben, alles auf gelbes Papier gedruckt und die Zettel in der Nähe von Wohnung und Arbeitsstelle unserer Kandidaten wild plakatiert.«

Ich stellte mir das vor: wie die Kandidaten morgens aus dem Haus traten und an Bäumen und Wänden ihr Konterfei wie auf einem Verbrecherplakat sahen. Wie sie es vielleicht schnell abrissen, dabei aber nicht wussten, wer die Zettel schon alles gesehen hatte. Wie es ihnen unangenehm war, darauf angesprochen zu werden. Wie sie sich an den Plakatmachern rächen wollten.

»Und dieser Adrian Droll, ist das nur eine Vermutung oder mehr?«, fragte ich.

»Das ist ein Mistkerl, ein Haderlump, einer, der hoch hinauswill und dafür über Leichen geht. Die Rosa ist ihm kräftig auf die Füß g'treten. Hat ihm ins Gesicht g'sagt, dass er Geschäfte mit dem Tod macht. Der hat ihr eiskalt gedroht, dass er sie anzeigen wird, wenn sie das noch mal behauptet. Und am Tag drauf hat die Rosa ihre Katz tot vor der Tür g'funden, mit einem Zettel: ›Vorsicht! Es kann alles noch viel schlimmer kommen.‹ Und jetzt soll sie von der Leiter gefallen sein? Da ist es doch nicht verwunderlich, wenn man denkt …«

»Jemand hat ihre Katze getötet?«

»Einen Tag nach dem Streit zwischen den beiden. Ich sag's dir, der Droll steckt dahinter. Ich glaub nämlich, sie hat noch mehr über den rausg'funden als das, was sie in dem Steckbrief g'schrieben hat.«

»Was hat sie noch herausgefunden?«

»Als wir zum letzten Mal telefoniert haben, hat sie g'sagt: ›Franz, der Droll, der verkauft nicht nur das Teufelszeug Ponchito, der steckt noch in einer viel größeren Schweinerei.‹ Dann hat's bei ihr an der Tür geklingelt und sie hat sich verabschiedet und g'sagt, dass sie beim nächsten Treffen der Guerilleros bestimmt mehr über die Sache weiß.«

»Und du hast keine Ahnung, auf was sie gestoßen sein könnte?«

»Nein. Aber ich bin sicher, dass der Sauhund was mit ihrem Tod zu schaffen hat.«

»Dass man jemandem etwas zutraut und dass derjenige etwas wirklich tut, sind zweierlei Sachen«, gab ich zu bedenken.

»Auch wieder recht«, stimmte er nach kurzem Zögern zu. »Man muss aufpassen, dass man nicht so wird wie die. Dass man selber noch weiß, was wahr ist und was nicht. 's hat mich nur so aufg'-wühlt, dass die Rosa tot ist.« Er wischte sich mit der riesigen Pranke übers Gesicht. »Ich muss mit den anderen Guerilleros drüber reden. Und ich schwör dir, wir kriegen raus, wer für ihren Tod verantwortlich ist.« Er schniefte und machte sich dann schnell an der Zentrifuge zu schaffen. »Ich muss mich ein bissl beeilen«, grummelte er.

Ich kritzelte ihm meine Handynummer auf einen Zettel. Er

steckte sie ein, ohne mich anzusehen, scheuchte mich schnell nach draußen.

Alte Männer mochten es nicht, wenn Frauen sie weinen sahen.

Als ich nach draußen trat, hatten die Sonnenblumen ihre Blüten geschlossen und eine Abendsonne tauchte die Weinberge um den Silberbrunnen in Halbschatten. Ich holte tief Luft. Noch mehr Feinde, ein neuer Verdacht. Rosa hatte an verdammt vielen Fronten gekämpft. Ich lief das kurze Stück bis zu meinem Wagen zurück und fuhr an dem verfallenden Silberbrunnen vorbei über die Schelinger Höhe. Mein Kopf brummte und mein Magen knurrte, ich musste unbedingt etwas essen. Wenig später saß ich im Biergarten in der Sonne und bestellte mir ein Mistkratzerle mit Sommergemüse. Den Koch kannte ich noch aus meiner Ausbildungszeit, und einmal war ich mit Martha hier gewesen, als ich noch glaubte, sie für eine bessere Küche begeistern zu können. Du musst es machen wie Otto, hatte ich ihr zugeredet, regionale Produkte, frisch, in bester Qualität gut zubereitet, saisonal wechselnde Karte, dann kommt kulinarisch Schwung in die Linde. Hast doch alles, das Mittelbadische ist doch ein Garten Eden: Wild und Pilze aus dem Achertal, Obst aus Fautenbach, Gemüse aus Önsbach, Wein aus Waldulm, Rahmkäse aus Kappelrodeck, Zwetschgen aus Bühl, Walnüsse aus Sasbachwalden, Speck aus Seebach. Aber Martha blieb stur bei ihrer Schnitzelküche, den Restaurationsbroten und dem Elsässer Wurstsalat. Sie änderte nur ihre Einkaufsgewohnheiten, kaufte nicht mehr beim Hafo in Achern, sondern beim Hypermarché in Straßburg, weil's dort billiger war. Vergebliche Liebesmüh.

Als ich gegessen hatte, rief ich FK an.

»Worum geht's dir diesmal?«

Ich fragte ihn nach den beiden Retschs und nach Adrian Droll. Zu Retsch junior und senior wusste er nicht mehr, als ich schon in Erfahrung gebracht hatte. Adrian Droll hatte er auf zwei Podiumsdiskussionen zum Bienensterben erlebt. Bestens informiert und ohne sich durch Angriffe aus der Fassung bringen zu lassen, hatte er den Einsatz von Ponchito verteidigt.

Ein kleiner Weinbergtraktor, der lautstark zwischen Kirche und Biergarten über die Schelinger Hauptstraße holperte, unterbrach unser Gespräch.

»Wo steckst du eigentlich?«, wollte FK wissen, und ich sagte es ihm.

»Auf den Matten?«, fragte er.

»Nein, unten im Dorf.«

»Remembering-Tour?« Natürlich hörte ich den leichten Spott in der Stimme.

»Eigentlich nicht«, sagte ich und legte auf.

Er rief schnell zurück. »Wenn du mir sagst, warum du dich für die Herren interessierst, kann ich mich ein bisschen umhören.«

Von meinem Verdacht, dass Rosa ermordet worden sein könnte, konnte ich ihm nichts erzählen. Ich erinnerte mich noch zu genau an das Theater, das FK nach Konrads Tod gemacht hatte. Von wegen lass die Finger davon, das ist nicht dein Job, das kann gefährlich werden, das ist die Arbeit der Polizei.

»Rosa wollt dem Retsch ihr Bauland nicht verkaufen«, sagte ich deshalb. »Ich will wissen, wieso, bevor ich es ihm verkaufe.«

»Ja«, sagte er, »interessant. Ich seh mal zu, ob ich da was rausfinde. Und Droll?«

»Er hat Rosa eine tote Katze vor die Haustür gelegt als Warnung, sich nicht mit ihm anzulegen.«

»Droll soll das gemacht haben? Das klingt ja wie in einem billigen Mafia-Film!«

»Rosa hat irgendeine Schweinerei entdeckt, in die er verwickelt ist.«

»Was für eine Schweinerei? Wer behauptet das?«

Ich erzählte es ihm.

»Die Guerilleros bauen gern solche Feindbilder auf, ich kann verstehen, dass sie Rosa zur Märtyrerin der Bewegung machen möchten. Ohne Fakten ist das alles Schall und Rauch, aber dir zuliebe guck ich trotzdem mal, ob ich über den Typen was rausfinden kann. – Ach, und Katharina! Fahr auf dem Rückweg an den Matten vorbei. Als Erinnerung an die alten Zeiten.«

»Wirst du sentimental, FK?«

Er lachte nur.

Ich zahlte die Rechnung und lief zum Wagen zurück. Langsam fuhr ich den schmalen Weg nach oben, parkte auf dem großen Parkplatz auf der Anhöhe, lief die fünfhundert Meter den steinigen Waldweg bergan, bis ich auf dem Schelinger Matten stand. Dass FK sich daran erinnerte! Die Sonne war hinter den Vogesen verschwunden, auf die sanften Grashügel fiel ein mildes Abendlicht. Eine alte Vulkanlandschaft, einzigartig im Badischen, nur in der Toskana hatte ich mal etwas Ähnliches gesehen. Ein leichter Wind strich durch das lange Gras und brachte die Erinnerung an jenen Tag im Mai 1983 zurück.

»Amoltern sehen und sterben«, eine Schnapsidee von FK, der behauptete, Amoltern sei das schönste Dorf der Welt, und wenn man das gesehen hätte, könnte man beruhigt sterben. Das Dorf war ganz nett, aber FK hatte maßlos übertrieben. Ich hatte nach der Dorfbesichtigung auf eine Wanderung zur Kapelle meiner Namenspatronin bestanden, und so hatten wir die Schelinger Matten entdeckt. Von wegen Amoltern! Wenn überhaupt, dann ist das ein Anblick zum Sterben, hatte ich FK geneckt, der noch ein paar Sätze lang sein Traumdorf verteidigte, bevor er mich packte. Lachend und eng umschlungen waren wir die Hügel hinuntergerollt, trunken vor Verliebtheit.

Während die Dämmerung schon den Vogelsberg verschluckte, roch ich wieder die Frühlingswiese und FKs Atem und sah uns kichernd das Gras aus den Kleidern zupfen. Jugendglück. Damals wollte ich die Zeit anhalten, den Augenblick zur Ewigkeit machen. Herrje, Katharina, nicht nur FK, auch du wirst sentimental. Mit dreiundvierzig war ich doch wahrlich alt genug, um zu wissen, wie flüchtig das Glück war.

Zwanzig Minuten später fuhr ich auf die Autobahn und merkte, wie die Angst wieder in mir hochkroch. Rosas Haus, die feste Burg meiner Jugend, war nicht mehr sicher. Niemals, sagte ich zu meiner Angst, die mir vorschlug, bei den Eltern zu schlafen. Vorher gehe ich in ein Hotel! Und dann sah ich Rosas leicht verächtlichen Blick auf mir ruhen und hörte sie sagen: »Was uns nicht umbringt, macht uns stark, Katharina! Jetzt stell dich nicht so an.«

Wenn ich früher Angst hatte, erzählte sie mir zur Beruhigung eine ihrer Bienengeschichten. Aber weder die Geschichte von den Bienen als Boten der griechischen Götter noch die vom tropfenden Honigtau am Weltenbaum Yggdrasil vertrieben das Bild von der toten Katze aus meinem Kopf oder minderten dieses diffuse Gefühl der Bedrohung durch einen Mann, von dem ich nicht mehr als den Namen kannte. Gerüchte, alles Gerüchte. Woher sollte ich wissen, ob Franz Trautwein mir die Wahrheit sagte?

Ein Maisfeld in der Dämmerung. Die Rispen eng gesetzt, bestimmt schon zwei Meter hoch, die langen Blätter rascheln, die Ränder der Blätter messerscharf. In der Ferne heult ein Hund, aus dem nahen Buchenwäldchen flattern Feldermäuse auf. Ich folge Rosa. Mit leichtem Schritt bewegt sie sich zwischen den Maispflanzen, streicht die Blätter, ohne sich zu verletzen, zur Seite, dringt tief in das Dickicht ein. Sie ist so flink, dass ich ihr nicht folgen kann. Warte auf mich, will ich rufen, aber ich habe keine Stimme. Wie Schlingpflanzen verknotet sich der Mais vor mir, bei jeder Berührung schneiden mir die Blätter ins Fleisch, ich komme nicht weiter. Und dann sehe ich sie zwischen den Maisblättern, in schemenhaften, im Dunkel liegenden Gesichtern – Mörderaugen. Stechend kalt, glühend heiß, abgrundtief verzweifelt, blind vor Wut, gefüllt mit Hass. Unzählige Mörderaugen. Überall sind sie, und sie folgen Rosa, und ich kann sie nicht warnen, so sehr ich mich auch mühe, der Schlingmais hält mich fest, und ich kriege keinen Ton heraus.

Mit einem Schlag hellwach, brachte ich aus dem Traum meine Verzweiflung ins Wachwerden mit. Ich hatte Rosa nicht helfen können. Sie, die mir so oft Schutz und Halt gewährte, hatte ich im Stich gelassen. Ich suchte die Wände nach Mörderaugen ab, registrierte, dass ich in meiner alten Kammer in Rosas Haus lag und tatsächlich eingeschlafen war. Langsam beruhigte sich mein Herzschlag, in den Efeuranken der alten Tapete verbarg sich nichts Bedrohliches, im Haus war es still, vor dem Fenster stand hinter den Silhouetten der Bergkämme ein abnehmender Mond, aus der Ferne hörte ich das beruhigende Plätschern des Baches, den Nachtwind im Maisfeld rascheln. Ich griff nach der Wasserflasche auf dem Nachtkästchen, nahm einen kräftigen Schluck, sah auf den Wecker. Drei Uhr morgens. Ich drehte mich wieder in mein Plumeau ein, versuchte mich erneut mit Bienengeschichten zu beruhigen: die Honigsammlerin auf einer Strickleiter in den Cuevas de la Arañas, die dreihundert goldenen Bienen im Grab des Frankenkönigs Childerich.

Dann hörte ich sie: Schritte unter mir, in Rosas guter Stube. Ich setzte mich auf, mein Herzschlag beschleunigte sich, ich war hellwach. Ich lauschte weiter. Das Geräusch verflüchtigte sich nicht, etwas gedämpft, aber immer noch deutlich hörte ich die Schritte. Es war jemand im Haus. Mein Gedächtnis raste ein paar Stunden zurück: Ich hatte den Wagen im Hof geparkt, den Schlüssel aus dem Bastkörbchen genommen und mit ihm die Haustür von innen abgeschlossen, die Fenster kontrolliert, auch die hintere Tür zum Garten. Alles zu. Dennoch war jemand ins Haus gelangt. Ob Rosa ihr Werkzeug noch in der Kommode im Flur aufbewahrte? Auch wenn ich mir vor Angst fast in die Hose machte, ich musste wissen, wer nachts durch Rosas Haus geisterte.

Ich zwang meine Füße, leise und vorsichtig aus der Kammer zu schleichen, befahl meinen Händen, im Flur die Kommodenschublade zu öffnen, die rechte Hand zuckte, als sie nach dem Hammer griff. Gott, so wie die Hand mit dem Hammer zitterte, würde ich damit niemandem Angst einjagen können! Weiter, befahl ich meinem widerstrebenden Körper und dirigierte ihn zur Treppe. Automatisch fuhr die freie Hand zum Geländer, umklammerte es mit festem Griff, und meine wackligen Beine begannen langsam die Treppe hinunterzusteigen. Deutlich sah ich den Lichtstreifen unter der Tür zu Rosas guter Stube. Meinen Herzschlag musste man auf zehn Meter Entfernung hören können. Ich war fast unten, als die Tür aufging und mich ein Lichtstrahl blendete.

»Verdammte Scheiße, fast hätt mich der Schlag troffe!«

Das Flurlicht wurde angeknipst, und vor mir stand ein dürrer junger Kerl mit weiten Hosen und Dreadlocks und starrte mich an. Sein Blick wechselte schnell von geschockt zu neugierig.

»Katharina, oder? Die roten Locken, d' Rosa hat mir mal Bilder gezeigt.« Er streckte mir die Hand hin. »Ich bin der Tobias.«

Es dauerte eine Zeit lang, bis mein Adrenalin auf Normaldosis herunterfuhr. Dann betrachtete ich den jungen Mann: lange, schlanke Finger, am Daumen ein Silberring. Um seinen Arm trug er geflochtene bunte Bändchen, so eines hatte ich bei Rosa entdeckt. Franz Trautwein hatte von ihm gesprochen. Der erfahrene Kämpfer, der Emil und Rosa in die Mais-Guerilla gebracht hatte. Einen erfahrenen Kämpfer hatte ich mir irgendwie anders vorgestellt.

»Kannst du mir mal sagen, was du mitten in der Nacht hier suchst?« Ich legte den Hammer zur Seite.

»Hab ja nicht wissen können, dass du da bist.«

»Hä?«

»Sonst hätt ich mir einen anderen Platz zum Schlafen gesucht. Rosa hat immer g'sagt, wenn du ein Bett brauchst, komm vorbei. Hab denkt, jetzt, wo sie tot ist, stört's doch keinen, wenn ich noch mal da schlaf.«

Eine sanfte Stimme und ein sanfter Blick, ein schönes Lächeln.

»Wo hast du denn geschlafen?«

»Oben in der Kammer.«

Jetzt wusste ich, warum das Bett in der Kammer bezogen gewesen war.

»Und warum rumorst du in Rosas guter Stube?«

»Sie hat immer alle Artikel über das Bienensterben ausgeschnitten und gesammelt, da hab ich ein bisschen drin gelesen. Weil ich zurzeit mal hier und mal dort wohne, hab ich keine Gelegenheit, was zu sammeln. Du musst nämlich wissen, wir kennen uns durch die Mais-Guerilla.«

»Franz Trautwein hat mir von dir erzählt.«

»Dann weißt du ja Bescheid. Also, nichts für ungut, ich geh dann mal.« Er holte sich einen Rucksack aus der guten Stube und schulterte ihn.

»Von mir aus kannst du in Rosas Zimmer schlafen«, schlug ich vor. Irgendwie wollte ich den jungen Kerl nicht in die Nacht hinausschicken.

»Nein, nein. Ich leg mich nicht in das Bett einer Toten, da bin ich eigen!«

Wieder dieses schöne Lächeln, leicht entschuldigend.

»Dann mach's dir auf dem Wohnzimmersofa bequem!«

»Nett von dir, aber nicht nötig.« Er tippte mit dem Zeigefinger zum Abschied an die Stirn. »Man sieht sich vielleicht noch mal.«

Er schloss die Haustür auf und schlenderte nach draußen, warf den Rucksack in einen alten roten Ford Fiesta. Ein rotes Auto. War Tobias schon mal hier gewesen? Erst als sein Wagen an der Ölmühle vorbeifuhr, fiel mir ein, dass ich ihn nicht gefragt hatte, wie er eigentlich ins Haus gekommen war.

SECHS

Retsch klang fröhlich und geschäftig wie immer. Es sei gar nicht schlimm, dass ich es gestern nicht geschafft hätte, bei ihm vorbeizukommen, ob es mir um die Mittagszeit passe? Ob er mich zum Essen einladen dürfe? Vielleicht in den Rebstock nach Waldulm? Selbstverständlich könne er auch noch mal bei mir vorbeikommen. Ja, Café Glatt wäre auch wunderbar, wenn ich nichts essen wolle. So gegen halb eins?

Ich drückte die Off-Taste des Telefons. Zwei kleine Lügen hatten meinen Blick auf Retsch verändert. Warum behauptete er, nie in Rosas Haus gewesen zu sein? Was könnte mich daran misstrauisch machen, ob er nun drin gewesen war oder nicht? Und was war mit der Mais-Guerilla? Hatte er wirklich so wenig von dem gewusst, was sein Vater tat?

Draußen regnete es seit Stunden, und ich trank zum ersten Mal seit Rosas Tod meinen Kaffee nicht auf der Gartenbank, sondern in der guten Stube. Die Papiere, die ich bei meiner Ankunft alle mal gestapelt hatte, lagen wieder kreuz und quer auf dem Tisch herum, Tobias hatte sie heute Nacht gründlich durchwühlt. Ich begann zu sortieren, legte die Zeitungsartikel zum Bienensterben auf einen Haufen, studierte noch einmal genau die Unterlagen über das Bauland: ein Schreiben der Gemeinde Achern, in dem mitgeteilt wurde, dass das Gelände unterhalb des Rückstaubeckens als Bauland ausgewiesen wurde, ein Schreiben der Firma Retsch, in der sie allen Landbesitzern mitteilte, dass sie als Erschließungsträger Kauf und Verkauf des Baulandes regele, drei sich steigernde Angebote für Rosas Land, die ich mir vor meinem ersten Gespräch mit Retsch angesehen hatte. Dann nahm ich mir die restlichen Unterlagen vor. Ein Potpourri aus noch nicht aussortierten Werbeflyern und ausgeschnittenen Zeitungsartikeln, die Rosas Interessen widerspiegelten.

Reisebeschreibungen aus Amerika, Diskussionen zum Thema Genmais, das eine oder andere Rezept, landwirtschaftspolitische Entscheidungen der EU. Eine Kritik zu Diana Kralls Album »Quiet Nights« hielt ich länger als die anderen Artikel in der Hand. Sie hatte sich den Namen gemerkt. Bei einem unserer letzten Telefonate hatte ich ihr erzählt, wie sehr ich »Only Trust Your Heart« mochte.

Die Artikel, die sie zu »Tod auf Verlangen« und »Todesengel in Altenheimen« ausgeschnitten hatte, überraschten mich zunächst. Auch Artikel über die Schweizer Sterbehilfe Dignitas und holländische Sterbekliniken fand ich. Ich dachte an ihr Alter und an Ottilies Schicksal und war überzeugt davon, dass sie Selbsttötung oder Tod auf Verlangen komplettem geistigen Zerfall oder körperlichem Siechtum vorgezogen hätte, und nahm an, dass dies der Hintergrund zu den gesammelten Artikeln war. Bestimmt würde ich auch irgendwo eine Patientenverfügung finden. Ich erinnerte mich, dass sie ihre wichtigen Papiere in einem kleinen Geheimfach unter der Nähkiste aufbewahrte. Doch dort fand ich etwas anderes. Ein Bündel Briefe, die Emil Retsch an Rosa geschickt hatte. Mit einem Wollfaden zusammengeschnürt und fein säuberlich nach ihrem Eingang geordnet. Ich löste den Faden. Der älteste war am 4. April abgestempelt. Ich betrachtete abwechselnd die steile, strenge Altmännerschrift auf den Umschlägen und den Regen, der in feinen Striemen über das Fensterglas schlierte. Ich zögerte, den ersten Brief zu lesen, mir war, als würde ich ein Tabu brechen, als hätten auch Tote noch eine Intimität, in die man nicht eindringen durfte. Ich spürte Rosas strengen Blick, mit dem sie mich immer zurechtgewiesen hatte, wenn ich etwas Verbotenes tat, aber dann siegte die Neugier.

»Liebe Rosa Schweitzer«, las ich, »nie habe ich meiner Familie erklären können, habe es nicht mal selbst so richtig gewusst, warum ich mich nach meinem Herzinfarkt plötzlich für Bienen interessiert habe. Seit ich Sie letzte Woche in der Badischen Imkerschule in Zell am Harmesbach kennenlernen durfte, weiß ich es genau. Es war nötig, um Ihnen zu begegnen. Ich kann nicht beschreiben, wie es mir seither geht, irgendwie klopft mein Herz schneller und die Sonne scheint heller als sonst Anfang April. Obwohl es eigentlich nicht meine Art ist, falle ich direkt mit der Tür ins Haus. Wollen Sie mit mir an einem der nächsten Tage auf dem Bienenbuckel spazieren gehen? Wir können dann bei den Wildkirschen die Bienen beobachten und unsere Gespräche von letzter Woche fortsetzen. Und bei all dem bitte ich Sie: Helfen Sie einem verwirrten alten Mann, herauszufinden, was mit ihm los ist. Ihr Emil Retsch.«

Der nächste Brief war eine Woche später datiert: »Meine liebe Rosa, wie gern habe ich das unter Imkerfreunden übliche Du angenommen, Rosa klingt so viel schöner als Frau Schweitzer, und ja, das Wetter für unseren Spaziergang habe ich beim Herrgott bestellt, aber auch bei strömendem Regen wäre es wunderbar gewesen, mit dir durch die Weinberge zu spazieren. Es ist nicht der Frühling, es bist du, die eine neue Lebenslust in mir weckt. Schon jetzt freue ich mich auf unseren Ausflug ins Elsass! In Sessenheim wandeln wir etwas auf Goethes Spuren, und in Soufflenheim wird es mir ein großes Vergnügen sein, dir eine neue Gugelhupfform zu kaufen.«

»Meine liebste Rosa, als ich vor anderthalb Jahren dem Tod von der Schippe gesprungen bin, habe ich noch auf ein paar ruhige, möglichst schmerzfreie Jahre gehofft, mich auf bescheidene Vergnügungen wie ein Viertel guten Waldulmer vor dem Einschlafen oder die Arbeit mit den Bienen gefreut. Und dann bist du in mein Leben getreten! Unbedingt sollten wir nach New York reisen, ich möchte zu gern das Haus sehen, in dem du in Stellung gewesen bist, mit dir durch die Straßen schlendern, die du vor sechzig Jahren mal gekannt hast. Aber erst steigen wir auf den Turm des Straßburger Münsters und fahren anschließend bei deiner Freundin Antoinette vorbei.«

»Meine liebste Rosa, heute Morgen bin ich zum ersten Mal neben dir aufgewacht, niemals hätte ich gedacht, dass mir das in meinem Alter noch einmal passieren würde, die Freude, dich zu riechen, dich anzufassen, in dein Haar zu greifen, deinen Atem zu hören.«

»Ja, meine Liebste, mit dir bin ich bereit, mich noch einmal auf alle Freuden und alle Schmerzen der Liebe einzulassen. Was scheren uns Konventionen? Unsere Zeit ist begrenzt, wir haben nichts mehr zu verlieren, wir können nur noch den Augenblick leben …«

Zweiundzwanzig Briefe zählte ich, immer schneller flog ich über sie hinweg, fragte mich, ob Rosa geantwortet hatte. Bestimmt. Ich legte die Briefe beiseite, betrachtete erneut die Wassermuster auf der Fensterscheibe, hörte von draußen das leise Rauschen des Regens. Rosa hatte sich mit dreiundachtzig noch einmal verliebt.

Meine Gedanken wanderten zurück in die Zeit, als ich bei ihr gewohnt hatte. Da war nicht nur ich, da war auch sie einmal verliebt gewesen. Eine heftige Affäre mit einem verheirateten Tierarzt, sie war schon Mitte fünfzig damals. Für mich als Teenager eine ziemlich irritierende Erfahrung, die »alte« Rosa zeigte die gleichen Herz-Schmerz-Symptome wie ich, wo sich doch eigentlich nur junge Leute verlieben konnten. Irrtümer der Jugend. Außer dem Tierarzt wusste ich von keinem anderen Mann. Und jetzt also diese späte Liebe zu Emil. Ob sie genauso verliebt gewesen war wie er? Ich versuchte mir dieses Paar vorzustellen, suchte die Schublade nach einem Foto ab, wollte mir ein Bild machen können von dem Mann oder von den beiden, fand aber keines. Ob die zwei ihre Beziehung geheim gehalten hatten? Ich griff nach dem letzten Brief.

»Der Schritt ist nur folgerichtig, meine Liebste, ich ziehe zu dir. Jeder Kilometer, der uns trennt, ist einer zu viel. Auch werde ich mein Testament wie besprochen ändern. Ich muss noch mit Günther reden, der mal wieder ziemlich in der Bredouille hängt. Aber ins Geschäftliche misch ich mich nicht mehr ein, das ist jetzt seine Sache. Und das mit uns, nun ja, es wird ihn überraschen, aber eigentlich ist er ein guter Junge ...«

Da war sie wieder, die Trauer darüber, nichts von ihrem Leben in den letzten zehn Jahren mitbekommen zu haben. Ob ich Emil gemocht hätte? Wie wäre es gewesen, hier in ihrem Haus, das sie immer allein bewohnt hatte, plötzlich einen Mann vorzufinden?

Emil hatte es nicht mehr geschafft, zu Rosa zu ziehen, er war vorher gestorben. Und Retsch behauptete, nichts von der Beziehung zwischen Rosa und seinem Vater gewusst zu haben.

Ich packte den letzten Brief ein und fuhr los. Immer noch regnete es, der Schwarzwald verbarg sich hinter bleiernen Wolken, in Achern verstopften Autos aus Berlin und dem Ruhrgebiet die Straßen. Achern, das Regenprogramm der Schwarzwaldtouristen: Shoppen auf der Hauptstraße, vielleicht einen Besuch im Sensenmuseum oder ein Stück Schwarzwälder Kirsch im Café Glatt. Entsprechend voll war das Traditionscafé, aber Retsch hielt schon einen der Fenstertische besetzt und winkte mich zu sich. Wieder trug er den blauen Blazer mit den Goldknöpfen, strahlte, ganz guter Verkäufer, Zuversicht und Seriosität aus.

»Mussten Sie doch nicht so schnell nach Köln zurück?« Er schob mir den vorbereiteten Vertrag über den Tisch. »Schön, dass wir das Geschäftliche jetzt schnell erledigen können.«

Ich las die Papiere sorgfältig durch. Alles korrekt, inklusive der Höhe des Vorschusses. Ein paar Tische weiter beschwerte sich ein junger Mann lautstark über nur lauwarmen Kaffee und störte meine Konzentration. Die Bedienung versprach, einen neuen zu bringen.

»Aber plötzlich«, herrschte der Mann, keineswegs leiser, das Mädchen an, »im Gegensatz zu Ihnen habe ich nicht alle Zeit der Welt.«

Diesen Typ Gast kannte ich. Laut, unangenehm, ungerecht. MKA, nennen wir die in der Weißen Lilie, Meckerer, Kategorie A.

»Ich könnte Ihnen das Geld nach der Unterzeichnung sofort anweisen.« Retsch schob mir einen Kugelschreiber über den Tisch, ich schob ihm Emils letzten Brief zu.

»Ich denke, Sie kennen die Schrift«, sagte ich.

Er griff nach dem Brief, wirkte überrascht. Hastig zog er das Blatt Papier aus dem Umschlag, las eilig, Blut schoss ihm in den Kopf, den er unentwegt schüttelte. »Das gibt's doch nicht«, presste er nach dem Lesen heraus. »Also so was. Das haben die zwei aber gut geheim gehalten.«

»Ihr Vater hat Ihnen nichts gesagt? Oder meine Tante? Sie haben in der Zeit mit meiner Tante wegen des Baulandes verhandelt und haben nichts davon gewusst?«

Retsch ruckte unruhig auf seinem Stuhl hin und her, wischte sich die feuchte Stirn, griff erneut zu dem Brief, schüttelte wieder den Kopf. »Ich hab nicht mit ihr verhandelt, das wissen Sie doch. Ich wollte es, aber ... Das Datum, sehen Sie! Zwei Tage vor seinem Tod. Hört sich so an, als ob er mit mir darüber reden wollte, aber dann ... Jetzt versteh ich, warum er sich nicht nur aus der Firma, sondern auch aus der Familie zurückgezogen hat! Früher ist er gerne mal sonntags zum Essen gekommen, aber in letzter Zeit war er kaum bei uns. Ihre Tante muss ihm total den Kopf verdreht haben!«

»Was heißt hier, meine Tante hat ihm den Kopf verdreht? Vorsicht, Herr Retsch!«

»Entschuldigung, aber das ist doch ein Schock. Wie lang ist das denn zwischen den beiden gelaufen? Seit April? Mein lieber Scholli! Als ob ich was dagegen gehabt hätte! Klar, am Anfang wäre es komisch gewesen, aber irgendwie hätte man sich doch arrangiert. Gibt's doch jetzt öfter, so alte Pärchen. Zudem hat sich mein Vater nie in sein Leben reinreden lassen.«

»Sie wollen nicht mal gewusst haben, dass die beiden sich kannten?«

»Nein! Und bevor Sie jetzt weiter den Brief abfragen, was immer mein Vater vorgehabt hat, keine Ahnung! Sein Testament lag hier beim Notar, das hatte er kurz nach seinem Herzinfarkt aufgesetzt, und wenn Sie mich jetzt noch nach der Bredouille fragen, so kann ich nur sagen: Ich weiß nicht, was er damit gemeint haben könnte. Ich mache Geschäfte anders als er, das hat er früher schon nicht kapiert. – Und Sie? Wussten Sie von dieser Beziehung? Oder Ihre Eltern?«

Ich hätte es wissen können, wenn nicht diese Funkstille gewesen wäre, hätte es schön gefunden, Rosa noch mal glücklich mit einem Mann zu sehen. Nichts mehr zu machen, aus und vorbei. Mit wem hatte Rosa darüber gesprochen? Mir fiel einer von Emils ersten Briefen ein. Die zwei hatten Antoinette besucht. Die Elsässer Freundin hatte Bescheid gewusst.

»Haben Sie keine Briefe von Rosa im Nachlass Ihres Vaters gefunden?«

»Ich hab sein Haus nicht auf den Kopf gestellt, wenn Sie das meinen! – Es ist schon schwer genug, mit seinem plötzlichen Tod klarzukommen«, jammerte Retsch weiter. »Obwohl die Ärzte gesagt haben, dass so ein Infarkt jederzeit wiederkommen könnte, er hat sich so gut erholt, wir haben nicht damit gerechnet, und dann die Treppe … Direkt nachdem er in das alte Haus eingezogen ist, hab ich ihm gesagt: ›Vater, leg dein Schlafzimmer nach unten, die Treppe ist so steil, da musst du nur einmal ausrutschen, schon ist alles zu spät.‹ Und so war's dann auch. Als sein Krankenpfleger ihn gefunden hat, war er schon tot. Und kaum ist er unter der Erde, da erfährt man, dass er so ein alter Lüstling …«

»Lüstling? Und Sie wollen mir erzählen, dass Sie diese Beziehung je akzeptiert hätten?«

Retsch schnappte nach Luft, knallte mit der Faust so hart auf den Tisch, dass wir für einen Augenblick die Aufmerksamkeit des ganzen Cafés hatten.

»Soll ich etwa vor Freude an die Decke springen, jetzt wo ich erfahre, dass mein Vater ausgerechnet mit der Frau ein Verhältnis hatte, die mir in den letzten Monaten das Leben zur Hölle gemacht hat? Das muss man doch erst mal verdauen! Wissen Sie was? Ich brauch jetzt frische Luft.«

Er rupfte eilig einen Fünf-Euro-Schein aus dem Portemonnaie, legte ihn unter seine Kaffeetasse und zwängte sich zwischen den voll besetzten Tischen dem Ausgang zu. Als er am Tisch des MKA vorbeikam, hielt dieser ihn am Ärmel fest und drehte das Gesicht so, dass ich es sehen konnte. Ein glattes Jungmännergesicht, in einem langweiligen Sinne gut aussehend. Ich konnte nicht hören, worüber die beiden sprachen, sah nur, dass der junge Mann Retsch nicht losließ, heftig auf ihn einredete, Retsch dagegen nur hastig nickte, auf seine Uhr zeigte, sich dann aus dem Griff des Mannes wand und, ohne sich umzublicken, zum Ausgang eilte.

Ich blieb verwirrt zurück. Retsch hatte in seinem Job bestimmt nicht das erste Mal mit störrischen Kunden zu tun. Er musste sich erkundigt haben, bei den Nachbarn, bei meinen Eltern, nach einem Hebel gesucht haben, an dem er ansetzen konnte, um Rosa zum Verkauf zu bewegen. Und bei diesen Recherchen wollte er nicht herausgefunden haben, dass Rosa seinen Vater kannte?

Rosa, das wusste ich, hatte in manchen Dingen gern zur Geheimniskrämerei geneigt. Und was war prickelnder als eine geheime Liebesaffäre? Aber selbst wenn es so gewesen wäre, Emils letzter Brief deutete eine Veränderung an. Wenn er zu Rosa gezogen wäre, hätte alle Geheimnistuerei ein Ende gefunden. Beide hatten sie diese Veränderung nicht mehr erleben dürfen. Ich griff mir Emils letzten Brief, besah mir das Datum. Er war ziemlich exakt acht Wochen vor Rosa gestorben. Der eine stürzte die Treppe hinunter, die andere fiel von der Leiter. Zwei Unfälle, nirgendwo Indizien dafür, dass die zwei keines natürlichen Todes gestorben waren, nur ein paar ungare Vermutungen. Immer nur Fragen über Fragen, das kotzte mich inzwischen an.

Ich zahlte meinen Kaffee, packte den Vertrag, rannte durch den Regen zu meinem Auto zurück, aber meine Gedanken arbeiteten weiter. Hatte Rosas Weigerung gar nichts mit Retschs Geschäften zu schaffen, sondern mit seinem Vater? Der Herzinfarkt, der plötzliche Rückzug aus der Firma, hatte dies alles seine Ursache in einem Familienstreit? Hatte Rosa aus Solidarität mit Emil ihr Land nicht verkauft?

Ganz automatisch bog ich nach ein paar Minuten von der B 3 in die Talstraße ab, als würde mein Auto den Weg den Bach entlang schon auswendig kennen. Der Weberhof, die Ölmühle, die Brücke über den Bach, Rosas Hof. Bestimmt hätte mein Hirn noch weitere Fragen produziert, wenn dort nicht Michaelas Auto gestanden hätte. Die Türen ihres Wagens und Rosas Haustür waren weit geöffnet, und auch mein Mund blieb offen stehen, als ich Michaela sah, die den Schirm in der einen und Rosas Entsafter in der anderen Hand hielt. Eilig nahm sie die wenigen Stufen von der Haustür zum Hof und rannte durch den Regen zu ihrem Auto. Ich hatte befürchtet, dass sie nicht kampflos das Feld räumen würde, aber dass sie sich hier wie in einem Supermarkt selbst bediente, fand ich unglaublich dreist. Ich stemmte mich aus dem Auto und stapfte auf sie zu.

»Hallo, Katharina, du warst nicht da, da haben wir gedacht, wir fangen schon an, die Sachen von der Rosa einzupacken, da hast du doch nichts dagegen. Was erledigt ist, ist erledigt, bei so einem alten Haus ist man doch immer froh um jedes Teil, was draußen ist«, plapperte sie eifrig, schickte mir wieder diesen um Verständnis heischenden Blick und verstaute die Sachen schnell im Auto. »Ich hab schon bei uns in der Pfarrgemeinde gesagt, dass ich zum nächsten Basar mehr wie sonst beisteuern kann. Weißt du, wir machen vom Frauenkreis so Secondhand-Aktionen. 's gibt bei uns auf der Baar halt auch immer mehr Familien, die sich nimmer das Nötigste leisten können.«

Ich warf einen Blick ins Wageninnere. Da lagen Handtücher, die Schneidemaschine, der Mixer, die Kerzenleuchter und das Bügeleisen. Von wegen Basar. Das war Gierschlund und Raffke. »Mach, dass du Land gewinnst«, sagte ich so ruhig wie möglich, »und untersteh dich, wiederzukommen! Kannst sicher sein, ich tausch das Haustürschloss noch heute aus.«

Sie machte keine Anstalten, sich ins Auto zu setzen, schüttelte nur bekümmert den Kopf: »Ich hab nie für möglich gehalten, dass du so hartherzig sein kannst. Da erbst du ein Haus und Felder, obwohl du dich zehn Jahre nicht um die Tante Rosa gekümmert hast, und verweigerst mir die paar Kleinigkeiten. Wer hat ihr denn Gesellschaft geleistet in ihren letzten einsamen Jahren? Meinst, sie hat nicht gelitten, weil du nie vorbeigekommen bist, dich nicht gemeldet –«

»Wusstest du, dass sie einen Liebhaber hatte?«

Michaelas Geplapper verstummte. Für einen kurzen Augenblick bekam ihr frömmelndes Gesicht hässliche Risse. Aber sie hatte sich schnell wieder unter Kontrolle. »Du weißt doch, in so persönlichen Dingen war Tante Rosa stumm wie ein Fisch, aber gedacht hab ich mir so was, sie hat doch ausgesehen wie das blühende Leben. Und einmal hat sie so eine Andeutung gemacht, von wegen auch im Alter hängt der Himmel noch voller Geigen. Aber g'sagt direkt hat sie es mir nicht.«

Himmel voller Geigen! Als ob Rosa so etwas je über die Lippen gekommen wäre! »Du weißt gar nichts, Michaela. Rosa hat dich auch nie interessiert. Du warst scharf auf ihr Erbe, und als du das nicht bekommen hast, da nimmst du dir, was du kriegen kannst.« Ich deutete auf die Gegenstände in ihrem Auto. »Und jetzt hau ab!«

»Aber du bist der barmherzige Samariter, oder? Schenkst du etwa das Haus den Armen? Oder verkaufst das Bauland zu einem Spottpreis an eine kinderreiche Familie? Du bist doch auch nur an deinem eigenen Vorteil interessiert!« Ihr Mund war wieder ein schmaler waagrechter Strich. Endlich giftete sie, das war mir hundertmal lieber als ihr scheinheiliges Gewäsch.

»Hab ich je was anderes behauptet? Und jetzt fahr endlich los! Oder muss ich dich ins Auto zerren?«

»Erwin!«, kreischte Michaela plötzlich. »Erwin!«

Prompt tauchte unter dem Regenfang der Haustür Michaelas Mann auf, den Koffer mit Rosas Silber unter dem Arm. Eins neunzig groß, breitschultrig, Bärenpranken, gewaltiger Bierbauch, finsterer Blick. Ich hatte ihn weniger bedrohlich in Erinnerung.

»Sie will mich ins Auto zerren«, klagte sie, »ich hab's dir doch gesagt, sie will alles für sich behalten.«

»So?« Der Riese kam zum Auto, warf lässig das Silber auf den Rücksitz und baute sich vor mir auf. Er überragte mich fast um einen Kopf. Es passiert mir nicht oft, dass ein Mann auf mich heruntersehen kann. »Hol den Rest«, befahl er seiner Frau, die schnell zum Haus lief.

»Ich werd euch anzeigen. Das ist Hausfriedensbruch und Diebstahl. Glaub bloß nicht, ich lass euch das durchgehen«, versuchte ich meine Hilflosigkeit zu überspielen.

»Gar nichts wirst du tun, gar nichts«, spuckte der Riese aus und trat mir mit einem einzigen gezielten Tritt in die Kniekehle. Mir knickten die Beine weg. Ich landete im nassen Kies. Stöhnend rappelte ich mich auf, als Michaela mit dem Heizkissen zurückkam.

»Das ist nicht bös gemeint, Katharina, aber man darf ihn nicht reizen, so was mag er gar nicht«, flüsterte sie, während sie mir aufhalf. Dann fuhr sie ihrem Mann besänftigend über den Arm, so als handele es sich bei ihm nicht um einen Menschen, sondern um ein gefährliches Tier. »Das war's, Erwin, wir können fahren.«

»Im Wohnzimmer steht ein Computer«, befahl der Riese, »den können wir noch zu Geld machen. Und das neue Telefon mit dem Anrufbeantworter.«

»Auf keinen Fall!«

Ich funkelte Michaela zornig an. Sie lächelte gemein-mitleidig. Gleichzeitig wieder dieser Tritt in die Kniekehle, ich ging zum zweiten Mal zu Boden. Noch im Knien holte ich mein Handy aus der Tasche, versuchte FK anzurufen, kam gerade mal bis zu »Nummer auswählen«, da riss mir die Pranke des Riesen das Telefon aus der Hand, schleuderte es über den Kies ein paar Meter weg. Es landete vor der Treppe zum Hauseingang. Mühsam rappelte ich mich hoch, taumelte durch den Regen in diese Richtung.

Der Tritt hatte mich nicht nur zu Boden gehen lassen, er tat auch verdammt weh. Ich hasste es, Schmerzen zu haben, ich hasste es, gedemütigt zu werden, ich hasste diesen brutalen Schläger, mehr noch hasste ich diese scheinheilige Verwandte, und ich hasste mich dafür, dass ich in diese Lage geraten war. Hätte ich ihr die Sachen bei ihrem letzten Besuch nicht einfach hinterherschmeißen können? Es waren nur Kleinigkeiten, die man für ein paar Euro verkloppen konnte, nichts woran mein Herz hing. Aber nein, ich musste ja die Alleinerbin herauskehren, jetzt hatte ich den Salat.

Von der Treppe her klingelte mein Handy. Ich hörte keine Schritte hinter mir. Der Kerl lehnte wahrscheinlich am Auto, freute sich darauf, mir das Handy ein zweites Mal aus der Hand zu kicken, wenn ich es erreicht hatte. War so einer, der Spaß daran hatte, erst im letzten Augenblick zuzuschlagen. Aber das Handy interessierte mich nicht, ich musste es bis zur Haustür schaffen. Wenn ich die schnell genug zuziehen konnte, kam er nicht herein, und mit Michaela würde ich schon fertig werden.

Ich konnte nicht zulassen, dass die zwei Rosas Rechner klauten. Sie sollten überhaupt nichts mehr klauen. Und den Rechner schon gar nicht. Den hatte ich noch nicht durchsucht, ein Fehler, zugegeben, aber ich hatte es für unwahrscheinlich gehalten, dass Rosa ihn regelmäßig benutzt hatte. Vielleicht, so fiel mir gerade jetzt ein, gab es Mails, die meine Fragen beantworten konnten, aber, ermahnte ich mich, das ist im Augenblick gar nicht wichtig, konzentrier dich darauf, dass du ins Haus kommst und die Haustür hinter dir zuschlagen kannst.

Einen Meter noch bis zu Handy und Treppe, immer noch keine Schritte hinter mir. Das Handy hörte auf zu klingeln. Der Mann hinter mir bewegte sich auch jetzt nicht. Sowie ich an der Treppe angelangt war, musste es schnell gehen. Ich griff nach dem Geländer, nahm zwei Stufen gleichzeitig, nur um direkt in der Haustür mit Michaela und Rosas Bildschirm zusammenzustoßen.

»Erwin!«, kreischte sie wieder, und jetzt hörte ich Schritte.

Ich schubste sie zur Seite, der Bildschirm ging zu Boden, rutschte die nasse Treppe hinunter. Michaela fluchte, ich stolperte über die Schwelle nach drinnen, griff nach der Tür, das Handy klingelte wieder, wurde von lauten Treckergeräuschen übertönt, Bremsen quietschten, Michaelas Fuß klemmte in der Tür, und der brutale Erwin brüllte: »Das verdammte Luder!« Ich stemmte mein Gewicht gegen die Tür, hörte Schritte im Kies, eine fremde Stimme, und dann verschwand Michaelas Fuß aus dem Türspalt, die Tür fiel ins Schloss.

Mein Herz raste. Ich klemmte mein Ohr an die Tür und lauschte. Nichts. Keine Schritte, kein Schimpfen mehr, nur das sanfte Geräusch des Regens.

Ich öffnete vorsichtig die Tür, Regen tropfte auf den liegen gelassenen Bildschirm. Michaela und Erwin stiegen hastig in ihr Auto, blickten immer wieder zu dem Fendt, der dreckverschmiert und monumental wie ein martialisches Kampffahrzeug den Hof versperrte so wie gestern die Eselsgasse. Ein Mann stieg aus: Tarnweste mit vielen Taschen, olivgrüne Hosen, feste Bergschuhe, so lang und breit wie Erwin. Nach einem kurzen Pfiff sprang ein Schäferhund vom Schlepper, stellte sich neben den Mann und zeigte hechelnd seine Zähne.

Das war ein Alptraum, ein einziger Alptraum! Ich hatte die Pest gegen die Cholera getauscht. Wenn die blöde Verwandtschaft wegfuhr, war ich mit dem Typen allein, der mich gestern fast umgebracht hatte. Rechner, Bildschirm, alles nicht wichtig, konnten sie von mir aus gern mitnehmen, auch noch das Telefon.

»Ihr könnt jetzt nicht wegfahren!«, brüllte ich in den Regen hinein dem Auto zu, aber da startete Erwin schon den Motor und kämpfte sich in Millimeterarbeit an dem Trecker vorbei in die Freiheit. Der Olivgrüne stand breitbeinig mit seinem Wachhund im Hof und starrte zu mir hoch. Ich starrte wie gelähmt zurück. Dabei war die Tür direkt hinter mir, ich musste nur einen Schritt zurückgehen und sie zuschlagen. Drinnen gab es ein Telefon. Ich konnte um Hilfe rufen. Im Kies klingelte wieder mein Handy.

»Willst du nicht rangehen?« Der Unbekannte und der Hund kamen näher.

Mit immenser Kraftanstrengung löste ich einen Fuß von der Erde und bewegte ihn nach hinten.

»Sag bloß, du kennst mich nicht mehr?«

Ich erstarrte in der Bewegung.

»Ich bin der Markus, vom Weberhof neben der Ölmühle. Du hast früher mit uns Fußball gespielt, drunten auf der Wiese am Bach. Warst grottenschlecht im Schießen, aber ein guter Verteidiger, echt zweikampfstark.«

Das Handy klingelte immer noch. Markus hob es auf und reichte es mir. »Ist vielleicht dringend.«

Retsch – so als hätte es das Gespräch im Café Glatt nicht gegeben. »Ich bin in einer halben Stunde bei Ihnen, um den Vertrag abzuholen.«

Ich drückte ihn weg und schaute mir den Mann vor mir an: »Markus Weber, stimmt. Aber du warst viel kleiner und dünner als ich.«

»Damals, Katharina, damals. Sitz, Hrubesch!«, befahl er dem Hund, kam die Treppe hoch und reichte mir die Hand. Heute schon der zweite Mann, der mich überragte. Aber der hatte ein freundliches Gesicht, braun gebrannt, mit kleinen Lachfältchen an den Augen und noch die gleichen Segelohren wie früher. Markus, der schweigsame Stürmer, er hatte immer nur das Nötigste geredet. »Du warst immer ganz verrückt aufs Traktorfahren. Weißt du das noch?«

»Dich hier zu sehen ist echt eine Überraschung«, sagte ich.

»D' Martha hat mir g'sagt, dass du hier bist. Ich komm grad von der Werkstatt, wollt mal Hallo sagen, gucken, wie es dir geht und so. Ist gut, dass du das Bauland jetzt verkaufst, Rosa hat ja ein bisschen einen Altersstarrsinn g'habt. Sie hat mir in den letzten Jahren ihr Land verpachtet, weißt du. Und ich hab auch Land dort.«

Viele Sätze für einen, der früher kaum etwas gesagt hatte. Aber er war ja auch breiter und größer geworden. »Hast also den elterlichen Hof übernommen«, folgerte ich.

»Und den von der Frau, die kommt aus Rheinbischofsheim, zweihundert Hektar insgesamt. Mit so einem Hutzelhof wie dem von meinem Vater kannst du heute als Landwirt nicht mehr überleben. Die EU steckt viel mehr Geld in die großen Betriebe in Nord- und Ostdeutschland, und wir Kleinen können hier rumkrebsen.«

Ich musterte das Ungetüm von Traktor, Markus schien meine Gedanken zu erraten. Ich war gespannt, wie er die Sache in der Eselsgasse rechtfertigen würde, stattdessen sagte er:

»Teurer Schlepper, reicher Bauer? Da darfst du dich nicht täuschen. Den hab ich gebraucht gekauft bei ebay, ein Farmer 209 SA, 94 PS, ein richtiges Schnäpperle. Nur knappe fünfzigtausend.«

Ich zog die Luft ein. Dafür musste man viel Mais, Getreide oder Milch verkaufen. Fünfzigtausend waren kein Pappenstiel. Immer noch verlor Markus kein Wort über die Eselsgasse. War es also nicht sein Fendt gewesen? »Gibt bestimmt nicht viele hier im Dorf, die sich so einen leisten können, oder?«, fragte ich.

»Ohne einen ordentlichen Maschinenpark kannst du die Landwirtschaft komplett vergessen. Fendt wird hier in der Gegend viel g'fahren. Einer aus Önsbach hat schon den 820 Vario Greentec, der fährt mit Rapsöl, 205 PS, da legst du noch mal eine andere Summe auf den Tisch. In Fautenbach gibt's aber auch mindestens noch fünf, nein, sechs, der Jäger Karle fährt ja auch Fendt.«

Ich sah zu dem Traktor hinüber. Farmer so und so, Vario so und so. Als Köchin konnte ich Messer und Küchenmaschinen unterscheiden, aber Traktoren? War es dieses Ungetüm gewesen, das mich in der Hohlgasse fast umgefahren hatte, oder ein anderes? Warum fing er nicht davon an, warum entschuldigte er sich nicht? Ich traute mich nicht, ihn direkt zu fragen, denn ich stand allein mit ihm hier auf dem Hof, und der Schmerz in meinen Kniekehlen erinnerte mich daran, wie schnell man am Boden liegen konnte.

»Sind eigentlich alle Fendts grün-schwarz?«

»Ich kenn keine anderen. Ist ja auch so was wie CI, Corporate Identity, verstehsch? – Und selber? Hab g'hört, du bist in Köln. Brauchst Großstadtluft, was?«

»Ich bin halt in der Domstadt hängen geblieben.«

Warum hätte er mich umfahren sollen? Markus wirkte nicht wie ein brutaler Kamikazefahrer. Er war der Kapitän unserer Wald- und Wiesenmannschaft gewesen, weil er beim Fußballspielen oft die Streithähne zur Raison gebracht hatte. Fairplay war seine Devise gewesen. So einen Grundcharakterzug verliert man nicht, der bleibt. Auch wenn man nicht mehr klein und dürr, sondern groß und kräftig geworden war.

»Für mich wär das mit der Stadt nichts. Bin einmal da gewesen. Früh am Dom, Schokoladenmuseum, Stadtrundfahrt. Zu viel Menschen, die zu schnell schwätzen. Aber schön, dass es dir gut geht. Das freut mich wirklich, Katharina. – Also dann, ich muss mal heim.«

Wieder klingelte mein Handy. Ich zögerte, aber Markus verabschiedete sich, schwang sich mit einer kraftvollen Bewegung nach oben in sein Schleppercockpit, startete den kräftigen Motor, pfiff nach dem Hund, der im Anfahren aufsprang.

»Ja?«

Martha, wieder mal auf hundertachtzig. Warum ich den Vertrag immer noch nicht unterschrieben hätte, ob ich wolle, dass sie an einem Herzinfarkt krepiere wegen der ganzen Aufregung, womit sie nur so eine undankbare Tochter verdient habe. – Retsch schien nicht nur bei mir angerufen zu haben.

»Jetzt nicht, Mama.« Ich drückte sie weg.

Markus Weber, irgendwer hatte mir in den letzten Tagen schon von Markus Weber erzählt. Er hatte gedroht, ihr das Haus abzufackeln! Traudl, als sie von den Schikanen anderer Landverkäufer gegen Rosa gesprochen hatte. Also kein Fairplay-Typ mehr?

Es dauerte keine Minute, bis das Telefon erneut klingelte.

»Ja?«, blaffte ich abweisend. Ich kannte Marthas Hartnäckigkeit.

Stattdessen hörte ich FKs Stimme.

»Wann bist du das letzte Mal tanzen gewesen?«, fragte er.

Tango mit Tayfun in seiner engen Dachwohnung in der Regentenstraße, schoss es mir sofort durch den Kopf, Musik von Manuel Pizarro, Tayfuns Stimme an meinem Ohr. »Tango«, hörte ich ihn flüstern, »ist der einzige Tanz, der das Wesen der Liebe erfasst.« Und er tanzte ihn mit so viel erotischer Leidenschaft, dass wir danach im Bett landen mussten. Vier Jahre her, Vergangenheit, eine gut vernarbte Wunde, und so genau wollte FK das bestimmt nicht wissen. »Und du?«, fragte ich zurück.

»Ich tanz doch jedes Jahr in den Mai.«

Wir wussten beide, dass das erstunken und erlogen war. Ich lachte.

»Dann hol ich dich um acht ab.« Ende.

Da stand ich nun auf dem glitschigen Kies mit nasser Hose und nassen Haaren in dem verlassenen Hof, der so verloren dalag, als könnte hier niemals etwas passieren, und in einem Regen, der nicht aufhören wollte. Ich dachte an Michaela und Erwin und hegte erstaunlicherweise keine Rachegelüste. Stattdessen fragte ich mich, über was sie wohl redeten auf ihrem Weg ins Oberland. Ob sie sich ausmalten, was sie für ihre Beute bekämen, sich darin bestärkten, wie gut sie gehandelt hatten, oder sich immer noch ärgerten, dass Rosa nur mich als Erbin eingesetzt hatte. Ob sie noch mal wiederkommen würden. Ob Michaela Erwin mit diesem Streicheln immer beruhigen konnte. Und ich dachte an Markus, den kleinen Stürmer, mit dem ich vor fast dreißig Jahren gekickt hatte, und fragte mich, was er mit seinem Besuch gewollt hatte.

Und ans Tanzen. FK hasste Tanzen. Nur maulend war er früher samstags mit mir auf die Dorffeste der Gegend gefahren, wo es irgendwo immer einen DJ gab, der auch gute Musik zum Tanzen auflegte. Während ich es liebte, auf der Tanzfläche herumzuwirbeln, bis mir der Schweiß lief, saß er an der Theke, diskutierte mit anderen Tanzfaulen über den NATO-Doppelbeschluss und die Friedensbewegung, schaute dabei gelegentlich genervt dem »Rumgehopse« zu. Hatte er in späteren Jahren die Lust am Tanzen entdeckt? Keiner blieb der, der er mit zehn oder siebzehn gewesen war. Weder Markus noch FK.

Ich merkte, dass mich die Vorstellung, mit FK zum Tanzen zu gehen, freute. Dann raffte ich mich endlich auf, den Bildschirm, der immer noch am Fuße der Treppe lag, aufzuheben und ins Haus zurückzugehen. Der war wahrscheinlich hinüber, ich nahm nicht an, dass er wasserdicht war. Wenn er wieder trocken war, würde ich es testen können. Das hatte Zeit. Keine Zeit hatten die Fragen, mit denen sich jede Frau vor einem Date beschäftigte. Was ziehe ich an? Haare offen oder geknotet? Dicker Lidstrich oder dezentes Make-up? Welche Schuhe? Schmuck ja oder nein?

Draußen hörte ich Bremsen quietschen und ABBA-Klänge. Ich ignorierte Retschs Klingeln, wartete, bis er wieder davonfuhr, dann ging ich duschen. Als ich mich trocken rubbelte, betrachtete ich mich in Rosas halbblindem Spiegel. Die stämmigen Beine, das kräftige Hüftgold, der Busen, der seine Straffheit verlor, die durch kochendes Wasser, spritzendes Fett und ausgerutschte Messer vernarbten Köchinnenarme, der noch faltenlose Hals. Und überall, wo ein bisschen Sonne hinkommen konnte, Sommersprossen. Ich hatte lange gebraucht, um diesen unvollkommenen Körper zu mögen. Und natürlich haderte ich mit ihm, wenn es mir schlecht ging. Doch heute gefiel er mir.

FK hatte diesen Körper nie nackt gesehen. Überhaupt hatten wir nur einmal miteinander geschlafen. Ein One-Night-Stand beim Klassentreffen, als unser Jahrgang dreißig wurde. Grillwürste und Zelte am Acherner Baggersee, viel Bier und eine laue Sommernacht. Alle anderen waren schon nach Hause gegangen oder in den Zelten verschwunden, als wir uns endlich gestanden, wie sehr wir als Jugendliche ineinander verliebt gewesen waren. Und plötzlich war da noch dieses leere Zelt, das wie eine Einladung aus tausendundeiner Nacht auf uns wartete und wo wir, schon ordentlich beschwipst, ungelenk miteinander vögelten. Es war wie das Einlösen eines nie ausgesprochenen Versprechens, gehörte eigentlich in eine andere Zeit. Eines unserer Geheimnisse. Geredet haben wir nie darüber. Auch das schon lange Vergangenheit, dreizehn Jahre her.

Wenig später machte mein Koffer die Anzieh-Frage leicht. Blieben eigentlich nur die weinroten Wildleder-Pumps, die zimtfarbene Leinenhose und der giftgrüne Kaftan. Zum Glück hatte ich auch die schwere orientalische Silberkette aus Casablanca, die so gut dazu passte, eingepackt. Wär nicht schlecht, noch was zu futtern, dachte ich, als ich endlich mit meinem Aussehen zufrieden war, und stöckelte in die Küche. Die Wurstmaschine ließ mich wieder an den Einbeinigen denken, ich holte mir schnell ein Leberwürstchen aus der Speisekammer, dann rief ich ihn noch mal an. Besetztzeichen. Stattdessen wählte ich Antoinettes Nummer. Im Elsass ging keiner ans Telefon. Ich speicherte beide Nummern in meinem Handy und versuchte es noch einmal bei dem Hanauer Metzger. Jetzt ging niemand mehr ans Telefon, und einen Anrufbeantworter schien der alte Schlachter nicht angeschafft zu haben. Merkwürdig, murmelte ich, schob aber dann die Gedanken an den Einbeinigen zur Seite. Er war wirklich mein geringstes Problem.

Aber die Sau, die musste noch was zu fressen kriegen. Ich erledigte das in Windeseile. Nichts schlimmer, als wenn die Klamotten nach Schweinestall stanken. Was hatten wir früher beim Tanzen über die Schweinebauern die Nase gerümpft.

Der Regen hatte endlich aufgehört, ein frischer Wind fegte durch das nasse Blattwerk. Den Wind brachte ich mit in die Küche, wo der kahle Tisch an die Invasion aus dem Oberland erinnerte. Nur den Papierkram, der vorher schon herumgelegen hatte, hatte Michaela zurückgelassen. Der Wind griff nach den Blättern, wirbelte sie durch die Luft, ließ sie irgendwo zu Boden gehen. Schnell schloss ich die Tür, sammelte die Blätter ein. »Wanted!«, stach es mir ein ums andere Mal ins Auge, immer schneller sammelte ich die Blätter ein, starrte wieder und wieder in dieses glatte, auf langweilige Art gut aussehende Jungmännergesicht. »Adrian Droll, einunddreißig Jahre, wohnhaft in Achern, Düngemittelvertreter, Angestellter der Firma Meranto, hat an alle Raiffeisenmärkte am Oberrhein sowie direkt an die hiesigen Großbauern, Ponchito verkauft. Bei einer zehn bis fünfzehnprozentigen Provision kann man davon ausgehen, dass er gut an dem Giftzeug verdient hat. Auch als bekannt war, dass Ponchito für das Bienensterben verantwortlich ist, hat er weiter Geschäfte damit gemacht.« Das also war der Typ, den Rosa sich für die Plakataktion der Mais-Guerilla ausgesucht hatte. Der Typ, der ihr die tote Katze vors Haus gelegt hatte, der Typ, über den sie mehr wusste als das, was sie im Steckbrief geschrieben hatte. Adrian Droll war ich heute begegnet. Er war der Stänkerer aus dem Café Glatt, der sich Retsch beim Hinausgehen gekrallt hatte.

Eines der Flugblätter steckte ich in meine Handtasche, die anderen legte ich zurück auf den Tisch. Retsch und Droll kannten sich. Was verband den Bauunternehmer mit dem Düngemittelvertreter, außer dass sie beide Ärger mit Rosa gehabt hatten?

Ich starrte wieder auf die zusammengesuchten Flugblätter. Wieso waren sie mir früher nicht aufgefallen? Was hatte ich noch alles übersehen? Ich blickte durch die Küchentür nach draußen, der Fliegenfänger baumelte im Wind, und plötzlich hing da wieder die geschlachtete Rosa und malte wirre Zeichen in ihr Blut. Trau endlich deinen Ahnungen, sagte ich mir. Sie ist nicht von der Leiter gestürzt, sie ist ermordet worden.

FK kam pünktlich und hatte sich nicht schick gemacht. Dunkles T-Shirt, langweiliges Jackett wie immer. Zumindest in diesem Punkt hatte er sich nicht verändert.

»Na komm schon. Steig ein.«

Ich räumte Zeitungen, halb volle Wasserflaschen und leere Schokoriegelpackungen vom Beifahrersitz. Schweigsam fuhr er durchs Dorf, nahm dann den Autobahnzubringer Richtung Hanauerland. Der Wind hatte die Regenwolken vollständig vertrieben, der Himmel lackte blau, die Maisfelder glänzten frisch gewaschen, Schilf klimperte an verwilderten Baggerseen.

»Und? Wohin geht's?«, fragte ich.

»Lass dich überraschen.«

Man unterhält sich mit seinen Gästen, FK! Wir sind kein altes Ehepaar, das alle Worte in jahrelangen Zweikämpfen verschossen hat. Eigentlich sind wir Fremde, teilen nur ein paar Erinnerungen an Jugendjahre, an den Jungen und das Mädchen, die wir damals waren. Und mit Fremden redet man, erklärt ihnen, was man vorhat, also mach den Mund auf, FK!

FK tat nichts dergleichen. Wortlos fuhr er durch die Rheindörfer, an schönem Fachwerk und alten Tabakscheunen vorbei, in Linx wies er mich mit einer Kopfbewegung auf den futuristisch wirkenden Glas-Metallkasten »World of Living« hin, den ein Hersteller von Fertighäusern hier in die Pampa gesetzt hatte.

»Hat meine Tochter mit zehn, elf ganz toll gefunden. Du kannst dir Wohnungen von der Steinzeit bis zum Jahr 2050 angucken und hinterher durch einen Park mit eingerichteten Fertighäusern gehen. Meine Tochter wollt immer in so einer Villa wohnen.«

Touri-Tour? Familienanekdoten? Was sollte das? Ich sagte nichts. Auch FK schwieg wieder. Weitere Maisfelder, weitere Rheindörfer.

»Rosa hatte einen Liebhaber.«

»Mit dreiundachtzig? Du machst Witze!« Jetzt schaute er interessiert zu mir herüber, schüttelte amüsiert den Kopf.

»Denkst du etwa, dass man sich in dem Alter nicht mehr verlieben kann?«

»Ich denke, dass man damit spätestens mit Anfang zwanzig aufhören sollte. Bringt doch nur Verwirrung, Schmerzen, Tunnelblick.«

»Da spricht aber ganz der enttäuschte Liebhaber.«

»Ach, vergiss es.«

Wieder Schweigen im Auto. Dann, ganz ungläubig: »Etwa einer aus der Mais-Guerilla?«

»Emil Retsch. Er hat ihr Liebesbriefe geschickt. Die habe ich in ihrem Geheimfach gefunden, zweiundzwanzig Stück.«

»Nur Händchenhalten oder auch Sex?«

»Er hat bei ihr übernachtet, beschreibt, wie sie riecht, wie sie sich anfühlt. Was würdest du daraus schließen?«

»Mit Sex! Aber hallo! Eines muss man deiner Tante lassen: Die war immer für eine Überraschung gut!«

»Ich mein, du bist den beiden doch begegnet, wenn du über die Mais-Guerilla berichtet hast. Ist dir denn da nichts aufgefallen?«

»Ich hab die ein-, zweimal zusammen gesehen, aber da achtest du doch nicht auf so was. Wenn er ihr die Jacke um die Schulter legt, hältst du das für Fürsorglichkeit, Kavalier alter Schule und so. Du vermutest doch nicht … Sex mit über achtzig, Mannomann!«

»Kannst ja mal drüber schreiben. Vielleicht ist das ja was, worauf du dich im Alter dann freuen kannst.«

»Lass mal, Katharina, das ist Frauenkram.«

»Sex im Alter ist Frauenkram? Braucht man dafür im Regelfall nicht Männlein und Weiblein?«

»Nicht der Sex! Das Schreiben darüber!«

»Ach? Schreiben Männer nicht über Sexualität? Oder nur nicht über Sexualität im Alter?«

»Lass mich doch mit so Spitzfindigkeiten in Ruhe!«

Ein beleidigtes Knurren, dann ein sturer Blick auf die Straße. Nach Kehl acht Kilometer, las ich.

»Willst du eigentlich wissen, was ich über Retsch und Droll rausgefunden habe?«, brummte er dann.

Gleich, FK! Nicht so schnell das Thema wechseln! »So wie du drauf bist, hast du nicht mal mehr Spaß an Sex mit dreiundvierzig.«

»Aber du bist eine Sexbombe und holst dir jeden Abend einen anderen Mann ins Bett.« Ein kurzer Blick auf meinen Busen, ein zynisches Grinsen.

Er konnte immer noch verdammt gut parieren! Ich seufzte: »Also gut. Was hast du über Retsch und Droll rausgefunden?«

Jetzt ein befriedigtes Grinsen. »Emil Retsch hat die Firma erst nach seinem Herzinfarkt an Günther, übrigens der einzige Sohn, ein zweiter Sohn, Lothar, ist während seines Architekturstudiums bei einem Autounfall ums Leben gekommen, überschrieben. Natürlich hat Günther zuvor schon leitend in der Firma gearbeitet, viele Aufträge hatte er an Land gezogen, aber was Investitionen, Ausweitung des Geschäftsbereichs und so weiter betraf, hatte immer noch der alte Retsch das letzte Wort. Direkt nach der Übernahme investierte Günther in den Ausbau eines großen Industriegebietes in der Nähe von Sélestat und ist damit bös auf die Schnauze gefallen. Es wird gemunkelt, dass der alte Retsch etliche seiner Immobilien verkauft hat, damit der Junior nicht Konkurs anmelden musste. Du weißt, das geht in der Bauwirtschaft oft schnell. Auf alle Fälle, das Bauprojekt am Rückstaubecken ist nach diesem Desaster sein erster großer Auftrag. – Du weißt, dass er auch die Straße zur L 87 baut? – Wenn das jetzt aus irgendwelchen Gründen nicht klappt, dann hätte ihn wahrscheinlich nicht mal mehr sein Vater retten können. Für ihn, das sage ich jetzt ganz ketzerisch, ist die Rosa im rechten Augenblick gestorben, vorausgesetzt du als ihre Erbin verkaufst ihm das Land.«

Was FK berichtete, brachte im Großen und Ganzen nicht viel Neues für mich, es bestätigte aber meine Vermutungen, dass Retsch bei dem Projekt unglaublich unter Druck stand. »Und was hast du über Droll erfahren?«

»Nach dem Abitur hat er bei einer kleinen Düngemittelfirma im Markgräflerland eine Lehre als CTA gemacht. Ist seit sechs Jahren bei Meranto, war dreimal Verkäufer des Jahres. Könnte dir wahrscheinlich alles verkaufen. Gilt als ehrgeizig, wird es in seiner Firma weit bringen. Er hat Stich bei den Damen. Die drei Sekretärinnen von Raiffeisenmärkten, mit denen ich gesprochen habe, schwärmen in den höchsten Tönen von ihm. Ist erst vor ein paar Jahren aus Bad Krozingen hierhergezogen. Verheiratet, keine Kinder, hat sich einen schönen Neubau in Oberachern gekauft. Mitglied im Acherner Tennisclub und in der CDU. Aber Achern wird nur eine Zwischenstation für ihn sein, den drängt es nach Höherem.«

»Nichts Negatives?«

»Was die Beschuldigungen deines Mais-Guerillo angeht, habe ich bisher nichts gefunden. Natürlich erinnere ich mich an die Aktion ›Das Gesicht von Ponchito‹, wo sich Rosa ihn zur Brust genommen hat. Das wird ihm nicht gefallen haben, aber damit hat sich die Mais-Guerilla insgesamt eine Menge Feinde gemacht. Die Nestbeschmutzer-Nummer ist nicht gut angekommen. Der Droll hat doch nichts mit dem Landverkauf zu tun. Willst du ihm nur wegen der toten Katze an den Karren fahren? Oder willst du Rosas Feldzug in der Mais-Guerilla fortsetzen? Zur Jeanne d'Arc der Bienen werden?«

»Droll und Retsch kennen sich. Haben heute im Café Glatt miteinander geredet. Beide haben sie Rosa gekannt, und beide haben sie, gelinde gesagt, Rosa nicht leiden können.«

»Hör mal, du denkst doch nicht schon wieder an …?«

Natürlich hatte er sofort wieder die Sache mit der Skihalle auf dem Schirm.

»Hatte ich damals recht oder nicht?«

»Es ist von Anfang an klar gewesen, dass Konrad sich nicht selbst den Schädel eingeschlagen hat, die polizeilichen Ermittlungen sind gelaufen, Kuno Eberle war ein fähiger Polizist, aber du hast dich einmischen müssen und wärst fast in Kirschwasser ersäuft worden.«

»Das war was anderes, stimmt«, beruhigte ich ihn schnell. »Trotzdem: Hast du eine Vorstellung, was die beiden miteinander zu schaffen haben?«

»Praktisch? Keine Ahnung. Theoretisch alles Mögliche. Tennisclub, Gesangsverein, Jägerei und so weiter. Achern ist ein Dorf. Eigentlich kennt da jeder jeden. Wenn du willst, kann ich mich noch weiter umhören.«

Ich wollte. Vor uns sah ich jetzt den Kehler Bahnhof, dahinter tauchte die »Passerelle des deux Rives«, die neue Fußgänger- und Fahrradbrücke auf, die seit der Landesgartenschau vor ein paar Jahren Deutschland mit Frankreich verband.

»Fahren wir nach Straßburg?«

»Mais non, Madame. Nous restons en Allemagne.«

So allmählich konnte er mir schon mal sagen, wo's hinging. FK irrte ein wenig in der alten Grenzstadt herum, fuhr irgendwann in das weitläufige Hafen- und Industriegelände und fragte sich dort zu einem Club Chantal durch. Mir schwante nichts Gutes, als er vor einem hässlichen Flachbau parkte. Himbeerrot leuchtete der Schriftzug »Chantal« in den deutsch-französischen Nachthimmel, und wären da nicht all die Leute, die sich mit Plateauschuhen, Glitzerklamotten und Föhnfrisuren im Siebziger-Jahre-Diskolook gestylt hatten, hätte ich den Laden für einen Grenzpuff gehalten. Was hatte FK da für uns ausgesucht?

»Interessant«, sagte ich und ließ mich von FK nach drinnen ziehen.

Empfangen wurden wir von typischem Diskothekengeruch, der Mischung aus kaltem Rauch, schalem Bier und altem Schweiß. Die silbernen Diskokugeln und die farbigen Scheinwerfer an der Decke hatten schon – wenn es das in diesem Bereich überhaupt gibt – antiquarischen Wert. Eine mit geflammtem Holz umkleidete Bar, eine noch leere Tanzfläche, eine lange Bank und ein paar Stehtische komplettierten das Interieur. Auch eine leicht erhöhte Bühne gab es, verschlossen mit einem ausgebleichten Samtvorhang, der vielleicht mal rot oder lila gewesen war. FK hatte immer noch keine Ahnung vom Tanzen. Wer sollte in so einem trostlosen Raum in Stimmung kommen? Und wo war die Musik?

»Was willst du trinken?«

»Ein Bier.« Ich sah auf die Uhr. Biertrinken und an Stehtischen lehnen konnte ich an schöneren Orten. Ich wollte tanzen! Zehn Minuten würde ich FK und dem Chantal geben, mir dann ein Taxi rufen und mit dem Zug nach Achern zurückfahren.

Langsam füllte sich der Raum, die Siebziger-Jahre-Freaks schienen bester Dinge, Frauen kreischten, Männer polterten, der eine oder andere deutete eine Tanzbewegung an. Auch jede Menge »normal« Gekleideter drängten herein. Immer noch gab's keine Musik.

Dann stiefelte ein dürrer Kerl mit Fliege und Mikro auf die Bühne und stellte sich vor den Vorhang. »Meine Damen und Herren«, schrie er ins Mikrofon, »Chantal proudly presents nun schon zum dritten Mal: GABA, die ABBA-Coverband! GABA, das sind Günther, Angela, Bertold und Annegret. Und wir alle wissen: Sie können uns genauso einheizen wie ihre großen Vorbilder. Ich bitte also um einen kräftigen Begrüßungsapplaus« – hinter dem Vorhang spielte das elektrische Klavier den Anfangsakkord von »Money, Money, Money« – »für GABA.«

Tatsächlich erklang ein frenetisches Johlen und Klatschen, während sich der Vorhang hob, das Klavier kräftiger wurde und Angela und Annegret zu singen begannen. Sie waren in einem Alter, in dem Agnetha und Frida die Bühne längst verlassen hatten. Ich kam nicht mehr dazu, mir über ihre Sangesqualitäten Gedanken zu machen, weil mein Blick an dem Mann am Klavier hängen blieb: Günther Retsch in einem blauen Glitzeranzug und silbernen Plateauschuhen. FK neben mir grinste.

»Jeder spielt im Leben mehr als eine Rolle!«, brüllte er mir ins Ohr. »Hab gedacht, diese Rolle von Retsch interessiert dich vielleicht. Als ›Benny‹ ist er in der Gegend bekannt wie ein bunter Hund.«

Im Gegensatz zu den vieren auf der Bühne und dem begeisterten Publikum hatten FK und ich ABBA gehasst. Und so, wie er dastand, mit den Händen in den Hosentaschen und diesem verächtlichen Grinsen in den Mundwinkeln, tat er es wohl immer noch. Ich dagegen war mit den Jahren etwas milder geworden, fand heute, dass die vier Schweden zumindest richtig gute Tanzmusik gemacht hatten.

Retsch war kaum wiederzuerkennen. Mit Verve griff er in die Tasten, als wäre er immer nur Musiker gewesen, und strahlte das Publikum an. Nicht nur er, auch die anderen drei waren wirklich gut, die Musik schien wie für sie gemacht. Die tolle Stimmung übertrug sich auf das Publikum, die Tanzfläche füllte sich schnell. Auch ich wollte tanzen und schob mich unter die Discokugeln. Bei »Dancing Queen« sang ich schon mit, wogte in der Menge, drehte mich, stampfte, schüttelte die Arme, wiegte die Hüfte, vergaß, das am Klavier der Mann saß, der vielleicht der Mörder meiner Tante war, verdrängte meine Zweifel und Ängste und überhaupt alles, was mich die letzten Tage beschäftigt hatte. Und da erklang schon die Flöte zu »Fernando« …

Schweißgebadet und erschöpft kämpfte ich mich irgendwann von der Tanzfläche hinunter, holte mir an der Bar eine Flasche Wasser. FK hing nicht auf einem der Barhocker, die Tanzfläche hatte er nie betreten. Ich ging nach draußen, wo kleine Raucherrunden in den Nachthimmel pafften, erschöpfte Tänzer an Bierbänken lehnten, und suchte FK. Vergebens. Ich stapfte zum Parkplatz, sein Auto stand noch da. Zurück an der Diskothek wies grelles Neonlicht an einer Nebentür den Weg zu den Toiletten. Die musste ich eh aufsuchen, kam aber nicht bis dahin, weil plötzlich die Tür des Herrenklos aufflog und FK gegen die Flurwand donnerte.

»FK!«, murmelte ich irritiert, aber bevor ich mich zu ihm herunterbeugen konnte, schoss ein Kerl hinterher, packte FK am Jackett und brüllte, während er ihn aufrichtete und nach draußen schleppte: »Ich trete dir die Eier ein, du hast meine Frau gefickt, du Scheißkerl!«

FK strampelte hilflos am stählernen Arm des wütenden Mannes und nuschelte: »Jetzt reg dich doch nicht so auf, das können wir alles in Ruhe besprechen.«

Aber daran schien der gehörnte Ehemann kein Interesse zu haben. Kaum hatte er FK aus dem engen Flur gezerrt, nutzte er den Platz im Freien, holte mit dem anderen Arm zum Schlag aus und donnerte FK seine geballte Faust ins Gesicht. Der jaulte auf und sackte zu Boden.

Bevor der Kerl ein zweites Mal zuschlagen konnte, reagierte ich.

»Liebling!«, schluchzte ich, stürzte mich auf FK und kreischte den Wüterich an: »Lassen Sie sofort meinen Mann in Ruhe!«

»Er hat meine Frau gefickt«, wiederholte er drohend.

»Du gehst fremd!«, kreischte ich so laut, dass die Raucher und Tänzer zu uns hersahen, und zog FK vom Boden hoch. »Mit der Tussi von dem?« Ich bohrte dem Kerl einen Finger in den Bauch, was ihn sichtlich verunsicherte. »Lass uns nur mal nach Hause

kommen, dann mache ich dir die Hölle heiß! Kannst deine Finger
nicht von anderen Weibern lassen!«

Unsicheres Lachen der Anwesenden, der Schläger wusste nicht,
was er machen sollte. Schnell packte ich FK am Arm, zog ihn in
Richtung Auto, bat ihn leise um die Autoschlüssel. »Irgendwann
hack ich dir deinen Schwengel ab, damit das nicht mehr passiert!«,
kreischte ich noch mal lautstark, bevor ich FK auf den Beifahrersitz
schubste, mich hinter das Steuer klemmte und den Wagen startete.

Schon während ich den Weg aus der Hafenanlage heraus suchte,
fing ich an zu kichern. FK neben mir stöhnte. Ich kicherte lauter,
fuhr in Richtung Rastatt.

»Hast du wirklich mit der Frau von dem …?«

Noch ein Stöhnen.

»Sag doch mal: Klasse, wie du mich da rausgehauen hast!«

»Klasse, K, wirklich klasse«, stöhnte er weiter.

K hatte er mich das letzte Mal genannt, als wir fünfzehn waren.
Ich kicherte immer noch, und wenn ich FKs Mundbewegung richtig deutete, dann grinste er ein bisschen.

»Jetzt sag schon!«

»Ich glaub, ich brauche einen Eisbeutel und einen Schnaps.«

»Hast du nun oder hast du nicht?«

»Leck mich, K!«

SIEBEN

Das bimmelnde Handy in dem Klamottenchaos am Boden zu finden war eine echte Herausforderung. Es fiel überhaupt schwer, die Augen zu öffnen. Das Licht schmerzte grauenvoll, und in meinem Kopf übte ein Drummer-Crashkurs eine wilde Mischung von Schlagzeugtakten.

»Hab ich dich g'weckt? 's ist schon fast Mittag!«

»Ecki?«

Meine Stimme klang nach zu vielem und zu lautem Reden und nach Schachteln von Zigaretten. Hatte ich etwa geraucht? Vorsichtig öffnete ich die Augen einen Spalt, blinzelte in den Raum. Rote Jalousien, ein Ikea-Schrank, ein großes Bett. Das war nicht die Kammer in Rosas Haus.

»Weißt, Kathi, gestern hatten wir doch den Abend mit der alpinen Brotzeit und der Jodelmusik, jetzt nicht, was du denkst, so dirndlmäßig, nein, eher so Hubert von Goisern, Alpenweltmusik, sehr anspruchsvoll, multikulti, ganz wunderbar ...«

Aus dem Bett drang plötzlich ein tiefes Brummen, und ich sah FKs Kopf unter einem Plumeau auftauchen, sein Mund stieß leise Schnarchgeräusche aus, und zumindest sein rechtes Auge würde er nicht so leicht öffnen können. Da schillerte hefekloßgroß violett ein gewaltiges Veilchen. Stimmt, ich hatte ihn aus den Klauen des gehörnten Ehemanns befreit. Aber was war dann passiert?

»... und die Jausenteller, ein Gedicht! Südtiroler Speck, Vorarlberger Bergkäse und erst die Würstel! Käsekrainer, Burenhäutl, Debrecziner. Frag net, wie lang ich in Köln g'laufen bin, bis ich die g'funden hab. Zum Schluss ein bissl ein Rettich und ein Kümmelbrot. Das hab ich ...«

FK brauchte einen Eisbeutel und einen Schnaps. Ich hatte ihn nach Hause gefahren. In seine Männer-WG in der Illenau. Eine Küche von nur zwei Quadratmetern, dafür ein Flachbildschirm der Superlative. Ein Ledersofa, aber kein Esstisch. »Du wirst mich jetzt nicht alleine saufen lassen, K! Rauchen muss ich auch, schau mal in meinem Jackett, da sind Zigaretten. So setz dich doch! Keine Angst, kannst tun und lassen, was du willst, mein Kumpel schläft bei seiner

Freundin.« Einen Schnaps, hatte ich gesagt, und ich muss dein Auto mit zu Rosa nehmen, ich bring's dir dann morgen wieder.

»… in einer Bäckerei auf der Apostelnstraße gefunden. Wirklich, lernst immer wieder was Neues. Hab net g'wusst, dass man in Köln ein so phantastisches Brot kaufen kann …«

Topinambur hatte FK aufgefahren, den badischen Heil- und Wunderschnaps, und Gianna Nannini aufgelegt, die brauchte er nach dem ABBA-Scheiß. Gib mir auch eine, hatte ich getönt, als er sich eine Zigarette anzündete, mein Gott, wie lang war das her, dass ich die letzte Kippe geraucht hatte. Und dann das Geplänkel über FKs amouröse Abenteuer, der Eisbeutel, den ich ihm immer wieder auf das malträtierte Auge drückte.

»Also, Kathi, das Essen hervorragend, die Musik Weltklasse, die Stimmung bestens. Ich weiß net, ob d' weißt, bei dieser Alpenweltmusik, da geht's auch um Schwingungen, die musst spüren im Bauch, in den Beinen, Verbindungen schaffen sozusagen. Also die Gäste total begeistert, manche hat's nicht mehr auf den Stühlen g'halten, die mussten stampfen und schwingen und singen, und anderen hat's auf dem Boden net passt, die sind dann auf die Stühle drauf zum Schwingen. Großartig, Kathi, der ganze Raum hat vibriert vor Schwingungen und positiver Energie, genau, darum geht's doch auch, positive Energie …«

»Bleib doch hier bei mir«, hatte FK nach dem was-weiß-ich-wievielten Schnaps geflüstert, »wenn du sowieso jeden Abend einen anderen Mann mit ins Bett nimmst! Und außerdem ist dein Ecki in Köln, der kann mich morgen also nicht zusammenschlagen!« Dabei ist er mit seiner Hand ganz sanft mein Rückgrat herunterspaziert. Und er roch nach dem alten FK, und seine Hand ist nicht auf dem Rücken geblieben. Und meine Hände haben, so mir nichts, dir nichts, die Gürtelschnalle seiner Hose geöffnet, und irgendwie mussten wir es noch bis hier in dieses Zimmer und in dieses Bett geschafft haben.

»Kathi?« Eckis Stimme lauter, irgendwie alarmiert. Mein Kopf, was war nur mit meinem Kopf los? »Bist letschert? Hörst mir überhaupt zu?«

»Positive Energie«, murmelte ich und war mir überhaupt nicht sicher, ob es positive Energie gewesen war, die mich in FKs Bett gebracht hatte.

»Kannst dir vorstellen? Die ganze Weiße Lilie voll positiver Energie?«

Wir hatten miteinander geschlafen. Verschwommene Bilder, wie FK meine Brust leckte, wie ich auf ihm ritt, Gianna Nannini orchestral »Come un angelo«. Irgendwann unsicheres Gekicher, als wir unsere verschwitzten Körper voneinander lösten.

»Und dann, leider, in der ganzen Begeisterung und mit dieser ganzen positiven Energie, also, um es kurz zu machen, Kathi, zwei Stühle sind zu Bruch gegangen.«

Vom Bett her lauteres Stöhnen, FK reckte die Arme aus der Bettdecke, öffnete zumindest das eine Auge, wirkte, wenn ich es freundlich interpretierte, überrascht und brummte: »Katharina?«

»Kathi? Was ist denn los bei dir? Musst dich heut gar nicht aufregen?«

Ich rieb mir den schmerzenden Kopf und öffnete die Jalousie einen Spalt breit. Verdammtes Licht.

»Zwei Thonetstühle, Kathi!«, brülle Ecki ins Telefon. »Willst mir nicht endlich den Kopf abreißen?«

Stühle? Aufregen? Irgendwie verstand ich gar nichts. Ich musste erst mal wieder klar denken können.

»Ein bisschen Verlust ist immer, Ecki«, nuschelte ich. Mehr fiel mir nicht ein, bevor ich die Off-Taste drückte.

Das Männer-WG-Badezimmer sah aus wie unser Bad in der Kasemattenstraße, wenn Kuno es benutzt hatte. Ich verzichtete auf eine Dusche, schüttete mir nur schnell etwas Wasser auf die Augen. Es war gut, dass der Spiegel seit Wochen nicht geputzt worden war, mir reichte die Vorstellung davon, wie mein Gesicht wohl aussah. Als ich ins Schlafzimmer zurückkam, war FK aufgestanden.

»Kaffee?«, rief er mir aus dem Küchenkabuff entgegen.

»Besser nicht!« Ich schlüpfte in meine Klamotten, suchte meine Handtasche und verließ schnell die Wohnung.

Das Licht tat immer noch weh, als ich hinaus auf das weitläufige Illenau-Gelände trat. Der Lärm der Sägen, Schleifmaschinen und Förderbänder, die alle in Aktion waren, um aus der alten Irrenanstalt ein komfortables Wohngebiet zu machen, verstärkten die Drummer in meinem Kopf. Erst mal wusste ich überhaupt nicht, wohin. Wie sollte ich zu Rosa kommen? Taxi? Wenn ich einen Fahrer aus Fautenbach erwischte, wusste morgen das ganze Dorf von meiner durchzechten Nacht. Bus? Gab es, zumindest einen, fuhr früher einmal stündlich, das würde sich nicht verbessert haben – öffentlicher Nahverkehr in der Provinz, es gab schon Gründe, warum hier jeder ein Auto fuhr –, die Haltestelle in Fautenbach direkt vor der Linde. Martha würde mich garantiert beim Aussteigen sehen. Oh ja, die Freuden des Landlebens. Wenn schon Kater, wenn schon One-Night-Stand, dann nicht hier sein müssen am Morgen danach.

Wie also kam ich, ohne aufzufallen, zu Rosas Haus? So sehr ich meinen geschädigten Schädel auch zum Nachdenken zwang, er präsentierte mir immer nur eine Möglichkeit: zu Fuß. Fünf bis sechs Kilometer, locker. Hinter dem Krankenhaus gab es einen Weg, der auf der anderen Seite der L 87 direkt ins Oberdorf führte, und dann war ich praktisch schon zu Hause, keine vierhundert Meter mehr bis zu Rosa. Also los, bisschen Bewegung würde auch meinem Kopf guttun. So schleppte ich mich an den langweiligen Franzosenhäusern vorbei, wo an einem Stromhäuschen ein paar südländisch aussehende Jungs herumlungerten, die hier genauso heimatlos wirkten wie in Köln oder Wien, schlappte dann weiter durch die propere Allerheiligenstraße. Beim Krankenhaus ging's den Berg hoch und wieder runter, und als ich die L 87 überquert hatte, lag Achern endlich hinter mir, und der halbe Weg war geschafft. Ab hier gab's nur noch Natur, falsch gesagt: landwirtschaftlich genutzte Fläche, Kirsch- und Zwetschgenbaumplantagen, dazwischen gelegentlich ein paar Bienenstöcke. Hatte ich FK heute Nacht wirklich die sechs Berufe der Bienen aufgezählt?

Zu den Schmerzen in meinem polternden Kopf gesellten sich zwei wehe Füße. Blasen an beiden Fersen, eine am kleinen rechten Zeh, meine roten Tanzschuhe waren nicht für holprige Feldwege gemacht. Ich humpelte weiter, benutzte die schmale Grasnarbe zwischen den von Treckern ausgeleierten Fahrspuren, eine rechte Erleichterung war's nicht. Wieso war ich nicht nach dem ersten Schnaps gegangen? »Weil du's nicht wolltest«, trällerte diese hohe Frauenstimme in mir, die mich sonst aufforderte, mein Leben in Ordnung zu bringen, »seit du ihn an der Raststätte getroffen hast, willst du mit FK ins Bett gehen!« Die Schelinger Matten tauchten vor mir auf. Scheiß unerfüllte Sehnsüchte. Wir hatten es wieder vermasselt. So wie beim Dreißigjährigen.

Mein Handy klingelte, wer immer es war, ich drückte ihn weg. Die sechs Berufe der Bienen! Was für einen Schwachsinn man erotisiert und angeschickert erzählt. Woher weißt du, dass ich jede Nacht nur einen Mann mit ins Bett nehme? Hatte ich das wirklich gesagt? Noch größerer Schwachsinn. Ich stolperte weiter, hoffte, dass meine Erinnerung nicht noch mehr Peinlichkeiten aus den Schlupfwinkeln meines ramponierten Schädels ins Bewusstsein zerrte. Hatte ich tatsächlich von dieser schwarz gepunkteten, spitzenverzierten Unterwäsche geschwärmt? Los, weiter!, zwang ich meine Füße, wenigstens die gehorchten mir halbwegs. Von der neuen Kirche wehte das Angelusläuten über die Obstwiesen. High Noon, ich sollte mir überlegen, was ich mit dem Tag noch anfangen wollte. Nach vorn blicken, jawohl, die Ausschweifungen dieser Nacht begraben.

Es blieb bei den guten Vorsätzen. Zu den drei Blasen waren bestimmt noch fünf weitere gekommen, als ich endlich in Rosas Hof stolperte. Ich schleppte mich unter die Dusche, wusch den Geruch der Nacht ab, legte mich ins Bett, zog mir die Decke über den Kopf. Alles vergessen, abtauchen, nichts mehr hören, nichts mehr sehen, nichts mehr denken. Ich schlief tatsächlich ein.

Martha wusste genau, warum sie mich immer am frühen Morgen anrief. Frisch aus dem Tiefschlaf gerissen, funktionierten Abwehrkräfte und Alarmsysteme bei den wenigsten, da reagierte man nur. Es klingelte, und man wollte, dass es aufhörte zu klingeln. Und leider hatte ich mir nie angewöhnen können, dieses Klingeln am frühen Morgen durch ein Wegdrücken zu beenden, ich klemmte immer automatisch das Handy ans Ohr und sagte: Ja?

»Schön, dass Sie endlich mal wieder an Ihr Telefon gehen!« Retsch, wer sonst, frisch wie die Allerheiligen-Wasserfälle an einem kalten Oktobermorgen. »Ich brauche jetzt wirklich, Frau Schweitzer, wirklich schnell den unterschriebenen Vertrag, sonst, und das sage ich sehr ungern, können Sie Ihren Vorschuss und überhaupt alles vergessen, weil dann nämlich das ganze Projekt kippt. Ich kann die Investoren und Geldgeber nicht mehr länger hinhalten. – Sind Sie zu Hause? Ich bin in einer Viertelstunde bei Ihnen!«

Sollte oder konnte ich unterschreiben? Würde ich jemals erfahren, was mit Rosa passiert war, wenn ich meinen Namen unter den Vertrag gesetzt hatte? War diese benötigte Unterschrift nicht das einzige Druckmittel, das ich in der Hand hatte, damit mir Retsch die Wahrheit sagte? Aber wenn er Rosa wirklich umgebracht hatte, würde er mir dies für keine Unterschrift der Welt verraten. Denn dann könnte er nicht nur dieses Projekt, sondern auch noch vieles andere vergessen, weil er die nächsten Jahre hinter Gittern verbringen würde. Und abgesehen von Retsch: Wollte ich es mir komplett mit meinen Eltern versauen? Galten mir die Bedenken einer Toten mehr als die Wünsche der Lebenden? Konnte ich nicht einfach unterschreiben und gleichzeitig weiter nach der Wahrheit forschen?

Diesmal empfand ich die Unterbrechung durch das Telefonklingeln als Erleichterung, natürlich weil ich sah, dass es nicht Retsch war, der wieder anrief. Es war der Kaiserstühler Imker, Franz Trautwein.

»Du hast mich doch nach der jungen Frau auf dem Anrufbeantworter gefragt«, kam er ohne Umschweife zur Sache, »da ist mir die Nicole Räpple eing'fallen, vom Raiffeisenmarkt in Riegel. Nach der hat sich die Rosa nämlich mal erkundigt. Sie hat mir nicht g'sagt, warum und wieso, nur so was wie: ›Die könnt mir vielleicht mit einer Auskunft behilflich sein‹, das ist schon eine Weile her, ich hab's eigentlich ganz vergessen g'habt. Wie g'sagt, erst nachdem du von der Kaiserstühler Stimme –«

»Und?«, unterbrach ich ihn, sehr neugierig geworden.

»Ich hab halt denkt, jetzt gehsch mal hin zu der Raiffeisen und fragst die Nicole, was die Rosa von ihr g'wollt hat. Und jetzt stell dir vor, was die mir da bei der Raiffeisen sagen …«

»Was denn, Franz?«

»Krank isch sie, die Nicole, liegt schon seit über einer Woche im Krankenhaus, ein ganz schwerer Treppensturz, hat mir die Kollegin g'sagt.«

Noch ein Treppensturz. Das konnte kein Zufall sein. Vielleicht war diese Nicole Räpple endlich das so dringend benötigte Puzzleteilchen, um herauszufinden, wie Rosa gestorben war.

»Sie liegt in Freiburg, im Loretto-Krankenhaus, hat mir ihre Mutter g'sagt. Mit der sing ich in Oberrotweil im Kirchenchor. Sie

hat das Mädle allein auf'zoge, g'schiede halt, wie es so isch heutzu-
tage. Ich wollt die Nicole heut Nachmittag mal b'suchen. Ich ruf
dich dann an, wenn es was Neues gibt.«
»Wann willst du losfahren, Franz?«
»Jetzt dann halt.«
»Gib mir eine Dreiviertelstunde!«
»Solle wir uns in Freiburg treffe?«
»Okay.«

In Höhe Nepomukbrücke passierte ich Retschs Volvo. Der Vertrag musste warten. Scherwiller Straße, L 87, dann war ich auf der
Autobahn. Eine gute Stunde später fuhr ich in Freiburg-Mitte ab.
Das Loretto-Krankenhaus lag in der Wiehre, einem südöstlich ge-
legenen Stadtteil, viel Grün, viele prachtvolle Bürgerhäuser, wenig
Parkplätze, auch beim Krankenhaus keine. Ich kurvte eine Viertelstunde durch die Gegend, bis ich dann doch ganz in der Nähe einen Parkplatz fand. Das Krankenhaus passte in dieses Quartier, steil
oben am Berg gelegen, himmelwärts gerichtet. Ein schönes drei-
stöckiges Gebäude in rotem Buntsandstein vom Ende des 19. Jahrhunderts.
    Franz Trautwein wartete an der Straße auf mich, wo wir mit ei-
nem Aufzug zum eigentlichen Haupteingang hochfuhren. Dort
gönnten sich, wie vor jedem Spital, die üblichen Krankenhausrau-
cher im Morgenmantel ihre Nikotindröhnung. Nie wieder Zigaretten, schwor ich mir in Erinnerung an die Nacht mit FK. Wie viele hatte ich denn geraucht? Wie die Blöden hatten wir eine nach der
anderen gepafft.
    »Die Orthopädie ist im dritten Stock«, erklärte mir Franz, »Ni-
cole liegt in Zimmer 312.«
    Dem altehrwürdigen Haus ging die Hektik moderner Kranken-
häuser ab. Vielleicht lag es an den Ordensschwestern, die mit Ge-
lassenheit durch die blank gebohnerten Flure schritten, vielleicht
an dem durchweg freundlichen Personal. Aus der 312 trat eine junge Nonne, Schwester Hildegardis, las ich auf ihrem Namensschild,
deren Gesicht sommersprossenübersät wie meines war. Wir regis-
trierten das beide und lächelten. Franz klopfte an die Tür, sogar an
einen Blumenstrauß hatte er gedacht.
    Eine zugezogene Jalousie malte dunkle Streifen auf die weiße

Bettwäsche. Drei nebeneinander stehende Betten, zwei Gipsbeine, ein Gipsarm, drei bleiche Frauengesichter, zwei alt, eines jung, ein stummer Fernseher, der Bilder einer Nachmittagstalkshow ins Krankenreich schickte. Franz näherte sich dem Bett der jungen Frau mit dem Gipsbein.

»Grüß dich, Nicole, ich bin der Franz Trautwein aus Bahlingen, wir kennen uns aus der Raiffeisen.« Er legte ihr ungeschickt die Blumen neben das Gipsbein. »Und mit deiner Mutter sing ich im Kirchenchor. Eigentlich hab ich dich nur was fragen wollen, da hat mir deine Kollegin, die Sandra, von dem Unfall erzählt. Was machst du auch für Sachen?«

Vom Gipsbein wanderte mein Blick nach oben. Eine frische, noch dunkelrot verkrustete Narbe über dem rechten Auge, die angeschwollene Wange darunter schillerte in Ocker- und Lilatönen, ein durch die Verletzungen verrutscht und schief wirkendes Gesicht. Dabei war sie eigentlich hübsch. Ein Puppengesicht, Stupsnäschen, ein paar dunkle Sommersprossen auf dem Nasenrücken, semmelblondes Haar, die Augen kornblumenblau. Sie kam mir unglaublich jung vor. Höchstens Anfang zwanzig, schätzte ich.

»So ein Unfall ist schnell passiert.« Das Mädchen lächelte ein wenig und bewegte mit den Händen den Blumenstrauß auf der Bettdecke hin und her. Mehrere Finger der rechten Hand waren geschwollen, die Schürfwunden auf dem Handrücken dick verkrustet. »Ihr habt einen Kleinkredit bei uns.«

»Du kennscht deine Kunden, so isch's recht!« Franz hatte sich vorsichtig zu ihr auf die Bettkante gesetzt. »Jetzt zu dem, was ich dich hab fragen wollen: Die Rosa Schweitzer, isch die mal bei dir g'wesen?«

Das Kopfschütteln kam zu schnell und war zu heftig.

»D' Rosa isch gestorben«, Franz deutete auf mich, »d' Katharina isch ihr Godi-Kind. Vor ein paar Wochen hat die Rosa mir erzählt, dass sie dich ebbes hat fragen wollen. Hat sie des nicht g'macht?«

Wieder ein heftiges Kopfschütteln. »Ich kenn die Frau nicht«, hauchte Nicole, »wer ist das denn?«

»Sie isch auch Imkerin g'wese, stammt aus der Ortenau. Ich kenn sie wegen der Sache mit dem Bienensterben.«

»Tut mir leid«, bedauerte die junge Frau, »wie ist sie denn gestorben?«

»Sie ist von der Leiter gestürzt«, sagte ich.

Nicole drehte das Gesicht nicht schnell genug zur Seite, ich hatte den Schreck in ihren Augen genau gesehen. Mit der gesunden Hand fuhr sie sich mehrfach über die Stirn.

»Entschuldigung«, flüsterte sie und wischte mit der verletzten Hand in einer ungelenken Bewegung die Blumen zu Boden, »die Gehirnerschütterung, ich hab immer noch Schmerzen. Es ist besser, Sie gehen, ich kann Ihnen nicht helfen.«

Franz und ich wechselten einen hilflosen Blick.

»Ich hole Ihnen noch eine Vase«, sagte ich.

Ich hob die Blumen auf, ging mit ihnen nach draußen in den Flur, suchte die übliche Ecke mit den Blumenvasen. Irgendwas stimmte nicht mit der jungen Frau. Sie war krank, sie hatte Schmerzen, aber ihre Reaktion auf Trautweins Fragen war nicht der geschwächten Konstitution geschuldet, sondern panische Abwehr. Zudem wirkten ihre Verwundungen nicht wie von einem Sturz, die im Gesicht sah eher aus, als ob sie jemand geschlagen hätte. Ich überlegte, ob ich ihre Stimme auf dem Anrufbeantworter gehört hatte, war mir aber unsicher. Das war eine aufgeregte, energische Stimme gewesen, Nicoles Stimme dagegen wirkte schwach, gebrochen. Als ich aus meinen Gedanken auftauchte, stand die sommersprossige Nonne vor mir und fragte, ob sie mir behilflich sein könnte.

»Nicole Räpple«, fragte ich direkt, »ist sie wirklich die Treppe runtergestürzt?«

»Sind Sie mit Nicole verwandt?«, erkundigte sich Schwester Hildegardis.

»Ich bin ihre Tante«, log ich.

»Wissen Sie etwas über den Unfall?«

»Sie sagt, dass sie die Treppe hinuntergestürzt ist, aber sie redet nicht darüber, das beunruhigt mich.«

Die Nonne nickte mehrfach, dann fragte sie: »Nicoles Vater, was ist das für ein Mensch? Kennen Sie ihn näher?«

»Überhaupt nicht. Meine Schwester hat die Nicole allein groß gezogen.« Zumindest hatte ich Franz so verstanden.

»Kennen Sie ihren Freund?«

»Freund?«, echote ich.

»Wir sind uns sehr sicher, dass Frau Räpple nicht die Treppe hinuntergestürzt ist«, meinte die Nonne nach einigem Zögern, »ihre Verletzungen sehen nach schweren Misshandlungen aus, wir vermuten, dass sie das Opfer von häuslicher Gewalt ist. Aber sie weigert sich, darüber zu sprechen. Ich habe ihr mehrfach meine Hilfe angeboten, wollte einen Kontakt zu Wildwasser herstellen, die hier in Freiburg sehr gute Arbeit mit misshandelten Frauen machen, aber sie bleibt bei ihrer Behauptung, dass sie die Treppe hinuntergefallen sei. – Haben Sie ein gutes Verhältnis zu Ihrer Nichte?«

»Ich bin ihre Patentante«, stammelte ich geschockt.

»Reden Sie mit ihr! Schauen Sie zu, dass sie sich Ihnen anvertraut. Finden Sie heraus, wer ihr das angetan hat. In der Regel bleibt es bei solchen Misshandlungen nicht bei einem Mal.«

Unfähig, mich zu entscheiden, starrte ich zwei Glaskristall- und eine rote Kugelvase an. Irgendwas gab es da, das ich wusste, etwas, das Franz oder FK mir gesagt hatten. Ich packte die rote Kugelvase, stellte die Blumen hinein, ging zurück ins Krankenzimmer.

Franz Trautwein saß immer noch auf der Bettkante, Nicole Räpple hielt die Augen geschlossen. Als ich sie da liegen sah, die verletzte Gesichtshälfte im Kissen verborgen, stellte ich mir die junge hübsche Frau bei der Arbeit vor. Da fiel es mir ein. »Er hat Stich bei den Frauen, das haben mir drei Sekretärinnen von Raiffeisenmärkten erzählt«, hörte ich FKs Stimme, und gleichzeitig erinnerte ich mich an das, was Franz gesagt hatte: »Das ist ein Typ, der über Leichen geht.«

Ich stellte die Blumen auf die Fensterbank, setzte mich auf die andere Bettseite. »Adrian Droll«, fragte ich leise, »hat er Ihnen das angetan?«

Ein spitzer, grauenvoller Schrei, gefolgt von einem heftigen Kopfschütteln war die Antwort.

»Gehen Sie endlich«, presste sie unter Tränen heraus, »lassen Sie mich allein, ich habe furchtbare Kopfschmerzen.«

»Des schmeckt mir gar nicht, überhaupt nicht«, grummelte der alte Imker, nachdem ich ihm in dem kleinen Krankenhauspark von den Vermutungen der Nonne erzählt hatte. »Und 's war der Droll. Der Schrei isch mir in Mark und Bein gefahren, deutlicher kann's nicht sein.«

»Aber warum und wieso? Wir wissen so gut wie nichts. Wir

vermuten, dass Rosa mit ihr reden wollte. Wir wissen, dass sie Droll kennt, weil jede Raiffeisenangestellte am Oberrhein den Typen kennt. Aber was für eine spezielle Beziehung gibt es zwischen Droll und Nicole?«

»Ich schwör dir, es hat was mit dem Ponchito zu schaffe.«

»Da wäre ich mir nicht so sicher. Häusliche Gewalt hat etwas mit Beziehung, mit Abhängigkeiten, mit Sexualität zu tun. Ist Nicole Drolls Geliebte? Warum rastet der Typ so aus und schlägt sie krankenhausreif?«

»Ich kenn die Mutter. Wieso ist es der nicht aufgefallen? Ich red noch mal mit der. – Hast du g'sehe, wie erschrocken sie ist, als du g'sagt hast, wie d' Rosa gestorben ist? Die denkt, der Droll hat sie umbracht.«

»Vermutungen, Franz, Vermutungen.«

»Ich werde mich umhöre, irgendeiner muss ebbes wisse!«

»Hast du schon mit den anderen Guerilleros geredet?«

»Die treff ich heut Abend. Für übermorgen ist unsere nächste Aktion geplant.«

Ich nickte, hörte aber nicht zu. Erinnerungen, die ich, wenn das ginge, gern mit Beton zugeschüttet hätte, drängten in meinen Kopf. Der Spielplatz neben der Weißen Lilie, die eiskalte Februarnacht, der Tritt in den Unterleib, das Messer, das meinen BH entzweischnitt. Ich wusste, was das Mädchen durchgemacht hatte.

»Das Mädle muss schwätze«, murmelte Franz, »'s gibt nichts Schlimmeres als ein Leben in Angst.«

Wie recht er hatte. Und wie verdammt schwer es war, die Angst zu besiegen. Gerade drückte sie mir mal wieder bleischwer auf die Brust.

»Ich kümmere mich um die Nicole. Du weisch ja, mir Imker sind geduldig und zäh.« Er klopfte mir beruhigend auf den Arm und sah mich fest an. Mit Augen, die Abgründe kannten und gleichzeitig Wärme ausstrahlten.

Als ich an der Dreisam entlang in Richtung Autobahn zurückfuhr, zitterten meine Hände auf dem Lenkrad. Schon lange hatte ich nicht mehr an die zwei Scheißkerle denken müssen. Ich wühlte die CDs auf dem Beifahrersitz durch, wusste, was ich jetzt brauchte: Auferstehungsmusik, Keith Jarretts Köln Concert. An der Stelle, wo er mit einem tiefen Klopfen die Klaviatur zu dieser hellen Melodie hinaufdrängt, wo er wenig später aufstöhnt, wieder in die tiefen Tasten greift, dann aber die helle, lichte Melodie siegen lässt, weinte ich, wie immer. Töne wie Balsam, die Wunden heilten. Ich wischte die Tränen weg und bemerkte, dass ich längst wieder auf der Autobahn war, rechts von mir schimmerte der Schwarzwald in sanftem Abendlicht, links der Kaiserstuhl, hinter dem eine schöne Spätsommersonne unterging.

Bei Ettenheim verließ ich die Autobahn, fuhr bis zum Rhein der untergehenden Sonne entgegen. Vom Kappler Ufer aus sah ich, wie die Fähre in Rhinau ablegte. Ich stellte mich in die kleine Warteschlange hinter zwei Franzosen mit 67er-Kennzeichen und rief Antoinette an. Antoinette würde mir guttun nach der Begegnung mit der misshandelten Nicole und den schmerzhaften Erinnerungen.

Wie oft hatten sie mir die Geschichte von De Gaulle und Adenauer erzählt, denn den zweien verdankten sie es, dass sie sich kennengelernt hatten. Baden und das Elsass machten in den sechziger Jahren den Anfang bei der von den beiden Politikern propagierten deutsch-französischen Freundschaft. Alemannisch sprach man dies- und jenseits des Rheins, und so wurden badische und elsässische Dörfer zum Testballon für das neue Verhältnis zwischen den alten Erbfeinden. Per Würfelspiel, der Größe nach oder sonst wie wurden Gemeinden einander zugeordnet, und seit dieser Zeit verbindet Fautenbach eine *Jumelage* mit Scherwiller, einem Winzerdorf in der Nähe von Schlettstadt, wie es auf Elsässisch, oder Sélestat, wie der Ort auf Französisch heißt.

Rosa und Antoinette hatten sich bei einem der ersten Treffen zwischen den beiden Dörfern kennengelernt. Beide waren sie Wittfrauen und alleinstehend, beide ungewöhnlich selbstbewusst und selbstständig. Antoinette leitete damals ein kleines Jagdhotel in Kientzville, und Rosa betrieb einen florierenden Honighandel mit einem Nürnberger Lebkuchenfabrikanten. Zwei, die sich nicht gesucht, aber dennoch gefunden hatten. Ein Beispiel dafür, dass das deutsch-französische Experiment geglückt war. In der Zeit, als ich bei Rosa lebte, war ich oft mit ihr bei Antoinette im Elsass gewesen. Saint Odile, Hochkönigsburg, der Isenheimer Altar in Colmar, die Humanistische Bibliothek in Schlettstadt, die Schlachtfelder am großen Belchen, das Sicherheitslager Schirmeck, das KZ Struthof-Natzweiler und vieles mehr hatte ich mit den beiden besucht. Die leidvolle Geschichte einer Grenzregion. Deutsch-französischer Geschichtsunterricht.

»Ich bin ganz in der Nähe«, log ich, als ich Antoinette erklärt hatte, warum ich anrief, und diese im Gegenzug bedauerte, dass sie nicht auf Rosas Beerdigung hatte kommen können, »und würde dich gerne zum Abendessen einladen. A la Couronne? Machen die noch den guten Baekeoffe? Ich hol dich in Kientzville ab!«

»*Mais pas tout de suite!*«, befahl ihre rauchige Stimme. »Isch muess mich doch noch ä bissele chic moche.«

Für mich war Bullerbü immer in Kientzville gewesen. Bunt angestrichene Holzhäuschen wie in den Astrid-Lindgren-Geschichten gab es bei uns im Badischen und eigentlich auch im Elsass nicht, aber in Kientzville. Kientzville, das zu Schwerwiller gehörte, war ein winziges Dorf voller kleiner Holzhäuschen plus eine kleine Kapelle plus Antoinettes Jagdhotel. Vielleicht hatte Robert Kientz Schweden geliebt, vielleicht war Holz nach dem Krieg das günstigste Baumaterial gewesen, auf alle Fälle hatte der Textilfabrikant in den späten vierziger Jahren dieses Dorf von deutschen Kriegsgefangenen für seine Arbeiter bauen lassen und für sich und seine Geschäftsfreunde das kleine Jagdhotel. Selbst einen kleinen Flugplatz hatte man angelegt. Denkmäler eines erfolgreichen Unternehmers. Kientz war schon lange tot, Jagdgesellschaften gab es seit Ewigkeiten nicht mehr, das kleine Jagdhotel verrottete nach einem Intermezzo als Pizzeria, aber Antoinette wohnte immer noch in ihrem kleinen, braun gestrichenen Holzhäuschen mit weißen Fensterrahmen und Türen, einem wilden Garten und einem Holzgartenzaun.

Ausgehbereit erwartete sie mich an ihrem Gartentörchen. Groß und kräftig, mit der mächtigen Habichtnase und den leuchtend rot angemalten Lippen. Ein Fels in der Brandung des Lebens, das es mit ihr oft nicht gut gemeint hatte. Der Großvater war 1915 am Hartmannsweilerkopf gefallen, der Vater 1943 bei Stalingrad, der Mann 1956 bei einem Autounfall ums Leben gekommen, der Sohn 1969 im Atlantik ertrunken. Ein Leben mit vier toten Männern im

Gepäck. »Do dron gehsch kaputt oder 's mocht dich stark für din reschtliches Läwe«, hatte sie mal gesagt und damit klargemacht, welchen Weg sie gewählt hatte.

»Salut, Catherine«, *trois grandes bises* zur Begrüßung, »long isch's her, dass du hier g'wäse bischd! *Oh là, là, quelle belle dame!*« Ein wohlgefälliger Blick über mein Äußeres, noch mal *trois grandes bises*, dann hievte sie sich ins Auto.

Ich freute mich mindestens genauso wie sie. Bestimmt fünfzehn Jahre hatte ich sie nicht gesehen. Antoinette war ein paar Jahre jünger als Rosa, sie musste Ende siebzig sein. Immer schon hatte sie diesen knallroten Lippenstift aufgelegt. Selbst Rosa, die doch in New York gelebt hatte, hatte so etwas nie benutzt. Eine Französin halt. Und ihre Augen blitzten wach und lebendig wie früher. Ich mochte die Art, wie sie erzählte, und ich mochte ihre Sprache, diesen Mischmasch aus Französisch und Alemannisch.

»Weischt noch, was ich dir amol über die Elsasser xait hob?«, fragte sie dann auch sofort.

Ganz undeutlich erinnerte ich mich an die Geschichte über einen Schwaben, der zur Tür hinausflog.

Antoinette kicherte und zitierte ihren geliebten André Weckmann: »›Was seid ihr nun?, het der Schwob gfroit: Franzosen oder Elsässer? Elsasser, het der Elsasser xait. Also seid ihr keine Franzosen, het der Schwob xait und esch d Deer nüsgflöjje.‹«

Wenn ich mich recht erinnerte, dann waren für die Elsässer die Badener »Schwoben«, überhaupt alle Deutschen, und die sind wahrscheinlich nur wieder hinausgeflogen, weil die Elsässer gesagt haben, dass sie keine Franzosen sind, sonst hätten sie es mal wieder besetzt, das Elsass, diesen ewigen Zankapfel der Deutschen und Franzosen. Zwischen 1870 und 1945 zweimal deutsch, zweimal französisch und so viele Tote.

»Und weisch, wos dr René Schickele xait het?«, setzte Antoinette ihre elsässische Lehrstunde fort. »›Das Elsass ist der gemeinsame Garten, worin deutscher und französischer Geist ungehindert verkehren.‹ So wie die Rosa und ich. *Mais alors, nous allons manger.* Isch hob Hunger, aber isch ess kein Baekeoffe, weil …«

»… der beste Baekeoffe kommt aus dem Backhüsle und nicht aus dem Ofen«, vollendete ich ihren Satz. Denn die Geschichte hatte ich mir als zukünftige Köchin damals natürlich gemerkt. Für den Baeke-

137

offe, ein klassisches Montaggericht, schichteten die Elsässer Hausfrauen die Bratenreste vom Sonntag, Zwiebeln, Kartoffeln und Gewürze in einem Topf und übergossen ihn gut mit Riesling. Dieser Baekeoffe wurde in das mit Holz befeuerte Dorfbackhaus gebracht und garte dort mit allen anderen Baekeoffe des Dorfes stundenlang, während die Frauen im Bach ihre Wäsche wuschen.

Viermal im Jahr wird im Scherwiller Aubach immer noch gewaschen, im Juli ist das große Waschweiberfest. Dann schrubben die Scherwiller Frauen in traditionellen Kostümen auf den alten Waschsteinen dreckige Wäsche im doppelten Sinn. Mit Liedern und Erzählungen werden Dorfgeschichten durch den Aubach gezogen, und es wird über die Männer gelästert. Heute bei Riesling und Flammkuchen eine große Attraktion für Touristen. Früher war Antoinette mit ihrer scharfen Zunge und der rauchigen Stimme ein berüchtigtes Waschweib gewesen. Einmal hatte sie Rosa mit zum Waschen genommen, und im Gegenzug hatte Rosa sie zum »Schnurren« bei der alemannischen Fasnacht eingeladen. *Bal des veuves, en retour.* Badisch-elsässische Völkerverständigung.

A la Couronne, das Scherwiller Traditionsgasthaus, war das Gegenstück zu unserer Linde. Ein schöner alter Fachwerkbau mit kleinem Erker, der aber, im Gegensatz zum Gasthof meiner Eltern, mit einem schattigen Innenhof gesegnet war, was Martha jedes Mal, wenn sie in Scherwiller war, neidvoll anmerkte. Dort fanden Antoinette und ich einen freien Tisch, und Antoinette orderte als Erstes eine Flasche des berühmten Schwerwiller Rieslings.

»Und wenn d'r Win drei Batze koscht, so sin die Manner froh. Versüffe sie de Hoseknopf un binde de Latz mit Stroh«, prostete sie mir mit einem alten Trinkspruch zu.

Noch vor der Vorspeise kam Antoinette auf Rosas Tod zu sprechen. So bald wie möglich wolle sie deren Grab besuchen, denn ohne richtigen Abschied sei es noch schwerer, eine so gute Freundin gehen zu lassen.

»Der Tod, er holt uns alle. Nur manche viel z' frieh. Erst Emil und dann Rosa.«

Ja, erzählte sie, Rosa habe sie mehrfach gemeinsam mit Emil besucht. Wochen vor dem ersten Besuch hatte Rosa ihr am Telefon erzählt, dass sie sich verliebt hatte. »*Quelle surprise,* Catherine, mit dreiundachtzig!« Ein großes Geheimnis hatte sie um Emil gemacht, es sollte niemand von dieser Beziehung wissen. »Die zwei han ersch amol selber klarkomme miesse, *tu comprends*?« Sie und Rosa hatten miteinander gekichert wie zwei Backfische, und Antoinette hatte darauf bestanden, Emil kennenzulernen.

»*Un grand charmeur* isch er g'si, aber wackelig auf dr Bei, wegen dem Herzinfarkt.«

Überhaupt Aufregung, das sei eben Gift für den Emil gewesen. Deshalb habe er es immer wieder hinausgezögert, mit seinem Sohn zu reden. Nicht nur wegen der Beziehung zu Rosa, sondern auch weil er beschlossen hatte, sein restliches Geld Greenpeace zu vermachen. Das hatte er sich in den Kopf gesetzt nach dieser Mais-Sache. Und sein Sohn sollte es wissen. Deshalb hatte ja sein Krankenpfleger, dieser Tobias, dabei sein sollen bei dem Gespräch, *en fond*, im Hintergrund selbstverständlich, falls der Emil eine Herzattacke bekäme. Aber es war anders gekommen. Rosa war außer sich gewesen nach Emils Tod. Sie war sicher, dass Emil nach oder während des Gesprächs mit seinem Sohn gestorben war. »Vielleicht hat er ihn sogar die Treppe hinuntergestoßen«, hatte sie mal am Telefon geschrien, auf alle Fälle war sie davon überzeugt, dass der Sohn die Schuld für den Tod an seinem Vater trug.

Der Baekeoffe und Antoinettes Coq au Riesling kamen, aber ich konnte mich nicht mit Genuss dem Essen zuwenden. Was Antoinette wie das Selbstverständlichste auf der Welt schilderte, lieferte mir endlich eine Erklärung für Rosas Weigerung, das Bauland zu verkaufen. Sie hielt Günther für den Mörder ihres Liebsten. Niemals hätte sie so jemandem ihr Land verkauft. Und wie ich Rosa kannte, hatte sie ihm dies in aller Deutlichkeit gesagt. Aber Retsch behauptete, dass weder sein Vater noch Rosa je mit ihm darüber gesprochen hätten. Wieder sah ich ihn vor mir, wie er geschockt den Brief las. Log er? War er ein phantastischer Schauspieler? Hatte er wirklich seinen Vater auf dem Gewissen? Und Rosa umgebracht, weil sie den Mund nicht gehalten hatte? Wo lag die Wahrheit?

»Ess, *ma petite*, so schlimm wird er scho nit sii, der Baekeoffe«, holte mich Antoinette aus meinen Gedanken.

»Weißt du, ob Emil sein Testament wirklich geändert hat?«, fragte ich sie.

»*Mais non*, aber Rosa hätt es gewisst«, sagte sie. »Sie hän noch hierode welle, die zwei. Ich als *témoin de la mariage*, wie said man dem auf Ditsch?«

»Trauzeuge.«

»Genau, ein *pétit cercle des hôtes*, und dich het die Rosa auch ilade welle. Hier hän sie fiiere welle, ich hätt gekocht im Hôtel de la Chasse. *Vraiment tragique*, aber des Läwwe isch nie gerecht!«

Wie nah ein mögliches Wiedersehen gewesen wäre! Ich wäre gekommen, ganz bestimmt. Antoinettes altes Hotel, die schöne Terrasse, das alte Liebespaar, Rosa und ich versöhnt. Ein *Valse Musette* oder ein Wiener Walzer für das Brautpaar, Kaffee und Framboise für die Gäste nach dem Essen, und im Hintergrund geht über der Ortenburg die Sonne unter. Und Rosa nimmt mich zur Seite und sagt:»Vielleicht hab ich mich geirrt mit dem Matuschek, vielleicht ist er genau der Richtige für dich. Jeder Mensch macht Fehler, auch ich.« – Es war mir sehr peinlich, als ich bei dieser Vorstellung einfach zu heulen anfing.

»*C'est la vie*«, tröstete mich Antoinette, »kannschd rechne bis zum Oonschlag, 's geht nie uff! – Aber verzäll amol: Bisch du wirklich *une grande cuisinière*? Was mocht din Restaurant?«

Die Weiße Lilie, Ecki, die Alpenweltmusik und die Nacht mit FK, es war alles zu viel, von wegen endlich Ordnung in mein Leben bringen, das Chaos wurde immer größer. Und die Tränen rollten weiter. Antoinette rupfte aus ihrer riesigen Handtasche ein Stofftaschentuch in Handtuchgröße heraus und reichte es mir.

»Weischt, was sie sage tät?« Antoinette wandte den Blick gen Himmel.

»Hör auf zu plärren!«, antwortete ich, nützte aber nichts, weil mich sofort ein weiterer Heulkrampf überfiel.

Antoinette schüttelte bekümmert den Kopf, bat den Garçon um die Rechnung.

»Ich zahl aber«, schluchzte ich und schnäuzte mich in das große Taschentuch, das nach einem altmodischen Veilchenparfum roch.

Dann war es vorbei. Ich entschuldigte mich bei Antoinette, die die Heulerei mit einer winzigen Handbewegung abtat. Frauen wie Rosa und sie heulten nicht, hatten ihre Tränen früh verbraucht. Was konnte einen noch zum Weinen bringen nach vier toten Männern? – Ich zahlte die Rechnung und fuhr Antoinette nach Hause.

»*Tu reviens?*«, fragte sie bei den drei Abschiedsküssen.

»Wann willst du Rosas Grab besuchen? Ich könnte dich abholen.«

»*Bon*, mache wir. *Nous parlons au téléphone!*«

Im Rückspiegel sah ich, wie der alte Habicht vor dem Haus stehen blieb und mir nachsah. Sie hatten wirklich gut zusammen gepasst, Rosa und sie. Und wieder hatte Antoinette einen Menschen, den sie liebte, überlebt. Wie das wohl sein musste, wenn man immer diejenige war, die zurückblieb?

Ich fuhr über die Straßburger Autobahn zurück, passierte den Rhein bei Freistett. In der Ferne glitzerten die Lichter von Sasbachwalden. Wie eine unregelmäßige Leuchtkette zogen sie sich den Schwarzwald bis zur Brandmatt hoch. Die Bergkämme darüber hatte die Nacht verschluckt. Kurz vor zwölf, zeigte meine Armbanduhr an, die Straße nach Achern gehörte mir allein, der Mais rechts und links wirkte so feindselig und undurchdringlich wie in meinen Alpträumen. Zeit, um die Nachtgespenster zu verjagen. Zeit, endlich mal etwas richtig zu machen.

Hell leuchtete der McDonald's Drive-in am Achersee durch die Dunkelheit. Im Vorbeifahren sah ich niemanden drinsitzen. Bei der Tankstelle daneben – »24 h open« – hielt ich an. Im Kühlregal fand ich einen passablen Sekt zu einem überhöhten Preis.

Zehn Minuten später klingelte ich bei FK in der Illenau. Sein Veilchen leuchtete in noch mehr Farben als am Morgen, und er wirkte nicht wirklich überrascht, mich zu sehen.

»Die ist für später«, sagte ich und drückte ihm den Sekt in die Hand. »Ich will einmal richtig mit dir schlafen. Ohne Zigaretten, ohne Alkohol, ohne Erschöpfung.«

Dieses kleine FK-Grinsen. Unwiderstehlich.

»Ich habe gekocht«, meinte er, als er die Flasche abstellte und mir die Tür weit aufhielt, »falls du dich vorher noch stärken willst. Chili con carne.«

»Männerfraß«, murmelte ich.

»Schön scharf«, entgegnete er, bevor er mich gegen die Tür drückte und seinen Körper an meinen presste.

ACHT

Die roten Jalousien schickten neben warmem Morgenlicht den Baustellenlärm ins Zimmer.

»Na?«, murmelte FK und versuchte die Augen zu öffnen, mit dem veilchenblauen hatte er immer noch Mühe.

»Mhmm«, grummelte ich.

Beim Kaffeetrinken lag Leichtigkeit in der Luft, und es war egal, dass der Toast verbrannt aus dem Toaster hüpfte. Wir strahlten uns ein bisschen an, suchten zufällige Berührungen und unverfängliche Themen. Meinen Besuch bei Antoinette beispielsweise.

»Ich bin mal bei einer gemeinsamen Gemeinderatssitzung von Fautenbach und Scherwiller gewesen, das machen die regelmäßig«, begab sich FK auf sicheres Arbeitsterrain, »und die Fautenbacher Grundschüler lernen Französisch und fahren einmal im Jahr nach Scherwiller und umgekehrt. Fast so ein bisschen wie der alte Traum von André Weckmann von der Bilingua-Zone am Oberrhein als Kernzelle eines Europas der Herzen. ›Die tief im Rheinkies eingerammten Grenzpfähle durch Sprachmächtigkeit lockern‹ oder so ähnlich. Schon erstaunlich, dass das wirklich funktioniert hat, was Adenauer und De Gaulle damals angestoßen haben. Ein regelmäßiger Austausch, Freundschaften, sogar Ehen sind durch die *Jumelages* entstanden.«

»Weißt du, dass die Völkerverständigung bei mir mit Küssen anfing? Als ich das erste Mal mit Rosa bei Antoinette gewesen bin, da war ich vielleicht zehn und noch deutlich kleiner als die Habichtnase. Und als sie sich dann zu mir heruntergebeugt hat, um mir die *trois bises* zu geben, da habe ich geschrien wie am Spieß. Ich wollt mich nicht von einer fremden Frau küssen lassen. Damals hat man sich in Deutschland doch nur die Hand geschüttelt, Küsse oder Umarmungen, niemals!«

»Wie gut, dass dich das auf Dauer nicht vom Küssen abgehalten hat. Diese Nacht hast du mir sogar viel mehr als *trois bises* spendiert!« Er küsste mich auf die Nasenspitze und grinste.

»Ich bin halt lernfähig.«

Heute gefiel es mir, den Erinnerungen an die Nacht mit FK nach-zuhängen, diesmal hatten wir es nicht vermasselt. Leider blieb mir nur die kurze Autofahrt für meine Rückblende, denn vor Rosas Haus stampfte eine wild entschlossene Traudl auf und ab.

»Die Sau muss jetzt endlich geschlachtet werden. Jedes Mal, wenn ich nach der guck, denk ich, dass die gleich platzt.« Die klei-nen Stechäuglein fixierten mich fest, und Traudl unterstrich ihr Anliegen durch verschränkte Arme und mehrmaliges heftiges Kopf-nicken.

»Ich hab doch schon mit dem Jörger geredet«, erklärte ich, »der will die Sau nächste Woche schlachten.«

»Und was ist mit dem Einbeinigen?«

»Der geht nie ans Telefon.«

»Telefon, Telefon! Du musst ihn finden, Katharina! Erst der Emil, dann die Rosa und jetzt der! Ich weiß, es ist etwas Furchtba-res passiert! Das drohende Ende der Welt, wir müssen die Zeichen richtig lesen ...«, begann sie wieder mit ihrem apokalyptischen Sermon.

»Ist ja gut, Traudl.«

Sie kam auf mich zu, krallte ihre raue Hand in meinen Arm, ih-re Augen füllten sich mal wieder mit Tränen. »Ich weiß scho, dass du mir die Sach mit dem Weltuntergang nicht glaubst. Der Herr lässt die wenigsten sehen, und die, die sehen, werden verlacht. Aber hasch du dich nie g'fragt, was an dem Morgen von der Rosa ihrem Tod passiert ist? Sie wollt schlachten, das hab ich dir doch gesagt. Der Hanauerländer ist gekommen, sonst wär seine Wurst-maschine nicht da. Aber dann? Haben sich die zwei überhaupt noch gesehen oder war die Rosa schon tot, als der gekommen ist? Aber warum lässt er dann die Wurstmaschine da? Und warum ruft er dann nicht den Doktor? Und wenn er die Wurstmaschine im Schreck vergessen hat, warum holt er sie nicht mehr ab? Ein Hau-fen Fragen, gell? Also, fahr nach Rheinbischofsheim, da wohnt er nämlich, und guck, dass du ihn finden tust. Denn nur so kriegst du raus, was mit der Rosa passiert ist. Das willst du doch wissen, oder? Nur deshalb bist du überhaupt noch da.«

Sie löste ihre Hand von meinem Arm, und mir schien, als gefal-le ihr meine Irritation und Sprachlosigkeit. Dass sie mich durch-schaute, hatte ich Traudl nicht zugetraut.

»Du hast recht«, stimmte ich ihr zu, »freiwillig würde er die Wurstmaschine nicht so lange bei uns stehen lassen.«

»Also, mach, dass du fortkommsch!«

»Mal sehen. Ich muss noch die Sau füttern und …«

»Hab ich schon gemacht! Fahr jetzt! Wenn es nicht eh schon zu spät ist …« Ein Blick gen Himmel und erneut Wasser in den Augen.

»Okay«, gab ich nach, »und wo in Rheinbischofsheim?«

»Frag am Lindenplatz im Gasthof Matz. Die wissen, wo er wohnt!«

Retsch rief an, als ich ins Auto steigen wollte. Ich drückte ihn weg, wusste immer noch nicht, was ich mit dem Vertrag machen sollte.

Wieder fuhr ich über die schnurgerade Straße an den Maisfeldern der gestrigen Nacht entlang. Hier, auf den fruchtbaren Böden der alten Rheinauen, wurde überall Mais angebaut. Er stand jetzt knapp zwei Meter hoch, die silbrigen Fäden im oberen Drittel versteckten die wachsenden Maiskolben. Die Pflanzen sahen so frisch gewaschen, grün gelackt und gesund aus. Das Gift war unsichtbar. Das Gift, das zwölftausend Bienenvölker vernichtet hatte. Das Gift, von dem man noch lange nicht wusste, ob es nicht auch für Menschen schädlich war.

Bis Rheinbischofsheim war es nicht weit. Früher wurde hier nicht Mais, sondern Tabak angebaut. Die alten Scheunen mit den Lamellenöffnungen zum Lüften der Tabakernte erinnerten daran. Martha hatte gelegentlich vom Tabakauffädeln erzählt. Gearbeitet wurde reihum bei den Tabakbauern, ein beliebter Treffpunkt der Dorfjugend. Die Mädchen fädelten die einzelnen Tabakblätter auf Schnüre, die Jungen schleppten die Blätter herbei und hängten die Schnüre auf. Dabei wurde angebändelt, gesungen und gelacht. Man hatte den Tabakanbau aufgegeben. Mit zu viel Handarbeit verbunden, nicht mehr lukrativ, weil Tabak heute, ich weiß nicht wo, viel billiger angebaut werden kann. Das Gesetz des Marktes, nur der Profit zählt.

Eine schmale Straße führte vom Lindenplatz zum Häuschen des Einbeinigen. Es war fast das letzte Haus im Dorfe, nur noch ein großer Bauernhof auf der gegenüberliegenden Seite ragte etwas tiefer in die Maisfelder, die sich dahinter erstreckten. Ich parkte mein Auto in der Einfahrt des Metzgers.

Eine Männerwirtschaft, an Haus und im Hof nicht der kleinste Schmuck, ein ungepflegter Gemüsegarten, keine Blumen. Auf mein Klingeln reagierte niemand. Ich lugte durch die verdreckten Fensterscheiben ins Haus, die Küche so leer wie das Wohnzimmer. In der Garage stand kein Auto. Ich sah hinüber zu dem Bauernhof, wo ein paar ausgebüxte Hühner im Vorgarten herumpickten. Vielleicht war jemand zu Hause. Als ich hinübergehen wollte, bog vom Lindenplatz ein riesiger Fendt in die schmale Gasse und donnerte auf mich zu. Mein Adrenalin schoss sofort in die Höhe. Ich flüchtete in den Garten des Einbeinigen, nur um dann zu sehen, wie der Schlepper mit einer scharf gerissenen Kurve auf den Hof des Nachbarhauses einbog. Den Hund, der mit einem weiten Sprung von der Kanzel hopste, kannte ich ebenso wie den Hünen, der ihm folgte: mein alter Fußballkumpel Markus Weber.

»Hey«, brüllte er zu mir herüber, »was machst du denn da?«

War er es nun oder war es nicht? Der Dreckskerl, der mich in der Hohlgasse fast überfahren hatte. Ich würde es nicht herausfinden, wenn ich hier auf der anderen Straßenseite stehen blieb oder wieder nach Hause fuhr.

»Die Rosa hat noch eine Sau im Stall, die muss dringend geschlachtet werden, das hat immer der Einbeinige gemacht«, rief ich zurück und dachte, dass der verschwundene Metzger ein unverfängliches Thema für den Anfang war. »Er geht nicht ans Telefon, und zu Hause ist er auch nicht. Hast du eine Ahnung, wo er steckt?«

Markus zuckte mit den Schultern. »Vielleicht meine Schwiegermutter. Komm mit rein, ich hab Kohldampf. Es gibt Kartoffelsuppe.«

Wieso nicht? Die Situation mit der Schwiegermutter schien ungefährlich. Und bestimmt wusste sie etwas über den alten Metzger.

Markus wartete neben dem Traktor auf mich. »Ich muss dir noch mal sagen, wie froh ich bin, dass du mir nicht böse bist wegen der Sache in der Eselsgasse.«

Ich traute meinen Ohren nicht. Er gab einfach zu, dass er mich fast überfahren hatte, und lächelte dabei! Und noch mal? Also ich wusste davon nichts!

»Des hätt viel übler ausgehen können«, redete er schnell weiter. »Stell dir vor, 's wär eine alte Oma gewesen! Die hätt doch nicht wie ein junges Reh zur Seite hopsen können, so wie du das g'macht hast. Aber ich mein, wie oft sind wir da als Kinder rauf und runter in der Eselsgasse, das ist jedem von uns in Fleisch und Blut übergegangen, oder?«

»Ich hab fast einen Herzschlag gekriegt«, platzte ich heraus. »Du hättest mich platt gewalzt, wenn ich nicht so schnell reagiert hätte! Und von wegen nicht böse, hättest du das nicht sofort sagen können? Die Sache hat mich schlaflose Nächste gekostet!«

»Aber ich hab's dir doch schon bei der Rosa g'sagt!«, rechtfertigte er sich. »Da bin ich doch grad aus der Werkstatt komme wegen der Bremsen. Himmel sakramoscht, das ist mir wirklich noch nie passiert. Da versagen die Bremsen total, und dann an so einer Stelle! Hab bis hinter die Ölmühle gebraucht, bis ich den Schlepper zum Stehen gebracht hab.«

»Kein Wort hast du über die Bremsen gesagt. Woher soll ich wissen, dass du wegen der Bremsen in der Werkstatt warst? Die Sache hätte wirklich ganz anders ausgehen können!«

»Du hast was gut bei mir, ehrlich, Katharina.«

Langsam beruhigte ich mich. Defekte Bremsen, an die Möglichkeit hatte ich überhaupt nicht gedacht. Kein Foulspiel meines alten Kapitäns. Endlich mal eine Sache, die sich positiv aufklärte.

»Und jetzt komm essen, sonst wird die Suppe kalt, und die Schwiegermutter hat wieder einen Grund zum Meckern.«

Er pfiff nach seinem Hund, der ein wenig den Hühnern hinterhergejagt war, und führte mich in eine Küche, in der es nach zerstampften Kartoffeln und saurer Brühe roch. Der Hund kroch unter die Eckbank, der Tisch war mit zwei Suppentellern gedeckt. Die Frau am Herd sah nicht aus, als ob sie sich über Besuch freute, sie schickte dem Schwiegersohn einen missbilligenden Blick. Aber der störte sich nicht dran, nahm einen weiteren Teller und einen Löffel aus dem Küchenschrank und erklärte der Alten, warum ich hier war.

»'s wundert mich, dass überhaupt noch jemand bei dem schlachten lässt.« – Schon der Tonfall ihrer Stimme verriet, was sie von dem Einbeinigen hielt. – »Der hat doch schon morgens um elf den Rossler g'soffen. 's ist immer schlimmer g'worden mit dem Saufen in den letzten Jahren. Er hat g'sagt, dann tut sein Beinstumpf nimmer weh und er muss nicht an die Ardennen denken, wo er das Bein verloren hat.«

»Haben Sie ihn in den letzten Tagen gesehen?«, wollte ich wissen.

»Dass er zwei, drei Tage nicht auftaucht, ist normal. Er hat noch einen alten Kameraden im Achertal, zu dem fährt er manchmal.«

»Er hat seine Wurstmaschine bei meiner Tante stehen lassen ...« Die alte Frau schnaubte, schüttelte den Kopf und verteilte die Suppe.

»... vermutlich vor acht Tagen. Haben Sie ihn seither gesehen?«

»War das ein Donnerstag?«, mischte sich Markus ein. »Weil, als ich an dem Morgen mit dem großen Anhänger hier auf den Hof wollt, hat er seinen Fiesta so blöd geparkt, dass ich die Kurve nicht nehmen konnt. Also habe ich bei ihm geklingelt, und da hat er mir g'sagt, dass er zum Schlachten geht.«

»Ist er denn seit dem Donnerstag noch mal aufgetaucht?«, fragte ich die alte Frau.

Die schnitt ihr Wienerle für die Suppe klein und schüttelte den Kopf. »Wenn einer mit Flaschen nach einem wirft und einem ›alte Schachtel‹ hinterherruft, braucht der sich nicht zu wundern, wenn man nichts mehr von dem wissen will. – Ich hab dir doch schon paarmal g'sagt, wie böse der werden kann«, beklagte sie sich bei ihrem Schwiegersohn.

»Stimmt«, bestätigte Markus, als sein Handy klingelte, »aber komisch ist es schon, dass er jetzt so lange weg ist, oder?« Er klemmte das Telefon ans Ohr.

»Unkraut verdirbt nicht«, war die Antwort der Bäuerin.

»Hallo, Herr Retsch«, grüßte Markus seinen Anrufer freudig, ließ seine Suppe stehen und verließ eilig die Küche. Ich starrte alarmiert hinterher. Natürlich kannten sich die zwei. Jeder, der Bauland am Rückstaubecken hatte, kannte Retsch. Aber warum verließ Markus für dieses Gespräch die Küche? Aus Höflichkeit? Oder wollte er nicht, dass ich mitbekam, worüber er mit Retsch redete?

»Schmeckt's?«, knurrte die alte Bäuerin.

»Ausgezeichnet«, log ich. Manchen Leuten merkte man an, wie sie kochen. Ihre Miesepetrigkeit hatte sie, genau wie die viel zu alten Würstchen, in die Suppe gerührt. »Hat er denn noch Verwandtschaft, der Metzger?«, kam ich auf unser Thema zurück.

»Im Dorf nicht.«

Und wohl auch nicht anderswo. Entweder wusste sie es nicht oder wollte es nicht sagen. Genauso wenig wie die Adresse des Kameraden aus dem Achertal. Zumindest verriet sie mir noch, dass er einen roten Fiesta fuhr. Aber dann war Schluss. Ich sollte sie nicht weiter mit meinen Fragen belästigen, das machte sie mir mit hektischem Geschirrabräumen und lautstarker Blasmusik, die sie sich zum Abwasch aus dem Radio holte, deutlich. Ein roter Fiesta, auch Tobias fuhr so einen. Und das Auto, das ich am ersten Abend wegfahren sah, war rot gewesen. Das Auto des Metzgers? Das von Tobias? Oder von jemand ganz anderem? Immer wieder Fragen.

»Danke für das Essen«, rief ich beim Aufstehen gegen die Blasmusik an und machte mich auf den Weg nach draußen. Im Hof klappte Markus sein Handy ein und kam mir entgegen.

»Der Retsch wollt noch was über mein Ackerland an der Straße zum Krankenhaus wissen. Die soll doch ausgebaut werden«, entschuldigte er sich. »Hör mal, was ich mir grade als Wiedergutmachung für den Schreck in der Eselsgasse überlegt hab! Wenn du willst, kannst du ein paar Runden Trecker fahren! Weißt du noch, wie verrückt du als Kind darauf warst? Immer hast du mich angebettelt, dass du mal fahren darfst, weil doch die Rosa keinen Schlepper gehabt hat.«

Doch noch ein Fairplay-Spieler. Der alte Kapitän entschuldigte sich für sein Foul. Und ich erinnerte mich genau, wie sehr ich ihn immer bekniet hatte, dass er mich mit dem Schlepper im Hof seiner Eltern eine Runde drehen ließ. »Du hast mich höchstens zwei-, dreimal fahren lassen.«

»Aber ich hab dich fahren lassen, obwohl ich ein paar hinter die Löffel gekriegt hätte, wenn mein Vater das gemerkt hätte. – Also, was meinst du?«

Schlag ein, Kumpel, lass uns wieder gut sein, hörte ich den alten Fußballkapitän sagen. Schlepperfahren, Gott, so wild ich als Kind darauf gewesen war, daran hatte ich wirklich Jahrzehnte schon nicht mehr gedacht.

»Ach komm schon. Mach mir die Freud! Oder hast du etwa Angst? Er hat auch Servolenkung und ist tipptopp in Ordnung.«

Wir müssen uns wieder vertragen, so sind die Regeln, hatte er früher immer gesagt. Also gut, dachte ich und sagte: »'ne kleine Runde wegen der alten Zeiten.«

»Klar. Wir fahren ein bissl raus in den Mais und wieder zurück. Wirst merken: Superfahrgefühl! Also los!«

Er pfiff nach dem Hund, und wenig später legte ich den Rückwärtsgang ein, lenkte das Monstrum aus dem Hof und holperte damit auf einem Feldweg in die Maisfelder. Fuhr sich echt nicht schlecht, das Riesenteil.

»Meinst du nicht, dass man den Einbeinigen als vermisst melden sollte?«, fragte ich, nachdem ich mich ein bisschen eingefahren hatte.

Er zuckte mit den Schultern. »Ich hab ein Auge drauf«, versprach er. »Wenn er bis zum Wochenende nicht auftaucht, ruf ich mal in Achern im Polizeirevier an.«

Der Mais schien endlos hier. So weit das Auge reichte, nur Mais.

»Seit fünf Jahren bau ich nichts anderes mehr an!«, brüllte Markus gegen den Lärm des Treckers an und wies mit dem ausgestreckten Arm auf das sich bis zum Horizont erstreckende Grün. »Hier die Felder von der Schwiegermutter, und in Fautenbach hab ich so lange Land getauscht, bis ich beim Önsbacher Wald eine große Anbaufläche zusammengehabt hab. Wenn man sich spezialisiert, lohnt sich das nur mit genügend Land, die ganzen Spezialgeräte und so, das kannst du dir sonst überhaupt nicht leisten. Und noch läuft das Geschäft. Die Lebensmittelindustrie braucht viel Mais zur Herstellung von Bier, Stärke, Glukose, Mehl, Gries und so weiter, dann seit Neuestem die Biospritanlagen. Aber eigentlich ist alles ein Irrsinn. Landwirtschaft kann nicht funktionieren wie Computerbauen, zu viele Unsicherheitsfaktoren, Wetter, Ungeziefer und so weiter, aber man tut so, als ob sie so funktionieren könnte. Weißt du, wie viel landwirtschaftlich Betriebe jedes Jahr –«

»Apropos Ungeziefer«, unterbrach ich ihn, immer noch verwundert darüber, dass er heute so schnell und so viel erzählen konnte. »Was ist das für eine Sache mit dem Maiswurzelbohrer?«

»Eine hirnrissige G'schichte, ich mein, der Maiswurzelbohrer, das ist doch erst mal nur ein optischer Störfall, frühestens in acht Jahren könnt der uns Maisbauern wirklich gefährlich werden. Aber nein, da heißt's Quarantäne-Ungeziefer, und schon spielen alle verrückt und es wird eine flächendeckende Beizung von uns verlangt. Weißt du, was uns das zusätzlich kostet? Denn wir Bauern zahlen den Preis dafür, dass das fremde Ungeziefer eingeschleppt wird, immer weiter werden wir an den Tropf der Industrie gehängt, und dann passiert so was, wie das mit …«

»… den Bienen.«

»Hast natürlich g'hört von der Rosa ihrem Aufstand, oder? Ich mein, ich kann's ja verstehen, dass das schwer ist für die Imker. Aber andererseits, wer von denen muss vom Honig leben? Ist doch alles nur Hobby oder Zuerwerb. Aber bei uns Landwirten, da geht's doch um die Existenz. Und dann immer der Aufschrei wegen der chemischen Industrie! Ich mein, wo wären wir ohne die? Ohne Düngung und Schädlingsbekämpfung wären wir der Natur noch hilfloser ausgeliefert als so. Wollt mal hören, wie die gleichen Leut nach einer Missernte aufschreien würden, die jetzt gegen das Ponchito wettern. Vor zweihundert Jahren noch waren Hungersnöte an der Tagesordnung. An so was denkt doch hier bei uns im reichen Europa kein Mensch mehr.«

»Los, jetzt frag ihn schon«, befahl mir Rosa, »oder willst du dir noch länger die Lobreden auf die ›Segnungen‹ der chemischen Industrie anhören?«

»Die Rosa muss für dich doch aus zwei Gründen ein rotes Tuch gewesen sein«, begann ich. »Wegen dem Bienensterben und dem Bauland.«

»Klar hätt ich die ein paarmal auf den Mond schießen können. Meinst du vielleicht, sie hat uns einen vernünftigen Grund genannt, warum sie nicht verkaufen will? Stur, bockig und unbelehrbar, so werden halt manche im Alter. Aber irgendwie hätten wir uns schon noch geeinigt, wenn sie nicht gestorben wäre. Zum Glück bist du jünger und beweglicher. Du verkaufst doch das Land, oder?«

»Hast du ihr wirklich damit gedroht, ihr Haus anzuzünden?«

»Was soll ich?«

Die Empörung in seiner Stimme übertrug sich auf den Hund, der sofort anfing zu knurren.

»So einen Mist kann doch nur die Traudl verzapfen. Wir sind mal alle bei ihr gewesen, die Landbesitzer von dem Bauland, haben gedacht, dass wir sie gemeinsam überzeugen können zu verkaufen. Aber des war der falsche Weg, sie ist noch bockiger und sturer geworden. Da bin ich ein bisschen laut geworden, aber ich hab doch nicht mit so was gedroht. Kannst jeden von den anderen fragen!

Die Zunsinger Gerda oder den Löffler Franz ... – Halt mal an, da an der Kreuzung«, unterbrach er sich selbst, »die Bremse nur ganz vorsichtig antippen, ja, wunderbar so! Könntest glatt bei einem Schlepper-Fahrwettbewerb mitmachen!« Er schwang sich herunter, der Hund folgte. »Ich muss nur schnell was nachgucken. Bin gleich zurück!«

Er verschwand im Mais. Zu Anfang konnte ich an den zitternden Blättern erkennen, in welche Richtung er sich bewegte, aber damit war bald Schluss. Dann hatte ihn der Mais verschluckt. Ich blickte über das sanft wogende Blättermeer. In der Ferne ragte ein kleines Pappelwäldchen aus dem Mais, am dunstigen Himmel schwebten zerrissene Wolkenstreifen, im nahen Buchenhain flatterten ein paar tief fliegende Schwalben um einen Hochsitz. Schlechtwetterzeichen. Ein Gewitter war im Anmarsch. Was Markus wohl mitten im Mais nachsah? Ungezieferbefall, umgeknickte Stängel? Oder wollte er nicht mehr mit mir über Rosa reden? Ich hatte keine Ahnung.

Hinter mir hörte ich einen anderen Traktor. Er tuckerte zum Dorf zurück, sonst schien hier niemand unterwegs zu sein. Der Mais wuchs von allein, er brauchte nicht viel Pflege. Vom Rhein her war ein erstes Grollen zu hören. Verdammt, wo blieb der Kerl? Unter »schnell« verstand ich etwas anderes.

»Markus!«, rief ich in die Richtung, die er genommen hatte. Ich wartete vergeblich auf eine Antwort. Ich trommelte auf das Lenkrad des Fendt. Meine Gedanken trieben mal da- und mal dorthin, kreisten um die altbekannten Fragen zu Rosas Tod und landeten immer schneller bei einer aktuellen: Wo, verdammt, blieb Markus? Ich rief noch einmal. Wieder keine Antwort.

Wie oft, wenn ich nervös wurde, dachte ich an Rezepte. Mais. Klar, Polenta in allen Variationen, Tortillas, als Kolben gegrillt mit gewürzter Butter verfeinert. Mehr fiel mir nicht ein. War nicht mein Lieblingsgemüse. War Mais überhaupt ein Gemüse oder gehörte er biologisch nicht zu den Gräsern? Zum Brotbacken eignete sich der Mais auch nicht, das hatten die Deutschen nach dem Krieg erlebt, als sie bei den Amerikanern für die Carepakete Korn wünschten, diese »corn« verstanden und Mais lieferten. Nur schwere Klumpen, kein lockeres Brot, dem Mais fehlt der Kleber. Vor meinem geistigen Auge ließ ich alle möglichen Polenta-Variationen Revue passieren – die mit Basilikum, Sahne und Parmesan sollte ich noch mal auf die Speisekarte setzen –, ohne dass Markus wieder aus dem Mais aufgetaucht wäre. Der nächste Donner grollte, mehr und mehr überzog ein giftiges Gelb den Himmel, Wind kam auf, strich heftig über den Mais. Plötzlich hörte ich den Hund jaulen, dann einen Schrei.

»Markus!«, brüllte ich dem wogenden Mais entgegen. Als Antwort ertönte wieder ein Schrei, noch einmal jaulte der Hund. Ich stemmte mich vom Sitz hoch, nutzte die Aussicht von der Kanzel des Traktors. Vielleicht hundert Meter tief in dem Feld, das Markus betreten hatte, bewegten sich ein paar Stängel viel kräftiger als der Rest, so als wollte sich von dort jemand bemerkbar machen, der, warum auch immer, nicht mehr von der Stelle kam. Was sollte ich tun? Hilfe holen? Wen immer ich anrief, es würde dauern, bis er hier wäre. Wieso antwortete Markus nicht? Er musste mich doch hören.

Ich prägte mir die Stelle ein, sah mir den Himmel an, der aber keine Hilfe zur Orientierung sein würde. Zu schnell trieben immer dunkler werdende Wolken darüber hinweg. Gleich würde das Gewitter losbrechen. Wieder ein Schrei, und wieder jaulte der Hund. Ich sprang vom Traktor.

Geh schräg nach links, hämmerte ich mir ein, als ich den Mais betrat. Ich schlängelte mich zwischen den Pflanzen hindurch, bald sah ich beim Zurückblicken Feldweg und Traktor nicht mehr. Wie in meinem Traum kämpfte ich mich durch den Maisdschungel, jetzt ließen mich die Pflanzen bereitwillig durch, ich kam gut voran. Der Donner grollte lauter, am Himmel zuckten die ersten Blitze, kräftige Windstöße peitschten die Maisstängel, sie bogen sich ohne Sinn und Verstand.

Von links hörte ich erneut einen Schrei. Die Richtung stimmte also halbwegs. Tiefer und tiefer drang ich in den Mais, wohin ich auch blickte, es sah alles gleich aus. Der Himmel über mir färbte sich schwarz und schwärzer, in immer kürzeren Abständen zuckten Blitze durch das Dunkel, tauchten für Sekunden alles in gleißendes Licht. Was war da links von mir? Ohne das Blitzlicht sah ich nur Maisstängel, die sich bewegten. Ein nächster Blitz. Zwei große Maulwurfshügel, sonst nichts. Ich ging weiter und weiter. Blitz folgte auf Blitz. Konnte der Blitz in Mais einschlagen? Blödsinn, nur in Bäume, jetzt mach dir nicht ins Hemd, das ist nur ein Maisfeld.

»Markus!!!« Ein kräftiger Donner war die Antwort, ich brüllte noch einmal, kein Schrei, kein Jaulen mehr. Nur der Wind pfiff durch den Mais, wirbelte durch die Blätter, beugte die Stängel. Ich blieb stehen, formte mit den Händen einen Trichter, brüllte nach allen vier Himmelsrichtungen, so laut ich konnte. Markus antwortete nicht. Stattdessen fielen die ersten Regentropfen.

Ich musste zurück, es machte keinen Sinn, weiter nach ihm zu suchen. Ich drehte mich um. War ich wirklich aus dieser Richtung gekommen? In dem noch trockenen Boden konnte man nirgendwo Fußspuren erkennen. Wie viele Minuten waren vergangen, seit ich den Mais betreten hatte? Ich hatte nicht auf die Uhr geguckt.

Über den Himmel zischte der nächste Blitz, der Donner folgte sofort. Das Gewitter war direkt über mir, und ich hatte jegliche Orientierung verloren. Von einem Augenblick auf den nächsten schüttete es wie aus Kübeln. Aber trotz des heftigen Regens hörte ich deutlich, wie rechts von mir der Traktor gestartet wurde. Ganz kurz hörte ich den Hund jaulen.

»Markus, ich bin hier, mitten im Mais!«, brüllte ich aus Leibeskräften und rannte in die Richtung, aus der das Traktorengeräusch kam. Die scharfkantigen Blätter klatschten mir ins Gesicht, der Regen trommelte auf meinen Kopf, der nasse Boden klebte schwer an meinen Schuhen. Ich rannte und schrie, bis mir die Puste ausging. Aber der Motor wurde nicht ausgestellt, Markus fuhr einfach davon. Der Kapitän ließ seinen Verteidiger im Stich. Ich fasste es nicht, dass er mich tatsächlich hier im Mais zurückließ. Während mir der Regen das T-Shirt an den Körper klatschte und die Traktorengeräusche verschluckte, versanken meine Schuhe tiefer in der matschigen Erde. Wie sollte ich hier je wieder herauskommen? Dieser beschissene, überall gleich aussehende Mais!

»Fang nicht an zu heulen«, befahl mir Rosa, »das ist nicht der Dschungel, schlimmstenfalls läufst du dir ein paar Blasen.« Aber die Blasen hatte ich schon und überhaupt. Ich hatte mich verrannt, hier und in meinem Leben. Wohin ich mich auch bewegte, ich kam nicht weiter. Ich konnte die Rätsel, die Rosa mir hinterlassen hatte, nicht lösen. Ich konnte die zehn Jahre nicht wiedergutmachen. Um mir diese Lektion zu erteilen, hatten mich die Götter oder wer

auch immer kurzerhand in dieses verdammte Maisfeld gestellt.
»Schau, wie klein du bist«, sagten sie mir, »ein winziges Rädchen
im Weltgetriebe! Hochmut kommt vor dem Fall, du kannst aufpassen wie ein Heftelmacher und kriegst trotzdem nichts raus. Nicht
du bestimmst den Lauf der Dinge.«

»Wirst du dich jetzt am Riemen reißen!«, pfiff Rosa mich an.
»Gebrauch deinen Kopf. Du kannst doch denken. Und wenn du
zu faul zum Denken bist, dann lauf! Irgendwann ist der Acker zu
Ende.« Aber ich wollte nicht auf sie hören und blieb einfach ste-
hen, wurde nass bis auf die Unterhose, sank tiefer in den Schlamm.
Dann klingelte mein Handy. Es war Ecki.

»Du musst mich hier rausholen!«, schluchzte ich in den Hörer.

»Geh, Kathi, ich weiß, dass Martha für dich die Hölle ist, aber
vergiss jetzt bitte mal für einen Augenblick die blöde Frau Mama,
wir haben hier ganz andere Probleme!«

»Die Stühle sind mir egal! Ecki, ich stehe hier mitten …«

»Es sind nicht die Stühle, Kathi, ich steh mitten in einem
Scherbenmeer. Hab kaum die Rollläden aufgezogen, da zerdep-
pern irgendwelche Idioten die Fensterscheiben von der Weißen
Lilie. Ich war sofort draußen, aber zu spät! Nicht dass du jetzt
denkst, Keupstraßen-Vandalismus, gelangweilte Früchterl und so,
nein, nein, ein bewusster Anschlag, die Täter haben eine Visiten-
karte zurückgelassen. Kannst dir vorstellen, was ich in der Hand
halte?«

»Ich habe keine Ahnung, und überhaupt, ich stehe hier mitten
in …«

»Ein Schwarzwaldpupperl. Du weißt schon, Strohhut mit roten
Bommeln und ein weißes Schürzl. Und darauf steht: ›Gruß aus der
Heimat‹.«

Auf einen Schlag kam ich mir unglaublich dämlich vor. Wie
blöd ich war, wie naiv! Retsch hatte seine Taktik geändert, er versuchte jetzt mit Druck, meine Unterschrift zu kriegen. Und dann
die Treckernummer! Direkt nach seinem Telefongespräch mit
Retsch hatte Markus mir das vorgeschlagen. Ein eingefädeltes
Spiel, Markus hatte mich ganz bewusst in den Mais gelockt. Das
sollte mich mürbe machen. Er spielt foul. Er war ein Retsch-
Mann.

»Ecki, ich steh hier mitten in einem Maisfeld!«

»Mais? Steckst in so einem narrischen Labyrinth? Für so was hast Zeit? Geh, Kathi, schau zu, dass du heimkommst! Die Sach mit dem Pupperl g'fällt mir gar nicht.«

Dreihundertfünfzig Kilometer weit weg würde Ecki mir nicht dabei helfen können, aus dem Mais herauszufinden, und die Sache mit der eingeworfenen Fensterscheibe war ein harter Schlag. Ich konnte nicht an zwei Fronten kämpfen. Ecki musste in Köln die Stellung halten, dazu durfte er nicht in Panik geraten. Also wählte ich meine Worte vorsichtig.

»Es gibt ein paar Komplikationen wegen Rosas Testament. Aber wenn du mir noch ein paar Tage den Rücken frei hältst, dann krieg ich das schon hin«, schlug ich den muntersten Ton an, zu dem ich tropfnass mitten im Maisfeld fähig war.

»Komplikationen? Steckst wieder in Schwierigkeiten?«, fragte er alarmiert.

»Alles im grünen Bereich«, beruhigte ich ihn und fand, als ich mich so im Mais umblickte, dass das nicht mal gelogen war. »Du musst die Scheibe schnell austauschen, damit du heute Abend den Laden aufmachen kannst.«

»Ich bin doch nicht blöd! Weißt einen Glaser, den ich anrufen kann?«

»Branchenverzeichnis. Adela soll das Geld vorschießen. Sag ihr, sie kriegt es auf alle Fälle. Ist ein Versicherungsschaden.«

»Wird sie nicht freuen.«

»Bring ihr drei Nachtische mit nach Hause. Das stimmt sie immer gnädig.«

»Weißt übrigens, was ich heut mach? Ein Wiener Champagner-Menü. Butternockerl-Suppe als Vorspeise, ein pochiertes Kalbsfilet, ein Ribiselschaum mit Champagnersorbet ...«

Ich regte mich schon gar nicht mehr über die Wiener Woche auf. In der Zwischenzeit hatte ich andere Sorgen. Dieser Scheißmais! Wollte mich einfach nicht rauslassen. Plötzlich wusste ich, wer mir dabei helfen konnte. Wer, wenn nicht er? Der erfahrene Mais-Guerillero Franz Trautwein.

»Du willst bestimmt wissen, wie's der Nicole geht, gell? Wir sind heut im Rollstuhl ein Stündl durch den Park g'fahre. Haben ein bissl über die Raiffeisen gelästert. Weißt du, dass es Clothianidin in verschiedenen Preisklassen gibt? Je billiger, desto weniger fest haftet das Zeugs an den Maiskörnern. Interessant, oder? Aber über den Droll kommt kein Wort über ihre Lippen«, fing er sofort an zu erzählen.

Nicole, Droll, Clothianidin. War jetzt alles irgendwie ein Nebenschauplatz, hier mitten im Mais. Ich bremste die Erzählwut des Imkers und erklärte ihm mein Problem. Sein Vorschlag war einfach, da hätte ich auch draufkommen können. Immer geradeaus und dabei jede zweite Maispflanze umknicken, um zu vermeiden, dass man in Panik geriet und nur noch im Kreis ging.

»Bei dem Haderlump kannsch auch jeden Stängel umknicken! Irgendwann landest du dann auf einem Feldweg, und dann suchst du dir den nächsten Baum oder einen Hochsitz, steigst hoch und guckst, wie du am schnellsten ins nächste Dorf kommst. – Kann eigentlich nicht schiefgehen!«

Ich knickte den ersten Stängel um, der Boden war jetzt schwer und aufgeweicht, ich kam nur langsam voran. Aber wenn ich zurückblickte, konnte ich genau sehen, woher ich gekommen war. Das machte mich zuversichtlich, Meter für Meter kämpfte ich mich durch den grünen Dschungel und die schwere Erde. Franz rief noch einmal an, erkundigte sich nach meinem Vorwärtskommen, sprach mir Mut zu.

»Wegen der Aktion morgen«, sagte er zum Schluss, »da meld ich mich heute Abend. Die anderen Guerilleros wollen dich auch gern kennenlernen.«

Der Regen hörte auf, kurz bevor ich den Feldweg erreichte. Das Pappelwäldchen, der Buchenhain waren nirgends zu sehen, überhaupt kein Baum, auf den ich klettern konnte, aber ich war draußen. Nach diesen ewig gleichen Maisstängeln, die einem jegliche Orientierung raubten, machte sogar ein langweiliger Feldweg Freude. Im Gras säuberte ich meine Schuhe von den gröbsten Erdklumpen; wenn ich zu Hause war, konnte ich sie wegschmeißen. Ich schleppte mich zur nächsten Kreuzung. Zehn Minuten später kletterte ich auf einen Baum. Eine Dreiviertelstunde später stand ich vor dem Haus des Einbeinigen. Es war so verlassen wie bei meiner Ankunft. Im Hof gegenüber badeten ein paar Spatzen in den frischen Wasserlachen. Markus und sein Traktor waren verschwunden. Der konnte sich auf was gefasst machen. Ich sah zu, dass ich Land gewann.

In Rosas Haus wusste ich sofort, warum Markus mich in den Mais gelockt hatte. Retsch hatte sich nicht die Mühe gemacht, die Spuren seines Einbruchs zu beseitigen. Alle Schubladen waren aufgezogen, die Papiere mal wieder durchwühlt. Drehte er jetzt durch, oder was? Mich im Mais aussetzen, Rosas Haus durchwühlen, die Scheiben der Weißen Lilie einschlagen. Und was kam als Nächstes? Würde er mich auch von der Leiter oder die Treppe hinunter»stoßen«? Damit der Weg frei war für Michaela, die als Erbin meine Nachfolge antreten und, geldgierig wie sie war, mit Kusshand den Vertrag unterzeichnen würde?

Ich überprüfte das Haustürschloss, es war unbeschädigt. Das Bastkörbchen, bestimmt hatte er einen Blick für solche Schlüsselverstecke. Ich legte den Schlüssel nicht zurück, sondern steckte ihn ein. Ein zweites Mal würde ich es ihm nicht so leicht machen. Aber zuerst musste ich duschen. Mit dem warmen Wasser spülte ich den Dreck aus dem Maisfeld ab, und mit der trockenen Kleidung kehrten meine Lebensgeister zurück. Ich hörte auf zu zittern, merkte, wie meine Angst nachließ. So schnell würde ich nicht aufgeben, aber ich verstand immer weniger, was Retsch mit seinen Aktionen bezweckte und welche Rolle Markus dabei spielte. Ich kochte mir einen Kaffee und setzte mich nach draußen auf die Gartenbank. Nach dem frischen Regen strotzte der Garten vor Furchtbarkeit. In meinem Kopf schwirrten die Gedanken hin und her, fügten sich nicht zu etwas Verständlichem zusammen. Es dauerte keine fünf Minuten, bis Traudl zu mir herüberwatschelte. Das passte mir gar nicht, ich hoffte, dass ich sie schnell wieder loswerden würde, FK würde gleich kommen. Ich verspürte nicht die geringste Lust auf weitere Weltuntergangsszenarien, und außerdem hatte ich ihr diesen Horrorausflug zu verdanken.

»Und?«, fragte sie neugierig.

»Wie es ausschaut, ist er seit letztem Donnerstag verschwunden. Aber Genaueres weiß man nicht«, versuchte ich sie abzuwimmeln.

»Hab ich's nicht von Anfang an g'sagt? Dem ist etwas passiert.« Sie krallte wieder ihre schrundigen Finger in meinen Arm.

»Er säuft wie ein Loch und verschwindet öfter mal für ein paar Tage.«

»Ha!« Sie grub die Finger kräftiger in meinen Arm. »Du willst es nicht verstehen. Du kannst die Zeichen nicht lesen, weil du immer nur denkst! Spürst du es nicht, Katharina? Ganz tief in dir weisch du doch, was mit dem passiert ist. Das Gleiche wie mit Rosa.«

»Wenn er bis zum Wochenende nicht auftaucht, ruft der Markus Weber die Polizei an.«

Noch ein »Ha!« und ein bekümmertes Lächeln. »Hör auf das, was sie dir sagt!« Mit der Hand auf meinem Arm zog sie mich ganz nah zu sich und flüsterte mir ins Ohr: »Sie redet doch mit dir, die Rosa, oder?«

Woher wusste Traudl das? Ich konnte meine Überraschung nicht verbergen. Ich hatte ihr nie erzählt, dass Rosa mit mir sprach.

»Er ist erst ins Haus gekommen, als die Rosa schon tot war«, nickte sie wissend. »Merk dir das, Katharina. Und dann? Hat er was g'sehen, was er nicht sehen sollt?«

Wieder dieses wissende Lächeln. Was sollte das? Waren es Hirngespinste oder wusste Traudl viel mehr, als sie sagte?

»Irgendwo wird er seinen Rausch ausschlafen, und dann taucht er wieder auf«, beharrte ich trotzig auf der winzigen Chance, dass die Geschichte doch noch gut ausgehen konnte.

»Wer weiß? Vielleicht ist die Martha ihm ja begegnet? Die ist nämlich an dem Morgen von der Rosa ihrem Tod hier g'wesen. Ich hab sie im Garten g'sehen, bevor ich ins Krankenhaus bin.«

Die Nachricht traf mich in der Magengrube. Nach der letzten Begegnung mit Martha hatte ich alles verdrängt, was möglicherweise zwischen den beiden Frauen geschehen war. Die alte Feindschaft, der alte Hass, die alte Unversöhnlichkeit. Hatte Martha …? Aber warum rückte Traudl erst jetzt mit dieser Information heraus? Stimmte sie überhaupt? Immer wieder warf sie mir einen neuen Brocken hin, an dem ich herumkauen musste. Spielte sie ein Spiel mit mir, dessen Regeln ich nicht kannte? So langsam misstraute ich jedem, mit dem ich es hier zu tun hatte.

»Da steckst du, kein Wunder, dass mir an der Haustür keiner aufmacht«, klang FKs Stimme zu uns herüber. Mit einem Karton unter dem Arm tauchte er hinter den Bienenstöcken auf. »Ich hab den Sekt, den Oberkircher Riesling, den Münsterkäse und das Hühnerfleisch. Um den Rest …«

Er stockte, als er sah, dass ich mit Traudl zusammenstand. Die richtete ihre Stechäuglein auf FK, den Karton, dann auf mich und verzog den Mund zu diesem beschissenen wissenden Lächeln.

»Ich geh jetzt amol in den Garten z'rück«, murmelte sie devot und watschelte davon.

FK runzelte die Stirn und sah mich fragend an.

»Komm erst mal rein«, meinte ich.

Er stellte den Karton auf den Küchentisch, beachtete die herausgezogenen Schubladen und offenen Schranktüren nicht, kam stattdessen mit ausgebreiteten Armen auf mich zu.

»Schau dir mal die gute Stube an!«, forderte ich ihn auf.

»Aber hallo«, schnaufte er, als er das Chaos in Rosas Wohnzimmer registrierte, »und ich habe immer gedacht, Köche sind ganz ordentlich.«

»Sind sie auch. Das war Retsch!«

Es war an der Zeit, ihm endlich die Wahrheit zu sagen. Ich würde verrückt, wenn ich mich weiter allein mit der Suche nach Rosas Mörder quälte. Ich brauchte einen Verbündeten. Und FK konnte ich trauen, nicht aus alter Freundschaft oder weil ich mit ihm ins Bett ging, sondern weil er nicht in die Geschichte verwickelt war. Ich versuchte, so chronologisch wie möglich zu erzählen, keine Information zu vergessen, alle Personen zu nennen, mit denen Rosa sich angelegt hatte, alle Fragen zu wiederholen, die sich mir im Laufe der letzten Tage gestellt hatten. Auch die Geschichte mit Martha und die Schwarzwaldpuppe in der Weißen Lilie ließ ich nicht aus. Er hörte aufmerksam zu, unterbrach mich nur, wenn er etwas nicht verstand. Als ich zu Ende erzählt hatte, starrte er schweigend zum Fenster hinaus. Ich konnte seine Mimik nicht deuten. Natürlich, es verwirrte, wenn man auf ein Diner mit anschließender Liebesnacht eingestellt war und stattdessen einen Mordverdacht serviert bekam.

»Warum erst jetzt?«, fragte er, immer noch dem Fenster zugewandt.

»Konrad«, sagte ich. »Wie damals wirst du die Polizei ins Spiel bringen, du wirst wollen, dass ich mit dem Herumstochern aufhöre, weil es gefährlich ist. Aber ich stecke schon zu tief drin, um aufhören zu können.«

Er lachte trocken, weiter dem Fenster zugewandt.

»Es ist wegen Rosa. Ich habe gedacht, ich schaffe es allein, aber ich komm nicht weiter.«

»Na ja, wenn ich mir das Chaos hier so ansehe und an die zerbrochene Scheibe in Köln denke, da hast du jemanden doch mächtig aufgeschreckt!« Seine Stimme klang nicht gut, irgendwie beleidigt, irgendwie angriffslustig.

»Ich brauche deine Hilfe, FK!« Vielleicht sagte ich es zu fordernd, zu trocken, aber zuzugeben, dass ich allein nicht weiterkam, fiel mir nicht leicht.

»Bist du deshalb mit mir ins Bett?«

Meine Hand klatschte auf seine Backe, bevor ich irgendwas denken oder fühlen konnte. Danach herrschte Stille in Rosas guter Stube. Ich betrachtete meine Hand, als wäre sie kein Teil von mir oder einer, der sich ohne Erlaubnis selbstständig gemacht hatte. FK strich über die geschlagene Wange, schien eher überrascht als böse zu sein.

»Essen?«, schlug ich vor.

»Keine schlechte Idee!«

Wir kehrten dem Chaos den Rücken, und ich inspizierte FKs Einkäufe. Essen! Außer Sex gab es nichts Besseres, um sich zu versöhnen. Mal sehen, wie weit mich meine Kochkünste bringen würden. Zumindest für einen Waffenstillstand musste es reichen. Das Hähnchen sah gut aus, aber die Champignons waren nicht die frischesten.

»Sag nichts!«, drohte mir FK, als ich die Stirn runzelte. Und so stiefelte ich in den Garten, suchte die schönsten Kräuter zusammen, pflückte die reifsten Tomaten, wobei mir ein blöder Spruch von Rosa einfiel: »Zeig ihnen den nackten Po, dann werden sie rot.« An einem Johannisbeerstrauch entdeckte ich ein paar schon dunkelrote Träubchen, die mit ins Sieb wanderten. Ribiselschaum. Dann würden Ecki und ich heute Abend den gleichen Nachtisch machen. Als ich an die Weiße Lilie dachte, packte mich Sehnsucht, gleichzeitig kochte Wut auf Retsch in mir hoch. Der feige Hund sollte meinen Laden und meine Leute in Ruhe lassen! Ich verspürte große Lust, zu seinem Tausend-Stilbrüche-Domizil zu fahren und den italienischen Statuen in seinem Garten den Kopf abzuschlagen.

»Ich fass es immer noch nicht, dass ich auf Markus Weber hereingefallen bin«, schimpfte ich, als ich in der Küche zurück war. »Selbst wenn die Geschichte mit den Bremsen stimmt, ich hätte misstrauischer sein müssen, nachdem er mit dem Retsch telefoniert hat. Schlepperfahren! Was für ein Schwachsinn.«

»Hunger!«, stöhnte FK, der in der Zwischenzeit die Champignons in merkwürdige Würfelchen geschnitten hatte.

Jeder meiner Köche hätte bei so was einen Anschiss kassiert und die Champignons direkt in den Müll schmeißen müssen. Aber FK war keiner meiner Köche. Also nahm ich ihm mit einem entschuldigenden Lächeln die restlichen Champignons ab und stellte ihm stattdessen die Johannisbeeren hin. Wenn er die von den Rispen streifte, konnte er nichts falsch machen. Ich briet die Hühnerkeulen an, holte Speck und Zwiebeln aus Rosas Speisekammer, blanchierte die frischen grünen Bohnen, schnitt Zwiebeln und Speck, gab sie mit dem Riesling zu dem Hähnchen, setzte Nudelwasser auf, schibbelte aus Tomaten und grünen Bohnen den Vorspeisensalat. Ein ganz altes Rezept von Bocuse, aus seiner *Cuisine du marché*.

Rosas Küche war vertraut wie in alten Zeiten, sogar die Macken an ihrem Gasherd waren noch dieselben. Es tat richtig gut, wieder am Herd zu stehen. Während der Arbeit verschwanden alle Sorgen und Ängste, denn Kochen erdet und macht den Kopf frei. Auch nach fast zwanzig Jahren im Beruf konnte ich mir nichts Schöneres vorstellen, als Köchin zu sein.

Dabei hatte ich mit fünfzehn alles gewollt, nur nicht in die Gastronomie. Martha hatte nichts unversucht gelassen, mir das Metier schmackhaft zu machen. Mit Wohlfahrt in Baiersbronn hatte sie wegen einer Lehrstelle gesprochen, genau wie mit dem alten Keller in Oberbergen. Vergiss es, hatte ich immer nur gesagt, ich werd nicht das Gleiche wie du. »Seid fünf Generationen betreiben wir die Linde, meinst du, mich hat einer gefragt, ob ich das will? Du kannst im Leben nicht machen, was du willst, Fräuleinchen!« Und du kannst dir die Linde sonst wo hinstecken! Da hatte sie zugeschlagen, und ich war gegen den Kühlschrank geknallt. Die gebrochene Rippe hatte monatelang geschmerzt, viel länger die Verzweiflung darüber, dass Martha die Linde wichtiger war als ich. Am gleichen Abend hatte ich meine Sachen gepackt und war zu Rosa gezogen.

»Was willst du sonst werden?«, fragte Rosa gelegentlich beim Abendbrot. Die Liste war lang. Immer kann ein: »Versuch's!« Und dann, eines Abends, als ich ihr aus allem, was ich im Garten gefunden hatte, eine Gemüsesuppe kochte, sagte sie: »Du weißt doch genau, was du werden willst. Und du kannst viel besser werden als Martha. Zeig ihr, dass du die größere Köchin bist! Und mit der Linde hat das gar nichts zu tun. Das sind zwei ganz verschiedene Stiefel.«

»Dauert es noch lang?«, maulte FK vom Esstisch her und stürzte sich gierig auf den Salat, den ich auf den Tisch stellte.

Während er mit Appetit zulangte, rief Franz Trautwein an und beschrieb mir genau, wo er morgen früh auf mich warten würde. Dann schüttete ich die Nudeln ab und fuhr den Coq au Riesling auf. Ich geduldete mich, bis FK den letzten Knochen abgenagt und die letzte Nudel verdrückt hatte.

»Und?«, fragte ich dann.

»Die Sache mit der Schwarzwaldpuppe in der Weißen Lilie verstehe ich nicht«, begann er, »aber hier wird Retsch das Testament seines Vaters gesucht haben, alles andere ergibt keinen Sinn. Wenn ich mir allerdings das Chaos betrachte, das er hinterlassen hat, glaub ich nicht, dass er es gefunden hat.«

Kein »Vergiss das Ganze« oder »Geh sofort zur Polizei«. Ich atmete auf, FK schien bereit, sich auf die Sache einzulassen.

»Wenn dieses Testament existiert, dann nur handschriftlich«, überlegte er weiter. »Denn wenn Emil es beim Notar hinterlegt hätte, hätte Günther keine Möglichkeit, es zu vertuschen. Wenn es auftaucht, dann ist es gültig. Es zählt immer das letzte Testament. Retsch weiß nicht, ob der Alte es geschrieben hat oder nicht. Bestimmt hat er dessen Haus deswegen schon komplett auf den Kopf gestellt und ist nicht fündig geworden. Aber es gibt eben die Möglichkeit, dass Emil das Testament bei Rosa deponiert hatte. Und er hat Angst, dass du es entdeckst. Er wird wiederkommen. Ich finde, es ist höchste Zeit, dass du ausziehst.«

»Um ihn dann nach Lust und Laune hier herumwühlen lassen? Du spinnst wohl!«

»K, ich mache bei der Sache nur mit, wenn du nicht wieder eine Kamikazeaktion abziehst. Abgesehen von dieser familiären Nummer ist die Sache nicht ungefährlich. Was Martha angeht, solltest du deinen Bruder bitten, mit ihr zu reden, weil das Verhältnis zwischen euch beiden viel zu verfahren ist. Retsch, Droll, Markus Weber, die sind mit Vorsicht zu genießen. Markus Weber, sagst du, ist ein Retsch-Mann. Warum? Was verbindet die beiden über das Geschäftliche hinaus? Bei Retsch muss man noch was über seine finanzielle Situation in Erfahrung bringen. Wenn er ohne das Geld des Vaters bankrott ist, wird er alles tun, um zu verhindern, dass das Testament von dir gefunden wird. Und Droll ist noch mal eine ganz andere Nummer. – Für mich macht es Sinn, bei Retsch anzusetzen. Der dreht am Rad, so wie der unter Druck steht, wird er immer mehr Fehler machen.«

Hach, es tat so gut, endlich mal offen mit jemandem über die Sache reden zu können, und FK stellte die richtigen Fragen, hatte die richtigen Kontakte, war überhaupt genau der richtige Mann dafür.

»Ich könnte ja behaupten, dass ich das Testament gefunden habe«, schlug ich vor.

»Willst du schon wieder die Heldin spielen?«, bremste er mich. »In der Zwischenzeit müsstest du doch wissen, das Retsch nicht ungefährlich ist.«

»Deshalb bin ich ja so froh, dass du mir helfen willst, FK!«

»Hör zu. Ich teile deinen Verdacht und kann sogar nachvollziehen, warum du bisher nicht zur Polizei gegangen bist. Es gibt keine Beweise, keine schlüssigen Indizien, dennoch sind zu viele Merkwürdigkeiten passiert, als dass sich der Verdacht vom Tisch wischen ließe. Ich helfe dir unter folgenden Bedingungen: Erstens, du ziehst sofort hier aus. Zweitens, sowie sich auch nur ein Verdacht erhärtet, gehen wir zur Polizei.«

Erstens, zweitens. Dass ihr Männer immer Bedingungen stellt müsst! Aber so kann das zwischen uns nicht laufen, FK. Du musst mir vertrauen, ich kann schon auf mich aufpassen. Was das Einschalten der Polizei betrifft, darüber kann man reden.

»Mit Bedingung zwei bin ich einverstanden«, sagte ich.

»Du willst hier nicht ausziehen?«

»Die Lösung liegt hier, FK, in diesem Haus.«

»Woher weißt du das?«

»Ich weiß es halt.«

»Gefühl? Intuition? Gespräche mit einer Toten?

»So was in der Art.«

Er lehnte sich zurück, und sein Blick sagte mir, dass ich verloren hatte.

»Du kannst ja einfach ein paar Tage bei mir einziehen«, versuchte ich tapfer, ihn von meiner Sicht der Dinge zu überzeugen.

»Ich habe einen Job, vergiss das nicht, ich kann nicht vierundzwanzig Stunden lang deinen Leibwächter spielen.« Er stand auf. Er blickte ernst, und ich spürte deutlich, dass ihm ernst war. Mit was, verdammt, konnte ich ihn noch umstimmen?

»Ich muss hier bleiben!«

Mein Flehen traf auf taube Ohren und keine Einsicht.

Der Fliegenfänger in der Tür zitterte, als FK die Küche verließ. Ich war wieder allein mit Rosa und all den ungelösten Rätseln. Warum Männer nur immer auf Verträgen bestanden, warum sie sich nicht auf unsicherem Boden bewegen konnten, warum sie nicht einfach mal das taten, worum man sie bat? Alles war mal wieder gründlich vermasselt.

NEUN

Über dem Maisfeld kreiste ein Falke. Ich beneidete den Vogel um seine Perspektive und um seinen Scharfblick. So problemlos, wie er in dem grünen Dschungel eine Maus oder Ringelnatter aufspüren konnte, würde ich gern die Lösung meiner Rosa-Rätsel finden. Aber im Augenblick entdeckte der Falke nichts, seine Konzentration wurde von Menschen, die sich am Rande des Feldes versammelt hatten, abgelenkt. Sicherlich gefielen ihm auch die Autos nicht, zwischen denen sie mit dampfenden Kaffeebechern standen. Mit dem nächsten Aufwind drehte er ab. Der Jäger suchte sich ein ruhigeres Revier.

Ich parkte bei den anderen Wagen. Franz holte mich ab, führte mich zu den Kaffeetrinkern. Junge und Alte, die Gesichter entschlossen. Ich hatte das YouTube-Video so oft angesehen, dass ich fast alle wiedererkannte. Die Mais-Guerilla. Er stellte mich vor, ich schüttelte Hände, es wurden Beileidsbekundungen ausgesprochen und Namen genannt, die ich mir nicht merkte. Eine ältere Frau verteilte Butterbrote.

Tobias, der mich in Rosas Haus so erschreckt hatte, erklärte mit seiner sanften Stimme die heutige Aktion: »Bienentod« wollten sie in das Maisfeld malen. Pro Buchstabe fünf Meter, pro Paar zwei Buchstaben. Farbeimer wurden verteilt. Immer zusammenbleiben, keiner geht allein, lautete die Devise. In leise gemurmelten, kurzen Sätzen sprach man sich untereinander Mut zu, hoffte fest darauf, mit den Buchstaben fertig zu sein, bevor man entdeckt wurde. Der vertraute Umgang zwischen erfahrenen Kämpfern war spürbar, man wusste um Risiken und Gefahren, kannte Stärken und Schwächen der Gefährten.

Ich wurde Tobias zugeteilt, jemand drückte mir einen Pinsel und einen Eimer mit roter Farbe in die Hand. Ein Junge mit Hochspringerbeinen schritt das Feld ab, teilte den einzelnen Paaren ihre Startposition mit. Franz widmete mit einer kleinen Ansprache und tränenerstickter Stimme die Aktion »Bienentod« Rosa und ordnete am Ende der Rede eine Schweigeminute für die verdiente Kämpferin an. Danach ging es los. Hundert Schritte gehen und dann mit der Aktion beginnen, gab der Hochspringer vor.

In den Maisblättern hing noch der Tau, es war sechs Uhr morgens. Um fünf Uhr hatte mein Wecker geklingelt. Auf meinem Handy fanden sich drei Nachrichten von Retsch und keine von FK. Gestern Abend hatte ich ihm per SMS ein paar bewegende Sätze geschickt, die sein Herz erweichen sollten, aber er hatte nicht nur sein Handy ausgestellt, sondern grundsätzlich die Jalousien dicht gemacht. Verletzt, stur, besserwisserisch, das war er! Ein sperriger Gefühlscocktail, nicht günstig, wenn man einfach nur Hilfe brauchte. Nach wenig und schlechtem Schlaf war ich gern aus der Nacht geflüchtet und wollte mit der Aktion im Maisfeld dem Desaster des gestrigen Abends trotzen.

Jetzt, wo der Falke weg war, tschilpten in der prächtigen Linde an der nahen Kreuzung ein paar Spatzen, den wackeligen Hochsitz dahinter beschien eine frühe Morgensonne. Der Fotograf der Gruppe war schon auf dem Weg dorthin. Franz schickte mir ein ermutigendes Lächeln, bevor ich das Maisfeld betrat. Der Maisbauer Markus Weber mit seinen zweihundert Hektar Mais stand schon lange auf der schwarzen Liste der Mais-Guerilla. Wir drangen in ein anderes Feld ein als das, in das mich Markus gestern gelockt hatte, dennoch empfand ich es als persönliche Genugtuung, dass sich die Mais-Guerilla für ihre heutige Aktion ausgerechnet ein Feld meines verräterischen ehemaligen Fußballkapitäns ausgesucht hatte.

»Du knickst die Stängel um, ich zähle die Schritte«, bestimmte Tobias und stapfte langsam voraus. Ich tat wie geheißen, zog die Maispflanzen nach unten, knickte sie ab. Wann immer ich zurückblickte, ich wusste, woher ich gekommen war. Geknickte Stängel als Hänsel-Steinchen. Kein Verirren mehr in dem tiefen, finsteren Mais. Tobias schritt stumm voran, von den anderen, die wir im Dickicht der Stängel nur vermuten konnten, drang bloß gelegentlich ein leises Murmeln zu uns herüber. Ich fragte mich, was ich hier verloren hatte. Kein scharfsichtiger Vogel wies mir den Weg, nur ein paar alberne Schäfchenwolken vergnügten sich am Morgenhimmel.

»Ich markiere den Buchstaben, du kannst schon mit Anmalen anfangen. Schau mal, so!« Tobias hatte gestoppt und ließ sich den Pinsel reichen, tauchte ihn in die Farbe, bog einen der Stängel nach unten, malte schnell die obersten Blätter rot. Jede seiner Bewegungen wirkte sicher, wie eingeübt. »Tobias ist der Guerillero mit den meisten Erfahrungen«, hatte Franz gesagt. Tobias gab mir den Pinsel zurück, begann ein B in den Mais zu trampeln. So konnte ich mich aufs Anmalen konzentrieren. Jetzt blieben wir näher zusammen. Die ersten beiden Buchstaben waren unsere Aufgabe.

»Wo arbeitest du in Köln?«, fragte Tobias. »Greenpeace? Attac? BUND? Slowfood?«

Ich verstand überhaupt nicht, was er meinte.

»Na, dein politischer Background«, erklärte Tobias.

»Ich bin Köchin.«

»Klar. Naturbelassene Lebensmittel und so.« Ein anerkennendes Nicken. »Gibt gute Attac-Leute in Köln, hab ich mal bei einem Treffen im Odenwald kennengelernt. Soll ich dir einen Kontakt machen?«

»Lass mal. Mir reicht's, dass ich mich mit Kochbrigaden rumschlagen muss.«

»Aber wieso machst du dann hier mit?« Sein Blick, eine Melange aus Verständnislosigkeit und Vorwurf.

»Ist persönlich.«

»Wegen Rosa?« Jetzt kam eine Prise Neugier hinzu.

Klar, natürlich. Rosa, Rosa, Rosa. Als ob ich sie damit wieder lebendig machen könnte! Aber ich hatte keine Lust, jetzt über Rosa zu reden.

»Wieso macht ihr die Aktion hier mitten im Feld?«, wich ich der Frage aus. »Das ist doch vergebliche Liebesmüh, wenn es keiner sehen kann.«

»Von wegen.« Ein grashalmfeines spöttisches Lächeln. »Der Jan sitzt schon mit seiner Kamera auf dem Hochsitz und dokumentiert die Aktion. Die Bilder stellen wir ins Netz und bieten sie der Presse an. Und die reichen Maisbauern haben doch alle große Trecker und von der hohen Kanzel aus den totalen Überblick. Der blutrote Bienentod sticht denen jeden Tag ins Auge, wenn sie da entlangbrettern. So schnell werden die beim nächsten Mal nicht mehr nach der chemischen Keule schreien.«

»Aber die Bauern haben nur auf Anordnung gehandelt, die Landwirtschaftskammern haben doch vorgeschrieben, dass sie nur gebeizten Mais aussäen dürfen.«

»›Seht in den Spiegel: feig, scheuend die Mühsal der Wahrheit, dem Lernen abgeneigt, das Denken überantwortend den Wölfen.‹«

Jetzt kapierte ich gar nichts mehr.

»Ist von Enzensberger. ›Verteidigung der Wölfe gegen die Läm-
mer‹«, erklärte er mir. »Guter Mann, in seiner Lyrik sehr politisch.«
Meinen Einwand mit den Landwirtschaftskammern wischte er
mit dem Satz »Anordnungen folgen, wo das hingeführt hat, das wissen wir doch« vom Tisch. Dann verstummte er. Genug geredet, jetzt
wurde gehandelt.

Mit geübten Tritten stapfte er ganze Maispflanzen in die Erde,
markierte mir auf diese Weise die Pflanzen, die ich für das B und
das I bemalen musste. Ich verstand nicht, woher er wusste, wie
groß das B und wie weit der Abstand zum I zu sein hatte und wo
der nächste Mais-Guerillero mit dem E weitermachen musste. Ich
solle ihm vertrauen, signalisierte mir Tobias, so eine Aktion machten er und die anderen nicht zum ersten Mal.

Du bist doch völlig bekloppt, sagte mein Hirn, aber ich tauchte
den Pinsel tatsächlich in den Farbtopf. Ich brauchte länger als Tobias, um so ein großes, längliches Maisblatt flächendeckend anzu-
malen, die Blätter darunter sprenkelten rote Tröpfchen.

Am Himmel alberten weiter die Schäfchenwolken herum, aber
dahinter, von einem unsichtbaren Olymp aus, blickten Martha,
Rosa und Ecki auf mich herunter. Zwei von den dreien schüttelten
fassungslos den Kopf, während sich die dritte, Rosa, erfreut und
zufrieden auf ihrem Himmelsstuhl zurücklehnte. »Mein Mädchen!
Sie führt meinen Kampf weiter«, predigte sie den anderen, »rächt
meine toten Bienen. Schaufelweise habe ich sie tot unter den Bienenstöcken gefunden. Da muss einer ein Herz aus Stein oder einen
Kopf voller Stroh haben, um danach nicht auf die Barrikaden zu
gehen.«

Tobias, Stängel für Stängel in den Boden tretend, rezitierte keine weiteren Gedichte, stattdessen beklagte er mit sanfter Stimme die
Verbrechen der Lebensmittelindustrie.

»Als Köchin weißt du das doch bestimmt alles«, meinte er. »Die
Geschichte mit den Wasserrechten beispielsweise. Nein? Hast noch
nicht davon gehört, dass die großen Lebensmittelkonzerne weltweit Wasserrechte und Wasserreserven aufkaufen? Die sagen, es sei
ein Schwachsinn, dass einige Radikale wollen, dass das Recht auf
Wasser für jeden Menschen im Grundgesetz festgelegt wird. Wasser dürfe es nicht umsonst geben, sondern dafür müssten die

Menschen schon bezahlen, damit eine erstklassige Qualität garantiert werden könne. Lass dir diese Aussage mal auf der Zunge zergehen! Wasser, das Gold des 21. Jahrhunderts. Deswegen wird es Kriege geben«, prophezeite er, »der Mittlere Osten, Afrika, Südamerika. Jeder Mensch sollte freien Zugang zu sauberem Wasser haben. Wasserrechte gehören niemals in die Hände von Konzernen.«

Oben im Olymp hatte Martha das Wort ergriffen. »Dass sie stur ist, wissen wir ja alle«, donnerte sie aus den Wolken, »und dass sie nichts drauf gibt, was die Leute sagen, das hast du ihr eingeimpft.« – böser Seitenblick auf Rosa – »Aber jetzt noch was Illegales. Bei dir als Rentnerin war das egal, aber sie ist doch Geschäftsfrau, hat ein eigenes Restaurant. Und wenn sie jetzt eine Anzeige kriegt? Zu einer Gerichtsverhandlung muss? Denn steckt sie mal wieder richtig in der Scheiße. Alle sagen doch immer, die mit der heftigsten Pubertät führen hinterher das ruhigste Leben«, jammerte sie. »Wieso ist es bei ihr nicht so?«

»Was für eine hirnverbrannte Scheiße mit genmanipulierten Lebensmitteln passiert, das weißt du aber«, führte Tobias seine Mission auf einem neuen Feld fort. »Achtzig Prozent der Deutschen sind dagegen, dennoch haben sich bereits siebzigtausend Produkte mit genmanipulierten Inhaltsstoffen in den Supermärkten etabliert. Wie das zusammengeht, willst du wissen? Hervorragende Lobbyarbeit bei der Benennung der Inhaltsangaben! Bei einer genmanipulierten Tomate muss draufstehen, dass sie genmanipuliert ist. Bei einem Ketchup, wo die Tomate nur eine von vielen Zutaten ist, nicht. Eine Grauzone ohne Ende, und die Verbrecher aus der Lebensmittelindustrie nutzen sie aus, das kannst du mir glauben.«

»Geh, Kathi, das Revoluzzerkleidl steht dir aber gar nicht«, mischte sich Ecki zwischen die beiden Frauen. »Maispflanzen anmalen, 's gibt feinere Arten des Widerstands. Ein bissl mehr Eleganz, bittschön! Ein spritzig formulierter Leserbrief vielleicht? Aber überhaupt, 's wird Zeit, du kommst zurück. Das Schwarzwaldpupperl, du weißt schon.«

»Und dann Coca Cola. Weißt du, dass Coca Cola das am meisten konsumierte Getränk der Welt ist? Diese überzuckerte braune Brühe? Unvorstellbar, oder? Ist aber so. Überhaupt die aggressive

Vermarktungsstrategie der Großkonzerne. Ist es nicht ein Irrsinn, dass Ketchupflaschen vor der Elektrizität den Weg in Himalajadörfer finden oder Tütensuppen vor sauberem Trinkwasser in afrikanischen Lehmhütten Einzug halten?«

Mit einem Mal verstummte der Kritiker der Lebensmittelindustrie, und auch die drei oben im Olymp gaben Ruhe. Wie angenehm! Wieder schnellte eine blutrot gefärbte Maisspitze aus meiner Hand in die Senkrechte zurück. Der zweite Bogen des Bs war fast fertig, und mit einer gewissen Befriedigung bemalte ich die letzten Stängel, um mein Werk zu vollenden. Das I würde nicht mehr so viel Arbeit machen. Ich pinselte und pinselte, und erst kurz vor dem I-Punkt merkte ich, dass Tobias nicht mehr da war. Nicht schon wieder, flehte ich mit dem Blick nach oben. Von dort war keine Antwort zu erwarten, nur noch ein einziges Wölkchen turnte über den nackten Morgenhimmel.

»Das ist aber mal was!«, hörte ich ihn da sagen.

In der sanften Stimme schwang eine Begeisterung wie bei gelungenen Geburtstags- oder Weihnachtsgeschenken. Ich folgte den Schwingungen, bis ich Tobias' El Dorado erblickte. Ich hatte schon gelegentlich darüber gelesen, vor allem den Schweizern sagte man einen emsigen Anbau nach, aber dass ich ausgerechnet hier in Rheinbischofsheim, auf einem Feld meines ehemaligen Fußballkapitäns, das gelobte Land eines Kiffers betreten würde, überraschte mich doch. Eine Hanfplantage mitten im Mais, ein saugutes Versteck.

»Das Zeug ist so gut wie reif, hervorragende Qualität.« Kenntnisreich zerrieb Tobias ein Blättchen zwischen den Fingern, als ein Pfiff durch den Mais schrillte. Das Signal, dass wir entdeckt waren. Tobias wandte den Blick nur ungern von den prächtigen Pflanzen. »Wir müssen zurück. Aber eines sag ich dir: In dem Maisfeld bin ich nicht zum letzten Mal gewesen.« Ein bedauernder Seufzer, dann drehte er dem Hanf den Rücken zu und folgte den abgeknickten Stängeln.

»Der Punkt fehlt noch«, rief ich ihm hinterher und schlängelte mich zu meinem I zurück. Noch drei, vier Stängel bemalen, mehr war das nicht. Ich tauchte den Pinsel in das Rot und legte los. Ich hasste es, eine Arbeit nicht zu Ende zu bringen.

»Scheiß auf den I-Punkt. Wir müssen!«, drängelte Tobias.

»Gleich, gleich.«

»Ich höre schon die Hunde!« In seiner Stimme baute sich Panik auf.

»Fertig«, sagte ich nach dem letzten Tupfer und ließ den Pinsel fallen. Dann hörte auch ich das leise Hecheln. Für Hunde war der Mais kein undurchdringliches Labyrinth, sie folgten ihrer Nase. Sie rochen das Menschenfleisch. Tobias hatte der Mais schon verschluckt, ein paar zitternde Stängel verrieten mir, dass er noch nicht weit weg war. Ich setzte hinterher. Meine Hänsel-Stängel wiesen mir den Weg, ich musste nur schnell genug sein.

Kurzstrecken waren nie meine Disziplin gewesen, auch heute nicht. Das Hecheln wurde zu einem Bellen und dieses lauter und lauter, ich drehte mich um. Den Hund an der straffen Leine pflügte Markus seinen hünenhaften Körper durch den Dschungel. Die Maisstängel machten ihm wie durch Zauberkraft Platz, ließen ihn wieselflink durch sein Revier gleiten. Mir dagegen stellten sie eine Falle. Zwei in Gänze ausgerissene Pflanzen, die ich durch das Umdrehen nicht gesehen hatte, verhedderten sich in meinen Füßen und ließen mich stolpern. Als ich mich aufgerichtet hatte, bleckte Hrubesch mit triefenden Lefzen meine Waden an, und Markus blies mir seinen Dschungelatem ins Gesicht.

»So sieht man sich wieder«, pustete er. Der Lauf eines Jagdgewehrs lugte hinter seiner rechten Schulter hervor.

Den geifernden Hund an meiner Wade hielt nur die Treue zu seinem Herrn und die straffe Leine davon ab, zuzubeißen. Ich machte einen Rückwärtsschritt.

»Verpiss dich!«, drohte Markus.

»Verräter!«, keuchte ich, durch den Abstand zu Hrubesch etwas mutiger geworden. »Lockst alte Kumpels in den Mais und lässt sie dort zurück! Machst gemeinsame Sache mit dem Retsch, ein krummer Hund bist du geworden.«

»Geh zurück nach Köln«, knurrte er. »Keiner braucht hier noch mehr von diesen Öko-Spinnern, die Maisfelder kaputt trampeln.«

»Klar«, höhnte ich, »weil man hier noch was ganz anderes kaputt trampeln könnte als Mais. Mit dem Gras kannst du das Acherner Gymnasium und die Heimschule Lender high machen. Sind die Preise gut in der Gegend? Reicht dir der Profit nicht, den du mit dem Mais machst?«

»Dein Hirn ist so krank wie das von deiner Tante. Schon mal was von Hanfseilen, Segeltuch, Hanfpapier gehört?«

»Natürlich, und die …«

Hrubesch knurrte unruhig, irgendwas veränderte sich. Blitzschnell griff Markus nach hinten, zog seine Jagdflinte heraus, lud durch, hielt sie, den Lauf noch auf den Boden gerichtet, zum Angriff bereit. Ich versuchte, meinen Abstand zu dem gierigen Köter und seinem schießwütigen Herrchen zu vergrößern, aber das Vieh ließ mich nicht den winzigsten Moment aus den Augen, es hielt die Ohren gespitzt, knurrte weiter.

Markus' Augen suchten unruhig den Mais ab. Höchste Alarmbereitschaft. Die grünen Stängel ein undurchdringliches Dickicht. Plötzlich sah ich sie, wie in meinem Traum, überall: die Mörderaugen. Lauernd, abgrundtief böse. Sie waren nicht hinter Rosa, sondern hinter mir her. »Du musst dein Leben in Ordnung bringen«, trällerte die hohe Frauenstimme in meinem Kopf, wie immer zum unpassendsten Zeitpunkt. Wieso nur hatte ich mich ein zweites Mal in diesen Scheißmais treiben lassen? Ich wollte hier raus. Sofort. Auf der Stelle.

Dann brach ein fürchterliches Durcheinander los. Leise und schnell schoss ein schmaler Schatten zwischen den Maisstängeln hervor und stürzte sich auf Markus. Der ging überrascht zu Boden, dabei, ob zufällig oder mit Absicht, löste sich ein Schuss aus der Jagdbüchse. Ein harter Knall erschütterte das Maisfeld. Die beiden Männer wälzten sich am Boden, ich erkannte jetzt, dass der zweite Mann Tobias war.

Wendig wie ein erfahrener Indianer entzog sich der dürre Kerl dem viel kräftigeren, wild um sich schlagenden Markus immer wieder. Die Maispflanzen um die beiden Kämpfer herum übertrugen deren Bewegungen auf ihre Spitzen. Mal wogten sie heftig hin und her, mal beugten sie sich fast bis zur Erde, mal zitterten sie wie Espenlaub. Ich dagegen konnte mich vor Schreck nicht rühren, und der bebende, nicht mehr angeleinte Hund heulte ein wölfisches Angstgeschrei, bis er ganz plötzlich verstummte und ohne die geringste Vorwarnung und ohne dass ich zu irgendeiner Reaktion in der Lage war, auf mich zuschoss und sich in meiner Wade festbiss.

Jetzt jaulte ich, versuchte den Kopf des Köters wegzustoßen, der aber schlug seine Zähne nur noch tiefer in mein weiches Fleisch, und ich jaulte lauter, und die Maisfähnchen verwandelten sich in Sternchen und tanzten silbern vor meinen Augen.

Plötzlich zog eine Hand am Schwanz des Hundes, der riss seine Zähne aus meinem Fleisch, was noch schmerzhafter war als der Moment, in dem er sie hineingestoßen hatte. Jemand griff mir unter die Arme, ich glaube, es war der Typ mit den Hochspringerbeinen, wenig später packte Tobias meinen anderen Arm. So schleiften sie mich durch den Mais, und der grüne Dschungel hinter uns verschluckte einen schwer atmenden Markus Weber und den leiser und leiser jaulenden Hrubesch.

Kaum hatten wir den Feldweg erreicht, rannte jemand nach einem Verbandskasten, Tobias schnitt mir das Hosenbein auf, Franz schüttete Schnaps auf die Wunde, ich hätte ihnen beiden aus Wut und Schmerz in den Arsch treten können. Tränen schossen mir in die Augen.

»Warum machst du so einen Scheiß?«, presste ich augenwischend heraus. »Der hätte mir doch nichts getan.«

Tobias drückte geduldig einen Pressverband auf die Wunde, umwickelte das Bein mit einer Binde und murmelte mit seiner sanften Stimme: »Bist du in letzter Zeit mal gegen Tetanus geimpft worden? Wenn nicht, brauchst du es auf alle Fälle, und vielleicht muss die Wunde genäht werden.«

»Der Köter hätte mich überhaupt nicht gebissen, wenn du dich nicht auf Markus gestürzt hättest!«

Ein trauriger Blick, wie Eltern ihn ihren Kindern schicken, wenn die nicht merken, dass sie Unsinn reden, ruhte auf mir. Er sagte nichts, riss mit dem Mund ein Pflaster ab und klemmte damit den Verband fest.

»Dich hätte das Vieh beißen sollen, nicht mich!«

»Mich beißen keine Hunde. Hunde lieben mich.«

»Ausnahmen bestätigen die Regel«, warf Franz ein, der jetzt zu uns getreten war. »Los, zeig es ihr!«, forderte er Tobias auf.

»Lass gut sein, Franz«, murmelte Tobias. »Sie muss zum Arzt. Ich fahr sie zum Buchenberger. Ich brauch sowieso noch Insulin. Gib mir deinen Autoschlüssel!«, bat er mich.

Mein Bein pochte, und wenn ich die Augen schloss, spürte ich immer noch die Zähne des Hundes im Fleisch. Der Wagen holperte über den Feldweg, und jedes Schlagloch drückte sie tiefer in meine Wade. Hinter der Kreuzung schwang sich Markus gefolgt von Hrubesch auf den Fendt. Hrubesch, dieses verdammte Mistvieh! Überhaupt, wer kam schon auf die Idee, seinen Hund nach einem Fußballidol zu benennen? So einer musste doch selber auf den Hund gekommen sein.

»Der soll mir noch einmal zwischen die Finger kommen, der Dreckskerl.«

»Willst du ihn anzeigen?«, fragte Tobias.

Ich wollte Tetanus, ein Schmerzmittel und nach Möglichkeit keine Narben am Bein. Ein gerichtliches Nachspiel der durchgeknallten Aktion interessierte mich im Augenblick wirklich nicht.

»Wieso hat er von der Aktion gewusst?«, fragte ich. »Der wär doch nie so früh schon auf dem Maisfeld gewesen.«

»Irgendeiner ist immer schon so früh unterwegs. Und wenn dann ein paar fremde Autos bei einem Maisfeld stehen, dann wird telefoniert. Bauernsolidarität.«

»Bauernsolidarität? Und was passiert jetzt? Wird der Markus zur Polizei gehen?«

»Quatsch. Der muss sein Gras in Sicherheit bringen.«

»Es ist Nutzhanf.«

»Versteckt er ihn deshalb so tief im Maisfeld?« Wieder dieser Was-weißt-du-alles-noch-nicht-Blick.

Mein Bein pochte. Ein Joint gegen die Schmerzen wär jetzt echt klasse. Auf ein legales Schmerzmittel würde ich noch ein wenig warten müssen. Es war sieben Uhr morgens, in der Praxis von Dr. Buchenberger stand bestimmt noch keine Sprechstundenhilfe hinter dem Empfangstresen, und mein Schmerz war nicht groß genug, um den alten Arzt um sein Frühstück zu bringen.

Tobias unterquerte die Autobahn. Hinter dichten Hecken glitzerte der Achersee, dann tauchte die gelb-rote, allseits bekannte Leuchtreklame mit dem großen M auf. Der Drive-in direkt neben der Autobahnauffahrt.

Um diese Uhrzeit schlürften hier übermüdete Lkw-Fahrer einen Kaffee, bevor sie die nächsten fünfhundert Kilometer in Angriff nahmen. Ich ließ in dieser Kette nur in allerhöchster Not mein Geld. Die war jetzt gegeben, denn die Cafeteria der Tankstelle daneben, eigentlich »24 h open«, nahm eine Auszeit.

»Fahr auf den Parkplatz, ich brauch einen Kaffee«, befahl ich Tobias.

»Mekkes? Never! Weißt du, wie viel Regenwald die für ihre Rinderherden in Brasilien schon vernichtet haben? Weißt du, wie die ihre Leute …«

»Schon gut. Dann warte im Auto«, unterbrach ich ihn.

Aufgebläht und schwer wie eine Stahlkugel schleppte ich mein Bisswundenbein hinter mir her, orderte einen *Coffee to go*, verzichtete nach einem Blick auf die Karte auf alles Essbare, humpelte zum Ausgang, warf einen kurzen Blick auf den Lkw-Parkplatz, wo ich mich vor ein paar Tagen von FK verabschiedet hatte, ignorierte den kleinen Stich ins Herz und hinkte zu den sonnenbeschienenen Außentischen. Das verletzte Bein legte ich auf einen zweiten Stuhl, eine echte Erleichterung. Tobias lehnte an der Fahrertür und drehte sich eine Zigarette.

»Na komm schon. Auf einen Stuhl von denen wirst du dich wohl noch setzen!«

Langsam schlenderte er zu mir herüber, den Blick, den er auf meinen Pappbecher warf, wollte ich gar nicht sehen. Ich blickte auf die andere Straßenseite, wo eine Baumschule gedrechselte Zwergzypressen züchtete, die gut zu kahl rasierten Pudeln passten oder in Stilblüten-Gärten wie den vom Retsch.

»Das ist ein merkwürdiger Krieg, den ihr da führt«, sagte ich dann.

»Deine Tante war überzeugt davon.« Tobias paffte den Rauch in Richtung Eingang und legte seine Füße auf den Tisch.

Bevor er den Kaffee mit dem Fuß umkippen konnte, nahm ich den Pappbecher vom Tisch. Das Zeug schmeckte furchtbar.

»Ich habe Rosa in vielem nicht verstanden.«

»Oder du hast erst viel später kapiert, warum sie etwas gemacht hat«, fügte Tobias hinzu.

Nicht immer, aber oft war's so gewesen, da hatte er recht, obwohl der Satz aus seinem Mund so altklug klang. Sprach er aus Erfahrung? Hatte auch er durch die harte Rosa-Schule gehen müssen? Was hatte sie an dem langbeinigen, dürren Kerl gefunden? Hatte er in ihren letzten Jahren meine Rolle übernommen? Der zufällig gefundene Sohn, wo die verlorene Tochter nicht zurückgekehrt war?

»Über was habt ihr zwei denn miteinander geredet?«, wollte ich wissen.

»Wusstest du, dass die Bienen sich nicht nur von Blütenpollen, sondern auch von Honigtau ernähren? Honigtau! Ich hatte nicht den leisesten Schimmer, dass es so was gibt! Wusstest du, dass Blattläuse für den Honigtau die Saftbahnen der Bäume anstechen und danach zuckerhaltige Tröpfchen ausscheiden, die die Bienen aufsaugen und dann zu Fichten- und Weißtannenhonig machen? Kennst du die sechs Berufe –«

»Kenn ich«, unterbrach ich ihn, »ich bin mit Bienen groß geworden.«

Natürlich. Jemand, der sich nicht für ihre Bienen hätte begeistern können, wäre Rosa höchstens als Besuch ins Haus gekommen.

»Ich nicht. Keine Bienen, kein Hund, keine Katze, kein gar nichts.«

Kleine Rauchkringel schwebten über den Tisch. In seinem Tonfall klang alte Wut und Enttäuschung durch. Eine unglückliche Kindheit? Hatte er in Rosa eine Mutter gefunden so wie sie in ihm einen Sohn? Vorsicht, Katharina, ermahnte ich mich. Das ist heikles Terrain, da bist du befangen. Lass die Psychonummer mit der Ersatzmutter-Ersatzsohn-Scheiße. Sortiere die Fakten. Er hat ab und an einen Platz zum Schlafen gebraucht, sie hatte ein freies Bett. Sie redeten über Bienen, natürlich, schließlich kannten sie sich durch die Mais-Guerilla.

»Und sonst? Über was habt ihr noch gequatscht? Jetzt nicht politisch oder so«, schränkte ich meine Frage ein.

»Aber wir haben viel über Bienensterben, das Wieso und Warum, die Hintergründe und so …«

Aber über was sonst?, überlegte ich und ging in Gedanken Rosas Papierberge durch. »Hast sie mit dir mal übers Sterben gesprochen?«, fragte ich, weil ich mir auf diese Artikel bisher keinen Reim machen konnte. »Sie hat Zeitungsberichte zu Sterbehilfe und Todesengeln in Altenheimen gesammelt. Wo du doch als Altenpfleger gearbeitet hast, ist es doch naheliegend, dass ihr beide –«

»Nein«, unterbrach er mich schnell, »aber sie hat mal g'sagt: ›Der Tod holt mich, wann er will, und ich werd mich nicht wehren. Dafür muss er mich mit einem gnädigen Sensenschnitt erlösen.‹

Diese Bitte ist doch erhört worden. Es ist ein Glück, so schnell und schmerzfrei sterben zu können.«

Ich nickte und wusste, dass der Satz zu Rosa passte. Warum dann diese Artikel? Irgendwas mit Ottilie oder deren Altenheim? Oder eine Schrulle vielleicht, etwas, das ich nie mehr herausfinden würde, einfach weil Rosa es mir nicht mehr beantworten konnte? Wieder diese Stiche in der Herzgegend. Diese verdammte Endgültigkeit.

»Weißt du, ob sie eine Patientenverfügung hatte? Ob sie sich vielleicht aktive Sterbehilfe gewünscht hat?«

»Darüber hat sie mit mir nicht geredet.«

»Warst du denn oft bei ihr?«

»Mal drei, vier Nächte hintereinander, mal wochenlang nicht. Je nachdem, wo ich im Einsatz war.« Er drückte die Zigarette auf dem McDonald's-Tisch aus, pustete Kippe und Asche in alle Winde und drehte sich sofort eine neue.

»Einsatz«, spottete ich. »Das klingt wie Afghanistan.«

»Ja, die westlichen Industrienationen stecken lieber Geld in den Kampf gegen die Taliban und den radikalen Islam, als dass sie die Großkonzerne angreifen, die mit Gentechnik und krank machender Düngung die Ressourcen unserer Ernährung vernichten. Ganz zu schweigen vom kriminellen Vertrieb ihrer Produkte.«

Nicht schon wieder! »Wenn du als Kind keine Bienen hattest, hast du denn jetzt welche? Oder ein anderes Haustier?«

»Keine Bienen, aber einen Hund.« Drei Zigarettenzüge, gefolgt von einem Blick in die Ferne. »Ich kann's gut mit Hunden, manche nennen mich einen Hunde-Flüsterer.«

»Aber wenn du es so gut mit Hunden kannst, warum machst du nicht in Tierschutz? Warum bist du dann ausgerechnet bei der Mais-Guerilla?«

»Weil die Ponchito-Geschichte exemplarisch ist für die Verquickung zwischen Industrie, Politik und Landwirtschaft. Für alle drei steht nur der Profit im Mittelpunkt und nicht der verantwortliche Umgang mit Mensch und Natur. Klar hat es der Badische Imkerverband mit seiner guten Öffentlichkeitsarbeit geschafft, Stimmung gegen Ponchito zu machen! Klar ist denen in Stuttgart, Ludwigshafen, Berlin und Leverkusen der Arsch auf Grundeis gegangen. Aber die sitzen das aus. Nächstes Jahr ist alles vergessen. Aber nicht für uns. Die Mais-Guerilla ist der Sand im Getriebe der –«

»Und dein Hund, wie heißt er?«

»Che.«

Hrubesch! Che! Die Unsitte, Hunden die Namen von Vorbildern zu geben, wurde in diesem Maiskrieg auf beiden Seiten der Front gepflegt.

»Und wo ist er jetzt?«

»Tot. Erschossen von Markus Weber.« Ein hastiger Zug an der Zigarette, ein Blick, der sich auf der anderen Straßenseite in den gedrechselten Zypressen verlor. »Bei einem Einsatz im Feld von einem Wagshurster Bauern direkt an der Autobahn. Der Wagshurster ist ein alter Kumpel vom Weber. Weißt du, wie wir Weber nennen? Terminator. Ein Kerl, der alles platt macht.«

Deshalb war er sofort auf Markus losgegangen!

»Weißt du, wie man das in der großen Politik nennt? Kollateralschaden! Unwort des Jahres 1999.«

Zynismus stand ihm nicht, der Verlust des Hundes wog schwer.

»Wieso greift ihr überhaupt die Bauern an? Sie sind das schwächste Glied in der Kette. Warum macht ihr keinen Sitzstreik vor dem Landwirtschaftsministerium? Warum sprüht ihr nicht ›Bienentod‹ auf die Mauern der Chemiefabriken?«

»Weil wir hier leben und arbeiten, weil es viele sind, die hier in der Gegend an der Aussaat von Ponchito beteiligt sind, weil es etliche sind, die damit ihr Geld verdienen. Und weil die Bauern ihre Haltung ändern müssen. Die Bauern müssen sich erheben, sie dürfen diese Art von Landwirtschaft nicht mehr länger machen. Weder hier noch anderswo in der Welt. Und wenn sie es nicht von sich aus begreifen, dann eben mit Druck, so wie wir ihn machen. Weißt du, dass jetzt auch noch das Reisgeschäft monopolisieren werden soll? Vandana Shiva, die alternative Nobelpreisträgerin, sagt, dass es sechshundert verschiedene Sorten Reis in Indien gibt. Durch den Anbau von Genreis wird die Vielfalt dieser Sorten drastisch reduziert, und wenn diese Reissorten nicht mehr angebaut werden, verlieren wir sie für immer. Aber mit Geld und heuchlerischer Propaganda –«

»Lass gut sein, Tobias«, unterbrach ich ihn.

»Aber man darf die Welt nicht so lassen, wie sie ist! Man muss doch was tun gegen diese profitgierigen Verbrecher. Die Leute müssen sich wehren. Der reale Sozialismus ist gescheitert, aber deswegen ist die Idee noch lange nicht tot …«

Wie hatte Rosa auf dieses zornige, erregte, verzweifelte Eintreten für eine bessere Welt reagiert? Hatte Tobias auch auf sie so eingeredet? Sie hatte er nicht von seiner Sicht auf die Welt überzeugen müssen. Rosa teilte sie mit ihm, zumindest was den Kampf gegen das Bienensterben betraf. Vielleicht ist Radikalität ein Privileg der Jugend und des Alters, und dazwischen ist man ruhiggestellt, damit man Geld verdient, ein Haus baut, den Mann fürs Leben findet, eine Familie gründet, Träume verwirklicht, scheitert, wieder aufsteht, was weiß ich.

»Wofür heben denn so Leute wie du noch den Arsch? Gerechtigkeit, Wahrheit, bedeutet dir das denn gar nichts?«

Jetzt auch noch ein persönlicher Angriff? Nachdem ich seinetwegen von einem Hund gebissen worden war? So langsam ging er mir wirklich auf die Nerven.

»Du willst wissen, für was ich mich einsetze?«, bleckte ich ihn an. »Ich möchte die Wahrheit über Rosas Tod erfahren, ich möchte wissen, was zwischen Retsch und seinem Vater so kurz vor dessen Tod passiert ist, ich will wissen, ob und warum Adrian Droll junge Frauen verprügelt und was Rosa gegen ihn in der Hand hatte.«

Die Zigarette in seiner Hand qualmte dem Ende entgegen, wurde nicht mehr zum Mund geführt, der einfach nur offen stand. Es hatte ihm die Sprache verschlagen, ich hatte seinen missionarischen Eifer tatsächlich stoppen können.

»Und? Kannst du mir vielleicht eine dieser Fragen beantworten?«, setzte ich nach.

»Dass Adrian Droll ein Schläger ist, überrascht mich wirklich nicht«, murmelte er nach einem letzten hastigen Zug an der fast aufgerauchten Kippe.

»Was hatte Rosa gegen ihn in der Hand?«

»Das weiß ich nicht.«

»Und was ist mit dem alten Retsch? Du hast ihn doch gefunden. Wieso bist du denn zu spät gekommen?«

»Zu spät?« Diesmal drückte er die Zigarette fahrig am Boden aus, vergaß die kleine Attacke gegen Big Mac. »Meinen Job mach ich immer ordentlich, wir haben sechzehn Uhr ausgemacht, und da war ich da. Der Emil wollt ja sein Geld Greenpeace vermachen – ich hätte ja Attac besser gefunden, aber Greenpeace ist schon okay –, und das wollt er mit seinem Sohn besprechen, der deswegen bestimmt 'ne Riesenshow gemacht hätte, Enterbung blablabla, und ich sollt halt da sein, falls der Emil sich aufregt. Du weißt schon, bei Herzinfarkt können Sofortmaßnahmen lebensrettend sein. Aber war nix mit der Vater-Sohn-Nummer, weil Emil die Treppe hinuntergefallen ist. Der hat ja seine festen Regeln g'habt, Mittagsschläfchen oben im Schlafzimmer, obwohl ich ihm oft gesagt hab, er soll unten das Sofa nehmen, die steile Treppe so wenig wie möglich gehen … Vielleicht war er noch nicht richtig wach, vielleicht hat ihn ein kleiner Schlag getroffen …«

»Und dann?«

»Wie, und dann? Ich weiß doch, was dann zu tun ist, der Emil war nicht der erste Tote, den ich gefunden hab. Hab seinen Hausarzt angerufen, dann den Sohn …«

»Und Rosa?«

»Der Emil hat nicht schön ausgesehen, da am Fuß der Treppe. Völlig verrenkte Glieder, das Gesicht unten an der Steintreppe aufgeschlagen. Ich wollt nicht, dass sie ihn so sieht. Ich hab auf den Dr. Kohler gewartet, der Günther Retsch ist auch schnell gekommen, ich hab berichtet, was ich vorgefunden hab, dann bin ich zur Rosa. Ich wollt es ihr doch nicht am Telefon erzählen. Sie hat es mir nicht geglaubt. Erst als ich mit ihr in die Leichenhalle gefahren bin und sie den toten Emil gesehen hat.«

»Und dann?«

Er brauchte noch eine Zigarette. Seine Finger zupften ein Blättchen aus der Packung, bröselten eine Tabaklinie aufs Papier, drehten ein Röhrchen, alles ganz automatisch. Ansonsten wirkte Tobias gefangen in einem Film, der in seinem Inneren ablief.

»Und dann?«, wiederholte ich.

Er tauchte mit einem papierdünnen Lächeln aus seinem Innenreich auf. »Nach drei Jahren Altenpflege habe ich mir eingebildet, dass man im Alter den Tod eher als Freund als als Feind sieht. Aber Rosa hat reagiert, als wäre sie siebzehn und Emil die erste große Liebe … Völlig durch den Wind, wahnsinnig, so hatte ich sie noch nie erlebt.«

»Liebe, Verlust. Wer kann da schon sagen, wie er reagiert?«

»Da kenn ich mich nicht aus. – Abgesehen von Che …« Wieder glitt sein Blick hinüber zu den brutal zurechtgestutzten Zwergzypressen.

»Und Retsch? Wie hat er auf den Tod des Vaters reagiert?«

Die gedrechselten Bäumchen schienen ihm Halt zu geben. Er hielt sie mit seinem Blick fest.

»Ernst? Gefasst?«, nuschelte er, ohne den Blick zu wenden.

»Kann ich nicht beurteilen, hab ihn an dem Tag zum ersten Mal gesehen.«

»Weißt du, dass Droll und Retsch sich kennen?«

»Arschlöcher finden überall zusammen, auch in Achern.«

Gelangweilt flossen die Worte aus seinem Mund. Er war immer noch irgendwo anders. Warum interessierte er sich nicht für Droll? Als Vertreter von Ponchito musste er doch ganz oben auf der Liste der Feinde stehen.

»Ich weiß, was ihr denkt, der Franz und du.« Jetzt löste er seinen Blick von den Zwergzypressen und sah mich mit seinen großen, dunklen Augen fest an. »Rosa, vielleicht auch Emil, da hat jemand nachgeholfen. Aber damit seid ihr auf dem Holzweg. Typische Reaktion von Leuten, die den Tod nicht akzeptieren können. Ging mir auch so in meinem ersten Jahr als Altenpfleger. Gegen alles kannst du dich wehren und aufbegehren, nur nicht gegen den Tod.«

Ich knüllte den Pappbecher zusammen und sah ihn stumm an. Eigentlich war er zu jung für so neunmalkluge Sätze. Natürlich konnten die Überlebenden aufbegehren, nicht gegen den Tod, aber gegen die Umstände. Ein Rest braune Kaffeebrühe schwappte über den Rand, nahm Tabakkrümel und nicht Gesagtes mit, ließ die Melange in dunklen Rinnsalen über den Tisch fließen und im McDonald's-Kies versickern.

»Fahr mich jetzt zum Buchenberger«, sagte ich.

Dort gab es eine gute und eine schlechte Nachricht. Die gute war, wir mussten nicht warten, wurden sofort ins Behandlungszimmer geschickt. Buchenberger vereiste und säuberte die Wunde, legte eine Lasche ein, damit die Wundflüssigkeit ablaufen konnte. Nähen würde er den Biss erst in zwei Tagen, wenn aller Dreck herausgeschwemmt war und sich Granulatsgewebe gebildet hatte, erklärte er mir. Es würden keine großen Narben zurückbleiben. Ich nickte erleichtert.

»Wenn du mit Tobias kommst«, meinte der alte Arzt, während er Kompressen auf die Wunde legte, »dann frag ich besser nicht, wo und wieso der Hund dich gebissen hat.« Er richtete den Blick auf Tobias. »Derselbe wie bei dir?«

Tobias nickte.

»Wann war deine letzte Tetanusimpfung?«, wandte er sich wieder mir zu und wies gleichzeitig die Krankenschwester an, mir einen Verband anzulegen.

Ich hatte keine Ahnung.

»Gut, dann brauchen wir eine Simultanimpfung«, stellte er fest und griff nach einer Ampulle. »Wenn ich mit Katharina fertig bin, schau ich mir deine Wunde noch mal an«, sagte er zu Tobias, während er die Spritze aufzog. Mir wurde heiß und kalt und ganz flau im Magen, denn das war die schlechte Nachricht. Tetanus ließ sich nur in Spritzenform verabreichen, und ich hatte eine panische Angst vor Spritzen.

»Und wie läuft es mit dem Insulin? Bist du noch richtig eingestellt?«, sprach er weiter mit Tobias.

»Ich komm gut klar.«

Es muss sein, stell dich nicht so an, redete ich mir gut zu, aber die Spritze ließ meinen Puls höher schlagen, brachte mein Blut in panische Wallungen.

»Guck weg«, empfahl der alte Arzt, als er meine flackernden Augen bemerkte. »Lenk sie mit was ab, Tobias!«

Tobias kam näher, schob einen Stuhl neben die Arztliege und beugte seinen Kopf zu meinem Ohr. »Weißt du, dass ich ein medizinisches Wunder bin?«, fragte er mit seiner sanften Stimme, ohne eine Antwort abzuwarten. »Du hast gehört, dass ich als Diabetiker Insulin spritzen muss. Das ist nicht angenehm, aber damit kann man leben. Tragisch ist etwas ganz anderes. Es gibt in Deutschland nur noch genmanipuliertes Insulin. Für mich als erklärten Kämpfer gegen die Gentechnologie furchtbar. Vogel friss oder stirb. Es gibt keine Alternative. Ausgerechnet ich muss mir tagtäglich genmanipuliertes Insulin spritzen. Angeblich das reinste, das beste überhaupt, aber doch mit einem entscheidenden Nachteil. Man nimmt davon enorm zu. Drei bis fünf Kilo im Jahr, Diabetiker werden fett, ohne etwas dagegen tun zu können. Nur ich bleibe klapperdürr, ein medizinisches Wunder.«

»Fertig«, murmelte Buchenberger und tätschelte mir das verletzte Bein, »die zweite Impfung kommt gleich.«

Simultanimpfung, das hieß zwei Spritzen, eine mit dem aktiven und eine mit dem passiven Impfstoff, erklärte mir der Arzt. War mir scheißegal. Die eine Spritze reichte mir völlig. Und jetzt diese Warterei! Wenn er die Spritzen wenigstens simultan gesetzt hätte …

»Lass mich mal sehen!« Buchenberger winkte Tobias zu sich, der brav sein T-Shirt auszog.

Um seinen rechten Oberarm zog sich ein wildes, noch frisches Narbenmuster.

»Wie lang ist das jetzt her?«, fragte der Arzt. »Zwei Wochen? Bei dir hat sich das Vieh viel tiefer ins Fleisch gebissen. Es heilt sehr langsam und wird noch eine ganze Weile wehtun. Wär's nicht besser, den Hund einschläfern zu lassen, wo er jetzt noch Katharina angegriffen hat?«

»Der Hund ist nicht das Problem, es ist sein Besitzer«, antwortete Tobias, als er sich das T-Shirt wieder überzog.

»Den kann man anzeigen.«

Tobias schwieg.

Buchenberger seufzte und schüttelte den Kopf. »Ich will nicht wissen, in was für Gerangel ihr euch da reinhängt, aber so geht das nicht weiter. Noch mal flick ich dich nicht zusammen!«

Nach einem strengen Arztblick eilte er nach draußen, fragte nach der zweiten Tetanusspritze. Mir wurde heiß und kalt. Tobias schlenderte zu meiner Liege.

»Kommst du klar?«, fragte er. »Ich muss nämlich los.«

»Mach dir um mich keine Sorgen.«

»Die Sache mit dem Hund tut mir echt leid.« In den dunklen Augen schimmerte neben Bedauern so etwas wie Hilflosigkeit. Er zuckte mit den Schultern, dann schüttelte er mir zum Abschied die Hand.

»Ganz ehrlich, Tobias. Warum hast du Markus Weber angegriffen?«

»Ich habe gedacht, er hetzt gleich den Hund auf dich. So wie bei

183

mir vor zwei Wochen. Dabei ist Hrubesch eigentlich ein guter Hund. Terminator, den Namen hat der Weber nicht umsonst.«

Ein ermutigendes Kopf-hoch-Nicken, dann durchschritt er eilig das Zimmer.

»Du wolltest es ihm heimzahlen«, rief ich ihm hinterher. »Wegen deinem Hund und so.«

Er drehte sich um, sah mir fest in die Augen. »Du tickst nicht richtig, wenn du glaubst, er hätte dir nichts getan.«

»Als ich zehn war, habe ich mit ihm Fußball gespielt. Er war mein Kapitän, immer fair, hat sich für andere eingesetzt.«

»Er hat die Seiten gewechselt, er spielt jetzt bei den Bösen mit. Glaub mir!«

»Du wolltest mich also tatsächlich beschützen?«

Eilig kam er zurück, packte meinen Arm so fest, dass es wehtat: »Für Rosa hätt ich mir die Hand abhacken lassen. Du weißt nicht, was sie mir bedeutet hat. Und von dir hab ich jeden Tag gehört. Katharina da, Katharina dort. Niemals hätte ich dich dem Terminator überlassen.«

»Du übertreibst.«

»Klar doch.«

Eine Zeit lang maßen wir uns mit Blicken, kamen aber nicht weiter. Ich wusste nicht, ob er mit seiner Einschätzung recht hatte. Ich bekam die Figuren auf Rosas Rätsel-Schachbrett nicht sortiert, wie sollte ich wissen, wer zu den Weißen oder den Schwarzen gehörte? Tobias' Mund bog sich zu diesem feinen, melancholischen Lächeln, für das er eigentlich viel zu jung war. Dann ging er schließlich. In der Tür bedankte er sich bei Dr. Buchenberger. Der hielt eine Spritze in der Hand, und mir wurde ganz anders.

»Also denn, Katharina, gleich hast du alles hinter dir!« Seine Stimme drang nur ganz undeutlich zu mir herüber. »Arm oder Po?«, war das Letzte, was ich hörte.

Zuerst träge, dann schneller fuhren meine Augen über die windschnittigen Wölbungen und eleganten Flächen des Plastikraumschiffes. Langsam dämmerte mir, wo ich war. Stundenlang hatte ich mit vierzehn an Han Solos rasendem Falken gebastelt, bis er wie eine Miniaturausgabe der Kinoversion aussah. Das Raumschiff hatte ich, wie andere Jugenderinnerungen, in meinem Zimmer in der

Linde zurückgelassen. Es stand noch immer auf dem Tischchen neben meinem Bett. Genau wie das Plakat von »Das Imperium schlägt zurück« weiter an der Wand hing und die bunte Decke, die ich mal selbst gehäkelt hatte, über dem kleinen Clubsessel verstaubte. Mein Jugendzimmer! Martha konservierte alles: unsere Zimmer, ihre Küche, ihre Ansichten, ihre Gefühle.

Dr. Buchenberger hatte in der Linde angerufen, als mir von der zweiten Spritze schummrig geworden war, und Edgar hatte mich hierhergefahren und in mein Zimmer verfrachtet. Draußen schlug die Kirchturmuhr zwölfmal, ich hatte also tatsächlich ein paar Stunden geschlafen.

Von der Küche zog der Geruch von Rinderbrühe durchs Haus. Samstagsessen, dachte ich, gekochtes Rindfleisch mit Meerrettichsoße, Kartoffeln, Möhrensalat und süßsauer eingelegte Gurken. Einer von Marthas Klassikern. Wieso kochte sie dieses Essen außer der Reihe? Ich schlug die Bettdecke beiseite. Mein verletztes Bein war kalt, tat aber nicht weh. Vielleicht wirkte die Vereisung noch, mit der Buchenberger den Schmerz betäubt hatte. Ich hinkte nach unten in den Gastraum, sah durch die offene Tür, wie Edgar die ersten Mittagsgäste auf der Terrasse bediente. In der Küche klapperten Töpfe, Martha trat aus der Schwingtür, stoppte, als sie mich erblickte.

»Und? Willst du einen Teller Suppe?«

Ihr Blick war voller noch unausgesprochener Vorwürfe: Du willst uns ruinieren, du liebst uns nicht, du kümmerst dich einen Scheiß um uns, du baust nur Mist. Es würde nicht lange dauern, bis Martha sie wieder auf mich niederprasseln ließ.

»Mit Nudeln oder Markklößchen?«

Ihr letztes Treffen mit Rosa an deren Todestag. Was war da passiert? Mir fehlten Mut und Kraft, um jetzt danach zu fragen.

»Nudeln. Markklößchen mach ich nicht mehr selber. Nur noch zu Hochzeiten oder wenn's die Leut bei Geburtstagen wollen.«

Sie stierte auf mein aufgeschlitztes Hosenbein, als könnte es ihr berichten, was mit meinem Bein passiert war. Ob Buchenberger meinem Vater nichts erzählt hatte?

»Frischer Schnittlauch, frische Petersilie?«

»Das gibt's doch immer zur Nudelsuppe.«

»Hätt ja sein können, du nimmst schon Tiefkühlware.«

Nach einem wütenden Schnauben drehte sie sich wortlos um und stapfte in die Küche zurück. Ich hinkte hinter ihr her, griff mir unter dem Pass, an dem Martha die Teller zum Servieren fertig machte, einen Suppenteller. Martha riss ihn mir aus der Hand, füllte ihn mit der dampfenden Flüssigkeit, streute vorgekochte Nudeln und Kräuter hinein und schob ihn mir mit einer Scheibe Brot über den Pass.

»Ich rieche gar keinen Meerrettich. Machst du heute was anderes zum gekochten Rindfleisch?«

»Nudelsuppe ist heute extra, 's gibt grüne Bohnen mit Kotelett als Tagesgericht.«

Ich stockte einen Augenblick, bevor ich den Löffel zum Mund führte. Nudelsuppe war, wie Milchreis und Schokopudding, ein Trostgericht meiner Kindheit. Aber ich mochte nicht glauben, dass Martha die Suppe extra meinetwegen gekocht hatte. Bevor sie wieder zu Töpfen und Pfannen zurückkehrte, schob sie mir ein altes Album über den Pass.

»Das hat der Papa von seinem Bruder Karl geerbt. Guck's dir an. Hast lang genug nur die Rosa-Brille aufgehabt.«

Ein braun marmorierter, gepolsterter Umschlag mit schon brüchigem grauen Leinen gefalzt, ich hatte dieses Album noch nie gesehen. Weiß der Henker, aus welcher Trickkiste Martha es hervorgezaubert hatte. Zögernd schlug ich es auf. Das erste Bild zeigte Karl mit den Eltern vor der Haustür, auf dem Arm der Mutter der kleine Edgar. Karl war fast zwanzig Jahre älter als sein Bruder. Als er 1938 nach Amerika ging, war mein Vater gerade mal ein Jahr alt. Es folgte ein wildes Potpourri erster Amerika-Bilder: Autos, Straßen, Wolkenkratzer, unbekannte Leute, Karl mal zwischen ihnen, mal gar nicht auf dem Bild. Dann die ersten Bilder von Rosa. In feschem Hut und kleinem Kostümchen unter einem Straßenschild der Fifth Avenue, Eis leckend auf irgendeiner Bank, in einem kleinen schwarzen Kleid mit Spitzenkrägelchen neben einem großen Asparagus-Blumentopf. Dann etliche Bilder des jungen Paares: die zwei unter einem riesigen Filmplakat von Bogart in »High Sierra«, das junge Paar in tiefem Schnee auf dem Broadway und das Bild, das bis heute über Rosas Kommode hing. Die beiden in dicken Mänteln beim Entenfüttern im Central Park. Danach waren sie nach Deutschland zurückgegangen, es hätten also Bilder der Überfahrt, der Ankunft in Deutschland kommen müssen, stattdessen weiterhin Bilder aus New York. Rosa in einem weiten Sommerkleid am Fuße der Freiheitsstatue, Rosa, jetzt richtig moppelig, auf irgendeinem Rummel. Dann das stolze Paar mit einem Kinderwagen, eine glückliche Rosa mit einem Säugling auf dem Arm, ein Kindergrab mit der Aufschrift »Eddie Schweitzer 11.10.1947 – 15.6.1948«.

Von Eddie hatte sie nie erzählt, niemand hatte jemals von ihm erzählt. Mein Bein pochte heftig, mir war, als würde Hrubesch wieder seine Hauer hineinschlagen, und ich kam mir verraten vor. Wieso hatte sie mir nie von diesem Kind erzählt? Ich blickte zu Martha, aber die hantierte mit Kotelettpfannen und Bohnentöpfen, tat so, als wäre ich gar nicht da.

»Wusstest du, dass Rosa und Karl ein Kind hatten?«, fragte ich ihren breiten Rücken.

»Erst als Edgar mir nach dem Tod vom Karl mal das Album gezeigt hat«, antwortete sie, ohne sich umzudrehen. »Mich wundert es, dass du es nicht weißt. Dir hat sie doch sonst alles erzählt.«

Wumm, mal wieder eine Breitseite. Hatte sie mir das Album gegeben, um mir zu zeigen, wie wenig ich über Rosa wusste? Was bezweckte sie damit? Im Augenblick wollte ich das nicht herausfinden. Ich war in ihrer Küche, in ihrem Hoheitsgebiet, und mir fehlte die Kraft zum Nachbohren und Streiten. Ich löffelte die Suppe leer und verzog mich dann leise mit dem Album in den Grasgarten.

Auf das Kindergrab folgte ein Postkartenfoto des Schiffes, mit dem sie nach Deutschland zurückkehrten. Der Großvater war gestorben, die Großmutter brauchte einen Mann auf dem Hof, Edgar war noch zu klein, also musste Karl zurückkommen. Rosa wollte in Amerika bleiben, das hatte sie mal erzählt, aber Karl wollte oder konnte sich dem Willen der Mutter nicht widersetzen, und Rosa blieb an seiner Seite. Damals war das so, der Familie entzog man sich nicht.

Im Album jetzt Bilder von Jahreszeitenfesten und vom Dorfleben. Rosa, einen Arm um den elfjährigen Edgar gelegt, unter dem Tannenbaum, Rosa und Edgar oben auf dem Heuwagen, Rosa mit Edgar bei der Kartoffelernte, die zwei beim Meerrettichputzen, Rosa neben Edgar, der der Kamera stolz seinen Palmwedel präsentiert. Karl tauchte auf den Fotos nur selten auf, die Großmutter so gut wie nie, und Rosa und Edgar wirkten auf manchen Bildern wie große Schwester, kleiner Bruder und auf anderen wie Mutter und Sohn.

Das war's, was Martha mir zeigen wollte, die Ursache der Feindschaft. Aber ich weigerte mich zu sehen, dass sie bei Rosa nie eine Chance gehabt hatte, schickte stattdessen lieber eine SMS an FK und drückte Retsch nicht weg, als er mal wieder anrief.

»Frau Schweitzer«, meldete er sich, diesmal fester, energischer und weniger schleimig als sonst, »man soll den Kunden geben, was sie wollen. Alte Verkäuferlehre, die man leider manchmal vergisst. Sie wollen wissen, warum Ihre Tante mir ihr Bauland nicht verkauft hat, Sie sollen es erfahren.«

Ich war ganz Ohr.

»Geschäft ist Geschäft, das ist meine Devise, Privates hat da nichts verloren, wenn Sie wissen, was ich meine. Wie soll ich sagen? Ihre enge Bindung an die Verstorbene, der Schock über deren plötzlichen Tod, das war mir alles nicht klar, und natürlich, ich verstehe, dass Sie sozusagen auch posthum nicht gegen deren Willen … Um es kurz zu machen, ich habe von der Beziehung zwischen Ihrer Tante und meinem Vater …« Seine Stimme verlor sich in einem merkwürdigen Knacken, und irgendwo im Hintergrund sang ABBA von Chiquitita, dann drang ein nervöses Hüsteln an mein Ohr.

»Gewusst?«, setzte ich seinen unterbrochenen Satz fort.

»Gewusst ist vielleicht das falsche Wort, geahnt vermutlich eher, vielleicht auch befürchtet. Man hört doch in meinem Beruf so einiges munkeln, will das natürlich, wenn es einen selbst betrifft, am wenigsten wahrhaben.«

Ich seufzte ungeduldig.

»Um das klarzustellen, mein Vater selbst hat mit mir niemals … Vielleicht wollte er, aber sein plötzlicher Tod … Nur Ihre Tante, sie hat mir das nicht geglaubt, im Gegenteil, sie hat mir die Schuld an seinem Tod gegeben. Ich kann mir das nur so erklären, dass der Schmerz um seinen Verlust … Sie verstehen, was ich meine?«

»Und das Testament?«

»Das gibt es nicht. Sein Notar sagt, dass er es ändern wollte, aber dann …«

»Und wieso haben Sie das nicht viel früher gesagt?«

An Stelle des nervösen Hüstelns jetzt ein nervöses Lachen. »Zum einen, wie schon gesagt, Geschäft ist Geschäft, zum anderen, meinen Sie, so was erzählt man gern? Dass einem jemand vorwirft, den eigenen Vater umgebracht zu haben?«

Im Hintergrund bat ABBA »Chiquitita, tell me the truth«, außerdem hörte ich Autobahngeräusche und eine leise Frauenstimme. Vielleicht hatte ihn seine Frau dazu gebracht, mir endlich die Wahrheit zu sagen?

»Und was ist mit dem Einbruch in das Haus meiner Tante? Meinen Sie, das lass ich Ihnen so mir nichts, dir nichts durchgehen?«

»Hallo, Frau Schweitzer, ich kann Sie nicht hören!«, brüllte er anstelle einer Antwort ins Telefon. »Aber ich denke, Sie verstehen jetzt, warum ich darüber bisher nicht gesprochen habe. – Was jetzt den Vertrag betrifft«, kam Retsch nach mehreren Räuspern auf sein eigentliches Anliegen zurück, »heute muss ich noch einen dringenden Termin in München wahrnehmen, bin aber spätestens morgen Mittag zurück. Ich ruf Sie dann an, okay?«

Ich sagte Ja und drückte die Off-Taste, legte das Telefon auf das alte Fotoalbum. Ich wollte es nicht mehr öffnen, besonders das letzte Foto wollte ich nicht mehr sehen. Ich verstand nicht, warum Rosa es überhaupt eingeklebt hatte. Oder hatte etwa Karl das Album geführt? Ich schob es weg, ließ den Blick schweifen. Eine kraftvolle Augustsonne malte den Garten in warmen Farben, es roch nach Tomaten und Rosen. Ferienwetter, Easy-going, Dolce Vita. Wenn nicht die bohrenden Fragen in meinem Kopf gewesen wären. Hatte Retsch nur die Strategie geändert, weil er mit der harten Tour keinen Erfolg hatte, oder befand ich mich, was Rosas Mörder betraf, auf dem Holzweg? Was war mit den dubiosen Gerüchten über Droll? Hatte ich mich zu sehr auf Retsch eingeschossen? Wer bedrohte mich dann und warum?

Plötzlich sehnte ich mich mit Macht nach Köln, nach dem Blick aus dem Küchenfenster der Weißen Lilie, nach dem täglichen Stress während der Rushhour, nach Adela und Kuno, nach dem Rhein und der Keupstraße und nach Ecki. Die Kirchturmuhr schlug dreimal, also waren sie gerade alle in der Weißen Lilie eingetrudelt und besprachen bei Espressi und Milchkaffee Gästeliste und Speiseplan. Ich wählte die Nummer, Ecki war sofort am Telefon.

»Kathi, servus, und? Hast aussig'funden?«

»Was?«

»Aus dem Labyrinth oder wo du dich vergnügt hast.« Er klang hektisch, so als hätte er schon drei Pfannen gleichzeitig auf dem Herd, was um diese Zeit noch nicht der Fall sein konnte. »Und das Schwarzwaldpupperl? Weißt, welcher Lump das g'worfen hat? Hast die Erbschaft jetzt in trockenen Tüchern? Wir sichern grad das Terrain.«

Terrain sichern? Das klang nach Alarmstufe rot. »Ist noch mal was passiert?«, fragte ich besorgt.

»Vorsicht ist die Mutter der Porzellankiste, ich will das nicht noch mal erleben. Weißt, was das für ein Ärger war mit dem Glaser? Weißt, was das kostet hat? Und Kuno? Der kann doch auch nicht umsonst arbeiten.«

»Was hat Kuno damit zu tun?«

»So alte Kiberer sind doch die besten Wachhund. Der sitzt jetzt draußen vor der Weißen Lilie und hat die Passanten im Visier, und Adela leistet ihm Gesellschaft. Die Küche schafft eine Nachspeise nach der anderen nach draußen. Weißt, wie viel die Adela verdrücken kann?«

Ich stellte mir die beiden vor: Adela konnte auch beim Nachspeisentesten besonders gut Leuten nachstarren, und Kuno, einen Milchkaffee nach dem anderen schlürfend, war als alter Bulle an Observationen gewohnt. Das war jetzt nicht ihre übliche Nachmittagsbeschäftigung, aber für ein, zwei Tage bei guter Verpflegung auch kein Problem für die beiden. Sorgen dagegen machte mir Ecki in der Rolle des temporären Restaurantbesitzers. Ecki hasste Stress, Ecki hasste Verantwortung. Deshalb war er immer Posten-Koch geblieben, hatte nie nach einer Position als Küchenchef oder Restaurantinhaber gegiert, deshalb war nichts aus unserem »Paradeiser« geworden. Und wenn er nervös wurde, war er unausstehlich und machte Fehler. Lange konnte ich ihn mit der Weißen Lilie nicht mehr allein lassen. Es wurde Zeit, dass ich nach Köln zurückkehrte.

»In zwei Tagen kommt der Metzger und schlachtet die Sau, bis dahin hoffe ich alles …«

»Kathi, bittschön, weil du noch ein Schweindl schlachten musst, kommst nicht zurück?« Diesen Tonfall kannte ich aus unserer gemeinsamen Zeit in Brüssel, wo wir uns so viel gestritten hatten.

Sein Zustand war schlimmer, als ich befürchtet hatte. Ecki kochte, dampfte, war kurz vor dem Explodieren. »Ich reiß mir hier die Haxn aus, und du musst ein Schwein schlachten? Ich schaff dir neue Kunden ran, und du kommst nicht heim? Sag nicht, dass du wegen dem Schweindl da unten bleibst. Hast wieder ein Fass aufgemacht? Kriegst den Deckel nimmer zu? Willst nicht endlich mit offenen Karten spielen?«

»Ecki, das ist eine lange, komplizierte Geschichte, nichts fürs Telefon. Zwei Tage, ich brauche noch zwei Tage hier.« Beruhigen, Druck rausnehmen, Alternativen aufzeigen. Ein aufgelöster, schlapp machender Ecki war das Letzte, was ich jetzt brauchen konnte. Es reichte, dass FK schmollte. »Wie sind denn die Reservierungen fürs Wochenende?«, machte ich einen Vorschlag zur Güte. »Wenn ihr für Sonntag nicht so viel habt, dann schiebt einen außergewöhnlichen Ruhetag ...«

»Bist völlig marod im Schädel?«, schrie er beleidigt. »Meinst, ich kann das nicht? So ein kleines Beisl schaukeln? Traust mir das nicht zu?«

»Aber natürlich trau ich dir das zu, Ecki«, flötete ich wie eine dieser Telefonberaterinnen, »und die Wiener Woche ist doch eine großartige Idee und läuft doch wunderbar.« Hör auf zu schleimen, befahl ich mir, das merkt Ecki sofort, und dann ist ganz zappenduster. Vielleicht half ein bisschen weibliche Hilflosigkeit. »Zwei Tage, Ecki. Du kannst mich doch jetzt nicht im Stich lassen, jetzt, wo FK schon ...«

»FK? Mit dem du nackert im Mummelsee geschwommen bist?«

Hatte ich ihm das tatsächlich mal erzählt? In manchen Dingen funktionierte Eckis Gedächtnis ausgezeichnet, und mir musste etwas ins Hirn geschissen haben oder eine Freud'sche Fehlleistung unterlaufen sein, anders konnte ich es mir nicht erklären, dass mir FKs Name rausgerutscht war.

»Bist mit dem durch das Labyrinth getollt? Hast wieder nackert gebadet?«

Was war das denn? Eifersucht? Das war doch bisher mein Part in dieser merkwürdigen Beziehung gewesen.

»Keines von beiden«, beeilte ich mich zu sagen und musste nicht mal lügen. »Zwei Tage, Ecki. Okay?«

Ein merkwürdiges Grummeln drang durch die Leitung, das ich

der Einfachheit halber als »Ja« interpretierte. Ich drückte schnell die Off-Taste, bevor Ecki es sich anders überlegte.

Zwei Tage, nicht mehr viel Zeit, um Rosas Rätsel zu lösen. Ich rief mir alle Figuren der Geschichte auf. Droll. Wie konnte ich herausfinden, was Rosa herausgefunden hatte? Mein einziger Ansatzpunkt hier war Nicole Räpple. Ich musste noch mal mit der jungen Frau sprechen.

»Ade dann«, sagte ich zu Martha, als ich ihr das Album in die Küche zurückbrachte. Na und?, fragte ihr Blick. Was denkst du jetzt über Rosa? Ich drehte mich schnell weg. An der Geschichte würde ich noch eine Weile kauen müssen, bevor ich mit Martha darüber reden konnte.

Die Autobahn war frei, und Sarah Vaughan leistete mir mit ihrer Jazzversion von »Key Largo« Gesellschaft. »Key Largo« hieß auch einer von Rosas Lieblingsfilmen mit Humphrey Bogart: Wir zwei auf dem Wohnzimmersofa, Rosa drückt auf den Anmachknopf des alten Schwarz-Weiß-Fernsehers, stellt ein Tellerchen mit gezuckertem Quittenkonfekt für mich und einen aufgesetzten Johannisbeerlikör für sich vor uns auf den kleinen Tisch. Der Film beginnt: ein Feigling, der sich als Held entpuppt, eine Witwe, die sich neu verliebt, ein Sturm, der alles durcheinanderwirbelt. Wenn's spannend wird, rücke ich näher zu ihr, sie lacht und kneift mich. Das war meine Rosa, nicht die auf dem letzten Bild des Albums ...

Der Schwarzwald, ein grünblaues Band, die stoppeligen, abgeernteten Weizenfelder, der reife Tabak bei Lahr, die Weinberge des Kaiserstuhls, all das raste an mir vorüber. Ich drückte aufs Gas, war schnell in Freiburg, fand dieses Mal auf Anhieb einen Parkplatz vor dem Krankenhaus.

Ich hinkte an den paffenden Rauchern vorbei nach drinnen, hatte die Zimmernummer vergessen, fragte an der Rezeption nach. Als ich mich zum Treppenhaus umdrehte, sah ich Adrian Droll, der mit eiligen Schritten und verärgertem Blick das Krankenhaus verließ. Ich starrte ihm nach. Ganz plötzlich drehte er sich um, und unsere Blicke trafen sich für einen winzigen Moment. Sein Mund verzog sich zu einem fiesen, kleinen Lächeln. Er wusste, wer ich war. Jemand hatte ihm von mir erzählt.

Ohne ein Wort ging er weiter, und ich blieb mit klopfendem

Herzen stehen, bis er aus meinem Blickfeld verschwunden war. Dann hetzte ich die Treppen hinauf, raste durch die langen Flure, spürte mein krankes Bein erst, als ich die Krankenzimmertür aufriss und hinter dem Gipsarm und den zwei Gipsbeinen in drei erschreckte Frauengesichter blickte. Nicole Räpple schloss sofort ihre Augen und drehte sich weg. Ich blieb in der Tür stehen, bis meine Atmung sich normalisiert hatte, dann humpelte ich zu ihrem Bett hinüber, zog mir einen Besucherstuhl heran.

»Was hat er gewollt?

Nicole hielt die Augen geschlossen und reagierte auf meine Frage nicht.

»Sie haben ihn verärgert.«

Sie blieb stumm, aber durch ihre geschlossenen Augen flossen Tränen über ihre jetzt gelbbraun marmorierte Wange. Mit der gesunden Hand versuchte sie sich die Tränen wegzuwischen, aber es gelang ihr nicht, weil die Hand zu sehr zitterte. Ich kramte ein Papiertuch aus der Tasche und erledigte das für sie.

»Sie müssen darüber sprechen«, flüsterte ich ihr zu. »Glauben Sie mir, ich weiß, wovon ich rede.« Und dann erzählte ich ihr von dem Überfall auf dem Spielplatz vor vier Jahren. Von den Alpträumen danach, von der Angst, nachts allein auf die Straße zu gehen, von den Fressattacken, von dem Ekel vor Sex und davon, wie lange ich gebraucht hatte, um mir Hilfe zu holen.

Es kostete mich Kraft, die Erinnerungen herauszukramen, aber sie überwältigten mich nicht, drängten mich nicht mehr in dieses finstere, ausweglose Loch. Eine Selbsthilfegruppe war damals das Richtige für mich gewesen.

Fünf Frauen, zwei vergewaltigt, drei von ihren eigenen Männern misshandelt. Die, erzählte ich Nicole, haben noch viel länger gebraucht, bis sie sich helfen lassen wollten, als wir anderen. Alle waren mehrfach, manchmal über Jahre von ihren Männern geschlagen und vergewaltigt worden. Aber immer haben sie den Kerlen vergeben, alles als einmaligen, zweimaligen, mehrmaligen Ausrutscher durchgehen lassen, bis sie ganz, ganz unten oder so schwer verletzt waren, dass sie nicht mehr konnten.

»Liebe macht immer alles kompliziert«, murmelte sie, ohne die Augen zu öffnen, aber da wusste ich, dass sie mir zuhörte.

»Kompliziert stimmt, aber es ist keine Liebe«, widersprach ich ihr, »oder wenn, dann eine sehr perverse. Es geht um Macht, diese Typen geilt die Angst der Frau auf, diese Typen lieben es zu demütigen. Hinterher tun sie nur so, als ob es ihnen leidtäte, als ob sie um Verzeihung bäten. Ein Leben mit solchen Typen ist immer die Hölle. – Hat er Sie um Verzeihung gebeten?«

Eine kaum merkliche Senkung des Kopfes, die man als Bestätigung deuten konnte.

»Glauben Sie ihm nicht, er wird Sie wieder schlagen. Dass er verheiratet ist, wissen Sie?«

Sie grub ihr Gesicht tiefer in das Kissen, ihr ganzer Körper wurde von kleinen, kaum hörbaren Weinkrämpfen geschüttelt.

»Lassen Sie mich endlich in Ruhe«, presste sie zwischen den Heulattacken hervor.

»Und was meine Tante von Ihnen gewollt hat, möchten Sie mir auch nicht sagen?«, schnitt ich ein vielleicht weniger problematisches Thema an.

Wieder war nur ein Schluchzen die Antwort. Sie hatte sich eingemauert in ihrem Schmerz und ihrer Angst. Ich wartete, bis sie sich etwas beruhigt hatte, schrieb ihr meine Telefonnummer auf und legte den Zettel auf ihr Nachttischchen, falls sie es sich anders überlegte. Dann ging ich.

Eine Dreiviertelstunde später saß ich mit Franz Trautwein auf der Bank vor seinen Bienenstöcken.

»Droll war bei ihr. Der muss sich sehr sicher fühlen, dass sie ihn nicht verpfiffen hat, wenn er sich ins Krankenhaus traut.«

»Ponchito II«, murmelte Franz und berichtete, dass Nicole einmal gesagt hatte, alles würde mit »Ponchito II« zusammenhängen. Mehr allerdings hatte sie ihm bei seinen täglichen Besuchen nicht erzählt und all seine vorsichtigen Nachfragen dazu abgeblockt.

»Was ist das jetzt schon wieder, Ponchito II?«

»Ponchito, das weisch ja, ummantelt das Maiskorn und kommt beim Säen in die Luft und verteilt sich, deshalb sind doch unsere Bienen g'storben. Ponchito II ist schon im Maiskorn drin, da gibt's das Problem nicht.«

»Und warum ist das nicht ausgesät worden? Dann hätte es doch das Bienensterben gar nicht gegeben.«

»Ponchito II ist genmanipuliert, und in Deutschland gibt es

massive Widerstände gegen genmanipuliertes Saatgut. Und es gibt strenge Vorschriften, des kannsch nicht einfach so aussäen. Bis jetzt ist das Mittel in Deutschland gar nicht zug'lassen.«

»Und was hat Nicole dann damit zu tun?«

Franz zuckte mit den Schultern.

»Franz, der Droll kennt mich«, erzählte ich ihm. »Jemand muss ihm von mir erzählt haben.«

»Glaub nicht, dass das die Nicole war.«

»Wer dann?«

»Was ist mit dem Maisbauer neben der Ölmühle? Der muss den Droll kennen, bei den großen Betrieben kommt er nämlich mit seinem Giftköfferle persönlich vorbei.«

Ich nickte. Das war eine Möglichkeit. Markus Weber traute ich in der Zwischenzeit fast alles zu.

»Die Frau auf dem Anrufbeantworter hat von einer Liste gesprochen«, fiel mir ein.

»Bist du jetzt sicher, dass es Nicole war, die ang'rufen hat?«

»Glaub schon.«

»Gut. Dann müsst man die Liste halt finden.«

Es war bereits dunkel, als ich mich auf den Heimweg machte. Als ich an Riegel vorbei auf die Autobahn fuhr, schmerzte mein Bein, ich fühlte mich körperlich unglaublich müde und erschöpft, aber meinem Kopf gelang es nicht, aus dem Fragenkarussell auszusteigen. Rezepte beruhigten mich nicht, eine Bienengeschichte fiel mir nicht ein, immer wieder sah ich Drolls fieses Grinsen vor mir. Ob er mir auch ein Schwarzwaldpüppchen vor die Tür legte? Oder eine tote Katze?

Als ich auf Rosas Hof parkte, lagen Haus und Hof im Dunkeln, der Bach plätscherte leise, und in der Ferne wisperte der Mais. Seit ein paar Tagen vertraute Geräusche der Nacht. Vor der Tür lag nichts, es war keine Scheibe eingeschlagen. Ich öffnete die Tür, schloss sie sofort hinter mir zu, kontrollierte alle Fenster und die Küchentür, bevor ich nach oben ging.

In meiner Kammer blähte durch das offene Fenster ein kräftiger Nachtwind den Vorhang auf. Ich war mir sicher, dass ich das Fenster nicht aufgelassen hatte.

ZEHN

In leuchtend rotem Kleid kniete Nicole Räpple in einer Bank der Maria-Frieden-Kapelle. Durch ihre Finger wanderten die Perlen eines Rosenkranzes. Die Wunden an Gesicht und Hand waren verheilt, der strenge Pferdeschwanz legte das zarte Griseldis-Gesicht frei. Nicole erhob sich, um in dem kleinen Beichtstuhl zu verschwinden. Dort blieb sie sehr, sehr lang. Als sie rot geheult heraustrat, verließ auch der Pfarrer, ein Doppelgänger Konrad Adenauers, den Beichtstuhl und gab ihr als Buße fünf Rosenkränze und zehn Vaterunser auf. Fünf ganze Rosenkränze, das müssen schwere Sünden sein, dachte ich und wartete darauf, dass sie sich wieder in eine Bank kniete. Sie aber hob mit beiden Händen das bodenlange, eng geschnürte Kleid an und rannte nach draußen. Adenauer machte mir ein Zeichen, dass ich nun an der Reihe wäre, meine Sünden zu bereuen, aber ich wusste plötzlich nicht mehr, was ich verbrochen hatte, nur der immergleiche Beichtzettel meiner Kindheit fiel mir ein: Ich habe gelogen in der Woche dreimal, ich war ungehorsam in der Woche fünfmal, ich war unkeusch in Gedanken, Worte und Taten im Ganzen zweimal. Da runzelte Adenauer die Stirn, schimpfte mich in breitestem Kölsch aus und bohrte seinen Zeigefinger in meine Brust. Ein greller Blitz zuckte aus diesem Finger und katapultierte mich aus dem Kapellchen hinaus auf einen bemoosten Felsen mitten im tiefen Plättig-Wald. Zwischen den Tannen leuchtete das Rot von Nicoles Kleid, und mir blieb nichts anderes übrig, als ihr zu folgen. Immer tiefer lockte sie mich in den dunklen Forst, und es wunderte mich gar nicht, dass über mir in den Tannenwipfeln der Terminator Markus in seiner zerschlissenen graublauen Rüstung von Baum zu Baum hüpfte und mit feuerroten Augen und einer riesigen Pumpgun auf mich zielte und feuerte. Ganze Baumreihen mähte er nieder, die Kugeln pfiffen mir um die Ohren, aber ich hopste, durch ein unsichtbares Trampolin beflügelt, über die stürzenden Bäume, folgte weiter dem roten Kleid, bis sich plötzlich zehn geklonte Hrubeschs an meine Waden hängten und im Hintergrund Ecki und ein riesiger Chor alpine Volksmusik schmetterten und dabei einen Stuhl nach dem anderen in den Boden stampften. Im Rhythmus der Musik schlängelten aus der Erde Maisstängel auf mich zu, die Hunde wichen vor ihnen zurück, die Maisschlangen schnürten meine Beine ab und wollten mich in einen schweflig stinkenden Hades ziehen, wo schon Rosas fette Sau quiekte. Ich riss an den Maisstängeln, schlug um mich und schrie um Hilfe. Verzweifelt schlug ich nach den Pflanzenschlangen, derweil von den Tannenwipfeln der rotäugige Terminator hämisch zu mir heruntergrinste. So hilf mir doch, Markus!, brüllte ich zu ihm hinauf, aber anstatt mir zu helfen, fuhr er eine Riesenpranke aus und knallte mir eine. Hilfe, brüllte ich wieder, als er mir seine Hammerfäuste erneut ins Gesicht klatschte, und dann blickte ich plötzlich in das Gesicht von FK.

»Du?«

Noch völlig gefangen in meinem Traum, starrte ich ihn feindselig an.

»Jetzt guck nicht so böse, du hast ganz wild auf das Sofa eingedroschen, da musst ich doch was tun.«

»Tun?«

Er machte eine eindeutige Handbewegung. »Du hast um Hilfe geschrien.« FK grinste, er roch nach frischen Croissants.

»Und da knallst du mir eine?« Ich rieb mir die Wange und registrierte, dass ich neben Rosas Wohnzimmersofa saß. Ich hatte es oben in der Kammer nicht ausgehalten und war wieder nach unten gegangen. Auf dem Sofa musste ich hängen geblieben sein.

»Wie bist du hereingekommen?«

»Die alte Verbindungstür zwischen Schweinestall und Keller. Die hast du mir damals mal gezeigt. Auf klingeln hast du ja nicht reagiert.«

Die alte Verbindungstür, stimmt. Die hatte ich verdrängt, weil ich Rosas Keller immer so gehasst hatte.

»Bist du gestern schon mal hier gewesen? Hast oben in der Kammer das Fenster aufgemacht?«

»Nein.«

Er betrachtete mich besorgt. Immer noch spürte ich die Traum-Angst, ich musste richtig wach werden.

»Kaffee wäre nicht schlecht.«

»Kommt gleich. Vielleicht solltest du …« Dass er nur auf mein aufgeschlitztes Hosenbein deutete, war eine Form von Höflichkeit. Wahrscheinlich sah ich aus wie in meinem Traum: von einem Terminator verfolgt, von Hunden misshandelt und durch den Wald geschleppt.

»Da hingen zwanzig geklonte Hunde dran«, erklärte ich mein Hinkebein und humpelte zur Dusche.

Ich kam mir wieder halbwegs menschlich vor, als ich, frisch gewaschen und umgezogen, am Küchentisch Platz nahm. Hunger hatte ich auch, und so tauchte ich gefräßig das frische Croissant in eine der mit Blumen bemalten *bols*, die Rosa mal von Antoinette geschenkt bekommen hatte. FKs Kaffee tat richtig gut. Ich sagte es ihm, und er grub sein Hörnchen tief in Rosas legendäres Quittengelee und lobte es über den grünen Klee. Wie sie das gemacht hatte, würde ich nie mehr herausfinden. Da war was mit einem Tuch, das zwischen vier Stuhlbeine gespannt wurde, und dadurch tropfte der Quittensaft. Aber wie lange wurden die Quitten vorher gekocht? Mit was hatte sie den Saft gewürzt?

»Wusste gar nicht, dass du so eine Meisterin im SMS-Schreiben bist.« Genüsslich leckte FK das Gelee aus den Mundwinkeln.

»In der Not wächst man über sich hinaus«, murmelte ich und versuchte weiter, das Geheimnis des Gelees zu ergründen. Die richtige Menge Zucker war natürlich entscheidend, sonst wurde es zu flüssig oder zu fest.

»Und hartnäckig wie eine Landplage, aber das warst du früher schon. Weiß gar nicht, ob du mein Geschenk verdient hast.«

Ich nahm FK das Quittengelee weg. Möglicherweise war es das letzte Glas.

»Hallo!« FK fuchtelte mit seinem Croissant vor meiner Nase herum, bis ich aus meiner Quittengelee-Melancholie auftauchte.

»Was denn für ein Geschenk?«

»Ein Gespräch mit Retschs Frau.« Er schob einen Zettel mit einer Telefonnummer zu mir herüber. »Sie hat entdeckt, dass der Gatte sie mit seiner Agnetha betrügt. Jetzt wünscht sie ihm tausend Tode und ist zu allen Schandtaten bereit. Sie trifft sich gern mit dir.«

Ich vergaß das Quittengelee, besah mir die Telefonnummer, dann FK. Es interessierte mich, wie er davon erfahren hatte. Die Frau würde sich schließlich nicht auf den Acherner Marktplatz stellen und rausposaunt haben, dass ihr Mann sie betrog. FK holte sich das

Quittengelee zurück und löffelte ein ansehnliches Häufchen davon auf seinen Teller. Egal, dachte ich, ich kann es nicht konservieren, soll er davon essen, so viel er will.

»Gerda Retsch ist die Vorsitzende des Ortenauer Patchwork-Clubs«, klärte er mich auf. »Einmal im Jahr verkaufen sie ihre Quilts auf einem Wohltätigkeitsbazar, und darüber schreibe ich dann einen netten kleinen Artikel ...«

»... die Freuden eines Lokalreporters.«

»... und wenn wir uns begegnen, dann textet sie mich jedes Mal mit den neuesten Maßen ihrer Quilts zu, aber nicht so gestern vor der Volksbank, da gab's nur die Untreue des Gatten. So geladen wie die ist, spuckt sie bestimmt alles aus, was Günther schaden kann. Ich habe ihr also von euren Verkaufsverhandlungen erzählt, davon, dass du den Eindruck hast, dass Retsch dir nicht die Wahrheit sagt. Du hättest das Leuchten in ihren Augen sehen sollen.«

FK knüllte die Croissanttüte zusammen und sah mich erwartungsvoll an.

»Hast du also deine Meinung geändert?«, wollte ich wissen.

»Die Macht der Worte, selbst wenn es nur kurze SMS-Nachrichten sind. Und dann, wenn dir eine Informationsquelle so auf dem Silbertablett präsentiert wird ...« Das alte FK-Grinsen.

»Dann habe ich auch ein Geschenk für dich.«

»Ach? Was fürs leibliche Wohl?« Sein Blick sagte mir, dass er die Küche gern mit dem Schlafzimmer tauschen würde.

»Schon mal was von Ponchito II gehört?«

Er stöhnte, und es dauerte, bis er den lüsternen Schlafzimmerblick in einen halbwegs interessierten Journalistenblick verwandelt hatte. »Wurde parallel zu Ponchito entwickelt. Die genmanipulierte Variante, Testversuche in den USA, in Deutschland nicht auf dem Markt. Was ist damit?«

Ich präsentierte ihm die spärlichen Informationen und vagen Vermutungen dazu und schlug vor, auf Rosas Rechner nach der Liste zu suchen, von der die Kaiserstühler Anruferin gesprochen hatte. FK versüßte sich die Schlafzimmerabfuhr mit zwei Löffeln Quittengelee pur, bevor er sich an Rosas Computer setzte. Wie durch ein Wunder versagte der durch den Regen gepurzelte Bildschirm nicht, sondern blinkte freundlich auf und servierte das Ausgangsmenü.

FK bewegte sich so souverän und schnell durch Rosas Programme und Dateien, wie ich dies nie gekonnt hätte. Aber so sehr er auch klickte und suchte, die Ausbeute war spärlich. Die Mails gelöscht bis auf unzählige Spams, in den Textdateien ein breites Sammelsurium zum Bienensterben und ein Ordner »Rezepte von anno dazumal«.

»Schau mal nach, ob sie darin das Rezept für das Quittengelee aufgeschrieben hat«, drängelte ich. FK glotzte verständnislos, fuhr aber gnädigerweise einmal die Dateien ab, damit ich sehen konnte, dass das Quittengelee nicht darunter war. Auf der Suche nach der Liste hatte er irgendwann jede einzelne Datei aufgerufen, so weit konnte ich ihm noch folgen. Alles, was FK danach mit dem Rechner veranstaltete, waren für mich böhmische oder potemkinsche Dörfer, die uns, abgesehen von FKs Stöhnen und Murren, nichts einbrachten. Doch FK war durch die alte Journalistenschule gegangen, so schnell gab der nicht auf. Hartnäckig hackte er auf die Tasten ein, und ich kochte neuen Kaffee und schaffte das restliche Quittengelee herbei.

Während FK weiter durch die virtuellen Welten raste, schraffierte ich gelangweilt mit einem Bleistift die Seite eines kleinen Notizblocks grau und förderte ein paar Buchstaben in Rosas runder Schrift zutage. »Neiningerundlang« las ich und vergaß das unverständliche Wort sofort wieder, weil FK plötzlich aufstöhnte: »Dass ich nicht sofort da nachgesehen habe! Aber es gibt tatsächlich noch Leute, die denken, sie hätten etwas gelöscht, wenn sie es in den Papierkorb schieben.« Und dann präsentierte er mir zehn Männernamen, unter denen stand: »Bitte sofort vernichten! Sie haben versprochen, dass Sie mich da raushalten. N.R.«

Die gesuchte Liste.

Mir sagten die Namen nichts bis auf einen, Markus Weber. FK kannte noch einen weiteren, Schmiederer, wie Markus ein großer Maisbauer.

»Gehen wir mal davon aus, dass auch die anderen acht auf der Liste Maisbauern sind und dass die Liste etwas mit Ponchito II zu tun hat«, murmelte FK, der sich eilig die Namensliste auf seinen Rechner in der Redaktion schickte.

»Und mit Adrian Droll. – N.R. sind die Initialen von Nicole Räpple«, vermutete ich. »Irgendwie hat Rosa sie davon überzeugt, dass sie diese Liste rausrücken muss. Aber Nicole hat von Anfang an Angst gehabt, dass sie deswegen Schwierigkeiten kriegt. Nicole Räpple, Adrian Droll, Ponchito II, Rosa. Rosa tot, und in Nicole hat Droll so viel Angst geprügelt, dass sie den Mund nicht mehr aufmacht. Hast du eine Ahnung, was für eine Brisanz diese Liste haben könnte?«

»Noch nicht!« FK sprang auf, nahm einen hastigen Schluck Kaffee, noch schnell den letzten Löffel Quittengelee, drückte einen nachlässigen Kuss auf meine Stirn und verabschiedete sich. So verhielt sich nur einer, der Blut geleckt hatte.

Er ließ mich mit der Liste auf dem Rechner zurück. Ich klickte sie weg, rief mir noch einmal das YouTube-Video der Mais-Guerilla auf, Rosas energiegeladenes Auftreten. Für die Aktion »Das Gesicht von Ponchito« hatte sie den Steckbrief von Adrian Droll entwickelt. War sie darüber auf Nicole Räpple und auf diese Liste gestoßen? Was hatte Adrian Droll als Vertreter im Außendienst mit Ponchito II zu schaffen? Verkaufte er mehr als das aktuelle Produktsortiment seiner Firma? Was hatte Rosa herausgefunden?

Auf Fragen würde Droll nicht antworten, und den Kerl konnte man sich nicht blauäugig vorknöpfen. Wenn ich an seinen gestrigen Blick dachte, lief es mir kalt den Rücken hinunter. Trotzdem knacke ich deine Rätsel, versprach ich und strich noch einmal über Rosas faltiges Bildschirmgesicht.

Dass ich mir diese wachen Augen immer wieder aufrufen konnte und gleichzeitig wusste, dass ihr Körper schon anfing zu vermodern, machte mich ganz verrückt. Bevor ich anfing zu heulen, fuhr ich den Rechner herunter und rief Franz Trautwein an. Ich berichtete ihm, dass wir die Liste gefunden hatten. Vier weitere Namen kannte er, alles Maisbauern. Das bestätigte unsere Vermutung, eine Maisbauern-Liste.

Er mache sich gleich auf den Weg ins Krankenhaus, erklärte Franz, während er sich die Namen notierte, vielleicht würde Nicole dann endlich über die Sache sprechen. Auch FK würde sich um die Liste kümmern. Blieb mir Zeit für Retsch.

Man kann sich der Lösung von Rätseln auch über Ausschlussverfahren nähern, ich musste also herausfinden, ob ich mit Retsch wirklich aufs falsche Pferd gesetzt hatte. Als Sesam-öffne-dich würde ich FKs Geschenk verwenden. So wählte ich die Nummer seiner Frau, die tatsächlich bereit war, sich mit mir zu treffen. Davor konnte ich mit dem Jörger-Metzger noch die Sache mit der Sau regeln.

Aber zuerst ging ich in den Schweinestall und verriegelte die Tür zum Keller. Dann machte ich einen Kontrollgang um das Haus. Als ich losfahren wollte, rollte ein Streifenwagen langsam, aber sicher auf den Hof zu. Ein dicker Polizist, dessen Uniform fast aus den Nähten platzte, und ein junger, der in seine noch hineinwachsen musste, stiegen aus dem Wagen. Kein Irrtum möglich, die wollten zu mir.

»Rudolf Löffler«, setzte der Dicke an und ergänzte, als er merkte, dass ich mit dem Namen nichts anfangen konnte, dass so der einbeinige Metzger aus Rheinbischofsheim hieß. »Warum haben Sie sich vor ein paar Tagen nach ihm erkundigt?«

Ich erklärte ihnen die Sache mit der Wurstmaschine, und dann erzählten sie, dass das Auto des Einbeinigen in einem Maisfeld bei Muckenschopf gefunden worden war, von seinem Besitzer aber jede Spur fehlte. Darüber, wie der Wagen in das Maisfeld gelangt war, konnten die Herren nur spekulieren.

»Er hat ja g'soffe wie ein Loch, vielleicht ist er von der Straße abgekommen und dann im Mais gelandet«, meinte der Jüngere. »Und dann ist er nach Hause getorkelt und hat am nächsten Tag sein Auto nicht mehr g'funden.«

Aber dies war die hoffnungsvollste und die unwahrscheinlichste Möglichkeit, das machten die beiden schnell deutlich. Denn sie wussten, dass ihn seit dem Tag von Rosas Tod niemand mehr gesehen hatte. Diese Tatsache plus das im Mais versteckte Auto schlossen ein Verbrechen nicht aus, formulierten die Polizisten vorsichtig.

»Wollen Sie die Wurstmaschine mitnehmen?«, fragte ich, nachdem auch ich ihnen nicht sagen konnte, wer etwas über den Verbleib des alten Mannes wissen könnte. Den Kriegskameraden aus dem Achertal hatten sie genau wie die in Ettlingen lebende Schwester des Einbeinigen bereits ergebnislos kontaktiert.

Die Wurstmaschine wurde ich nicht los, und die Information, dass ich in meiner ersten Nacht frühmorgens ein rotes Auto hatte wegfahren sehen, notierte sich der Jüngere ohne Regung, bevor die beiden wieder in das Polizeiauto stiegen. Ich blickte dem grün-weißen Wagen nach, wie er in Richtung Ölmühle davonfuhr.

Das Verschwinden des Einbeinigen, ein wahrscheinliches Verbrechen war jetzt offiziell, nicht mehr nur eine »Ahnung« oder eine »Vision« von Traudl. Sie hatte das alles nicht nur wild zusammenphantasiert, Traudl wusste, was mit ihm passiert war. Warum führte mich die alte Frau so an der Nase herum? Ich marschierte durch den Garten zu ihr hinüber, fand aber Küchen- und Haustür verriegelt, und im Schuppen fehlte ihr altes Fahrrad. Ich konnte nicht auf sie warten, wenn ich bei meinem Treffen mit Frau Retsch pünktlich sein wollte.

Als ich in Achern von der B 3 in Richtung Sasbachwalden abbog, rief Retsch an, fragte, wann wir uns treffen könnten. Ich vertröstete ihn auf den späten Nachmittag und konzentrierte mich auf die kurvige Strecke. In Sasbachwalden herrschte der übliche Sommertouristenrummel, ich war froh, den Ort hinter mir zu lassen, und fuhr langsam durch die Weinberge bergan. Hinter dem Bischenberg nahm ich die scharfe Kurve hoch zum Hohritt, parkte und ging runter in die Schwarzwaldstuben. Ob die Quilt-Näherin Retsch diesen Ort wegen ihrer Liebe zu den rustikalen, exklusiven Stoffen der Paula Huber, mit denen hier die Wände bespannt und die Tische bedeckt waren, oder wegen seiner Abgeschiedenheit ausgesucht hatte, darüber konnte ich nur spekulieren.

Kurz vor Mittag hielt sich hier oben die Kundschaft in Grenzen: ein älteres Paar, die beide stumm Apfelschorle tranken, eine Mutter mit quengelndem Kleinkind, zwei sehnige Wanderinnen bei einer Vesperplatte. Gerda Retsch konnte also nur die Matrone in dem bunten Hängerkleid sein, die sich um diese Zeit schon ein Stück Bienenstich gönnte. Ob aus aktuellem Kummer oder aus Gewohnheit wusste sie allein. Ich reichte ihr die Hand und bestellte einen Kaffee. Jetzt rächte es sich, dass ich beim Herfahren eher mit Gedanken an den Einbeinigen beschäftigt gewesen war, anstatt mich auf das Gespräch mit ihr vorzubereiten. Ich probierte es mit einem aufmunternden, interessierten Lächeln, sie antwortete mit einem tiefen Seufzer.

»Am 12. September sind wir fünfundzwanzig Jahre verheiratet, wir wollten hier unsere Silberhochzeit feiern.« Sie wies mit ihrer

Kuchengabel auf die gemütlichen Eckbänke und Tische und matschte dann damit den Bienenstich zu Brei, so als wolle sie ihre fünfundzwanzig Ehejahre in Grund und Boden stampfen. Dann sah sie mich an.

»Sie haben geschäftlich mit Günther zu tun? Das Baugebiet Rückstaubecken? Was immer er Ihnen geboten hat, verlangen Sie zehn Prozent mehr.«

»Danke für den Tipp, aber sein Angebot ist nicht das Problem. Es geht mir um meine Tante und Ihren Schwiegervater ...«

»Ein Vierteljahrhundert wirft er weg für diese ABBA-Kuh.« Der Brei wanderte in den Mund und wurde Löffel für Löffel vernichtet. »Und ich dummes Huhn hab ihn noch unterstützt. ›Es ist gut, wenn du ein Hobby hast‹, hab ich immer gesagt, als er nur in der Badewanne gesungen hat. ›Du hast eine tolle Stimme, mach was draus.‹ Und das hab ich nun davon. Jetzt kurvt er abends in der Gegend rum, tritt in Diskos auf und fällt auf den Agnetha-Klon herein. Früher gab es immer nur die Firma, auch am Wochenende, jeder Urlaub ein Lotteriespiel, ob er mitkommt oder nicht, Gott, wie oft bin ich mit den Kindern alleine losgefahren. Nächstes Jahr wollten wir nach Schweden fahren, wo wir mal Zeit füreinander hätten ...« Sie putzte die Reste vom Teller und orderte ein Stück Schwarzwälder Kirschtorte.

»Ihr Schwiegervater, wissen Sie, ob er ein neues –«

»Ich hab Emil nie leiden können«, fuhr sie mir ins Wort. »Immer hat alles nach seiner Pfeife tanzen müssen. Und für wen hab ich das mit mir machen lassen? Für Günther. Und wie dankt er es mir?« Ihre Gabel zertrümmerte die Schwarzwälder. Wieder matschte sie die Kuchenteile zu Brei. »Eines sag ich Ihnen, ungeschoren kommt der mir nicht davon. Also, was wollen Sie genau von mir wissen?«

Irgendwie war mein Kopf komplett leer gefegt, und mir fiel nicht ein, was ich von dieser kuchenzerstörenden Frau wollte, die eine Stinkwut auf ihren Mann schob und ihren Schwiegervater nie leiden konnte. Sie sah mich jetzt erwartungsvoll an.

»Ich hab in den Unterlagen meiner Tante Briefe von Emil Retsch gefunden«, begann ich, »darin schreibt er, dass er sein Testament ändern will. Wissen Sie, ob –«

»Das würde zu ihm passen. Zieht bei uns aus, macht in seinem alten, halb verfallenen Elternhaus einen auf Bienenzüchter, treibt sich mit so Ökofreaks herum, die er vorher mit dem Arsch nicht angesehen hat. Das einzig Gute nach seinem Infarkt war der nette Krankenpfleger, der ihn versorgt hat. Dass Emil mir erspart hat, ihm irgendwann den Hintern abzuputzen, das rechne ich ihm hoch an. Und dieser Tobias, der ist ja noch so jung und obwohl so ein spinnerter Öko, aufopferungsvoll, freundlich, geduldig. Kann nicht verstehen, warum die den in Heilig-Geist überhaupt haben gehen lassen. Emil hatte echt einen Narren an ihm gefressen. Wollte er etwa dem Jungen das Geld vermachen? Oder Ihrer Tante? Zuzutrauen wär's ihm. Andererseits hätte er Günther nie hängen lassen. War ja seine Firma, er hat sie aufgebaut. Da will man doch, dass das weitergeht.«

»Wissen Sie denn, ob er das Testament wirklich geändert hat?«

»Emil war in so Sachen korrekt. Wenn, dann hätte er das notariell gemacht. Ich war ja dabei bei der Testamentseröffnung, da hat der Dr. Gäbele mit keinem Wort erwähnt, dass der Emil was ändern wollte.« Jetzt schaufelte sie die Schwarzwäldermatsche in sich hinein. »Kennen Sie diese Agnetha-Schlampe? Nein? Frisöse aus Rheinau, alleinerziehend, zwei kleine Kinder. So was will er sich jetzt ans Bein binden, wo unsere beiden grade flügge geworden sind. Zum Glück haben wir keine Gütertrennung. Bevor der unser Geld in eine neue Familie steckt, da soll der bluten, bluten, bluten.«

Die Sache mit dem Testament konnte ich wohl endgültig abhaken, es blieb nur die vage Möglichkeit, dass Emil es wirklich handschriftlich verfasst und Rosa anvertraut hatte. Wieder sah ich Droll vor mir. Ging es die ganze Zeit um die ominöse Liste? Ponchito II?

»Wissen Sie etwas über die Verbindung zwischen Ihrem Mann und Adrian Droll?«

»Wer soll das sein?«

»Haben Sie schon mal etwas von Ponchito II gehört?«

»Hä?«

Frau Retsch bestellte jetzt eine Käse-Sahne-Torte, und ich hatte von allem genug: von den Fragen und Rätseln, den Unfällen und Attacken, von dem Chaos, das in mir und um mich herum war. Ich sollte den Kaufvertrag unterschreiben und nach Köln zurückfahren, wieder das machen, was ich wirklich gut konnte, kochen. Vor meinen Augen blinkte und blitzte die Küche in der Weißen Lilie, und ich verstand überhaupt nicht, wieso ich schon so lange nicht mehr dort gekocht hatte. Ich zahlte meinen Kaffee, wünschte Frau Retsch viel Glück, was sie mit einem grimmigen Blick und einer erneuten Kuchenmatschattacke quittierte, ging zurück zum Auto und rief Retsch an. Sein Handy war ausgeschaltet. Na prima, dachte ich, wenn man ihn einmal braucht, ist er nicht zu erreichen.

Ein leichter Wind wehte den Duft der Schwarzwaldtannen in meine Nase. Für einen Augenblick war mir, als sähe ich Nicole Räpple in ihrem leuchtend roten Traumkleid zwischen den dunklen Baumstämmen. Vor welchen Sünden lief sie davon? Woher stammte diese Namensliste? Ich rief FK an und hörte nur die Mailbox. Kein Tag, der Erfolg versprach. Mir fiel nichts anderes ein, als zu Rosas Haus zurückzufahren.

An der Brücke bei der Ölmühle verhinderte nur ein beherzter Tritt auf die Bremse, dass ich einen roten Mondeo mit Villinger Kennzeichen schrammte. Was für ein Scheißtag! Mit einem ärgerlichen Kopfnicken fuhr eine Frau an mir vorbei. Erst im Nachhinein registrierte ich, dass Elsbeth, Traudls Tochter, am Steuer saß. Was machte die schon wieder in Fautenbach, wo sie doch eine so viel beschäftigte Altersheimleiterin war? Langsam fuhr ich weiter. Im Rückspiegel war von dem Mondeo nur noch ein konturloses rotes Etwas zu sehen. Ein roter Wagen! Elsbeth fuhr auch einen roten Wagen. Jetzt reiß dich mal am Riemen, schimpfte ich mit mir, kannst doch nicht bei jedem roten Auto zusammenzucken. Der Kies im Hof knirschte, als ich den Wagen zum Stehen brachte. Eine trügerische Sonne verkaufte mir den plätschernden Bach, den raschelnden Mais und die duftenden Zwetschgen als friedliches ländliches Idyll, in das Angst und Schrecken nicht passten. Von wegen, dachte ich, als ich vorsichtig überprüfte, ob in der Zwischenzeit jemand im Haus gewesen war.

Das kleine Papierchen klemmte noch in der Haustür, die hatte also in meiner Abwesenheit niemand geöffnet. Auch alle Fenster waren heil und verschlossen, die Tür vom Schweinestall ebenfalls. Kaum war ich, was das Haus anging, halbwegs beruhigt, merkte ich, dass meine Wunde wieder schmerzte. Ich humpelte in den Garten auf die Bank vor den leeren Bienenkästen und legte das verletzte Bein hoch. Traudl scharrte in einem ihrer Zwiebelbeete, auch sie nur das trügerische Bild einer treuherzigen hutzeligen Dorfalten. Ich wollte endlich wissen, was sie vor mit verbarg. Ich winkte ihr zu, und es dauerte nicht lange, da watschelte sie mit einem Zwiebelexemplar in Kürbisgröße zu mir herüber.

»Die ist noch größer als die letzte, die ich dir gezeigt hab. Guck nach, wirst im Garten von der Rosa keine finden, die so groß ist.«

»Deswegen bist du bestimmt nicht gekommen, oder? Was willst du diesmal wissen?«

Sie nickte ertappt, legte die Riesenzwiebel behutsam neben mich auf die Bank, strich mir über den Unterarm und fixierte mich wie im Dschungelbuch die Schlange Kaa Mogli: »Die alte Löffler Marie hat g'sagt, dass d' Polizei da g'wese isch Was habet se wolle?«

»Sie haben das Auto von dem Einbeinigen in einem Maisfeld bei Muckenschopf gefunden. Von dem Metzger fehlt jede Spur.«

Der Griff nach dem Taschentuch und ihr Blick sprachen Bände: Da ist etwas Furchtbares passiert. Hab ich es dir nicht gesagt?

»Jetzt mal ohne dein übliches Bohei. Was weißt du über den Metzger, Traudl?«

Sie löste ihre Hand von meinem Arm und schnäuzte sich. Dann schüttelte sie bekümmert den Kopf und griff wieder nach meinem Arm. »Wissen tu ich gar nichts. Aber ich merk's in mir drin, ich hab Visionen! Und wenn ich an den Hanauerländer denke und die Augen zumache, dann seh ich, dass er eiskalt und mausetot ist.«

Und wenn *ich* die Augen schloss, dann sah ich Traudl in schwarzen Röcken und mit klirrenden Armreifen in einem Rummelzelt sitzen, vor sich Kugel, Tarotkarten und ein Schild: »Horrorvisionen für nur zehn Euro«. Was sie erzählte, waren Hirn- oder bei ihr eher Bauchgespinste, Irrungen und Wirrungen einer alten Frau. Aber irgendetwas verbarg sie vor mir, verschleierte sie, konnte sie vielleicht gar nicht direkt sagen, und so fragte ich: »Und wenn du an mich denkst, was siehst du dann?«

Traudl ließ meinen Arm los und ging einen Schritt zurück. Sie wusste nicht, ob ich mich über sie lustig machen wollte oder endlich ihre besondere Gabe würdigte. Dann schloss sie die Augen.

»Du musst auf dich aufpasse, da ischd viel Blut in der Küche von der Rosa. Es stimmt ebbes nicht mit dem Haus, das spür ich, seit die Rosa tot ist. Der Reporter vom Acher und Bühler Bote wird dir nicht helfen könne. Du musst auf das hören, was dir die Rosa sagt, nur sie kann die blutigen Zeichen deuten.«

Traudl öffnete die Augen und sah mich gespannt an. Ich räusperte mich und zuckte ein bisschen hilflos mit den Schultern. Es gab bei Traudls wirren Bildern immer eine Kleinigkeit, die ich nicht so einfach vom Tisch wischen konnte. Die blutigen Zeichen! Rosa, die in meinem Traum mit Blut unverständliche Striche auf den Küchenboden gemalt hatte.

»Und was für Zeichen?«

»Zeichen des Untergangs und der Vernichtung.«

»Mal sie mir in die Erde!« Ich reichte ihr einen Stock.

»Das kann ich nicht.«

Was hatte ich erwartet? Dass sie mir Rosas Traumgekritzel entschlüsselte? »Wie ist das mit deinen Visionen? Du musst einfach nur die Augen schließen, und dann siehst du das?«, fragte ich stattdessen.

»Wo denkscht du hin! Das kommt und geht, wie's will, und 's funktioniert nur bei Leut, die ich kenn.«

»Was ist mit Martha? Was siehst du bei ihr?«, wollte ich wissen.

Traudl zögerte einen Augenblick, doch dann nahm sie meine Anfrage als gutes Zeichen und schloss wieder die Augen.

»Die Martha schleppt eine eitrige Wunde durch die Welt. Die hat sie immer gut vor allen versteckt und besonders vor dir. Die Rosa hat nämlich auch ganz schön bös sein können. Mir hat sie mal alle Setzlinge aus dem Garten g'rissen, nur weil ich nicht mit ihr wegen so einem Straßenloch Radau beim Bürgermeister machen wollt.«

Unvorstellbar, dass Martha ihr von dem Album erzählt hatte. Verdammt, wie machte Traudl das? Zog sie einfach aus ihren Beobachtungen die richtigen Schlussfolgerungen oder waren es Zufallstreffer? Noch ein Versuch. Wo schon meine Mutter herhalten musste, wieso nicht ihre Tochter?

»Und bei der Elsbeth?«

Wie schon so oft füllten sich ihre Augen mit Tränen. Sie hörte überhaupt nicht mehr auf zu heulen. Das hätte ich nicht fragen sollen.

»Entschuldigung!« Ich sprang auf und machte ihr auf der Gartenbank Platz. »Ich hab nicht wissen können, dass … Ich koch einen Tee.«

Ich ließ das schluchzende Bündel auf der Bank sitzen und brühte schnell eine Tasse Tee auf. Die Sau rumorte lautstark im Stall, erinnerte mich daran, dass sie gefüttert werden wollte. Aber zuerst musste ich Traudl beruhigen. Als ich mit dem Tee in den Garten zurückkam, schien das Gröbste überstanden. Traudl schnäuzte sich und nahm den Tee dankbar an.

»Hasch ein Stückl Linzer? D' Rosa hat b'stimmt noch gebacken. Der Einbeinige hat doch so gern welche gesse. Wenn er fertig g'wese isch mit dem Schlachten, eine Tasse Kaffee und ein Stückl Kuchen.«

Ich also wieder zurück ins Haus, und tatsächlich entdeckte ich in der Speisekammer zwei ganze Linzer Torten. Wieder rumorte die Sau. Ich schnitt zwei Stücke ab und ging damit in den Garten zurück. Traudl griff sofort zu.

»Bei den eigenen Kindern isch es sehr schwer mit den Visionen.« Mit noch zittrigen Fingern schob sie sich den Kuchen in den Mund, aber ihre Stimme war wieder fest und sicher. »Das sprengt fast das Mutterherz, weil man die schlimmen Sachen bei den Kindern nicht sehen will. Aber dann überfallen die Bilder mich nachts, das ischd ganz furchtbar, wenn die Feuerwagen kommen und mit lodernden Flammen die Elsbeth vernichten, weil sie stumm bleibt. Ich weiß nicht, was es ist, aber etwas zehrt sie aus, sie wird dürrer und dürrer, verbissener und verbissener. Wenn ich was sag, dann behandelt sie mich wie eine von ihren Alzheimerkranken, dabei will ich ihr doch helfen, verstehsch?« Sie krallte ihre Hand in meinen Arm. »Versprich mir, dass du so nicht mit deiner Mutter umgehst, so ein dunkles Geheimnis bringt nur Unglück.«

»In dem Punkt brauchst du dir bei mir keine Sorgen machen.«

»Ihr müsst euch vertragen, du musst der Martha die Sache mit der Rosa verzeihen!«

»Was für eine Sache?«

»Frag sie, sie wird es dir sagen.« Traudl nickte und klopfte sich wie zur Bestätigung ihre Kuchenkrümel von der Mantelschürze. Dann reichte sie mir die leer getrunkene Tasse und den leer gegessenen Teller, stand auf, griff nach der Zwiebel, krallte sich noch mal meinen Arm und hypnotisierte mich mit dem Schlangenblick. »Schau, dass du morgen früh nicht mehr da bischd. In dem Haus wartet der Tod. Du bischd nur noch heute Nacht dort sicher.«

Ich sah ihr kopfschüttelnd nach. In der Zwischenzeit hatte ich gemerkt, dass sie gern noch einen draufsetzte, bevor sie sich verabschiedete. Nur noch heute Nacht sicher! Das war ja nun wirklich gröbster Schwachsinn, sie tickte wirklich nicht mehr richtig. Gleichzeitig sah ich das Grinsen von Droll und das offene Fenster in der Kammer und wusste plötzlich nicht mehr, ob ich selbst noch richtig tickte.

Ich brachte das Geschirr in die Küche und hörte wieder die Sau rumoren. Schnell richtete ich den Eimer mit dem Saufutter und schüttete kräftig Milch hinein. Sie sollte noch einmal gut zu fressen bekommen. Morgen war Schlachttag, das war ihre Henkersmahlzeit. Ich packte mir den Eimer und marschierte zum Schweinestall.

Von wegen sicher bis morgen früh, damit war's jetzt schon vorbei. Denn als ich die Tür zum Schweinestall öffnete, blickte ich direkt in den auf mich gerichteten Lauf von Markus Webers Schrotflinte. Ich ließ den Futtertrog fallen, die Milchkartoffeln schwappten aus dem Eimer, fielen in das dreckige Stroh, die Sau grunzte gierig, und Markus starrte mich böse an.

»Hast du nur noch Scheiße im Hirn?«, brüllte ich ihn an. »Nimm sofort das Gewehr weg.«

»Wo ist Hrubesch?« Seine Stimme klang drohend, und er verstärkte dies durch das Durchladen des Gewehrs.

»Hrubesch?«

»Du hast ihn vergiftet oder erschlagen. Sag mir sofort, wo du ihn verscharrt hast.«

»Du spinnst wohl? Nur weil dein Scheißköter mich gebissen hat, mach ich den doch nicht kalt.« Ich trat einen Schritt zur Seite, hatte das Gewehr genau im Blick. Der Hund war weg, erklärte mir mein Verstand, und sein Herrchen drehte durch. Also Vorsicht. »Vielleicht sagst du mir mal, was eigentlich passiert ist.«

»Du hast ihn abgemurkst!« Der Gewehrlauf schob sich wieder drohend vor meine Nase.

»Wann soll ich das denn gemacht haben?« Ich trat wieder langsam einen Schritt zur Seite. Der Idiot sollte endlich die Waffe runternehmen.

»Nachts ist der Hrubesch immer draußen an der Kette im Hof, und heute Morgen war nur noch die Kette da, und Hrubesch …«

Der schwere Mann japste und schnaufte, die Erschütterungen des kräftigen Körpers wurden bis in den Gewehrlauf weitergeben.

»Das ist ja furchtbar«, beeilte ich mich zu sagen. »Hat er sich vielleicht losgerissen und ist auf Hasenjagd gegangen?«

»Losgerissen? Von einer Eisenkette?«

»Vielleicht war die Kette nicht richtig eingehakt, so was passiert. Da hat man schon die unglaublichsten Geschichten gehört.«

»Hör auf, mich zu verarschen!« Der Gewehrlauf war jetzt nicht mehr vor, sondern an meiner Nase.

»Ich verarsche dich nicht, und jetzt nimm endlich dieses blöde Gewehr runter und lass uns vernünftig über die Sache reden. Du bist ja völlig durch den Wind, Mann.«

Endlich ließ er das Gewehr sinken und starrte traurig die Sau an. Sein Körper vibrierte, immer wieder schniefte er, schüttelte mit kantigen Bewegungen den Kopf. Außerdem gab er merkwürdige Geräusche von sich, eines hörte sich an wie Magenknurren. Die Sau stupste ihn mit ihrer Schnauze an, wahrscheinlich eher aus Hunger als aus Mitleid.

»Wenn ich nur wüsste, dass es Hrubesch gut geht«, schniefte er die Sau an.

»Bestimmt geht es ihm gut«, tröstete ich ihn. »Überleg doch mal, wenn ihn einer wirklich aus Rache umgebracht hätte, dann hätte derjenige dir doch den toten Hund vor die Haustür gelegt. Als Zeichen, wenn du verstehst, was ich meine.«

Markus nickte, er schien, genau wie ich, genügend Mafia-Filme gesehen zu haben, als dass dieser Gedanke ihm Hoffnung geben konnte. Wieder rumpelte etwas in seinem Körper, eindeutig Magenknurren, entschied ich.

»Komm, wir gehen rüber in Rosas Küche«, schlug ich vor. »Ich hol dir ein paar Landjägerle aus der Speisekammer und mach dir dazu ein Glas Apfelmus auf.«

Diese merkwürdige Kombination war seine Kindertrostspeise gewesen. Solche Sachen vergisst man als Köchin nicht. Tatsächlich leuchtete plötzlich in seinen Augen so etwas wie Dankbarkeit oder Erlösung auf.

»Gib der Sau vorher noch ihr Fressen«, brummte er. »Hat sich der alte Löffler jetzt mal bei dir gemeldet?«

Ich war froh, ihn mit der Geschichte von dem im Maisfeld gefundenen Auto auf dem Weg in die Küche ablenken zu können. Dort plumpste er breitbeinig und erschöpft auf einen Küchenstuhl, während ich betete, dass sich in Rosas Speisekammer noch ein Glas Apfelmus finden würde. Ich hatte Glück. Als ich mit den Würstchen und dem Glas in die Küche zurückkehrte, registrierte ich, dass er das Gewehr neben sich an den Tisch gelehnt hatte. Wie ein hungriger Wolf machte er sich über die Würstchen her, und ich überlegte fieberhaft, wie ich ihn loswerden oder ihm die Waffe entwenden konnte.

»Wie lang hast du denn schon den Hrubesch?«

»Fünf Jahre, und er ist jeden Tag bei mir. So ein Tier, das wächst dir ans Herz, verstehsch?«

»Weißt du, was die in der Stadt machen, wenn ein Hund verloren geht?«, fragte ich, nachdem ich ihm zwei weitere Paar Landjäger aus der Speisekammer geholt hatte. »Die hängen überall Zettel mit einer Fotografie des Hundes und ihrer Telefonnummer auf …«

»Der Hrubesch ist nicht abgehauen, den hat sich jemand geholt.«

Dieses bedrohliche Funkeln kehrte in seine Augen zurück. Mit einem Schlag ahnte ich, wer für Hrubeschs Verschwinden verantwortlich sein konnte. Aber noch würde ich ihm Tobias nicht zum Fraß vorwerfen.

»Das mit den Zetteln ist trotzdem eine gute Idee«, machte ich weiter. »Wenn jemand den Hund erkennt, kann er dich anrufen. Vielleicht kann man Hunde ja auch schon über das Internet suchen. Du verplemperst deine Zeit, wenn du weiter mit dem Gewehr vor mir herumfuchtelst.«

Markus sah mich an, als ob er sich nicht entscheiden könnte, ob ich nun recht haben mochte oder nicht. Dann seufzte er.

»Dass du das noch weißt mit den Landjägerle, alle Achtung. Das hat seit Jahren keiner mehr für mich gemacht. Landjägerle und Apfelmus.«

»Das habe ich mir gemerkt, so wie du das mit dem Traktorfahren noch gewusst hast. Kannst du mir jetzt endlich mal sagen, warum du mich in den Mais gelockt hast?«

»Hast du noch ein Paar Landjägerle?«, lenkte er ab.

Ich holte ihm ein weiteres Paar aus der Speisekammer.

»Ich hab dem Retsch noch einen Gefallen geschuldet«, nuschelte er dann. »Ich sollt mich drum kümmern, dass du nicht so schnell wieder in Fautenbach auftauchst.«

»Und warum und wieso?«

Den Kopf nach unten gebeugt zuckte Markus mit den Schultern und schob sich die restliche Wurst in den Mund. »Ich geh dann mal wieder«, meinte er, als er die Wurst hinuntergeschluckt hatte.

»Was bist du nur für ein komischer Kerl geworden. Als du noch unser Fußballkapitän warst, da habe ich dich bewundert, und jetzt machst du so dubiose Geschäfte, dass du mich –«

»Ach komm. So schlimm war die Sache mit dem Mais auch wieder nicht«, unterbrach er mich im Aufstehen. Dann schulterte er sein Gewehr.

»Aber es kommt doch eines zum anderen. Erst die Sache in der Eselsgasse, dann die im Mais. Im Saustall bedrohst du mich mit einem Gewehr, und dann finde ich deinen Namen noch auf einer Liste, die etwas mit Ponchito II zu tun hat.«

Markus wirbelte mit einer erstaunlichen Behändigkeit herum, und schon wieder blickte ich direkt in den Gewehrlauf seiner Jagdbüchse. Das bedrohliche Funkeln in seinen Augen war wieder da.

»Nicht schon wieder, Markus! Nimm das blöde Gewehr runter!«

»Ich hab dich früher auch besser leiden können als heut. Kommst da aus Köln reing'schneit und meinst, alles durcheinanderbringen zu müssen. Was weißt du über Ponchito II?«

»Ist nicht wichtig, vergiss es«, ruderte ich zurück.

»Was für eine Liste?«

»Die haben wir auf Rosas Rechner gefunden, eine Liste mit den Namen von zehn großen Maisbauern.«

»Wer wir?«

»Nimm jetzt das verdammte Ding runter. Du weißt doch, wie schnell die Flinte losgehen kann.«

»Diesmal kannst du dich nicht rausreden. Entweder sagst du mir, wer noch von der Liste und Ponchito II weiß, oder ich schieß dir ins Knie!« Der Waffenlauf wanderte an meinem Körper nach unten und machte direkt an meinem Knie Halt.

Der Kerl drehte durch, der würde tatsächlich schießen! Wie hatte ich nur so dämlich sein können, ihn auf die Liste anzusprechen? Das Knirschen, das plötzlich in die Küche drang, tat nicht weh, war also nicht mein zerschmettertes Knie, aber was dann? Auch Markus hatte es gehört und zielte mit dem Gewehr wieder auf meinen Kopf. Das nächste Geräusch, ein dumpfes Klatschen, identifizierten wir beide als zuschlagende Autotüren. FK? Retsch? Oder wer? Markus' Blick flackerte. Jeder von uns arbeitete fieberhaft an einer für ihn günstigen Lösung, um aus dieser Situation herauszukommen. Markus senkte erstaunlicherweise das Gewehr, und ich hatte mich gerade entschlossen, laut um Hilfe zu schreien, als sich ein Schlüssel in der Haustür drehte und kurze Zeit später Michaela und Erwin in die Küche lugten.

»Grüß dich, Katharina«, säuselte Michaela, »wir waren grad in der Gegend, da haben wir gedacht, wir gucken noch mal vorbei. Du hast doch nichts dagegen, dass wir den Computer abholen, oder? Weisch, wir haben halt gedacht, dass du als Köchin den doch sowieso nicht brauchst.«

Meine Blicke rasten zwischen den drei ungebetenen Gästen hin und her. Erwin lehnte mit seinem bulligen Körper im Türrahmen zum Flur, wenn er etwas dachte oder fühlte, so zeigte er es nicht. Michaela rümpfte die Nase, wahrscheinlich fragte sie sich, warum Markus und ich nach Schweinestall stanken und was Markus mit dem Gewehr wollte. Dessen Blick flackerte immer noch und ließ eine breite Palette von Reaktionen offen. Ich wusste nur eines: Wenn ich ihn, solange Michaela und Erwin im Haus waren, nicht vor die Tür setzen konnte, dann hatte ich hinterher ein dickes Problem.

»So«, begann Michaela, die einzuschätzen versuchte, in was für eine Situation sie hineingeraten war. Dann blinkte sie Markus an. »Diesmal auf dem Weg zum Jagen? Was soll denn g'schossen werden? Rotwild darf, glaub ich, noch nicht. Rebhühner oder Hasen?«

»Hasen«, antwortete ich schnell. »Ich möchte ein paar mit nach Köln nehmen.«

»Des wird den Hund freue, wenn er Hasen jagen darf«, plapperte Michaela weiter.

Bei dem Wort »Hund« schossen Wut und Verzweiflung in Markus' flatternden Blick.

»Sein Hund ist verschwunden, müsst ihr wissen«, sagte ich schnell.

»Entführt oder umgebracht«, knurrte Markus.

»Jesses, wie furchtbar!« Michaela schlug die Hände zusammen und sah Markus mitleidig an. »So was soll ja immer öfter passieren, hab ich neulich im Fernsehen g'sehen. Dass es Leut gibt, die Hunde für Tierversuche klauen. Die armen Tierle! Ja, kann man da nicht die Polizei einschalten? Um so was müssen die sich doch auch kümmern, oder?«

Plötzlich wusste ich, wie ich Markus loswerden konnte. Der Hund war seine Schwachstelle, und er würde zu jedem Strohhalm greifen, den ich ihm anbot.

»Jetzt weiß ich, wie du rausfindest, wo der Hrubesch ist. Geh zur Traudl, die kann so was, du weißt ja ...« Ich stellte mich auf die Zehenspitzen und flüsterte ihm ins Ohr: »Die hat Visionen. Es ist unheimlich, was sie alles sieht! Mir hat sie zum Beispiel vorausgesagt, dass du mich bedrohen wirst, und ich hab's ihr blöderweise nicht geglaubt.«

»So was kann die, echt?«

Markus fragte sich mal wieder, ob er mir glauben konnte, dann schulterte er sein Gewehr. Glauben hin oder her, er wollte seinen Hund wiederhaben, zudem war er clever genug, zu merken, dass er sich nicht mit dreien anlegen konnte. Er nickte den beiden anderen zu und sagte zu mir: »Also dann, bis zum nächsten Mal.«

Ich war clever genug, zu merken, dass dies eine Drohung war. »Jederzeit, Markus«, antwortete ich. »Meine Kusine und ihr Mann, die bleiben nicht lang.«

Den letzten Satz kapierte Markus überhaupt nicht, Michaela dafür umso mehr, wie ich ihrem säuerlichen Grinsen entnehmen konnte, selbst von Erwin kam so was wie ein bedrohliches Brummen. Eins nach dem anderen, sagte ich mir. Erst mal war ich erleichtert, als Markus durch die Gartentür nach draußen stiefelte.

Eine halbe Stunde später hatten Michaela und Erwin den Computer abgebaut und in ihrem Wagen verstaut, auch das neue tragbare Telefon wanderte in den Kofferraum. Ich hatte die schmerzhaften Tritte von Erwin noch deutlich in Erinnerung und außerdem nach der Sache mit Markus keine Kraft mehr, mich mit den beiden anzulegen. Wichtig war mir nur, auch sie möglichst schnell wieder loszuwerden. Erwin spielte wie letztes Mal den Laufburschen, und Michaela redete wie ein Wasserfall. Über Ottilie und das Altenheim, über den Basar der Pfarrgemeinde, über Erwins Kegelbrüder und ihre Gymnastikgruppe. Ich hörte nur mit einem Ohr zu, weil ich unentwegt versuchte, FK zu erreichen. Vergeblich. Ich war froh, als sie alles in ihrem Auto verstaut hatten und wieder davonfuhren.

Kaum waren sie hinter der Ölmühle verschwunden, verbarrikadierte ich mich im Haus. Es dauerte ewig, bis das Zittern von Händen und Beinen aufhörte und mein Kopf wieder anfing zu arbeiten.

Ich musste FK erreichen. Aber immer noch meldete sich nur die Mailbox. Ich stellte das Telefon aus und starrte aus dem Fenster in den schattigen Sommergarten, über den sich bereits die Dämmerung legte. Schon so spät. Ich griff wieder zum Handy. FK, Franz Trautwein, keiner meldete sich. Stattdessen rief Retsch an, in einer Stunde würde er bei mir sein.

Wann würde Markus zurückkommen? Ich trat vor die Tür, blickte hinüber zur Ölmühle und zu seinem Hof. Kurze Zeit später sah ich ihn mit seinem Fendt in Richtung Unterdorf donnern. Vorerst würde er mich in Ruhe lassen. Warum rief FK nicht zurück? Ich drehte durch, wenn ich hier einfach nur warten sollte, ich musste was tun. Die Sau, verdammt.

Hier, auf dem Hof, wollte ich die Sau schlachten, weil Rosa es so gewollt und getan hätte. Der Jörger-Metzger hatte ein wenig gemurrt, weil es für ihn umständlich und der August eigentlich zu warm für eine Hausschlachtung war, aber er willigte ein, nachdem ich ihm versichert hatte, dass ich das Schlachten anständig vorbereiten konnte. In der Küche stand ja seit meiner Ankunft schon fast alles bereit, nur noch den alten Fleischwolf schraubte ich am Küchentisch fest, den brauchten wir, um Fleischstücke und Innereien für die Würste zu zerkleinern. In der Speisekammer fand ich kiloweise Salz, um das Fleisch einzulegen. Dann schleppte ich den Zinkbottich in den Hof, spritzte ihn mit dem Gartenschlauch sauber und legte die Ketten hinein, die wir benötigten, um die Borsten abzureiben. Auch den kleinen Eimer und die große Schüssel für das Blut stellte ich schon zurecht. Fast hätte ich das Gerüst zum Aufhängen der toten Sau vergessen. Den Gang in den Keller, um dort die Kapazität der Gefriertruhe zu überprüfen, schob ich immer weiter vor mir her und schaffte ihn schließlich überhaupt nicht mehr, weil jemand anrief, mit dem ich überhaupt nicht gerechnet hatte: Rita, FKs Frau.

»FK hängt besoffen in der Krone in Mösbach«, knallte ihre harte Stimme an mein Ohr, »falls du ihn da abholen willst.«

Woher hast du meine Telefonnummer? Woher weißt du, dass FK besoffen ist? Woher weißt du, dass ich ihn abholen will?, wollte ich fragen, aber ich war nicht schnell genug, Rita hatte schon aufgelegt, und ich starrte eine Weile das Telefon an, so wie ich vor ein paar Tagen die künstlichen Schmetterlinge vor ihrer Haustür angestarrt hatte.

Rita und FK! Mal abgesehen von den wenigen Begegnungen am Anfang ihrer Ehe und der kurzen Zusammenfassung des Scheiterns, die FK mir an dem Abend im Ulmer Braustübl geliefert hatte, wusste ich nichts über die Beziehung der beiden. Wenn FK Rita mit besoffenem Kopf anrief, war diese vielleicht viel weniger zu Ende, als er glauben machen wollte.

Wie auch immer, ich wählte seine Handynummer und landete wieder nur bei der Mailbox. Also schnappte ich mir meine Handtasche, sperrte das Haus gut zu und fuhr durch die Kirschbaumhügel nach Mösbach.

Die Krone fand ich schnell, sie wirkte wie für ein Hochwassergebiet konstruiert, so hoch über dem Sockel war der Eingang gebaut, zu dem eine beeindruckende doppelseitige Treppe hinaufführte. Ganz automatisch warf ich einen Blick auf die Speisekarte der Konkurrenz. Sehr interessant.

In dem schönen, gemütlichen Gastraum war FK nirgends zu sehen, ich fand ihn auf der dahinterliegenden Terrasse vor einem halb vollen Bierglas. Er schickte mir zur Begrüßung einen Schluckauf und einen glasigen Blick. Er musste viel mehr als das halbe Bier getrunken haben.

»Was machst du hier?«, hickste er.

Ich kam mir vor wie in einer dieser peinlichen Lachnummern, wo der Hausdrache den saufenden Alten aus der Kneipe nach Hause schleppen wollte.

»Rita hat mich angerufen.«

»Holla!« Ein schiefes Grinsen und ein weiterer Schluckauf.

»Können wir gehen?«

»Ponchito II«, lallte er, »ist eine ganz heiße Nummer.«

»Das besprechen wir zu Hause«, murmelte ich.

»Ein Skandal ist das!«, brüllte FK über die ganze Terrasse und hatte die Aufmerksamkeit aller Gäste. »Wenn das rauskommt, werden Köpfe rollen.«

»Hast du schon bezahlt?«, fragte ich leise.

»Dagegen ist Ponchito ein Scheiß«, machte FK weiter, »die ganze Region verseucht!«

Die meisten Gäste hatten sich peinlich berührt abgewandt und vertieften sich demonstrativ in unterbrochene Mahlzeiten und Gespräche.

»Hat er bezahlt?«, fragte ich die Bedienung.

»Das hat der Schmiederer schon erledigt«, erklärte die junge Frau.

Schmiederer, der andere Maisbauer auf der Liste, den FK kannte. Wie lange die zwei miteinander gesoffen hatten und was FK über Ponchito II erfahren hatte, all das musste auf Antwort warten, bis der Alkohol aufhörte, sein Gehirn zu vernebeln. Ich schulterte FKs Laptoptasche, griff ihn unter den Arm und half ihm hoch. Die steilen Treppen schienen auf FK die gleiche Wirkung zu haben wie ein Schiff bei hohem Seegang. Wir eierten und stolperten Stufe für Stufe hinunter, und ich war heilfroh, dass er auf dem Weg nach unten nicht kotzte. Das tat er dann, bevor ich den Wagen startete. Zum Glück nicht mich voll und auch nicht das Auto, dafür den Parkplatz der Krone. Bevor ich auf den Drei-Kirschen-Weg abbog, schlief FK ein. In Rosas Hof schnarchte er, was das Zeug hielt. Ich versuchte erst mit leichteren, dann mit kräftigen Ohrfeigen, ihn wach zu bekommen, aber er schnarchte einfach weiter. Dann zerrte ich ihn aus dem Auto, schleppte ihn über den Kies ins Haus, dort die Treppe hoch ins Badezimmer. Schwer schnaufend stellte ich die Dusche an und brauste seinen Schädel mit kaltem Wasser ab. Das zeigte Wirkung.

»Oh Scheiße«, stöhnte er und griff nach einem Handtuch.

»Hast du was gegessen? Soll ich einen Kamillentee kochen?«

»Ein Aspirin!«

Ich löste ihm die Brausetablette in kaltem Wasser auf und ging nach unten, um Rühreier mit Speck zu brutzeln. Nach zwei Portionen war er so weit hergestellt, dass er mich angrinsen konnte.

»Der Schmiederer ist so ein Saufkopf, der kippt die Schnäpse weg, da kannst du kaum hingucken, so schnell«, stöhnte er und rieb sich den schmerzenden Schädel.

»Er hat dich unter den Tisch gesoffen, und dann hast du Rita angerufen.«

»Hab ich das?«

Ich zuckte mit den Schultern und sah aus dem Fenster. Durch den Zwetschgenbaum säuselte ein leichter Nachtwind.

»Wenn ich zu viel trinke, werde ich sentimental«, erklärte er nach einer Weile. »Wir hatten gute Zeiten miteinander, Rita und ich, als die Kinder klein waren. So viele schöne Augenblicke fallen mir ein, wenn ich zurückdenke. Wir waren eins und zusammen, ein Team mit Zukunft. Und manchmal krieg ich so eine Sehnsucht nach diesen Momenten von vollkommenem Glück, da zerreißt es mich fast. Und bevor's mich zerreißt, ruf ich Rita an. Wenn ich dann ihre kalte, beleidigte Stimme höre, dann zerplatzt das Glücksgefühl wieder, und ich denk, dass es auch damals nicht echt war. Dann ist alles wieder gut für ein paar Monate, bis zur nächsten Sehnsuchtsattacke.«

»Wer lebt schon gern mit dem Scheitern des Glücks?«

FK zuckte mit den Schultern. »Und du?«, fragte er.

»Solche Attacken kenn ich auch.«

»Glaubst du, dass es das gibt? Eine Liebe, die nicht fad wird, ein Glück, das nicht zerbricht?«

»Glaub nicht.«

Auf dem Tisch die leeren Teller, in der Luft das heikle Thema. Liebe ist ein weites Feld. Mit einer energischen Bewegung schob ich die Teller und das Thema zur Seite und sagte: »Ponchito II, jetzt erzähl mal.«

FK nickte, rieb noch einmal den schmerzenden Kopf, dann legte er los: »Wie wir angenommen haben, sind alle auf der Liste tatsächlich Maisbauern, alle haben Betriebe zwischen hundert und dreihundert Hektar, alle sind ausschließlich auf Mais spezialisiert, alle Betriebe liegen in der Oberrheinregion, sprich, alle sind vom Maiswurzelbohrer bedroht.«

»FK«, unterbrach ich ihn, »kannst du mir bitte nur das Wichtigste erzählen?«

»Du weißt, dass der Maiswurzelbohrer letztes Jahr zum ersten Mal aufgetreten ist und deshalb dieses Jahr die flächendeckende Beizung mit Ponchito angeordnet wurde –«

»FK, bitte!«

»Du weißt auch, dass es bei vielen Bauern extremen Widerstand gegen genmanipuliertes Saatgut gibt. In Deutschland wird nur sehr, sehr wenig genmanipulierter Mais angebaut, hier im Oberrheingraben überhaupt nicht, es gibt sogar einen Zusammenschluss von Bauern, die sich verpflichten, kein genmanipuliertes Saatgut anzupflanzen. Dennoch hat die Firma Meranto, die Ponchito herstellt, zu Beginn des Jahres nach Maisbauern für eine Versuchsreihe mit genmanipuliertem Mais gesucht. Die sollten nicht Ponchito, sondern Ponchito II aussäen. Du weißt vielleicht, dass gentechnisch veränderter Mais als Insektizid das ›Bacillus thu–‹«

»FK«, unterbrach ich ihn, »kein Chemieunterricht zu so später Stunde.«

»Okay, okay«, lenkte er kurz ein, machte dann aber einfach weiter. »Jetzt musst du wissen, dass jedem Anbau mit genmanipuliertem Saatgut ein aufwendiges Genehmigungsverfahren vorausgeht. Der konventionell angebaute Mais muss geschützt werden, es darf keine Befruchtung durch genmanipulierte Samen erfolgen, sprich, es müssen alle Anrainer eines mit Genmais bepflanzten Feldes mit diesen Versuchen einverstanden sein. Du kannst dir vorstellen, was passiert ist?«

»Die Bauern, die an dem Genmaisversuch interessiert waren, haben das auf ihren Feldern wegen Genmaisgegnern nicht durchsetzen können?«

»Genau.«

»Und die zehn auf der Liste wollten diese Versuche starten?«

»Nur drei davon. Weber, Schmiederer und Könninger.«

»Und es ist nichts geworden aus der Versuchsreihe.«

»Offiziell zumindest.«

Ich war wieder hellwach. Illegale Genmaisversuche in der Oberrheinregion. Wenn Rosa das herausgefunden hatte …

»Hast du Beweise?«, fragte ich.

FK lachte trocken. »Von seriöser journalistischer Arbeit hast du so wenig Ahnung wie ich vom Kochen. Beweise! Die lassen sich nicht so mir nichts, dir nichts aus dem Hut zaubern. Was glaubst du denn, warum ich mit dem Schmiederer einen Schnaps nach dem anderen gesoffen hab?«

»Er hat übrigens die komplette Zeche bezahlt.«

»Das macht er immer, wenn er betrunken ist. Wenn ich ihn das nächste Mal treffe, wird er meinen Anteil schon zurückfordern.«

»Also, was hat der Schmiederer erzählt?«

»Beim Schmiederer ist kurz nach dem gescheiterten Versuch der Droll auf dem Hof gestanden, und die zwei haben zusammen ein paar Schnäpse gekippt, und der Droll hat vorgeschlagen, doch auf das ganze Genehmigungsverfahren zu verzichten und in der Mitte von seinen Maisfeldern einen Genmaisversuch zu starten. Bei seiner Anbaufläche sei das Risiko, dass Samen auf herkömmlich angebauten Maisfeldern landen, extrem gering. Dafür hat er ihm wohl ordentlich Geld angeboten. Erst hat der Schmiederer das ganz wunderbar gefunden, aber dann hat ihm seine Frau den Kopf gewaschen und bestimmt, dass das Genzeugs nicht bei ihnen auf den Hof kommt.«

»Glaubst du ihm?«

»Er hat gemeint, dass ich seine Maisfelder auf genmanipuliertes Saatgut hin überprüfen kann. – Interessant ist, ob Könninger oder Weber auf Drolls Angebot eingegangen sind.«

Klar! Deshalb hatte Markus bei Ponchito II so panisch reagiert. Wenn man ihm illegale Genmaisaussaat nachweisen konnte, dann hatte er mehr als ein großes Problem.

»Und wenn einer von denen das gemacht hat?«

»Dann muss das und die Beteiligung von Droll und Meranto bewiesen werden.«

»Ich denke, Markus Weber hängt mit drin«, sagte ich und erzählte FK eine abgeschwächte Version von Markus' »Besuch« bei mir.

»Du hast echt ein Talent, dich in Gefahr zu bringen, K«, kommentierte er meinen Bericht mit einer Mischung aus Ärger und Mitleid. »Wenigstens weiß ich jetzt, warum du so nach Schweinestall stinkst.«

»So stinken wir heute halt beide. Du nach Schnaps, ich nach Sau«, konterte ich und erntete ein kleines FK-Grinsen.

»Markus Weber also«, sagte er.

»Er wird es nicht freiwillig erzählen.«

»Das denk ich auch. Mal sehen, wo ich da ansetzen kann. Ich habe morgen übrigens ein Treffen mit Adrian Droll.«

Na endlich, eine direkte Begegnung mit dem Feind! »Wann und wo?«, wollte ich unbedingt wissen.

»Vergiss es, K. Ich nehme dich nicht mit, auf gar keinen Fall.«

Das werden wir dann sehen, dachte ich und stellte mir Rosa vor, die die Genmaisgeschichte weiß der Teufel, wie, herausgefunden hatte und dann in ihrer direkten Art Adrian Droll damit konfrontiert hatte. War er ausgerastet wie bei Nicole? Und war Rosa so zu Tode gekommen?

»Und wie hängt Nicole Räpple da mit drin?«, wollte ich wissen.

»Da habe ich nicht den leisesten Schimmer.«

Wir schwiegen beide. Ich merkte, wie der kleine Adrenalinschub, den FKs Neuigkeiten ausgelöst hatten, verpuffte und sich der Schmerz in meinem Bein und eine bleierne Müdigkeit in mir breitmachten. Wieder nur Antworten, die neue Fragen aufwarfen. Morgen noch. Vielleicht musste ich nach Köln zurückfahren, ohne dass ich erfahren würde, wie Rosa gestorben war. Nicht mal Retsch hatte sich heute bei mir gemeldet. Wenigstens diese blöde Baulandgeschichte hätte doch erledigt sein können.

»Wenn wir damals ein Paar geworden wären«, fragte FK in meine Gedanken hinein, »hätten wir ein Scheitern der Liebe verhindern können?«

Eine der berühmten Was-wäre-wenn-Fragen, die ich mir auch gelegentlich stelle, aber immer schnell damit aufhöre, weil ich finde, dass sie verrückt machen.

»Glaub nicht.«

»Aber weil wir es nie probiert haben, können wir die Illusion pflegen, dass es hätte klappen können mit uns.«

Plötzlich war sie wieder da, die Nähe, und ich spürte eine große Zärtlichkeit für ihn. »Wer hätte das gedacht, FK? Du bist wirklich ein unglaublicher Romantiker.«

»Eine meiner verborgenen Qualitäten. Willst du mehr davon erfahren?« Das alte FK-Grinsen.

»Morgen vielleicht«, schlug ich vor. »Jetzt muss ich einfach ins Bett.«

»Nimmst du mich mit?«

ELF

Ich lag allein in Rosas Kammer und fragte mich, ob FK im Laufe der Nacht das Weite gesucht hatte, nachdem wir uns eng aneinandergequetscht in das schmale Bett gelegt hatten. Mich zumindest hatte der Schlaf schnell und gnädig geholt, mir sogar eine traumlose Nacht beschert. Knochen und Glieder fühlten sich noch steif an, und der Hundebiss brannte wie Feuer, aber der Kopf war wach und klar, als ich mich auf die Suche nach FK machte.

Das Sofa in Rosas guter Stube wirkte unbenutzt, dafür fand ich auf dem Küchentisch einen Zettel mit den Worten: »Melde mich!« Wenn FK glaubte, allein zu dem Treffen mit Droll gehen zu können, dann täuschte er sich.

Vor dem Schlafengehen hatte ich schnell einen heimlichen Blick in sein Notizbuch geworfen und entdeckt, dass dieses für sechzehn Uhr im Eiscafé Venezia angesetzt war. Vorher war sowieso keine Zeit, denn in einer halben Stunde kam der Jörger-Metzger und würde mit mir die Sau schlachten.

So kurz vor der Schlachterei plagten mich doch Zweifel, ob es eine gute Idee war, so die Horrorerlebnisse der Kindheit zu entzaubern, geradezu lächerlich kam es mir vor, Rosa damit posthum einen Gefallen zu tun. Noch nie hatte ich allein eine Sau geschlachtet. Vor mir lag ein Tag harter Arbeit mit vielen Handgriffen und Tätigkeiten, die ich größtenteils nur vom Zusehen kannte, und außerdem hatte ich Angst. Angst vor der Sau, die den nahen Tod fühlte, Angst vor dem Blut, das fließen würde, Angst vor der Zerstückelung eines eben noch lebendigen Tieres in unzählige Brocken Fleisch. »Jetzt stell dich nicht so an«, schimpfte Rosa mich aus, »du bist doch keine verweichlichte Großstadt-Madame.« Recht hatte sie. Entweder das oder gar kein Fleisch. Bringen wir's hinter uns.

In einer Schublade hatte ich noch Gefriertüten und Etiketten gefunden, auch ein Stück Wäscheleine, das ich brauchte, um die Würste aufzuhängen. Der Jörger-Metzger würde Messer, Bretter und die Gewürze zum Wursten mitbringen, alles andere stand bereit. Alle Fleischstücke, die nicht in die Salzlake kamen, wollte ich einfrieren. Also raffte ich mich endlich auf, in den Keller zu gehen, wo Rosas riesige Gefriertruhe stand.

Der düstere Keller roch nach schalem Most und feuchtem Holz und beherbergte Ratten und Spinnen. Halt bot an diesem Ort der Finsternis die weiße, saubere Kastenform der Gefriertruhe, und Trost spendete das Licht, das beim Öffnen auf die gefrorenen Vorräte aus Fleisch, Gemüse und Obst fiel. Es machte den Keller zwar nicht heimelig, aber erträglich.

Doch diesmal knallte ich den Deckel der Gefriertruhe sofort wieder zu, und die Dunkelheit des Kellers war tausendmal leichter zu ertragen als das, was mir das Licht in dem weißen Kasten für einen einzigen Augenblick gezeigt hatte. Ich weiß nicht mehr, ob ich schrie, ich weiß nicht mehr, ob ich rannte, ich weiß nur, dass ich irgendwann mit wild schlagendem Herzen und zittrigen Fingern in Rosas Küche versuchte, die Tasten meines Handys zu bedienen.

Die Stunden, die folgten, sehe ich wie durch einen Schleier. Die beiden Polizisten des gestrigen Tages, die zuerst vor Ort waren. Der Fotograf, die Mitarbeiter der Spurensicherung, der Gerichtsmediziner, die den düsteren Keller in einen belebten, hektischen Ort verwandelten. FK, der mir einen Tee kochte und sich Notizen machte, Traudl, die neugierig und verschreckt zugleich durch die Küche huschte, mir mehrfach einen Hab-ich-es-dir-nicht-gesagt-Blick zuwarf. Der Jörger-Metzger, der schnell wieder verschwand. Der namenlose Kommissar, der mir all die Fragen stellte, die in einer solchen Situation zu stellen waren. Fetzen der ersten Ermittlungseindrücke, die dem Kommissar während unseres Gesprächs mitgeteilt wurden, drangen zu mir durch: keine sichtbaren Verletzungen, schon mehrere Tage tot. Mord, klar. Keiner legte sich freiwillig zum Sterben in eine Gefriertruhe.

Bei jedem dieser Sätze tauchte wieder der blau gefrorene Körper des ausgemergelten alten Mannes mit nur einem Bein vor mir auf, der mich mit toten Augen angestarrt hatte, als ich die Gefriertruhe öffnete. Sie würden mich verfolgen, diese Augen, genau wie die vernarbte Rundung des Beinstumpfes, an der sich Eiskristalle gebildet hatten. Einer von der Spurensicherung zeigte dem Kommissar das Löffler'sche Holzbein. Man hatte es unter den Holzstangen hinter den Bienenstöcken entdeckt, dort, wo Ottilie vor einigen Tagen den blutverschmierten Stock gefunden hatte.

»Ihre Tante hat einen Schlachttermin mit Rudolf Löffler gemacht? Sie liegt am gleichen Tag tot unter einem Baum?« Der namenlose Kommissar horchte auf und wollte mehr wissen. »Wer hat sie gefunden? Welcher Arzt hat den Todesschein ausgestellt? Wann und wo wurde sie beerdigt?«

Ich antwortete mechanisch auf seine Fragen, erzählte aber nichts von dem tagelangen, bisher vergeblichen Versuch, die Rätsel um Rosas Tod zu lösen. Dabei hätte mir der Kommissar bestimmt sehr interessiert zugehört, hätte vielleicht seinerseits Ermittlungen in Gang gesetzt, Befragungen durchgeführt, möglicherweise eine Obduktion von Rosas Leiche angeordnet. Zu viele Vielleichts. Zudem hatte ich einen Vorsprung von zehn Tagen, und außerdem konnte ich mein Wissen nicht preisgeben.

Es war meine Aufgabe, nicht die des Kommissars, das war Rosas Vermächtnis. Alles, was sie mir beigebracht hatte, verlangte sie als Einsatz, um ihren Tod aufzuklären: »Gebrauch deinen Kopf! Stell lieber eine Frage zu viel als zu wenig! Sei kein Waschlappen! Kämpfe! Gib immer dein Bestes!« – Und für all dies blieb mir nur noch ein einziger Tag.

Traudl! Einen Hinweis nach dem nächsten hatte sie mir zu dem toten Metzger gegeben, der letzte überdeutlich »eiskalt und mausetot«. Wo war sie überhaupt? Die ganze Zeit hatte sie sich hier herumgedrückt, und jetzt war sie wie vom Erdboden verschluckt. Alle hatten sich verdrückt: die Spurensicherung, der Fotograf, der Gerichtsmediziner, der Kommissar, der davor höflichkeitshalber gefragt hatte: »Können Sie allein bleiben? Sollen wir einen Angehörigen verständigen? Notieren Sie sich bitte meine Nummer, falls Ihnen noch etwas einfällt.« Auch FK war weg. »Einbeiniger Metzger tot in Gefriertruhe«, solche Titelstorys konnte er beim Acher und Bühler Bote selten texten.

Ich hatte bei allem nur genickt und versichert, dass ich in Ordnung sei. Ich wollte, dass die Hektik und das Gewusel um mich herum aufhörten, damit sich endlich dieser Schleier auflöste und ich wieder klar sehen konnte. Jetzt stand ich allein in der Küche, aber in meinem Kopf klärte sich nichts, als ich über die Wachsdecke des Tisches strich oder ein paarmal den leeren, gut geölten Fleischwolf drehte. Also versuchte ich, den Schleier zu lüften, indem ich mich daran erinnerte, wie die Küche bei meiner Ankunft ausgesehen hatte.

Beinahe wäre ich über die Wurstmaschine gestolpert, die mitten im Raum gestanden hatte. Normalerweise wurde diese wie der Fleischwolf am Tisch festgeklemmt. Hatte sie der Einbeinige also beim Eintreten vor Schreck fallen lassen? »Er hat etwas gesehen, was er nicht sehen sollte.« Wieder Traudl. Was war dem Einbeinigen zum Verhängnis geworden?

Ich schloss die Augen und versuchte, mir die Situation vorzustellen. Der Morgen des Schlachtfestes. Rosa war früh auf, hatte alles vorbereitet, der Zinkbottich, den ich gestern in den Hof geschoben hatte, war ihr zu schwer gewesen, den hatte sie bestimmt gemeinsam mit Traudl hinaustragen wollen.

Natürlich! Traudl war immer bei den Schlachtungen dabei gewesen. Man ist ja an so einem Tag froh um jede erfahrene Hand. Traudl war da, nie hätte sie Rosa am Schlachttag allein arbeiten lassen, immer hatten die zwei Frauen da zusammen gekocht, gesalzen und gewurstet.

Als ich kam, hatte der Zuber nicht im Hof gestanden, und Rosa hätte ihn definitiv nicht allein auf den Hof schieben können. Der war selbst mir fast zu schwer gewesen, und ich bin, im Gegensatz zu Rosa, eine große, kräftige Frau. Also hatte sie ihn am Morgen des Schlachtfestes auf den Hof tragen wollen und auf Hilfe gewartet. Auf Traudl oder den Einbeinigen. Aber gekommen war ihr Mörder. Wem hatte sie die Tür geöffnet? Was war dann passiert? Ein Streit, der eskalierte, oder ein kaltblütiger Schlag auf den Kopf? Was auch immer, es hatte zu ihrem Tod geführt. Rosa war gestorben, bevor oder gerade als der Einbeinige ankam. Der Einbeinige musste den Mörder und die tote Rosa gesehen haben. Eine andere Erklärung für seinen Tod fand ich nicht. Hatte er um Hilfe geschrien? Wer hätte ihn hören können? Traudl mit Sicherheit, vielleicht sogar der Ölmüller oder Markus Weber, wenn er laut genug gebrüllt hätte. Warum hatte sich der Einbeinige nicht gewehrt? Warum wies sein Körper keine Kampfspuren oder Schlagverletzungen auf?

Weiter kam ich nicht mit meinen Überlegungen, wieder landeten meine Gedanken bei Traudl. Sie musste etwas mitbekommen haben, und mit ihren verqueren angeblichen Visionen hatte sie die ganze Zeit versucht, mir das zu sagen. Hatte etwa Traudl …? Nein, auf keinen Fall. Die kleine, alte Frau hätte nicht die Kraft gehabt,

den Metzger in die Gefriertruhe zu hieven. Aber sie kannte den
Mörder. Entweder deckte sie ihn oder sie hatte furchtbare Angst
vor ihm. Wer war es? Jetzt sag schon, Rosa! Weis mir den Weg!

Aber Rosa antwortete nicht, sie ließ mich allein in ihrem leeren
Haus, das ich seit meiner Ankunft mit dem toten Einbeinigen be-
wohnt hatte. Eisige Kälte kroch in mir hoch, erst jetzt holte mich
die Vorstellung ein, tagelang zwei Stockwerke über einer Leiche
geschlafen zu haben. Wie in meinen Kindheitsphantasien war der
Tod plötzlich wieder überall im Haus. Unsichtbar, unberechenbar.
Ich musste raus aus diesem Haus, so schnell wie möglich. Da rief
Martha an.

»Das ist ja furchtbar mit dem Hanauerländer. Soll ich dich abholen?«, fragte sie. »Du kannst doch jetzt nicht allein in dem Haus
bleiben.«

Als hätte sie geahnt, dass ihre Tochter sie jetzt brauchte, als hätte sie den siebten Sinn. Endlich mal! Ich sagte, dass ich selbst fahren und in fünf Minuten in der Linde sein würde. Es gab noch ein
anderes Zuhause, eines ohne Leichen im Keller. Fahrig stopfte ich
alles Nötige in die Handtasche und hörte, als ich gerade aus der
Küche gehen wollte, ABBAs »Money, Money, Money« als Handy-
melodie. Dann wurde mir schwarz vor Augen.

Die Fahrt durch den schwarzen Tunnel endete in einer Hexenkü-
che. Schweflige Dämpfe, Töpfe voller Schlangen, an Haken bau-
melnde Ratten, Kisten voller widerlichem Ungeziefer. Das offene
Herdfeuer loderte auf, wenn der Grilladier fette Spinnen in Rizi-
nusöl briet. Traudl hatte als Oberhexe den Posten des Küchenchefs
inne, und sie trieb ihre Brigade mit blutigen Prophezeiungen zur
Höchstleistung an. Ganz im Hintergrund betrat Tobias die Küche,
den toten Hrubesch wie ein erlegtes Reh um den Hals gelegt. Davor
bastelte der Patissier Retsch aus Kandisklumpen plumpe Zucker-
häuser, die keinen Halt fanden und zu dreckigem Staub zerfielen.
Auf dem Poissonier-Posten rührte die dürre Elsbeth ein Ragout
aus lebenden Schlangen, die immer an ihren Armen hinaufzün-
gelten und von ihr mit einem Kochlöffel in den Topf zurück-
gedrückt wurden. Auf dem Garde-manger-Posten schälten Franz
Trautwein und Nicole Räpple Maiskolben im Akkord, die sie danach auf den Boden warfen und mit einem kräftigen Tritt in die Er-

de stampften. Aber am schlimmsten anzusehen war der Saucier Droll, der mit einer Kreissäge den Einbeinigen zerteilte und dabei mit Elsbeth im Duett kreischte: »Man muss wissen, wann es zu Ende ist.« Und Traudl antwortete wie eine Hohepriesterin: »Das Ende der Welt ist nah. Wir werden alle untergehen.«

Als ich aus diesem Splash-Splatter-Trash-Movie erwachte, blickte ich auf Rosas alten Herd, auf dem wie immer der blank gewienerte Wasserkessel blitzte. Gott, tat es gut, diesen schlichten Herd zu sehen! Meine nächsten Beobachtungen im Wachzustand waren weniger erfreulich. Ich saß auf dem Boden, meine Beine waren taub bis auf die von Hrubesch angebissene, heftig pochende Wade, mein Kopf dröhnte, als hätte ich literweise gepanschtes Kirschwasser gesoffen, und meine Augen schmerzten, wenn sie auf die glitzernden Goldknöpfe von Retschs blauem Kapitänsjackett trafen. Als dieser merkte, dass ich wach war, beugte er sich zu mir herunter und fuchtelte mit einem Papier vor meiner Nase herum.

»Auch wenn Sie mir das nicht glauben, ich bin wirklich ein sehr geduldiger Mensch, aber zu viel ist zu viel«, redete er auf mich ein. »Sie wollten schon wieder abhauen! Sie unterschreiben jetzt sofort den Kaufvertrag und rücken das Testament von meinem Vater raus!«

»Was ist passiert?«

»Ich hab Ihnen einen kleinen Schlag verpasst, damit Sie endlich unterschreiben.« Retsch wedelte erneut mit dem Kaufvertrag und drückte mir einen Kuli in die Hand. Meine Hand zitterte, und meine Augen flogen über den schon mehrfach gelesenen Vertrag, den ich doch sowieso unterschrieben hätte. Was sollte also der ganze Aufstand?

»Das ist nicht die Summe, die wir vereinbart haben.«

»Strafe muss sein!«

»Wie bitte?«

Anstatt einer Antwort tippte er mit dem Fuß den Vertrag in meiner Hand an. Ich kritzelte meine Unterschrift darunter. Mein Kopf tat so weh, mir war alles egal, Hauptsache, ich wurde Retsch schnell wieder los. Ich reichte ihm das Papier.

»Jetzt helfen Sie mir auf und dann verschwinden Sie.«

Retsch kontrollierte die Unterschrift und schüttelte den Kopf. »Erst rücken Sie das Testament von meinem Vater heraus!«

»Was? Das habe ich nicht.« Mein Kopf, mein armer Kopf. Von

einem klaren Gedanken war ich weit entfernt, und das Sprechen fiel mir entsetzlich schwer. »Seit ich hier bin, habe ich Rosas Papiere mehrfach durchgeguckt. Klar habe ich auch nach dem Testament gesucht, nachdem ich die Briefe Ihres Vaters gefunden habe. Aber das ist nirgends. Glauben Sie wirklich, ich hätte Ihnen davon nichts erzählt?«

»Sie hat aber gesagt, dass sie es hat«, beharrte Retsch.

»Rosa?«

»Wer denn sonst?«

Er beugte sich zu mir herunter und packte mich an meinem T-Shirt. Ich hätte ihm zu gern in die Eier getreten, aber das Hundebissbein brannte wieder, und das gesunde war wie gelähmt.

»So spucken Sie endlich aus, wo Sie das Testament versteckt haben, damit wir die Sache beenden können«, blaffte er mich an.

Wie eine überdrehte Aufziehpuppe warf ich meinen Kopf hin und her und begann, hysterisch zu schreien. Wütend verknotete Retsch das T-Shirt fester zwischen seinen Händen und schnitt mir dadurch die Luft ab.

Den Schatten über mir nahm ich erst wahr, als ein Besenstiel auf Retschs Kopf niedersauste, seine Hände das T-Shirt losließen und ich wieder nach Luft schnappen konnte. Der Besenstiel hieb weitere Male auf Retschs Kopf und Schulter ein, und mit einer Geschwindigkeit, die ich meiner Mutter niemals zugetraut hätte, riss sie die Arme des stöhnenden Mannes nach hinten und fesselte sie mit der Wäscheleine, die ich heute Morgen auf den Tisch gelegt hatte.

»Mama«, röchelte ich, während sie mir auf die Beine half und ich immer noch nach Luft schnappend zur Küchentür torkelte.

»Nimm die Arme hoch und atme ein paarmal tief durch«, ordnete sie mit einer Selbstverständlichkeit an, als würde sie ihre Tochter regelmäßig vor dem Erdrosseln retten. »Ich sag's nicht gern«, redete sie weiter, während sie Retsch auf einen Stuhl drückte und ihn mit den Schnurresten an die Stuhlbeine fesselte, »aber was den angeht«, sie zeigte mit einem verächtlichen Kopfnicken auf ihr Opfer, »da hast du mit deinem Misstrauen recht gehabt. Den alten Löffler in die Gefriertruhe stecken! Also mit so Leut darf man wirklich keine Geschäfte machen.«

»Das war ich nicht, ich bring doch keinen um«, winselte Retsch.

»So? Und was war das?« – Martha deutete auf mich – »Also Ihnen glaub ich kein Wort mehr.«

»Mama, wie …?«, krächzte ich. Meine Stimme wollte mir immer noch nicht gehorchen, und mein Hals brannte, als hätte man mir eine Flammenkette umgelegt.

»Während wir zwei telefoniert haben, hab ich den silbernen Volvo in die Talstraße abbiegen sehen«, antwortete Martha, während sie am Wasserhahn ein Glas füllte und es mir reichte. »Was will der Retsch denn jetzt von Katharina, hab ich mich g'fragt. Und weil ich keine Antwort drauf g'funden hab und du nicht gekommen bist, bin ich losgefahren. Das war allerhöchste Eisenbahn, muss ich sagen.«

Ich trank das Wasser in gierigen Schlucken, dann ließ ich mich auf einen Stuhl fallen. Retschs Augen sprangen zwischen Martha und mir hin und her, er wusste nicht, an wen er sich zuerst wenden sollte. Er entschied sich für mich und probierte sein schönstes Vertreterlächeln aus, was aber nicht recht gelingen wollte.

»Das war doch alles eine reine Verzweiflungstat«, erklärte er mir. »Ich mach doch keine krummen Sachen, aber Sie haben mich mit ihrer Hinhaltetaktik in den Wahnsinn getrieben. Immer wieder haben Sie Ihre Unterschrift verschoben. Ich brauche dieses Neubaugebiet, sonst bin ich ruiniert. Und ich habe Ihnen doch ein wirklich großzügiges –«

»Aufhören, verdammt!«, unterbrach ich ihn. »Ich will endlich wissen, was Sie mit Rosa gemacht haben. Hat die auch einen Schlag auf den Hinterkopf bekommen, damit sie den Vertrag unterschreibt? Und hat deshalb der Einbeinige dran glauben müssen?«

»Ich bringe keinen um«, beteuerte Retsch mit einem ängstlichen Blick auf den Besenstock, den Martha wieder in die Hand genommen hatte. »Angst einjagen, ja, aber umbringen, niemals! Nach dem Tod von meinem Vater hat mich Ihre Tante doch gar nicht mehr ins Haus gelassen. Die hat mir vorgeworfen, ich hätte meinen Vater umgebracht. Alles erstunken und erlogen. Da hat die sich so reingesteigert, da war nichts zu machen. Wegen dem Testament soll ich das gemacht haben, hat sie behauptet. ›Warum soll ich meinen Vater wegen dem Testament umbringen?‹, hab ich sie gefragt. ›Er hat doch ein neues gemacht, in dem er sein Geld Greenpeace vererbt‹, hat sie erklärt. ›Nein‹, sage ich, ›dieses Testament gibt es nicht.‹ –

›Doch, das hat er bei mir hinterlegt‹, hat sie gesagt. ›Dann will ich es sehen‹, habe ich geantwortet. Da hat sie mich angefahren: ›Den Zeitpunkt dafür bestimm immer noch ich!‹ Aber wann immer ich danach gefragt habe, nie war der richtige Zeitpunkt, immer hat sie mich hingehalten.«

Während Retsch redete, verständigten sich Martha und ich mit Blicken.

Das mit der Rosa glaub ich dem Haderlump, sagte mir Marthas Blick. Sie hat wollen, dass dieses Testament existiert, also hat sie es einfach behauptet. Selbstherrlich war sie nämlich, immer hat sie sich die Welt nach ihrem Gusto zurechtgebogen. Und wenn ihr was nicht gepasst hat, dann … Denk an das Album!

Da war es wieder, das letzte Bild. Martha und Edgar als glückliches Brautpaar. Mit einem Leuchten in den Augen, das vor Freude und Zuversicht überquillt. Und daneben Rosa, die Mundwinkel heruntergezogen, die Augen finster, die Haltung kantig, verkrampft. Sie will diese Ehe nicht, und die Albumbilder davor erzählen, warum. Sie kann Edgar nicht loslassen, nachdem sie schon Eddie verloren hat. Martha nimmt ihn ihr weg. Nein, sie gibt der »Schwiegertochter« keine Chance, gönnt ihr den »Sohn« nicht. Und als ich geboren werde, schlägt Rosa zurück, indem sie mich Martha wegnimmt.

Und was war mit meiner Geschichte? War ich nur ein Spielball in diesem Frauenduell gewesen? Hatte Rosa mich benutzt, um Martha zu verletzen? Hatte Martha mich nur aus Verzweiflung geschlagen? War sie aus Verbitterung zu so einer vorwurfsvollen Mutter geworden? Stimmten meine Erinnerungen noch? – Ich sah meine Mutter an, die ihren Blick wieder Retsch zuwandte. Es gab so viele Missverständnisse, so viele Differenzen, so viele alte Wunden, so viele Fragen. Ob die nach Rosas Tod endlich mal gestellt werden konnten? Vielleicht, dachte ich, vielleicht war die Zeit jetzt reif dafür.

»Und wieso sollen wir Ihnen das glauben?«, herrschte Martha Retsch an.

»Alibi?«, schlug er vorsichtig vor.

»Alibi«, knurrte ich verächtlich, als ich aus meinen Gedanken auftauchte, »wer kann in Wirklichkeit schon genau sagen, wann und wo er vor zehn Tagen gewesen ist?«

»Ich! Bei den vielen Terminen führe ich einen detaillierten Kalender, er ist in meiner Brusttasche. An welchem Tag starb Ihre Tante? Schauen Sie unter dem Datum nach!«, schlug er mit einem panischen Blick auf den Besenstiel vor.

Martha stellte den Besen zur Seite, packte mit grobem Griff nach dem Jackett, zerrte aus der Innentasche ein schmales Büchlein hervor und klemmte sich die Lesebrille auf die Nase. »18. August«, murmelte sie, »was heißt HH, BM?«

»Hamburg, Baustoffmesse«, erklärte Retsch erleichtert. »Ich bin am Abend vorher hingeflogen, habe im Hotel Hansa übernachtet und den ganzen Tag Termine mit Baustoffherstellern gehabt. Die kann ich Ihnen alle mit Telefonnummern nennen. Unmöglich hätte ich an diesem Tag hier in der Gegend sein können.«

Alles leicht nachprüfbar, so was kann man nicht erfinden, dachte ich. Martha war gründlicher. Die griff sich Retschs Handy, ließ sich die Namen von zwei Zementherstellern nennen. Als die beiden die Treffen bestätigten, gab sie Retsch das Handy zurück und sagte:

»So, Herr Retsch, und jetzt reden wir über das Bauland.«

Wenn Retsch nach dem Alibi-Coup schon Oberwasser gespürt hatte, so drückte ihn Martha mit diesem Satz wieder tief nach unten.

»Aber wir waren uns doch handelseinig, liebe Frau Schweitzer, und jetzt, wo Ihre Tochter unterschrieben hat, da kann das Geld doch endlich fließen«, flötete er überfreundlich, um wieder die Oberhand zu gewinnen. »Jede weitere Vertragsänderung würde Verzögerungen bereiten, und Sie wollen doch, genau wie ich, dass alles –«

»Du hast wirklich unterschrieben?«, unterbrach ihn Martha und blickte mich erstaunt an.

»Unter Druck, grade eben, und von wegen jede Änderung würde Verzögerung bedeuten …«

»Gib mal den Vertrag her«, befahl sie und holte nicht nur ihre Lesebrille, sondern auch ihren Vertrag aus der großen Tasche ihres grauen Leinenjacketts. Dass sie den mithatte, überraschte nicht nur Retsch, sondern auch mich.

Martha ließ sich auf die Eckbank plumpsen und vertiefte sich in die Papiere. Sie nahm sich Zeit, las nicht nur einmal, sondern mehrfach, verglich Passagen, blätterte vor und zurück. Retschs Gesichtsfarbe wechselte währenddessen von Aschgrau zu Bluthochdruckrot, und ich vermutete, dass er sich in Gedanken seinen Worst Case durchrechnete.

Natürlich hatte ich meine Mutter immer für eine passable Geschäftsfrau gehalten. Aber was sie Retsch in den nächsten zwanzig Minuten aus den Rippen leierte, war ein Lehrstück in Verhandlungsgeschick und Bauernschläue. Dagegen war ich eine blutige Anfängerin. Sie schaffte es nicht nur, dass sie und ich mit den neuen Kaufsummen hochzufrieden waren, nein, auch Retsch, in der Zwischenzeit von seinen Fesseln befreit, schien es die beste Möglichkeit, um mit den, wie er es ausdrückte, »unerfreulichen Missverständnissen« aufzuräumen und damit die Sache doch noch zu einem guten Abschluss zu bringen. Wenn ich an den Einbruch oder an mein Herumirren im Mais dachte, wenn ich meinen immer noch brennenden Hals befühlte, wurmte es mich ein wenig, dass ich ihn nach Marthas Deal nicht anzeigen konnte. Andererseits, was konnte einen Geschäftsmann härter treffen als der Verlust von Geld?

Was die Nummer mit dem Schwarzwaldpüppchen in meinem Restaurant sollte, wollte ich noch wissen. Retsch sah mich verständnislos an, hatte keine Ahnung, wovon ich redete. Ich dachte wieder an Rosas tote Katze und daran, dass Droll schon länger wusste, wer ich war. Wollte er mir mit der Aktion zeigen, wie weit sein Einfluss reichte?

Mich drängte es mit meinem dröhnenden Kopf nach draußen an die frische Luft, und Martha folgte mir. In seltener Mutter-Tochter-Eintracht hockten wir auf der Bank vor Rosas Bienenstöcken, nachdem Retsch davongebraust war. Martha befühlte gelegentlich den in die Jackentasche zurückgesteckten Vertrag, so als müsste sie sich immer wieder davon überzeugen, dass sie diesen guten Abschluss wirklich gemacht hatte.

»Wieso hast du den dabeigehabt?«, fragte ich.

»Nur so. Hab gedacht, wer weiß, was der Retsch von der Katharina will. Da kann ich ja auch versuchen, noch ein bisschen nachzubessern.«

Klar. Es hätte sie gewurmt, wenn ich für mein Bauland mehr bekommen hätte als sie. Martha halt. Im Zwetschgenbaum lärmten die Spatzen, vor den Tomatenstöcken hüpfte eine Amsel auf und ab, und zwischen Kartoffel- und Salatbeet arbeitete eine Ameisenschar. Nie hatten wir gemeinsam auf dieser Bank gesessen, das hier war Rosas und mein Revier gewesen. Wir schwiegen beide, so als hätten wir Angst, die ungewohnte Nähe durch Worte zu zerstören, aber das konnte natürlich nicht ewig dauern.

»Bist du froh, dass sie tot ist, Mama?«

»Kannst du nicht mal aufhören mit deiner ewigen Rumbohrerei, Katharina?«, schnaubte sie sofort. »Was willst du jetzt schon wieder? Soll ich etwa noch schuld sein an ihrem Tod? Glaubst du, ich hätt sie von der Leiter geschubst, oder was?«

»Ich mein doch nur, weil sie dir das Leben so schwer gemacht hat, weil du ihr Edgar weggenommen hast und weil sie immer nur auf meiner Seite gestanden hat und weil du doch an ihrem letzten Tag noch bei ihr im Garten warst und Tomaten –«

»Ich hab ihr Edgar weggenommen? Was phantasierst du dir jetzt schon wieder zurecht? Und den Garten hab ich nicht mehr betreten, seitdem deine Großmutter gestorben ist. Als ob ich freiwillig einen Schritt in den Garten –«

»Traudl hat aber gesagt, dass –«

»Traudl? Der glaubst du mehr als mir? Die spinnt doch! Die denkt doch nur an Pluto, Uranus und den Untergang der Welt, der kann man doch schon lang nicht mehr auch nur ein Wort glauben. Aber wenn du natürlich …«

So schnell war die traute Eintracht dahin, und wir steckten mitten in dem üblichen Kuddelmuddel aus Meinungsverschiedenheiten, Missverständnissen und alten Verletzungen. Wir hatten viel Übung darin, aufeinander einzuschlagen.

Mitten im Satz stockte Martha, auch ich hatte den spitzen Schrei gehört, der von Traudls Haus zu uns in den Garten drang. Nach dem zweiten Schrei sprangen wir auf und liefen hinüber. Die Küchentür zum Garten stand offen, den Weg hinein versperrte der wuchtige Körper von Markus Weber, der sich erschreckt umdrehte und murmelte: »Ich hab doch nur …«

Diesmal hatte er kein Gewehr, ich aber Martha dabei, und so drängelte ich mich nach drinnen und sah Traudl neben dem Tisch auf dem Boden liegen und schwer nach Luft schnappen.

»Jesses, die hyperventiliert! Los, ruf einen Krankenwagen, sag, dass es pressiert«, befahl Martha, die sich ebenfalls an Markus vorbeigekämpft hatte und schon am Boden kniete. »Traudl«, rief sie, »Traudl, was ist los?«

Aber deren Mund verformte sich zu einem Fischmaul, und sie schnappte weiter wie eine Ertrinkende nach Luft. »Was muss man jetzt da machen?«, fragte Martha hektisch. »Auf die Backen klatschen oder auf die Füße helfen oder was?«

»Ich wollt sie doch nur fragen wegen dem Hrubesch«, erklärte Markus und riss, während ich telefonierte, planlos Küchenschranktüren auf, »also, das ist sofort losgegangen, dabei hab ich doch nur wegen dem Hrubesch …«

»Sie muss sich beruhigen«, gab ich die Nachricht aus dem Krankenhausnotruf weiter, »die Atmung muss wieder gleichmäßig werden. Mach es ihr vor, Mama, ganz langsam.«

»Und wann kommen die?«, wollte Martha wissen, während sie Luft in ihren mächtigen Körper pumpte.

»So schnell wie möglich.« Besorgt blickte ich in Traudls hochrotes Gesicht, sah hilflos ihren verzweifelten Versuchen zu, genügend Luft zu bekommen. Sie sah mich nicht an, aber ihre Hand krallte sich, wie schon ein paarmal, tief in meinen Arm. Dann atmete ich, wie Martha, bewusst ein und aus, und Markus, der immer noch wegen Hrubesch jammerte, gesellte sich nach einem donnernden Anschiss von Martha atmend zu uns. Aber so demonstrativ und langsam wir Traudl das richtige Atmen auch vormachten, sie konnte sich nicht beruhigen. Ihre Augen flackerten panisch, und mit jedem vergeblichen Versuch, genügend Luft einzusaugen, glich sie mehr und mehr einem Fisch auf dem Trockenen. Es schien eine Ewigkeit zu dauern, bis wir endlich von der Talstraße her das Martinshorn hörten.

Der Notarzt gab ihr eine Kalziumspritze und ordnete, nachdem er einen viel zu hohen Blutdruck diagnostiziert hatte, eine Einweisung ins Krankenhaus an. Das alles passierte in Windeseile, sodass wir drei wenig später fremd und unnütz in Traudls Küche herumstanden. Die Hauptgründe für Hyperventilation sind psychischer Natur, hatte der Arzt gesagt, furchtbare Aufregung oder große Angst.

»Was hast du mit ihr angestellt?«, fuhr ich Markus an.

»Also ich kann nichts dafür«, redete er sich heraus, »ich hab's ja nicht mal geschafft, sie nach dem Hrubesch zu fragen. Du hast mir doch selber gesagt, sie könnt mir vielleicht helfen mit ihren Visionen und so«, versuchte er, mich auf seine Seite zu ziehen, »aber wie g'sagt: Kaum hab ich die Tür aufgemacht, da hat sie schon losgeschrien. Am Tisch hat sie gesessen, einfach umgekippt ist sie.«

Mit den Segelohren und dem treudoofen Blick wirkte er so gutmütig. Für einen kurzen Moment sah ich noch einmal den zehnjährigen Fußballkapitän und den bewunderten Freund, der mich hatte Trecker fahren lassen, in ihm. Aber so war er nicht mehr. Tobias hatte recht, er spielte jetzt bei den Bösen. Er war ein Scheißkerl, der verdammt schnell ausrasten konnte.

»Und das soll ich dir glauben? Nach allem, was passiert ist?«

»Weißt du was, Katharina? Du gefällst mir überhaupt nicht mehr! Was glaubst du denn, wer du bist, dass du dich hier so aufspielen kannst?«

»Markus, du steckst knietief in der Scheiße. Ich an deiner Stelle würde überlegen, wie ich da wieder rauskomme, anstatt mich immer tiefer reinzureiten.«

»Und du hast keine Ahnung, um was es eigentlich geht. Mit dir schwätz ich kein Wort mehr!«

Nach diesem Satz drehte er sich um und stapfte davon. Wie und womit hätte ich ihn festhalten können? Wütend sah ich ihn, beide Hände in den Hosentaschen, durch den Garten stiefeln. Plötzlich passte in meinem Kopf alles zusammen. Rosa hatte herausgefunden, dass er illegal genmanipulierten Mais anpflanzte. Er hatte sie umgebracht. Leider war ihm dabei der einbeinige Metzger, der ihn gut kannte, in die Quere gekommen. Und Traudl hatte das beobachtet. Markus hatte ihr gedroht, sie auch umzubringen, falls sie den Mund aufmachte. Als er vorhin in ihrer Küche stand, war sie aus Angst um ihr Leben in Atemnot geraten. So ergab die ganze Geschichte endlich einen Sinn.

»Da guck mal, was die Traudl so aufgeregt hat«, hörte ich Martha da sagen. Sie deutete auf die aufgeschlagene Zeitung auf dem Küchentisch.

Ich überflog den Artikel, der mich in eine ganz andere Welt katapultierte. Ein Prozessbericht aus Heidelberg über eine fünfzigjährige Heimleiterin, die zwei ihrer Patienten vergiftet haben sollte. Blödsinn, dachte ich, Markus hatte sie aufgeregt, sonst nichts. Aber es war wie mit Traudls Prophezeiungen. Auch in diesem Artikel gab es etwas, das mich stutzig machte. Und ganz plötzlich war nur noch FK in meinem Kopf. Das Treffen, das FK mit Droll ausgemacht hatte, musste längst vorbei sein. Wieso rief FK nicht an? Ich suchte nach meinem Handy, doch das steckte in der Handtasche, die ich bei Retschs Überfall fallen gelassen hatte.

»Ich muss telefonieren«, sagte ich zu Martha und wunderte mich, dass sie in Traudls Tischschublade kramte.

»Guck mal, da sind Zeitungsausschnitte, alle zum gleichen Thema, alles aus dem letzten Jahr«, murmelte sie und reichte mir ein paar davon. »Warum sie die wohl ausgeschnitten hat? Wegen der Elsbeth vielleicht?«

»Keine Ahnung!« Von einer merkwürdigen Ungeduld erfasst, überflog ich nur die Überschriften. »Gott, es gibt ja wirklich unglaublich viele Fälle von Todesengeln. Aber warum sie das gesammelt hat? Keine Ahnung.«

Meine Unruhe wurde stärker. Irgendetwas stimmte nicht. FK, er hätte längst anrufen müssen. Ich ließ Martha in Traudls Küche zurück und hetzte hinüber zu Rosas Haus. Auf meinem Handy keine Nachricht von FK. Sein Handy war ausgeschaltet, in der Redaktion erwartete man ihn seit über einer Stunde zurück. Niemals hätte er allein zu diesem Treffen gehen dürfen. Wo steckte er? Sicherlich nicht mehr in der Eisdiele Venezia. Aber die war mein einziger Anhaltspunkt.

Eilig stieg ich in meinen Wagen. Hektisch durchwühlte ich das Handschuhfach. Mindestens zwei Dosen mit Pfefferspray hatte ich im Laufe der Jahre dort deponiert und wieder vergessen, weil ich sie bisher nicht gebraucht hatte. Eine fand ich und steckte sie in meine Handtasche.

Martha, die mir gefolgt war, klopfte ans Fenster. »Ich weiß nicht, was du jetzt schon wieder vorhast«, predigte sie. »Aber immer kann ich nicht deinen Schutzengel spielen.«

»Ist klar, Mama«, sagte ich und wusste, dass sie mir das ab jetzt regelmäßig aufs Butterbrot schmieren würde. Ein bisschen dankbarer könntest du schon sein, tadelte ich mich selbst, schließlich hat sie dich aus den Klauen von Retsch befreit und einen guten Vertrag für dich ausgehandelt. So schenkte ich ihr ein Lächeln, das gleichzeitig dankbar und beruhigend sein sollte. Marthas Blick war vorwurfsvoll wie immer. Ich startete den Wagen.

Die Eisdiele Venezia kannte ich, weil es die in Achern schon ewig gab. Auf den altmodischen weißen Eisenstühlen, die vor der Eisdiele standen, hatten FK und ich schon zu Schulzeiten bei einem Milchshake unsere Freistunden verbracht. Die schwarz gelockte Bedienung war deutlich jünger als die alten Möbel, ich kannte sie nicht, dafür kannte sie FK. Ja, er sei da gewesen, bestätigte sie, zusammen mit einem blonden Mann habe er am hintersten Tisch direkt neben dem Klauskirchl gesessen. Nein, ihr sei nichts aufgefallen, FK habe wie immer einen Espresso, der blonde Mann einen Latte macchiato getrunken. Der Blonde sei zuerst gegangen, FK vielleicht zehn Minuten später. Sie konnte nicht genau sagen, wann, war sich aber sicher, dass es bestimmt schon über eine Stunde her war. Nein, gestritten hätten sich die beiden nicht, ganz normal hätten die zwei miteinander geredet, soweit sie das halt mitbekommen habe, schränkte sie ein.

In der Redaktion, zu der ich als Nächstes marschierte, hatte man noch nichts von FK gehört, schien aber eher verärgert als beunruhigt. Die wussten ja nicht, mit wem er sich eingelassen hatte. Ich ließ mir ein Telefonbuch geben und suchte die Nummer von Adrian Droll heraus. Er war tatsächlich zu Hause. Ich war so überrascht, seine Stimme zu hören, dass ich sofort die Off-Taste drückte. Ich spürte den brennenden Hundebiss und Retschs Beule am Kopf und fühlte mich elend, hilflos und überfordert. Mein Handy bimmelte schon eine ganze Weile, aber erst als die Redaktionssekretärin ärgerlich rief: »Das muss Ihres sein«, griff ich danach.

»Sie haben gerade meine Nummer gewählt, was kann ich für Sie tun?«

Drolls Rückruf verschlug mir die Sprache, schnell wollte ich wieder die Off-Taste drücken, aber dann meldete sich Rosa. »Geh in die Vollen, lock den Schweinehund aus der Reserve«, befahl sie mir. – Wieso gab sie keine Ruhe, jetzt, wo ich das Rätsel um ihren Tod fast gelöst hatte?

»Hallo!«, brüllte Droll ungeduldig.

»Wo ist FK Feger?«

»Wer sind Sie?«

»Was ist mit Ponchito II?«

»Was soll der Scheiß?« Seine Stimme klang nicht beunruhigt, nur verärgert.

»Haben Sie Rosa Schweitzer und den einbeinigen Metzger ermordet?«

»Sie sind wohl verrückt.«

»Ich krieg's raus, Droll«, flüsterte ich und spürte eine hilflose Wut.

»Leute, die sich mit mir anlegen, sehen danach nie gut aus. Aber das wissen Sie ja bereits, Frau Schweitzer. Die kleine Warnung in Köln ist doch bei Ihnen angekommen, oder?«

Dann legte er auf. Die Drohung hatte so selbstverständlich geklungen, als wäre es sein Tagesgeschäft. Ich hatte noch nie mit ihm geredet, und er erkannte sogar meine Stimme. Er wusste, dass mir die Weiße Lilie gehörte. Was wusste er noch alles über mich? Was würde er als Nächstes tun, um mich einzuschüchtern? Meine Knie wackelten wie Pudding, und meine zittrigen Finger suchten eine Möglichkeit, sich festzuhalten. Der Kerl war ein Meister im Angstmachen. Auf dem Schreibtisch der Redaktionssekretärin stand ein Strauß rosafarbener Buschrosen, daneben ein Teller mit einer angeknabberten Nussecke. Die Rosen dufteten nach Rosen, die Nussecke nach Haselnüssen. Beides roch gut. Gute Gerüche beruhigen. Bei Ärger Hühnerbrühe, bei Aufregung Himbeersoße, bei Nervosität geschmolzene Schokolade, bei Unzufriedenheit Vanillecreme. In der Weißen Lilie wusste ich immer genau, was ich zu kochen brauchte, um ruhig zu werden. Hier musste ich mich an Rosen- und Haselnuss-Duft festhalten.

»Hallo«, unterbrach die Redaktionssekretärin mit einem Telefonhörer in der Hand meine Duft-Beruhigungstherapie, »Sie wollten doch wissen, wo FK steckt. Er ist oben beim Brigitten-Schloss. Er meint, Sie wissen, wo.«

Natürlich wusste ich, wo. Das Brigitten-Schloss war, wenn man so sagen will, FKs Hühnerbrühe. Er brauchte zur Beruhigung keine Düfte, sondern den weiten Blick ins Tal und in die Ferne. Er war am Leben, es ging ihm gut! Erleichtert bretterte ich wenig später durch Sasbachwalden den Schwarzwald hinauf, nahm an der Brandmatt den schmalen Weg zu den in den siebziger Jahren in den Berg gebauten Terrassenhäusern und parkte dahinter. FKs Wagen stand auch da. Den Rest des Weges musste ich zu Fuß gehen. Keinen wirklich guten Aussichtspunkt konnte man anders erreichen.

Bei einem Klassenausflug in der Sieben waren FK und ich zum ersten Mal hier oben gewesen. Damals natürlich mit Widerwillen, wer mochte als Schüler schon Wandertage? In der Zeit hatten wir mit großem Vergnügen Asterix- und Obelix-Hefte gelesen. Und der Wald vor dem kümmerlichen Schildmauerrest – Schloss war maßlos übertrieben – lag voller Hinkelsteine. Hier, stellten wir uns vor, hatte zu Cäsars Zeiten der badische Ableger eines gallischen Dorfes gestanden. Von diesem finsteren Wald aus hatten die tapferen Badener den römischen Besatzern Widerstand geleistet. Es bereitete großes Vergnügen, mitten im Wald von Stein zu Stein zu springen und sich vorzustellen, wie man diese, gestärkt durch den Zaubertrank von Miraculix, mit leichter Hand nach Angreifern wirft und sie vertreibt.

Die moosbewachsenen Riesensteine verliehen dem Wald auch heute noch etwas Magisches. Wie von einer lockeren Würfelhand ausgeschüttet ruhten sie in einem Bett welker Buchenblätter, deren dichte Baumkronen verhinderten, dass viel Sonnenlicht zu ihnen durchdrang. Ich sog den frischen Waldgeruch in die Lungen ein und spürte die kühle Bergluft auf der Haut. Ein sanfter Wind ließ die welken Blätter rascheln, von weit her zirpte ein Vogel. Kies knirschte gelegentlich unter meinen Füßen, sonst herrschte hier eine ganz besondere abendliche Stille. Diese Steine und dieser Wald waren ein Ort aus einer anderen Zeit, der mächtige Wurf von jemandem, dem Größeres gelang als jeder Menschenhand. Es war nicht nur unpassend, sondern auch irgendwie verstörend, dass ausgerechnet hier mein Handy klingelte.

»Frau Schweitzer, ich habe mich entschlossen, zu reden.«

Nicole Räpple war am Telefon. Ein merkwürdiger Kontrast, sie mir in dem sterilen Krankenhauszimmer vorzustellen, während ich in dieser archaischen Landschaft stand. Ich stieg hoch zum nächsten Felsen und setzte mich. So klar, wie sie jetzt sprach, erkannte ich die Stimme auf dem Anrufbeantworter eindeutig wieder.

»Ich verliere wahrscheinlich meine Stelle, aber ich will nicht weiter mit dieser furchtbaren Angst leben. Ich lass mich von Adrian nicht mehr unter Druck setzen.«

Und dann erzählte sie. Ihre Raiffeisen-Bank hatte sich auf größere landwirtschaftliche Betriebe spezialisiert. Als Assistentin des Filialleiters war sie mit den Kunden und deren Kontobewegungen bestens vertraut. Droll hatte sie auf der Feier zum sechzigjährigen Bestehen der Filiale Breisach kennengelernt. Er sah gut aus, er war charmant, und obwohl viele andere nette Kolleginnen auf dieser Feier waren, hatte er nur Augen für sie. Schon für den Abend danach lud er sie nach Freiburg ein. Er zog mit ihr durch Studentenkneipen und Nachtclubs, und sie verliebte sich in ihn. Ab diesem Abend trafen sie sich regelmäßig mindestens einmal die Woche, allerdings sehr selten an Wochenenden, was sie hätte misstrauisch machen sollen, aber hinterher war man ja immer klüger.

Schon kurz nach Beginn des Bienensterbens hatte er sie um eine Liste von großen Maisbauern aus der Oberrheinregion gebeten. Sie wusste natürlich, dass er für Meranto arbeitete und Ponchito verkaufte. Zu dem Zeitpunkt, als er nach der Liste gefragt hatte, wurde Ponchito aber noch gar nicht in Zusammenhang mit dem Bienensterben gebracht. »Ich verlange doch nichts Illegales von dir«, hatte er argumentiert, »du weißt, dass ich auch anders an die Adressen rankomme, aber ich bräuchte viel länger dafür. Du musst dafür nur einmal in deinen Computer gucken.« Natürlich wusste sie, dass sie Kundendaten nicht nach draußen geben durfte, aber erstens wäre er tatsächlich auch auf anderem Wege an die Daten gekommen, und zweitens machte Liebe blind.

»Hat er Ihnen denn gesagt, wofür er die Liste braucht?«, wollte ich wissen.

Es ging um ein Ersatzprodukt für Ponchito, das aber noch abschließend getestet werden müsste, hatte Droll ihr erklärt. Meranto suchte nach Landwirten mit großen Maisanbauflächen, die dazu bereit wären. Auch das war nichts Illegales, und Nicole Räpple hatte die Liste schon fast vergessen, als Adrian Droll sie ein paar Wochen später bat, ihm über Finanzgeschäfte und Kreditwürdigkeit der zehn Maisbauern Auskunft zu geben. Und das, da konnte sie sich nun nichts mehr vormachen, war definitiv illegal. Sie wusste genau, dass sie ihren Job riskierte, wenn sie das tat. Also hatte sie ihm gesagt, dass sie ihm diese Informationen nicht besorgen könnte. Zuerst hatte er verständnisvoll reagiert, aber immer wieder war er darauf zurückgekommen, hatte betont, wie wichtig das für ihn sei, dass er ansonsten Schwierigkeiten in der Firma bekomme, sie ihm großartige Aufstiegschancen versauen würde und dass er doch immer für sie da sei. Sie war eine verliebte Frau, und langsam begann ihr Widerstand zu bröckeln. »Dann such mir doch wenigstens die raus, bei denen es finanziell nicht so gut aussieht«, hatte Droll ihr vorgeschlagen. »Die kann vielleicht das Geld, das Meranto für die Versuche lockermacht, retten. Und damit wär doch auch wieder der Raiffeisenbank gedient.« Um es kurz zu machen, sie hatte ihm die Daten von vier Maisbauern weitergegeben.

»War Markus Weber dabei?«

Sie schwieg eine Weile, bevor sie Ja sagte.

»Und meine Tante wusste davon?«

»Ob sie von Markus Weber wusste, weiß ich nicht, aber Ihre Tante hat den Egon Ihringer aus Appenweier, einen von den vieren, gekannt. Der hat Adrian wohl in hohem Bogen von seinem Hof geworfen, weil der, ich weiß nicht, wieso, eine Sauwut auf die Firma Meranto hat. Und das hat er Ihrer Tante in allen Details erzählt, auch dass Adrian über seine finanzielle Situation Bescheid gewusst hat. Und Ihre Tante hat dann zwei und zwei zusammengezählt und ist irgendwann in Riegel bei mir vor dem Schalter gestanden, hat die Namen Adrian Droll und Egon Ihringer erwähnt und vorgeschlagen, einen Kaffee zu trinken.«

Ja, ich konnte mir Rosa sehr gut in dieser Situation vorstellen.

Dem Tag vor Rosas Besuch war eine schlaflose Nacht vorausgegangen, in der ihr endgültig klar geworden war, dass Adrian Droll sie nur benutzt hatte. Nachdem sie ihm die Bankauskünfte besorgt hatte, waren seine Anrufe und Besuche spärlicher geworden, und plötzlich war er für sie überhaupt nicht mehr erreichbar gewesen.

»Die Liebe ist schon manch einem zum Verhängnis geworden«, hatte Rosa Nicole erklärt und ihr dann die Informationen Stück für Stück aus der Nase gezogen. Die Namen der Maisbauern hatte Nicole ihr erst nicht nennen wollen, aber als Rosa versicherte, dass sie Nicole nicht hineinreiten, dafür Drolls Schweinereien aufdecken wolle, hatte sie ihr die Namen per Mail geschickt. – Aber Droll hatte davon erfahren.

»Durch meine Tante?«

»Durch wen sonst?«

Rosa wieder. Mit dem Kopf durch die Wand. Hatte sie Droll direkt mit Nicoles Informationen konfrontiert? Die junge Frau damit ans Messer geliefert? So ihr eigenes Todesurteil unterschrieben? Darüber würde nur noch Droll Auskunft geben können.

Ohne Vorwarnung hatte er zugeschlagen. »Verräter müssen bestraft werden«, hatte er gesagt, ohne Wut, eiskalt. Er hatte an ihren Haaren gezogen, sie die Treppe hinuntergestoßen. Damit gedroht, wiederzukommen und ihren Chef zu informieren, wenn sie noch einmal über die Sache sprach. »Lass es dir eine Warnung sein«, hatte er ihr zum Schluss zugeflüstert, »jetzt hast du einen Vorgeschmack davon bekommen, was dir dann blüht.« Dann hatte er ihr die Kleider vom Leib gerissen ...

Ganz plötzlich konnte sie nicht mehr weitersprechen.

»Er hat Sie vergewaltigt.«

»Ja«, sagte sie irgendwann, bevor sie fragte: »Hatten Sie auch eine solche Angst nach der Sache auf dem Spielplatz?«

»Ja, hatte ich. Angst und Ekel.«

»Ich werde ihn anzeigen.«

»Das finde ich mutig.«

»Geht die Angst dann weg?«

»Nein«, antwortete ich wahrheitsgemäß, »sie wird erst noch einmal schlimmer. Aber man kann wieder aufrecht gehen.«

»Nach vorn blicken?«

»Auch.«

»Wann geht die Angst weg?«

»Ich weiß nicht.«

»Nie?«

»Sie wird schwächer, vielleicht irgendwann so schwach, dass man sie kaum noch spürt. Aber Sie brauchen Unterstützung.«

»Meine Mutter hilft mir.«

»Professionelle Unterstützung. Reden Sie mit Schwester Hildegardis.«

»Ich will, dass er bestraft wird.«

»Ja, das wird er. Aber bis dahin ist es ein langer Weg.«

»Ich schaffe das!«

Das klang trotzig und optimistisch. Ein guter Anfang, sie würde für diesen Weg viel Kraft brauchen. Droll war ein harter Gegner.

»Darf ich Sie noch etwas ganz anderes fragen?«, wollte ich wissen und fragte, als sie zustimmte: »Was hat Droll Ihnen von Ponchito II erzählt?«

»So heißt das Mittel, das getestet werden sollte.«

»Mehr nicht?«

»Nein.«

»Nichts über genmanipulierten Mais?«

»Davon weiß ich nichts.«

»Wissen Sie, ob sich einer der vier Bauern zu dieser Testreihe entschlossen hat?«

»Das hat mich der Franz auch schon gefragt, das weiß ich nicht.«

»Ist gut«, murmelte ich.

»Ich soll Sie noch von Franz grüßen, der besucht mich jeden Tag.«

Chapeau, Franz! Die Geduld und Hartnäckigkeit des Imkers hatte Nicole geholfen, dieses Gefängnis aus Angst und Schrecken zu verlassen.

Erst als ich das Handy wegsteckte, spürte ich den kalten, feuchten Hintern, den brennenden Hundebiss und die pochende Beule. Ich zwang mich, aufzustehen, und setzte meinen Weg fort. Keine fünf Minuten später ließ ich den Wald hinter mir, und vor mir tauchten ein paar Steinstufen auf, die hinauf zu dem pyramidenartigen Burgmauerrest führten, dem einzigen Überbleibsel der alten Burg Hohenrode. Ein schmaler Weg schlängelte sich um die Pyramide herum und gab auf der Rückseite einen grandiosen Blick ins Tal frei.

Auf einer Bank, die man unter einer windschiefen Buche gebaut hatte, saß FK, den Blick weit nach Westen gerichtet. Die Sicht war klar heute Abend, der Turm des Straßburger Münsters ein spitzer Bleistift in der Ferne, die dunklen Baumreihen davor markierten den Lauf des Rheins, rechts und links schoben sich die hügeligen Ausläufer des Schwarzwaldes ins Tal. In den Dörfern im Hanauerland und in Achern glitzerten die ersten Lichter als Vorboten der Nacht. Abendstille lag über dem Tal.

»Erzähl mir was über die sechs Berufe der Bienen, K!«

»Hä?«

»Der Blick ins Tal reicht mir heute nicht, um runterzukommen«, seufzte FK und zog mich neben sich auf die Bank.

»Wie war dein Gespräch mit Droll?«

»Nach dem Schlüpfen arbeitet sie zuerst als Putzbiene, die ersten vier Lebenstage reinigt sie die Wabenzellen und den Bienenstock, das weiß ich noch. Aber welcher Beruf kommt danach? Amme? Lagerarbeiterin?«

»Warum hast du nicht angerufen? Kannst dir doch vorstellen, dass ich auf heißen Kohlen gesessen habe wegen diesem Gespräch. Jetzt erzähl schon!«

»Amme oder Lagerarbeiterin?«

»Zuerst Amme, sie füttert die Larven«, erklärte ich ungeduldig. »Danach wird sie Lagerarbeiterin, sie verstaut den Nektar in den Waben und belüftet durch Flügelschlagen den Bienenstock. – Was hat Droll zu Ponchito II gesagt?«

»Ponchito II! Die Sache ist ein Sturm im Wasserglas! Kannst du mir einen Grund nennen, warum Meranto Versuche mit Ponchito II in Deutschland starten soll, wo nach einer Entscheidung der Landwirtschaftministerin der Anbau von MON 810, dem einzigen genmanipulierten Mais, der jemals in Deutschland angebaut wurde, verboten ist? Was hätte Ponchito II da für eine Chance?«

»Konkurrenz belebt das Geschäft, und Entscheidungen des Landwirtschaftsministeriums können sich ändern. Grundsätzlich spricht gar nichts gegen Ponchito II. Was ist los, FK? Was ist bei dem Gespräch passiert?«

»Das waren nur drei Berufe der Bienen.«

Ich holte tief Luft. »Nach dem Lagerleben wird die Biene Bauarbeiterin. Und konstruiert Wabenzellen, danach wird sie in der Verteidigung eingesetzt. Als Wehrbiene verteidigt sie den Bienenstock gegen mögliche Eindringlinge wie Wespen, Hornissen und so weiter. Und ganz zum Schluss wird sie zu der allseits bekannten Sammelbiene«, ratterte ich eilig die weiteren Berufe der Biene herunter. »Beruhigt dich das jetzt?«

»Ein schönes Leben, so klar strukturiert. Die Biene weiß immer genau, was sie zu tun hat. Nie muss sie verschiedene Rollen und Funktionen unter einen Hut bringen. Und was immer sie tut, sie weiß, dass es gut und nützlich für die Gemeinschaft ist.«

So jammerig kannte ich FK gar nicht.

»Womit hat Droll dir gedroht?«

FK seufzte und schwieg. In der Ferne verschwand das Straßburger Münster in der Dämmerung. In Achern und den umliegenden Dörfern blinkten immer mehr Lichter auf. FK seufzte noch einmal.

»Droll war gut vorbereitet, das muss ich sagen. Ich hasse es, in der Provinz zu arbeiten! Eine Hand wäscht die andere. Du kennst das Spiel.«

»Geht's auch ein bisschen genauer?«

»Sagt dir der Namen Dr. Nägele etwas? Nein? Nägele ist der deutsche Vertriebschef von Meranto. Er hat eine große Jagd hinten in Seebach, unterhalb vom Mummelsee. Der Chef-Chef meiner Zeitung ist auch Jäger und gern gesehener Gast bei Nägeles Jagdgesellschaften.«

»Droll hat Beziehungen.«

»Und wird geschützt. Keine dreißig Minuten nach meinem Gespräch mit Droll im Venezia hat mein Chef-Chef angerufen, mir zu meiner herausragenden Berichterstattung zum Bienensterben gratuliert und gleichzeitig betont, dass das Thema jetzt durch sei, ich mich wieder auf meine eigentlichen Arbeitsfelder konzentrieren solle.«

»Ein Maulkorb. Du sollst nicht weiterrecherchieren.« Ich legte ihm den Arm um die Schultern. »Mir hat er auch Angst gemacht, der Dreckskerl, dabei habe ich höchstens eine halbe Minute mit ihm telefoniert. – Hat Droll denn irgendetwas zu Ponchito II gesagt?«

»Punkt eins: Warum sollte Meranto in der Oberrheinregion ein Produkt testen, das in Deutschland nicht zugelassen ist? Punkt zwei: Nach dem Verbot von MON 810 ist Deutschland als Testland für genmanipulierten Mais uninteressant. Punkt drei: Warum sollte er als Außenvertreter damit zu tun haben? Punkt vier: Beim Bienensterben wird die chemische Industrie zum Buhmann gemacht, auch indem solche Gerüchte in die Welt gestreut werden. Punkt fünf: Die Mais-Guerilla arbeitet mit illegalen, teilweise kriminellen Methoden. Als Redakteur einer unabhängigen Tageszeitung sollte man sich ihr nicht als Handlanger andienen.«

»Das hat er tatsächlich gesagt? Aber du hast doch mit Schmiederer in Mösbach geredet, der dir erzählt hat, dass Droll ihm ein Angebot zu Ponchito II gemacht hat.«

»Als ich von einem Informanten gesprochen habe, hat er sofort gefragt: ›Aber doch nicht der Schmiederer, oder?‹ Dann hat er laut lachend erzählt, dass der Schmiederer am liebsten Schnaps säuft und wer immer ihm dabei Gesellschaft leistet, genau die Geschichte aufgetischt bekommt, die er hören will.«

»Vielleicht war es zu früh, Droll direkt anzugehen«, überlegte ich. »Markus Weber könnte leichter zu kippen sein. Dem geht es grad gar nicht gut, weil ihm jemand seinen Hund weggenommen hat. Vielleicht kann man ihm ein Geschäft vorschlagen. Er packt aus und kriegt dafür seinen Hrubesch zurück?«

»Du spinnst doch, K! Hast du etwa seinen Hund entführt?«

»Nein, aber ich glaube, ich weiß, wer ihn hat.«

FK seufzte wieder und schüttelte den Kopf. »Das ist eine Schwachsinnsidee.«

»Nicole Räpple wird Droll übrigens anzeigen.«

»Ach?« Diese Information gefiel FK schon viel besser. Er war ganz Ohr, als ich ihm berichtete, was die junge Frau mir erzählt hatte.

»Es gibt diesen Versuch, FK«, kam ich auf Drolls Geschäfte zurück. »Irgendwo am Oberrheingraben wird Ponchito II getestet. Wenn Droll eine weiße Weste hätte, hätte er seinen Chef nicht eingeschaltet. Er steckt übrigens auch hinter den eingeschlagenen Fensterscheiben in der Weißen Lilie.«

Wieder seufzte FK lang und schwer, bevor er sagte: »Was hat Meranto von einem illegalen Versuch? Die Daten können doch gar nicht verwendet werden. Und warum ausgerechnet hier in der Oberrheinregion, wo es in den vielen osteuropäischen Ländern außerhalb der EU sicherlich problemlos legal möglich wäre? Warum hier, wo es bei Bauern und Konsumenten einen breiten Widerstand gegen Genprodukte gibt?«

»Wegen des Bienensterbens! Du weißt, dass es auf dem Lebensmittelmarkt um Konzentration geht. Die großen Konzerne agieren weltweit, versuchen, global die Kontrolle über die Lebensmittelherstellung zu gewinnen. In der Herstellung von Lebensmitteln wollen sie natürliche Fehlerquellen, sprich Wetter, Ungeziefer und so weiter, die es in der Landwirtschaft leider noch gibt, so gering wie möglich halten. Und genau das verspricht die Genforschung. Ihr braucht ein Mittel gegen den Maiswurzelbohrer? Haben wir.

Ihr braucht eine Getreideart, die auf kargem Boden Erträge bringt? Züchten wir euch. Aber es gibt Widerstand. Zum einen gegen diese Konzentration in der Lebensmittelbranche, denk an die vielen Initiativen für gute regionale Produkte, denk an Organisationen wie Fairtrade, Slowfood oder Eurotoque, zum anderen wegen der Gefahren der Genmanipulation. Keiner kann sagen, ob und wie genmanipulierte Pflanzen die Flora in ihrer Umgebung beeinflussen, keiner kann sagen, ob das Gift im Maiskorn wirklich nur den Maiswurzelbohrer zerstört oder über die Nahrungskette im menschlichen Körper landet. Keiner kann sagen, was dann verändert wird. Genprodukte müssen noch viel länger erforscht werden.«

»Komm zum entscheidenden Punkt, K!«

»Und jetzt passiert so etwas wie das Bienensterben. Ein Supergau für ein konventionell hergestelltes Insektizid. Bienen verrecken zuhauf an einem Korn, das der Mensch irgendwann essen will. Das Gift wird sichtbar, wo die Folgen von gefährdender Düngung oder Ungezieferbehandlung sonst immer unsichtbar bleiben. Die toten Bienen vom Oberrhein füllen die Zeitungen. Natürlich muss man seitens der Industrie erst mal Betroffenheit signalisieren, beschwichtigen, Nachbesserungen versprechen und so weiter. Gleichzeitig aber muss die Genindustrie das Bienensterben zu ihrem Vorteil nutzen. Nur hier im reichen Westen kann sie Geld machen, die armen osteuropäischen Länder oder gar die Länder der Dritten Welt interessieren nicht, hier bei uns muss man die Vorteile genmanipulierten Saatgutes verkaufen. Mit Ponchito II hätte es nämlich keine toten Bienen gegeben. Ich wette mit dir, nächstes Jahr wird man damit einen Vorstoß machen, legale Versuche in Deutschland durchzusetzen. Und wenn man dann schon auf ein Jahr illegale Versuche bauen kann, kommt man bestimmt schneller zu brauchbaren Ergebnissen.«

»Interessante Theorie«, gab FK zu, machte aber sofort Bedenken geltend. »Kannst du dir vorstellen, was es heißt, sich mit einem Großkonzern anzulegen? Der Anruf vom Chef-Chef war nur ein erstes Warnsignal. Der Badische Imkerverband ist bei seinem Protest gegen das Bienensterben ganz bewusst über die politische Schiene gegangen und hat einen direkten Angriff von Meranto vermieden, weil man weiß, wie tief deren Wassergraben ist und was für schwere Geschütze die auffahren können. Weil man zu Recht gehofft hat, dass die Politik schneller reagieren muss. – Wenn ich mich da reinknie, kann mich das meinen Job kosten.«

»Möglich.«

»Und du gehst zurück nach Köln.«

»Ja.«

Kein »Auch in Köln kannst du als Journalist arbeiten«, kein »Vielleicht komme ich zurück und übernehme die Linde«. Nur ein Ja, mehr konnte ich nicht sagen, aber dieses Ja sagte viel. Dass es nur ein Intermezzo war mit uns oder ein Spiel mit alten Gefühlen und unerfüllten Sehnsüchten. Kein Neuanfang, der unser Leben veränderte. Wir sahen uns nicht an, sagten nichts, blickten beide hinaus auf die weite Ebene, die sich mehr und mehr mit dem diffusen Licht der Dämmerung füllte. In dieses Licht schob sich der Nebel auf dem Flugplatz von Casablanca, und Humphrey Bogart sagte zu Ingrid Bergman: »Uns blcibt immer Paris.« Der Moment war genauso traurig und genauso kitschig.

FK fing als Erster wieder an zu sprechen, und nur das leichte Krächzen seiner Stimme verriet, dass ihn noch etwas anderes als ein möglicher Umweltskandal beschäftigte.

»Der Kampf gegen Meranto, das kommt mir ein bisschen so vor wie damals in unserem Hinkelstein-Wald. Wir gegen den Rest der Welt!«

»War doch ein tolles Gefühl!«

»Klar doch. Aber unsere Gegner waren Phantasie-Römer.«

»Gemeinsam sind wir unschlagbar«, ergänzte ich. Das war einer unserer Lieblingssprüche gewesen. Die Naivität der Jugend. Im erwachsenen Leben hatte jeder von uns schmerzhaft lernen müssen, was es hieß, auf stärkere Gegner zu treffen, beschissen zu werden, zu verlieren, am Boden zu liegen. »Hinfallen ist nicht schlimm«, hatte Rosa gern gesagt, »aber du musst wieder aufstehen.«

Rosa! Sie ließ mich nicht los, schob sich wieder frech und fordernd in meinen Kopf. Meine Aufgabe war noch nicht gelöst. Vor ein paar Stunden noch war ich überzeugt gewesen, dass es Markus Weber war, der sie umgebracht hatte. Nach dem, was mir Nicole Räpple über Adrian Droll erzählt hatte, zweifelte ich wieder daran. Hatte der sie ausgeschaltet, damit sie die Versuche mit Ponchito II nicht öffentlich machen konnte?

»Lass uns gehen, solange es noch einen Rest Tageslicht gibt«, schlug FK vor und deutete auf die schmale Mondsichel, die hinter dem Blosekopf aufstieg, »sonst verlaufen wir uns im stockfinsteren Hinkelstein-Wald und werden von der Hexe gemästet oder von wilden Tieren zerfetzt, bevor wir die Welt vor Meranto retten können.«

ZWÖLF

In der Nacht führte mich Rosa nach draußen auf den Hof, wo an einem kalten Wintertag ein Zuber mit heißem Wasser im Schnee dampfte. Traudl kniete vor dem Zuber, zog ein Neugeborenes aus dem heißen Wasser, wirbelte es durch die Luft und juchzte: »Mein Ein und Alles«, bevor sie es zu Markus Weber warf, der es Hrubesch zwischen die Zähne steckte. Rosas Schwester Ottilie drehte derweil Pirouetten auf dem gefrorenen Weiher der Ölmühle und sang: »Der Klapperstorch, der Klapperstorch, der bringt die kleinen Kinder und holt die alten Rinder.« Rosa ergriff meinen Arm und sagte: »Langsam pressiert's, Katharina. So schwer ist es doch wirklich nicht, oder? Hier, guck!« Dann malte sie mit Blut eine Taube in den frischen Schnee.

Martha holte mich aus diesem Traum, indem sie durch den Hausflur brüllte, dass der Jörger in zehn Minuten kommen würde. Ich schreckte auf und reckte die steifen Knochen. FK, der sich nicht gerührt hatte, ließ ich weiterschlafen, bei der Schlachterei konnte er mir sowieso nicht helfen. Martha dagegen hatte mir gestern ihre Unterstützung sofort zugesagt, nicht zuletzt, weil ich ihr das ganze Frischfleisch versprochen hatte, da ich die Kühltruhe, in der der tote Metzger gelegen hatte, nicht mehr zum Einfrieren benutzen konnte. Die Aussicht, abends Metzelsuppe auf die Speisekarte der Linde zu setzen, hatte ihr ebenfalls gefallen.

Nicht nur Kaffee war gekocht, auch ein geschmiertes Marmeladenbrötchen wartete in der Küche auf mich, außerdem hatte Martha bereits alle großen Töpfe mit Wasser gefüllt und auf den Herd gesetzt. Rechtzeitig, denn ich hatte mein Brötchen noch nicht aufgegessen, als der Jörger-Metzger, mit Gummistiefeln und weißer Wachsschürze bekleidet, in der Küche erschien.

»Furchtbar, was mit dem Einbeinigen passiert ist«, brummte er. »Aber es nutzt nix. Die Sau muss trotzdem unters Messer. Los, hol sie aus dem Stall. Treib sie in die Ecke zwischen Zuber und Wand, dann können wir sie danach gleich ins Wasser heben.«

Das war der Moment, vor dem ich mich am meisten gefürchtet hatte. Ein letztes Mal musste ich der Sau in die Augen blicken. Ich ging hinüber zum Stall, wo sie, wie immer, wenn ich sie in den letzten Tagen füttern kam, erwartungsvoll grunzte.

»Sau«, sagte ich, »du hast ein schönes Leben gehabt, friedlich ist es gewesen, jeden Tag hast du gute Sachen zu fressen gekriegt.« Als ob sie mich verstehen könnte, grunzte sie jetzt eher ängstlich als erwartungsvoll. »Der Jörger«, redete ich weiter mit ihr, »ist ein guter Metzger. Er wird dich nicht leiden lassen.« Dann öffnete ich das Tor, aber die Sau drängte nicht nach draußen, zog sich stattdessen tiefer in ihren Verschlag zurück. Ich zwängte mich hinter sie, hieb ihr kräftig auf die breiten Hinterbacken. »Los, lauf!«, schrie ich. »Los jetzt.«

Da setzte sie sich quiekend vor Angst in Bewegung, suchte verzweifelt nach einem Ausweg, aber draußen versperrten ihr Martha und der Jörger alle Fluchtmöglichkeiten. Gemeinsam trieben wir sie in die Ecke, immer das todesängstliche Quieken im Ohr. Als sie dort am ganzen Schweineleib zitternd festsaß, tötete sie der Metzger mit einem einzigen Schuss und verwandelte danach den Hof für einen Augenblick in einen Ort der Stille.

Der kalte Wintermorgen mit der leichten Raureifdecke über dem Kies tauchte vor mir auf, Rosa hinter mir, die Hand fest auf meine rechte Schulter drückend, der Schuss des Einbeinigen, die umkippende, plötzlich stumme Sau, meine Flucht auf dem Fahrrad.

»Hol die Schüssel«, befahl der Jörger in die Stille hinein.

Ich griff nach dem gelben Plastikeimer, näherte mich der toten Sau, gerade noch rechtzeitig, um den ersten Schwall Blut aufzufangen, nachdem der Jörger sein Messer in die Halsschlagader des Tieres gebohrt hatte. Beim zweiten Schlachten hatte ich es ausgehalten, bis der Einbeinige die Gedärme aus der Sau zog, beim dritten Mal war ich bis zum Ende dabeigeblieben.

»Du musst näher ran, sonst geht zu viel Blut verloren!« Der Jörger drückte den Eimer fester an die Sau, und ich sah Rosa vor mir, wie sie dabei sofort die Hand in das Blut getaucht hatte, richtig eklig fand ich das, aber nach einem befehlenden Blick vom Jörger steckte auch ich meine Hand in das körperwarme Blut und rührte gegen das Gerinnen an. Während der Lebenssaft aus dem Tier herausfloss, machte sich in der Luft der typische Eisengeruch breit. Ich rührte immer noch, als Martha und der Jörger das ausgeblutete Tier in den Zuber mit heißem Wasser hievten, ihm mit schweren

Eisenketten die Borsten abrieben und hinterher mit Messern die Schwarte blank putzten.

Als die Sau sauber war, hatte auch das Blut sich der Außentemperatur angeglichen. Jetzt, wo die Gerinnungsgefahr vorbei war, konnte ich es in die Küche stellen und mit anpacken. Zu dritt schleppten wir die Sau zu der schräg aufgestellten Leiter, der Jörger klemmte die Hufe in den Haken fest, dann griff er zum Messer und öffnete der Sau den Bauch. Die Gedärme quollen heraus, der Jörger löste Herz, Leber, Nieren aus, säuberte den Magen, fragte, was er mit Lunge und Magen machen sollte. Weg, entschied ich, genau wie die Därme, spürte dabei aber Rosas missbilligenden Blick.

Sie hatte nie etwas weggeworfen, immer gepredigt, dass alles am Schwein zu verwerten war: die Lunge für ein Haschee, die Kutteln für einen Salat, die Därme zum Wursten, das Schwänzchen als Vogelfutter, die getrocknete Blase als Ballon für die Vogelscheuche. Vergiss es, Rosa, rief ich ihr zu, als ich an das mühevolle Säubern der Därme dachte, die erst entleert, dann umgestülpt und entwässert werden mussten, so was mache ich nicht!

Während der Jörger jetzt mit der Axt die Sau teilte, kümmerte ich mich um die Wursterei. Ich schleppte die Innereien, Schwartenstücke und ausgelöstes Kopffleisch in die Küche, warf das Kopffleisch und die Zitzen ins heiße Wasser, die Basis der Metzelsuppe. Neben Würzen, Kneten und Rühren ging es beim Wursten vor allem um die richtige Temperatur des Siedewassers und die genau abgepasste Zeit, die die Würste darin verbringen durften. Aber eins nach dem anderen. Ich trieb also Innereien und Kopffleisch durch den Fleischwolf, jagte in Milch eingeweichtes Weißbrot und Metzelbrühe hinterher, verrührte alles zu einer cremigen Leberwurstmasse, würzte mit Salz, Pfeffer, Majoran, Koriander und Muskat und war ganz in meinem Element.

Kochen – und Wursten zählte ich einfach dazu – ist ein Kraftquell wie Marathonlaufen oder Yogaübungen. Beim Kochen denkst du nur ans Kochen, an all die kleinen Schritte, die du machen musst, du erinnerst dich, wie du das Gericht das letzte Mal gekocht hast, du überlegst dir Variationen oder sonst etwas, aber du schweifst nicht ab, dein Geist spaziert nicht davon, weil du alles, was du denkst, direkt in die Tat umsetzen musst.

Deshalb verlangte das Wursten vollen Einsatz, drängte Gedanken an den Tod von Rosa und dem Einbeinigen aus meinem Kopf. Schon rührte ich die Metzelsuppe durch, stülpte einen der präparierten Därme, die der Jörger mitgebracht hatte, über die dafür vorgesehene Öffnung der Wurstmaschine, füllte die Lebermasse in den Trichter, achtete darauf, dass der Darm gleichmäßig damit gefüllt wurde. Ich war so in die Arbeit vertieft, dass mich ein lautes Räuspern erschreckte. Ich hatte nicht gehört, wie Elsbeth in die Küche gekommen war.

»Ich wollt mich nur bedanken. Die Mutti hat mir g'sagt, dass ihr sie gestern g'funden habt.«

»Schon recht. Wie geht's der Traudl denn?«, murmelte ich. Es war eine diffizile Arbeit mit der alten Wurstmaschine. Immer wieder bildeten sich Luftlöcher in der Wurstmasse, und ich musste mit der Hand drücken und pressen, um diese zu füllen.

»Besser. Sie bleibt noch einen Tag zur Beobachtung, dann kann sie heim. Am liebsten würde ich sie ganz mit zu mir nach Heilig-Geist nehmen. Aber sie will partout nicht in ein Altenheim.«

Die pirouettendrehende Ottilie schoss durch meinen Kopf, wurde aber schnell wieder von der Leberwurst verdrängt. Immerhin fragte ich noch: »Was hat sie denn gestern so aufgeregt, dass sie umgefallen ist?«

»Demenz hat viele verschiedene Erscheinungsformen. Du kannst dir nicht vorstellen, wie sehr der Geist sich im Alter verwirren kann, da ist die Mutti noch harmlos. Also ich hab zum Beispiel männliche Patienten, die denken, sie sind zwanzig und hochattraktiv. Die stellen den Pflegerinnen nach, einer, der schreckt nicht mal davor zurück, mir an den Busen ...«

Ich hörte ihr nicht richtig zu, denn jetzt hatte ich den Dreh raus. Die Masse flutschte gleichmäßig in den Darm, eine richtig lange Wurst hatte ich schon produziert, bald war der erste Darm voll. Elsbeth klagte weiter ihr Leid mit geilen alten Böcken.

»Sie hat Zeitung gelesen, und der Markus Weber hat bei ihr in der Küche gestanden«, stoppte ich ihren Redeschwall. »Dazu hat sie gar nichts gesagt?«

»Was für eine Zeitung?«

Der Ton in Elsbeths Stimme ließ mich aufblicken. Ihr Gesicht war so aschgrau wie der Darm, den ich gerade füllte.

»Die Renchtäler, glaub ich, die Seite Vermischtes. Ein Artikel über einen Prozess gegen eine Heimleiterin in Heidelberg, die zwei Patienten umgebracht haben soll. – Hat's so was nicht auch in Heilig-Geist mal gegeben?«, fiel mir ein.

Einen Artikel darüber hatte ich bei Rosas Unterlagen über Sterbehilfe gefunden. Auch in Traudls Tischschublade hatte der Artikel gelegen. Erst in diesem Augenblick registrierte ich, dass beide Frauen Material zu diesem Thema gesammelt hatten.

»Als Leiterin kann ich nicht für jeden meiner Mitarbeiter die Hand ins Feuer legen«, bellte Elsbeth wie ein verletzter Hund und blickte panisch zwischen mir und FK, der schlaftrunken in die Küche geschlurft kam, hin und her. Dessen Gegenwart schien ihr überhaupt nicht zu gefallen, sie bellte noch wütender: »Wollt ihr mir was anhängen? Die Sache wieder aufrollen, jetzt wo gerade Gras drübergewachsen ist? Nicht mit mir, nicht mit mir!« Sie rauschte davon, bevor einer von uns den Mund aufmachen konnte.

»Und was ist mit Markus Weber? Hat sie zu dem gar nichts gesagt?«, rief ich ihr hinterher, erhielt aber keine Antwort.

FK goss sich einen Kaffee ein und fragte: »Was ist der denn für eine Laus über die Leber gelaufen?«

»In ihrem Altenheim hat es vor ein, zwei Jahren so einen Todesengel-Fall gegeben«, erzählte ich. »Ich habe darüber einen Artikel in Rosas Unterlagen gefunden. Mal sehen, ob ich die Geschichte noch zusammenkriege. Rausgekommen ist die Sache eher durch Zufall. Da war ein zerstrittenes Geschwisterpaar, das hat nach dem plötzlichen Tod der Mutter auf einer Obduktion bestanden. Die zwei haben sich gegenseitig beschuldigt, die Mutter umgebracht zu haben. Dabei ist festgestellt worden, dass die Mutter tatsächlich an der Überdosis von Ich-weiß-nicht-was gestorben ist. Daraufhin haben sich die Geschwister zusammengerauft und das Altenheim verklagt. Der Prozess ist dann ausgegangen wie das Hornberger Schießen. Man hat nicht rausgefunden, wer der Frau die Überdosis verabreicht hat, Selbstmord ist, glaub ich, auch nicht ausgeschlossen worden. – Na ja, und die Elsbeth hat wegen dem Prozess und dem öffentlichen Wirbel um den ungeklärten Tod als Leiterin sicherlich keine gute Zeit gehabt.«

FK leerte hastig seine Kaffeetasse. »Die Polizei hat in Achern eine Pressekonferenz wegen des einbeinigen Metzgers angesetzt. Ich bin gespannt. Was denkst du? Haben sie etwas Neues?«

»Schön wär's.«

»Heb mir einen Teller Metzelsuppe auf. Ich melde mich!«

Schnell forderten die Leberwürste wieder meine volle Aufmerksamkeit, ihre Fertigstellung konnte nicht warten. Abbinden und verschnüren, die fertigen Würstchen ins siedende Wasser legen, aufpassen, dass sie nicht platzen, derweil einen neuen Darm füllen. Als ich die ersten fertigen Würste zum Abtropfen vor der Küche auf die Leine hängte, verstaute Martha Plastikwannen mit dem Frischfleisch in ihrem alten Benz. Sie wollte später wiederkommen, um die Metzelsuppe abzuholen. Der Jörger hatte derweil den Wasserschlauch angeschlossen und spritzte die Holzplatte sauber, auf der er die Sau zerteilt hatte.

»Willst du noch einen Kaffee und ein Stück Linzer Torte?«, fragte ich ihn, aber entweder war er nicht so süßigkeitenvernarrt wie der Einbeinige oder er hatte es eilig. Er stellte mir die in Salz eingelegten Fleischstücke in die Küche und fuhr dann wie Martha davon.

Als Nächstes wollte ich das Blut, das in dem gelben Plastikeimer neben dem Herd stand, verwerten. So leicht es mir gefallen war, die Innereien zu verarbeiten, so schwer fiel es mir, mich an das Blut heranzutrauen. Blut war ein besonderer Saft. Nicht umsonst heißt Blutwurst im Badischen Schwarzwurst, im Elsass *Boudin noir* und in Köln Flöns, man verzichtet gern auf das Blut im Namen, will beim Kaufen oder Essen nicht an den Hauptinhaltsstoff dieser Wurst erinnert werden.

Noch rührte ich den gelben Eimer nicht an, griff mir zunächst eine der Speckschwarten, entfernte die harte Außenhaut und schnitt das schiere Fett in kleine Würfelchen, rekapitulierte die Würzzutaten. In eine ordentliche Schwarzwurst gehörte Knoblauch. Nur fand ich weder in Küche noch Garten welchen.

Traudl, das sah ich schon von Weitem, hatte in ihren Musterbeeten Knoblauch zwischen die Salatköpfe gesetzt. Ich wollte ihn nicht einfach so nehmen, deshalb rief ich nach Elsbeth. Elsbeth schien mein Rufen nicht zu hören, aber die Küchentür zum Garten stand offen, also ging ich hinein. In der Küche war sie nicht, ich rief weiter nach ihr und sah mich dabei um. Die gestrige Zeitung war weggeräumt, die Tischschublade herausgezogen und leer, die gesammelten Artikel waren verschwunden.

»Was willst du hier?« Wie aus dem Nichts aufgetaucht, stand Elsbeth hinter mir. Der drohende Ton in ihrer Stimme war nicht zu überhören.

»Ich brauche eine Knoblauchknolle für die Blutwurst. Traudl hat welche im Garten.«

»Dann hol dir halt eine.« Sie trat auf mich zu, drängte mich regelrecht zum Ausgang. »Ich will nicht wissen, wie oft du hier schon herumgeschnüffelt hast.«

Was war das denn? Womit war ich ihr auf die Füße getreten? Was hätte es bei Traudl zu schnüffeln gegeben?

»Hey, immer mit der Ruhe. Ich hab dich nur nach Knoblauch gefragt!«

»Der wächst im Garten, nicht in der Küche«, polterte sie feindselig.

Ich zuckte mit den Schultern und ging. Ich war kaum draußen, als sie hinter mir die Tür zuschlug und den Schlüssel umdrehte. Der war mehr als eine Laus über die Leber gelaufen. Durfte man sie etwa nicht auf diesen Skandal in ihrem Altenheim ansprechen? Oder was war sonst der Grund für ihr feindseliges Verhalten?

Was auch immer, ich hatte keine Zeit, mir darüber Gedanken zu machen. Das Blut konnte nicht ewig stehen bleiben. Also rupfte ich den Knoblauch aus der Erde und machte mich auf den Rückweg. Die Küchentür, die ich aufgelassen hatte, war zugefallen, und mir fiel das Herz in die Hose, als ich aus der Küche ein leises Scharren hörte. Alles, was ich seit ein paar Stunden erfolgreich aus meinem Kopf verbannt hatte, drängte mit Macht dorthin zurück. War Droll oder Markus Weber in der Küche? Ich traute mich nicht, auch nur einen Schritt weiterzugehen. Handy, Pfefferspray und Autoschlüssel befanden sich in meiner Handtasche in der Küche, die konnte ich vergessen. Allein würde ich das Haus nicht mehr betreten, ich musste FK anrufen. Ich lief zu Traudls Haus zurück, hämmerte gegen die Küchentür, aber Elsbeth machte nicht auf. Ich musste bis zur Ölmühle rennen. Dabei würde ich auf alle Fälle ins Blickfeld meines ungebetenen Besuchers geraten, also blieb mir nur, einen großen Bogen um die Kirschbaumfelder zu schlagen.

Während ich noch überlegte, ob es nicht doch besser wäre, den direkten Weg zur Ölmühle zu nehmen, öffnete sich die Küchentür. Aus und vorbei, dachte ich, du hast zu lange gezögert.

»Servus, Katharina«, grüßte mich eine vertraute Stimme. Aber es war weder Markus noch Droll, der mich breit angrinste, es war Tobias.

»Gott, hast du mich erschreckt!«, fuhr ich ihn an. »Kannst du nicht klingeln und warten, bis man dir aufmacht?«

»Hab ich, aber es hat keiner aufgemacht, also bin ich hintenrum. – Du hast tatsächlich die Sau geschlachtet, alle Achtung!«

Ich drängelte an ihm vorbei in die Küche, Tobias folgte mir, bediente sich an der Thermoskanne, setzte sich mit seinem Kaffee ganz selbstverständlich an den Küchentisch und drehte sich eine Zigarette.

»Ich bin noch mal auf dem Maisfeld vom Markus Weber gewesen«, erzählte er, »hab was von dem Gras geerntet, das wir da entdeckt haben. Und weißt du, was merkwürdig ist? Das Gras umgrenzt ein weiteres Maisfeld. Verstehst du das?«

Und ob ich das verstand. Tobias hatte das Feld mit dem genmanipulierten Mais entdeckt. Er fiel aus allen Wolken, als ich ihm davon erzählte.

»Der Terminator! Ich wusst immer, was das für ein Dreckskerl ist!«, rief er aus und begann mit großen Schritten in der Küche auf und ab zu gehen. »Den krieg ich, den mach ich fertig.«

»Spiel hier nicht den wilden Mann«, bremste ich ihn. »Markus Weber ist nur das letzte Glied einer langen Kette. Da stecken Adrian Droll und Meranto dahinter, aber das muss erst noch bewiesen werden.«

»Ich besorg so eine Maispflanze und lass sie untersuchen«, überlegte er laut. »Wenn es sich wirklich um genmanipulierten Mais handelt, kann die Mais-Guerilla vielleicht eine richtig große Aktion starten.«

Die große Aktion der Mais-Guerilla interessierte mich nicht. Ich wollte endlich Klarheit darüber, wer Rosa auf dem Gewissen hatte. Vielleicht hatte ich ein entscheidendes Puzzleteil übersehen? Hör auf, schon wieder daran zu denken, schalt ich mich. Nimm dir die Wursterei als Auszeit. Abwarten kann auch zum Ziel führen! Also briet ich die Speckwürfel und den Knoblauch an, schüttete das Blut in einen Topf, stellte es auf den Herd und hoffte, dass Tobias mich bald mit meiner Arbeit allein ließ. Aber der stolzierte weiter wie ein Storch in der Küche herum und hörte nicht auf, auf Markus Weber und die Meranto-Verbrecher zu schimpfen.

»Apropos, Markus«, unterbrach ich ihn, »was hast du eigentlich mit Hrubesch gemacht?«

»Ein braver Hund, er horcht aufs Wort. Ich bin jetzt sein Herrchen«, sagte er mit seinem grashalmfeinen Lächeln. Mehr nicht, obwohl ich ihn fragend ansah. »Ich glaub, dein Handy klingelt«, lenkte er mit einer Kopfbewegung in Richtung meiner Handtasche ab.

»Wo ist er?«, fragte ich noch.

»Er wartet draußen auf mich. Konnt ihn bei deiner Wursterei doch nicht mit in die Küche bringen.«

Ich drehte das Gas herunter und fischte das Telefon aus meiner Handtasche.

»Die Polizei hat tatsächlich Neuigkeiten«, berichtete FK. »Der alte Löffler ist mit Insulin getötet worden, bevor er in die Kühltruhe gelegt wurde.«

»Insulin?«, murmelte ich und drehte mich zu Tobias um. Das Lächeln war immer noch grashalmfein, aber der Glanz in seinen Augen hatte sich verändert. Was sie jetzt ausstrahlten, war schwer auszumachen. Neugier? Betroffenheit? Gefahr? Angst?

»Du weißt ja, dass es für jeden Nichtdiabetiker tödlich ist«, erzählte FK weiter. »Man vermutet, dass der Täter möglicherweise selbst Diabetiker ist. Weißt du zufälligerweise, ob das bei Droll oder Markus Weber der Fall ist?«

Nein. Aber ich kannte einen anderen Diabetiker, und der saß bei mir in der Küche und bewegte sich wie ein Storch. Jemand, den ich niemals verdächtigt hatte, jemand, dessen Ansichten ich in vielem teilte, jemand, der wie ich Rosa geliebt hatte. »Der Klapperstorch bringt die Kinder und holt uns Alte«, hatte Ottilie geplappert. »Neininger und Lang hat er geholt.« Der Zettel, den ich aus Langeweile schraffiert hatte, als FK Rosas Rechner durchforstete, das hatte draufgestanden. Neininger und Lang. Aber warum und wieso? Meine Gedanken überschlugen sich, rasten rauf und runter, nahmen scharfe Kurven, drehten vor und zurück und blieben bei der blutigen Taube hängen, die Rosa im Traum heute Nacht auf den Boden gemalt hatte. Die Taube, das Symbol für den Heiligen Geist. Heilig-Geist, Elsbeths Altenheim, in dem Rosas Schwester Ottilie lebte, das Altenheim, in dem Tobias mal gearbeitet hatte, das hatte mir Retschs Frau erzählt. Das Altenheim, in dem es einen unerkannten Todesengel gegeben hatte.

»FK«, presste ich mühsam heraus, »am besten, du kommst sofort hierher.«

»Was ist los?«

»Tobias ist hier«, sagte ich und versuchte meiner Stimme einen munteren und unbefangenen Ton zu geben, was mir aber nicht recht gelingen wollte. »Du weißt schon, der Guerillero, der mich zum Buchenberger gebracht und mir dann zur Beruhigung erzählt hat, dass er als Diabetiker ein medizinisches Wunder ist, weil er nicht zunimmt.«

»Was sagst du da? Verdammt! Und ich bin noch am Kaiserstuhl.«

»Kaiserstuhl?«, echote ich und fixierte Tobias. Sein Blick verriet mir, dass er wusste, was ich über ihn dachte. Es war also kein Versteckspiel, keine Hinhaltetaktik möglich, und FK konnte frühestens in einer Dreiviertelstunde hier sein.

Tobias hatte sich auf einen Stuhl gesetzt und ließ einen der Därme spielerisch durch seine Finger gleiten. Das schwere Kochmesser, mit dem ich die Speckwürfel geschnitten hatte, lag griffbereit neben ihm auf dem Tisch. Ich blickte zur Tür und sehnte mich danach, dass meine dämliche Kusine Michaela und der brutale Erwin überraschend hier auftauchten und ich nicht mehr mit Tobias allein war.

»Was ist los mit dir? Du bist ja ganz blass.«

Die Besorgnis in seiner Stimme klang echt. Vielleicht irrte ich mich.

»Die Polizei sagt, dass der einbeinige Metzger mit Insulin getötet worden ist.«

»Ein schmerzloser Tod, der Mann war alt und krank, seine Leber schon seit Jahren ruiniert. Auf ihn hat nur noch ein schmerzhaftes Martyrium gewartet.«

»Warum, Tobias, warum?« Krampfhaft hielt ich mein Handy umschlossen.

»Er wäre sowieso bald gestorben.«

»Aber deshalb kann man doch nicht ...«

»Er hat gesehen, wie ich Rosa unter den Zwetschgenbaum gebettet habe. Er hat gedacht, ich hätte sie getötet, und wollte die Polizei rufen. Ich habe ihn gebeten, dass er mir vorher hilft, Rosa ins Haus zurückzutragen. Dabei habe ich ihm das Insulin gespritzt.

Ganz friedlich ist er auf die andere Seite geglitten. Ich hab nicht zulassen können, dass der dumme Kerl die Polizei ruft. Ich muss frei sein, um meine Aufgaben zu erfüllen.«

»Aufgaben! Was für Aufgaben? Da hast Rosa getötet.«

»Das habe ich nicht!« Er sprang blitzschnell auf, riss mir das Handy aus der Hand und setzte sich wieder an den Tisch. »Niemals hätte ich Rosa umbringen können.« Der gefährliche Glanz in seinen Augen verstärkte sich.

»Wenn du sie nicht umgebracht hast, was ist dann passiert?«, versuchte ich ihn zum Weiterreden zu bringen. Solange er redete, würde er mir nichts tun, hoffte ich.

»Es war ein Unfall! Sie ist ausgerutscht und mit dem Kopf gegen die Kante des Küchenschranks geknallt. Sie hat sich aufgeregt, so fürchterlich aufgeregt nach Emils Tod. Hat mir vorgeworfen, dass ich nicht auf ihn ausgepasst, ihn getötet hätte, so wie Neininger und Lang. Das hat die Ottilie ihr erzählt, die manchmal wirklich noch ganz lichte Momente hat. Aber es war falsch, alles falsch. Neininger und Lang wollten sterben, niemals sonst hätte ich ihnen geholfen, und Emil wollte leben, glücklich sein mit Rosa, und ich hab mich mit den beiden so wohl gefühlt wie noch nie in meinem Leben. Sie waren alles für mich. Niemals hätte ich Emil etwas angetan. Wieso hat sie das nur glauben können? Hat sie mich so wenig gekannt? Ich wäre für Emil und sie durchs Feuer gegangen, und sie unterstellt mir so etwas.«

Verletzt wirkte er, und sein Blick war herausfordernd, so als erwartete er, dass ich ihm dieses Verhalten erklärte. Ich hoffte, dass FK die Polizei informiert hatte und diese in ein paar Minuten hier sein würde. So lange musste er weiterreden.

»Rosa hat verdammt hart und ungerecht sein können«, gab ich ihm recht. »Sie war nicht nur großartig.«

»Aber dir hat sie alles verziehen, du warst ihr Augenstern, obwohl du dich nicht bei ihr gemeldet hast, obwohl sie dir scheißegal war.«

»Das stimmt nicht, Rosa war mir niemals scheißegal!«

Vorsicht, Katharina, lass dich nicht provozieren. Du hast verloren, wenn du keinen klaren Kopf behältst, warnte ich mich selbst, merkte aber, wie sehr meine Nerven verrückt spielten. Wie ein erfahrener Jäger zielte Tobias weiter auf meinen wunden Punkt.

»Zehn Jahre hast du sie nicht besucht, zehn Jahre!«

»Ich wüsste nicht, was dich das angeht.« Ruhig Blut, betete ich, behalt ruhig Blut. Dabei hörte ich genau, wie grell und verletzt meine Stimme klang.

»Im Gegensatz zu dir habe ich sie wirklich geliebt.«

Da war es vorbei. Ich griff nach dem Topf mit dem heißen Blut und schleuderte ihn in seine Richtung. Aber genau das hatte er kommen sehen und war schon auf- und zur Seite gesprungen. Das heiße Blut verlief sich auf Tisch und Boden. Dünne Rinnsale am Rand zerflossen zu bizarren Mustern.

»Hau ab!«, brüllte ich. »Hau endlich ab.«

»Du willst mich tatsächlich gehen lassen?«, fragte er erstaunt und griff ganz ruhig nach einem der Därme.

Ich hechtete zur Tür, aber bevor ich nach dem Pfefferspray in meiner Handtasche greifen konnte, war er schon hinter mir und versuchte mir den Darm um den Hals legen. Ich trat mit dem gesunden Bein nach hinten, Tobias rutschte auf den blutigen Kacheln aus und riss mich mit sich in das Schweineblut. Ich bekam meine Handtasche zu fassen, zog mich daran hoch und griff nach der Türklinke. Tobias stöhnte, lag noch am Boden. Das war meine Chance zu fliehen. Doch in diesem Augenblick schoss Hrubesch durch die Gartentür in die Küche, roch das viele Blut und knurrte mich böse an.

»Braver Hund«, lobte ihn Tobias, der jetzt ebenfalls wieder auf den Beinen war, aber nicht schnell genug, um Markus ausweichen zu können, der hinter dem Hund in die Küche stürmte.

»Was hast du mit dem Hrubesch gemacht, du Dreckskerl?«, brüllte er und donnerte Tobias eine Faust ins Gesicht. Der taumelte nur kurz, dann rammte er Markus seinen Kopf in den Bauch, worauf dieser das Gleichgewicht verlor, aber Tobias mit sich auf den Boden riss. Die zwei wälzten sich in dem Schweineblut. Der Hund jaulte verzweifelt, wendete in einem fort den Kopf hin und her, während die beiden Männer wütend aufeinander eindroschen. Der Hund, völlig orientierungslos, hopste mal vor und mal zurück. Ich versuchte, die Türklinke nach unten zu drücken.

»Schnapp ihn dir, Hrubesch«, röchelte Markus, den Tobias jetzt im Schwitzkasten hielt.

Aber der Hund verstand den Befehl falsch, denn er drehte sich plötzlich von den Kämpfenden weg, hin zu mir, und in dem Augenblick, als ich die Türklinke heruntergedrückt hatte, sprang er auf mich zu und schnappte nach meiner gesunden Wade. Je mehr die beiden Kämpfer sich ineinander verkeilten, desto mehr verbiss sich Hrubesch in meiner Wade. Ich ließ die Klinke los, heulte und schrie, riss an seinem Kopf, brüllte ihn an, hieb ihm meine Faust in den Nacken, aber er drückte seine Zähne nur tiefer in meine Wade.

Erst als Markus sich losgeeist hatte und nach draußen stürmte, Tobias sich aufrappelte und ihm hinterherrannte, löste der Hund seine Zähne aus meinem Fleisch und folgte seinen beiden »Herren«. »Du musst dein Leben in Ordnung bringen«, trillerte die blöde Frauenstimme in meinem Kopf, und das war wirklich das Letzte, was ich jetzt hören wollte. Dann wurde mir schwarz vor Augen.

Wie ein aus den Fugen geratenes Karussell drehte sich mein Kopf, in der Nase hing der Gestank von Männerschweiß, Angst und Hund, und vor meinem inneren Auge sah ich nichts als Blut. Dann lauschte ich erstaunt einem vertrauten Klingelton.

»Das ist Katharinas Handy«, hörte ich Martha sagen. »Mach es mal aus!«

»Sie kommt zu sich!« Das war FKs Stimme.

Als ich die Augen aufschlug, klingelte mein Handy wieder. »Gib …«, krächzte ich Martha an und ließ mir das Telefon reichen.

»Servus, Kathi. Hast das Schweindl g'schlachtet? Wann kommst jetzt?«

»Ecki …« Mehr brachte ich bei größter Anstrengung nicht über meine Lippen.

Schnell riss Martha mir das Telefon aus der Hand. »Ecki? Ich bin's, Martha. Sie braucht einen Tee mit Honig und eine heiße Dusche. Ja, im Prinzip geht es ihr gut, bis gleich, ja. Küss die Hand zurück.«

Martha halt. Aber mit der Dusche hatte sie verdammt recht. Klamotten, Haut und Haare waren blutverschmiert, die Küche sah aus wie ein Schlachtfeld.

»Schaffst du es alleine ins Bad?«, erkundigte sich Martha besorgt.

Ich nickte, und als ich mich langsam Stufe für Stufe die Treppe zum Bad hochschleppte, hörte ich sie sagen: »Dann stell mal die Stühle hoch, FK, damit ich mich um die Schweinerei kümmern kann. Bis das sauber ist, muss man bestimmt drei Tage putzen …«

Ich schälte mich aus den klebrigen Klamotten, stellte mich unter die warme Dusche und sah zu, wie Dreck und Blut abflossen und Wasser und Seife den Kampfgestank von mir abwuschen. Noch einmal dachte ich an den Morgen des Schlachtfestes. Rosa hatte Tobias die Tür geöffnet. Wollte sie ihn sofort wieder wegschicken, so wie sie es mit Retsch gemacht hatte? Aber er hatte sich nach drinnen gedrängt, sie angefleht, ihm zu glauben, dass er Emil nicht umgebracht hatte. Rosa aber blieb stur, ungnädig, hart. »Raus! Und untersteh dich, noch einmal hier aufzutauchen.« Dann hatte Tobias sie gestoßen. Kein geplanter Mord, Totschlag im Affekt, vielleicht wirklich ein Unfall. Ich fragte mich, warum ich Tobias nie verdächtigt hatte. Wenn ich die Augen schloss, sah ich sein grashalmfeines Lächeln, hörte ihn gegen die Ungerechtigkeiten der Welt wettern oder melancholische Bemerkungen machen. Diese seltsame Mischung aus jugendlicher Revolte und Altersweisheit hatte mir gefallen. Ich hatte ihn gemocht, und erst langsam sickerte in mein Bewusstsein, dass er vier Menschen auf dem Gewissen hatte. Selbst wenn Neininger und Lang ihren Tod wirklich gewollt hatten, hatte er sich dennoch zum Herrn über Leben und Tod aufgespielt, selbst wenn Rosas Tod ein Unfall gewesen war, er hatte sie davor zum Stürzen gebracht, und bei dem alten Löffler war er endgültig zum kaltblütigen Mörder geworden.

»Dir wär der Droll als Täter lieber gewesen, oder?«, hörte ich Rosa sagen. »Aber man kann sich nicht aussuchen, wer einem das Genick bricht.« Ich nickte vage. Was immer Droll und Markus Weber an Schweinereien ausgeheckt hatten, es hatte nichts mit Rosas Tod zu schaffen. Mit diesem Gedanken musste ich mich erst mal anfreunden. Es waren so viele Rätsel, beschwerte ich mich bei ihr, es hat mich viel Kraft gekostet, bis ich endlich erfahren habe, wie du gestorben bist. »Hätte ein bisschen schneller gehen können«, erwiderte sie. »Ottilie hat doch schon bei meiner Beerdigung davon erzählt, und die Zeitungsartikel sind nicht mal versteckt gewesen.« Ja, wenn da nur die Artikel gewesen wären! Aber da war noch deine Liebesgeschichte mit Emil, die Sache mit dem Bauland, die Mais-Guerilla und dein Spezialkampf gegen Droll. Guck mich mal an!, jammerte ich, als ich aus der Dusche stieg und im Spiegel blaue Flecke und Hundebisse betrachtete. Sie machte nur eine wegwerfende Handbewegung und murmelte: »Das heilt alles wieder.« Schon gut, Rosa, murmelte ich, ich werde es überleben. »Natürlich wirst du das«, bestätigte sie, setzte das allwissende Rosa-Lächeln auf und verschwand.

Eine Weile starrte ich noch auf den halbblinden Spiegel, dann griff ich nach einem Handtuch und rubbelte mich trocken. In meiner Tasche suchte ich nach frischer Wäsche und fand keine mehr. Ich schlüpfte in Leinenhose und Kaftan, die immer noch nach der Diskothek Chantal stanken, aber wenigstens nicht dreckig waren. Höchste Zeit, nach Hause zu fahren.

Unten hatte Martha ganze Arbeit geleistet. Die Küche blitzte, wie sie dies bei Rosa an Samstagnachmittagen immer getan hatte. Es duftete nach frischem Kaffee, und alle blickten erwartungsvoll auf, als ich durch die Tür trat. Neben Martha und FK saßen auch Dr. Buchenberger, den Martha wegen des Hundebisses gerufen hatte, und Traudl am Tisch, die es im Krankenhaus nicht mehr ausgehalten hatte und tatsächlich schon wieder munter wirkte.

Zwei Tassen Tee mit Tannenhonig und eine Wunderpille von Dr. Buchenberger linderten den Schmerz in meinem Körper, leise berichtete ich dann, was in der Küche geschehen war. Martha schüttelte bekümmert den Kopf, weil ich mich mal wieder in Gefahr begeben hatte, FK schüttelte den Kopf, weil er ausgerechnet heute an den Kaiserstuhl gefahren war, Dr. Buchenberger schüttelte den Kopf, weil mich der Hund schon wieder gebissen hatte. Nur die sonst immer so pessimistisch gestimmte Traudl schüttelte nicht den Kopf, sie lächelte. Erst überraschte mich das, aber dann ahnte ich, wieso. Elsbeth, ihr Ein und Alles. Sie hatte in der Angst gelebt, dass die eigene Tochter der Todesengel von Heilig-Geist gewesen war und deshalb Rosa und den Einbeinigen umgebracht hatte. Ich war gespannt, wann und in welchen Visionen sie mir davon erzählen würde.

Aber ihre Geschichte musste warten, es gab noch so viel anderes zu erledigen. Nachdem mein Bein verarztet war und ich alle aus dem Haus gescheucht hatte, telefonierte ich mit dem Kommissar, der gleich vorbeikommen wollte. Dann rief ich Franz Trautwein an, der schwer an meinen Neuigkeiten zu knabbern hatte. Tobias, der erfahrene Kämpfer, die Stütze der Mais-Guerilla! Es fiel ihm nicht leicht zu glauben, dass ausgerechnet er Rosa auf dem Gewissen hatte und Droll keine Schuld an ihrem Tod traf. Und natürlich kündigte ich Adela mein morgiges Kommen an und telefonierte ausführlich mit Ecki, der mich mit einer wirklich sensationellen Neuigkeit überraschte: Er fuhr nicht nach Singapur.

»Ecki«, sagte ich immer wieder, »Mensch, Ecki«, weil mir mehr zu sagen nicht einfiel, ich überhaupt nicht wusste, ob ich mich darüber freuen oder davor fürchten sollte. Aber da klingelte schon der Kommissar, und die Bewertung von Eckis Neuigkeiten musste warten.

Der Kommissar nahm meine Aussage auf, ließ sich von mir Namen, Adressen und Telefonnummern der Beteiligten nennen, veranlasste direkt per Telefon die eine oder andere Überprüfung, wollte, wenn sich die bestätigten und die beiden nicht aufzufinden waren, eine Fahndung nach Markus Weber und Tobias Müller in die Wege leiten. Ich erzählte ihm, dass ich am nächsten Tag nach Köln zurückkehren würde, er sah keinen Grund, mich hier festzuhalten. Der Papierkram konnte auf dem Postweg erledigt werden, für weitere Nachfragen gab es das Telefon. Dann verabschiedete er sich.

Ich sah seinem Wagen nach, bis er hinter der Ölmühle verschwand, und spürte eine schwere Last von mir abfallen. Der Kommissar war ein erfahrener Polizist, der Fall von Rosa und dem Einbeinigen lag bei ihm in guten Händen. Jetzt konnte ich wirklich nach Hause fahren. Aber davor galt es, Abschied zu nehmen.

Als Erstes fuhr ich zur Linde. Martha wirbelte mal wieder wie verrückt herum. Natürlich würde sie sich darum kümmern, dass alles Fleisch in den Rauch kam. Ob ich das Geselchte denn jetzt schon mitnehmen wolle? Nein, auch gut, sie konnte das in der Linde immer gebrauchen. Selbstverständlich würden sie sich um Rosas Haus kümmern, bis ich entschieden hatte, was damit geschehen sollte. »Und pass besser auf dich auf, Kind. Ich kann nicht allweil deinen Schutzengel spielen.«

Von außen gesehen war sie hektisch und bestimmend wie immer, aber ich betrachtete sie mit einem Mal mit einer gewissen Milde, war nicht mehr voller Wut auf sie. Vielleicht konnten wir jetzt wirklich miteinander reden. Ich verabschiedete mich, bevor diese fragile Hoffnung durch einen blöden Satz oder eine missverständliche Geste zunichte gemacht wurde.

Vor dem schwersten Abschied setzte ich mich ein letztes Mal in Rosas Garten auf die Bank vor den Bienenstöcken. Es wäre schön, jemanden für das Haus zu finden, der hier wieder Bienen züchtet, dachte ich. Jemand, der mit seinen Kindern auf dieser Bank sitzt und ihnen das faszinierende Leben der Bienen zeigt, ihnen Bienen-Geschichten erzählt, sie die Geduld und Hartnäckigkeit der Imker lehrt. Solange Bienenzucht noch möglich ist, solange aggressive Düngung und gefährliche Pestizide die empfindlichen Tierchen nicht vollständig vernichten.

Als es Zeit war, machte ich mich auf den Weg nach Waldulm. Ich hatte FK zum Abschied in den Rebstock eingeladen. Wir saßen auf der schönen neuen Terrasse vor vorzüglichen Zwetschgen-Maultäschle und einer grandiosen Gänseleber auf Bühler Art und stocherten beide lustlos darin herum. Auf dem Tisch stand ein kleines rotes Pappkästchen, FKs Abschiedsgeschenk. Er sagte ein paar Sätze dazu, die mir die Tränen in die Augen trieben. Öffnen sollte ich es erst auf der Rückfahrt. Dann redete er über Ponchito II, darüber, wie er seinen Chef-Chef umgehen könnte, wen er sich als Verbündete ins Boot holen wollte. Ich spielte dabei keine Rolle mehr. Er würde sich in Ponchito II verbeißen, ich würde Polenta mit Basilikum kochen. Bitterkeit und Schmerz mischten sich in die feinen Speisen. Die Bitterkeit der eigenen Unzulänglichkeit und der Schmerz des Abschieds.

»FK«, fragte ich eine Stunden später, als wir auf der kleinen Bachbrücke stehend den endgültigen Abschied noch ein wenig hinauszögerten, »kannst du dir vorstellen, Bienen zu züchten?«

»Bienen? Ich weiß nicht, ob ich Zeit dafür hab.«

»Nimm sie dir«, schlug ich vor und erzählte ihm, wie gern ich ihn in Rosas Haus sehen würde. »Denk an deine Kinder, an den großen Garten.«

»Meine Kinder sind zehn, fünfzehn und achtzehn. Die treibt es in Spelunken und Discos. Wenn ich denen mit Bienen komme, lachen sie mich aus.«

»Dann für deine Enkel!«

Seine Antwort war ein schwer zu deutendes Lächeln. Es folgte ein letzter, flüchtiger Kuss, dann fuhr er davon. Ich sah seine Rücklichter hinter der nächsten Kurve verschwinden und fragte mich, ob dieses Lächeln eher ein »Du kannst mich mal« oder ein »Warum nicht?« bedeutete. Ich fand keine Antwort, stattdessen hörte ich die Serviererinnen mit dem Geschirr klappern, und als sie mit den Tellerbergen davoneilten, drang das sanfte Plätschern des Fautenbachs an mein Ohr, der nicht weit von hier oben an der Schwend entspringt und hier noch ein schmales Bächlein ist. Hinter dem Katzenstein tauchte ein blasser, sichelförmiger Mond auf, und vom Wald her wehte der Wind den altvertrauten Duft von Tannen und Kastanien herbei. Es war Zeit, zu gehen.

Ich fuhr am frühen Morgen. Im Maisfeld hinter dem Haus lag Tau auf den Blättern, und die Luft roch morgenfrisch und frühherbstlich, als ich die Tür von Rosas Haus abschloss. Ich legte meine Geschenke, Retschs Scheck und das rote Kästchen von FK, auf den Beifahrersitz und startete den Wagen. Langsam fuhr ich durch das noch schlafende Dorf, warf einen letzten Blick auf die Linde, bevor ich auf die Schwerwiller Straße in Richtung Autobahn abbog. Der Schwarzwald rechts von mir schimmerte in einem milchigen Grau.

Vieles war in der letzten Woche passiert, die Tage waren voller merkwürdiger, anrührender oder böser Überraschungen gewesen. Niemals aber hätte ich damit gerechnet, dass dieser ruhige Morgen, an dem ich mein Heimatdorf verließ, noch eine weitere Überraschung für mich bereit halten würde.

Auf einem mit Wildwuchs überzogenen Brachland vor der Auffahrt zur Autobahn tummelte sich eine große Familie von Sikhs. Mit ihren safrangelben, chilliroten, schlangengrünen kunstvoll um die Haarknoten geschwungenen Turbanen und ihren leuchtend bunten Kleidern bewegten sie sich suchend und bückend durch das grüne Feld, während hinter der Hornisgrinde die Sonne aufstieg. Sikhs, mitten im Schwarzwald! Da ich weiterfuhr, würde ich nie erfahren, was sie in diesem Wildwuchs gesucht hatten, aber dieses friedliche Bild von bunter Fremdheit zeigte mir die positive Seite der Globalisierung. Nicht nur Viecher wie der Maiswurzelbohrer konnten überall heimisch werden, sondern auch die Menschen.

Der Schwarzwald und die Morgensonne begleiteten mich. Ich ließ meine Gedanken spazieren und landete schnell bei meinen

Lieben in Köln. In ein paar Stunden würde mich Adela an ihren herrlich parfümierten Busen drücken, heute Abend würde ich, Hundebisse hin oder her, in der Weißen Lilie am Herd stehen und mit Eva über die Gäste lästern. Und dann Ecki, was das wohl werden würde? Er wollte in Köln bleiben. Erst mal. Schluss mit fremden Küchen am anderen Ende der Welt. Mit mir gemeinsam die Weiße Lilie betreiben. Gott, wie lange hatte ich mir das gewünscht, und jetzt fragte ich mich, ob es wohl gut gehen würde. Wiener Woche und Zitherspieler, da würden wir uns prächtig fetzen können. »Probieren geht über studieren.« Rosa, mal wieder.

Prächtig stand auch die Morgensonne kurz vor Baden-Baden über dem Fremersberg. Zeit, den Deckel von FKs Geschenk abzunehmen. Ich griff in die weiche, bröselige Vulkanerde von den Schelinger Matten. Dem Ort, wo wir uns zum ersten Mal geküsst hatten, an dem Tag, an dem ich wollte, dass die Zeit stehen blieb. FK hatte ja nicht ahnen können, dass es ausgerechnet an dem Tag, an dem er dieses Souvenir besorgte, besser gewesen wäre, in meiner Nähe zu bleiben.

Die Autobahn, jetzt endlich dreispurig, verführte zum Gasgeben. Ich packte das Lenkrad fester und trat auf das Pedal. Ein kräftiger Fahrtwind fuhr durch das offene Fenster, wirbelte die Kaiserstühler Erde auf und sang das Lied von der Flüchtigkeit des Glücks.

Nachwort

Dieses Buch ist ein Roman und erlaubt der Autorin, mit Fakten und Fiktion zu spielen, deshalb an dieser Stelle einiges zur Klarstellung.

2008 hat es im Oberrheingraben ein großes Bienensterben gegeben, Ursache und Verlauf dieses Bienensterbens sind im Buch beschrieben. Wer mehr darüber wissen will, sei auf die Internetseite des Ministeriums für Ernährung und Ländlichen Raum Baden-Württemberg verwiesen: www.mlr.baden-württemberg.de. Dort sind unter dem Suchbegriff »Bienensterben« alle Untersuchungsberichte über die letztjährige Massenvergiftung der Honigbienen in der Rheinebene durch das Clothianidin gespeichert.

Keine der im Buch agierenden Personen ist real, die Mais-Guerilla habe ich komplett erfunden, es wurden im Zusammenhang mit dem Bienensterben auch keine Genversuche in der Oberrheinregion gemacht.

So real das Neubaugebiet an der Scherwiller Straße ist, so fiktional ist das Neubaugebiet am Rückstaubecken. Dort ist auch kein Neubaugebiet geplant, dort wachsen weiter Heidelbeeren, Zwetschgen und Mais.

Eine gewisse Großzügigkeit habe ich mir auch bei der Beschreibung von Häusern und Straßen erlaubt. Nicht alle existieren in der Wirklichkeit.

Das Bienenstich-Menü von Karl Hodapp

Was kann einer Autorin, die gern kocht, Schöneres passieren, als auf einen Koch zu treffen, der seine Leidenschaft fürs Kochen durch die Literatur entdeckt hat?

Beim Lesen von Johannes Mario Simmels »Es muss nicht immer Kaviar sein« – übrigens eines der ersten Bücher, in denen zwischen den einzelnen Kapiteln Rezepte beschrieben werden – hat es Karl Hodapp gepackt. Simmels »Bœuf Stroganoff« hat er rauf und runter gekocht, lange bevor er seine Kochlehre in der »Sonne Eintracht« in Achern absolvierte.

Weitere Stationen seines beruflichen Werdegangs lassen die Augen von Gourmets leuchten. So hat er bei Viehauser im »Le Carnard« in Hamburg gearbeitet und war Saucier beim großen Witzigmann in der legendären Münchner »Aubergine«, bevor ihn das Fernweh nach New York trieb, wo er für kurze Zeit im World Trade Center kochte. Zurück in Deutschland absolvierte er in Karlsruhe ein Studium der Betriebswirtschaft und übernahm dann den elterlichen Betrieb in Waldulm. Seither kocht er im »Rebstock«, hat die gute regionale Küche zu einer sehr feinen regionalen Küche gemacht und schafft den schwierigen Spagat, dass sowohl Einheimische als auch von weit her Angereiste gern bei ihm essen.

Für alle, die seine Küche vor Ort testen wollen, hier die Adresse:

Zum Rebstock
Kutzendorf 1
77876 Kappelrodeck-Waldulm
Telefon: 07842 / 9480
www.rebstock-waldulm.de

Für den »Bienen-Stich« hat Karl Hodapp eigens ein Menü komponiert. Honig beziehungsweise Zucker und Mandeln, die charakteristischen Zutaten für den Bienenstich, ziehen sich durch alle drei Gänge. Mit dem Löwenzahnsalat in der Vorspeise verweist er auf eine Lieblingspflanze der Bienen im Frühling. Mit dem Zwetschgen-Kartoffel-Kompott im Hauptgang zollt er der berühmtesten Frucht der Gegend Tribut. Die Amaretto-Crème-brûlée spielt durch das Bittere des Amarettos auf den Stich der Biene an, der durch die Honigsüße des Brombeer-Sorbet besänftigt wird.

Das Bienenstich-Menü

Vorspeise:

Roquefortkäse-Quiche mit Bienenstichkruste und Löwenzahnsalat

Zutaten für vier Personen:
2 Scheiben Blätterteig
2 Eier
70 g weiche Butter
30 g Roquefortkäse
40 g Gries
25 g Speisestärke
1 EL Kürbiskerne
1 Prise Salz

Für den Guss:
50 ml Sahne
5 g Blütenhonig
30 g Mandelblättchen

Für den Salat:
100 g Löwenzahnsalat (gibt es nur im Frühling! Als Ersatz kann ein Eichblatt- oder ein Friséesalat genommen werden)
Einige Löwenzahn- oder andere Blüten zur Dekoration.

Für die Vinaigrette:
2 EL weißer Balsamico-Essig
1 TL Löwenzahnhonig
1 TL Senf
2 EL Kürbiskernöl
2 EL Sonnenblumenöl
Salz, Pfeffer

Zubereitung:
Aus dem Blätterteig vier Rondellen für Backförmchen mit einem Durchmesser von circa zehn Zentimetern ausstechen. Den Teig in die Backförmchen legen, die Ränder leicht andrücken, den Boden mit einer Gabel einstechen, bei 175 Grad 10 bis 15 Minuten backen. Der Blätterteig muss durch, darf aber noch nicht braun sein! (Wer keine Backförmchen hat, kann Muffinförmchen nehmen. Dann geraten die Quiches kleiner, dadurch reduziert sich die Backzeit und die Käsemasse reicht für mehr als vier Törtchen.)
In der Zwischenzeit die Eier trennen. Eigelb mit Butter und dem zerbröselten Roquefort schaumig rühren, leicht salzen. Gries und Speisestärke und die grob gehackten Kürbiskerne zugeben. Die Eiweiß sehr steif schlagen und zum Schluss unterheben.
Die Masse gleichmäßig auf dem abgekühlten Blätterteig verteilen und bei 190 Grad circa 10 Minuten in den Backofen schieben.
In der Zwischenzeit den Guss vorbereiten. Die Sahne aufkochen, Honig und Mandeln einrühren, so lange einkochen, bis eine cremige Masse entstanden ist.
Die kleinen Quiches aus dem Backofen nehmen (die Käsemasse muss gut fest sein!) und die Mandelcreme gleichmäßig auf die Törtchen verteilen. Unter den Grill schieben, bis die Mandeln einen schönen Goldton haben, dann servieren.

Salat:
Salat und Blüten behutsam waschen, Zutaten für die Vinaigrette vermischen, kurz vor dem Servieren über den Salat gießen.

Salat und Quiche auf einem Teller anrichten. Mit den Blüten garnieren.

Hauptgang:

Spanferkel mit Bienenstichschwarte auf Bühler Zwetschgen-Kartoffel-Kompott

Zutaten für vier Portionen:
700–800 g ausgelösten Spanferkelrücken mit Schwarte
(über gute Metzger, Wildhändler oder einen Förster beziehen,
muss vorbestellt werden, da Metzger beim Frischlingsrücken oft
die Schwarte entfernen)
80 g Mandelblättchen
2 EL Kastanienhonig
2 EL Öl oder geklärte Butter zum Anbraten
Salz, Pfeffer
30 g Zucker
250 g reife Bühler Zwetschgen
500 g Kartoffeln
100 ml Milch
30 g Butter
1 EL geschlagene Sahne
Salz

Zubereitung:
Die Zwetschgen waschen und entsteinen, zusammen mit dem Zucker auf kleiner Flamme zu einem dicklichen Kompott verkochen (es muss viel Zwetschgensaft verdampfen!). Die Zwetschgen mit einer Gabel zermatschen. Den Topf zur Seite stellen.
Die Kartoffeln schälen, klein schneiden und im Salzwasser garen.
Den Spanferkelrücken in vier gleich große Stücke teilen, in Öl oder Butter in einer Pfanne auf der Schwarte anbraten. Das Fleisch salzen und pfeffern und auf der Schwarte in einen Bräter legen und bei 250 Grad im Backofen circa 6–8 Minuten weiterbraten.
In der Zwischenzeit die Kartoffeln abschütten und zerstampfen, Milch und Butter unterrühren, zum Schluss die Sahne unterheben. Salzen. Vorsichtig das leicht erwärmte Zwetschgenkompott unter das Kartoffelpüree heben.
Honig leicht erhitzen und mit den Mandelblättchen mischen. Das Fleisch jetzt umdrehen, die Schwarte mit der Honig-Mandelblättchen-Masse bestreichen, ganz kurz grillieren.

Fleisch in Tranchen schneiden, auf dem Zwetschgen-Kartoffel-Kompott anrichten, falls vorhanden mit Zwetschgenblättern garnieren.
Sofort servieren.

Nachspeise:

Biene trifft Stich. Brombeer-Sorbet mit Amaretto-Crème-brûlée

Brombeer-Sorbet
Zutaten für vier Portionen:
500 g Brombeeren
100 ml Wasser
100 g Tannenhonig
1 EL Zitronensaft
ACHTUNG! Braucht circa 4 Stunden, kann schon einen Tag vor dem Essen zubereitet werden.
Einige Brombeeren zum Garnieren beiseite stellen.

Zubereitung:
Wasser und Honig erhitzen, leicht einkochen, danach kühl werden lassen.
Brombeeren mit dem Honigsirup und dem Zitronensaft im Mixer pürieren, die Masse anschließend durch ein Sieb streichen und mit Zucker und eventuell Zitronensaft abschmecken. Die Masse in eine Metallschüssel füllen (die muss so groß sein, dass man darin bequem rühren kann!) und in den Gefrierschrank stellen.
Nach einer Stunde die angefrorene Masse mit einem Schneebesen kräftig durchrühren. Diesen Vorgang nach jeweils einer Stunde dreimal wiederholen, bis eine cremige Sorbet-Masse entstanden ist. Diese in ein kleineres Gefäß umfüllen und bis zur Verwendung im Gefrierer stehen lassen.

Amaretto-Crème-brûlée

Zutaten für vier Portionen
200 ml Milch
170 ml Sahne
130 g Zucker
60 ml Amarettolikör
1 Ei
4 Eigelb
30 g Mandelblättchen

Zubereitung:
In der Zwischenzeit die Milch, **120 ml** Sahne und **80 g** Zucker aufkochen, auf Zimmertemperatur kalt rühren und nach und nach die
Eigelbe und das Ei unterrühren. Zum Schluss den Amaretto zugeben. Die Masse in vier kleine Souffléförmchen füllen und im Backofen im Wasserbad bei 180 Grad circa eine Stunde garen. Die Creme
aus dem Wasserbad nehmen und auskühlen lassen.
Vor dem Servieren die restliche Sahne mit dem restlichen Zucker
aufkochen und die Mandelblättchen unterrühren. Diese Masse
gleichmäßig auf die vier Förmchen verteilen und entweder kurz
unter den Grill schieben oder mit dem Bunsenbrenner grillieren.
Gemeinsam mit dem Brombeer-Sorbet servieren. Mit den ganzen
Brombeeren und, falls vorhanden, einem Rosmarinzweig garnieren.

Bienenstich, klassisch

Zutaten:
500 g Mehl
80 g Zucker
1 Würfel Hefe
250 ml Milch
50 g Butter oder Margarine
1 Ei
1 Prise Salz

Für den Guss:
100 ml Sahne
50 g Butter
100 g Zucker
2 EL Honig
200 g Mandelblättchen

Für die Füllung:
2 Päckchen Vanillepudding
750 ml Milch
100 g Zucker
1 Eigelb
200 ml Sahne

Zubereitung:
Mehl in eine Schüssel geben. 50 ml Milch leicht erwärmen, die Hefe darin auflösen, etwas Zucker zugeben. Die Hefe-Milch zum Mehl geben und gehen lassen. Die Butter schmelzen und die restliche Milch zur geschmolzenen Butter geben (die Masse darf nur lauwarm sein!). Zucker, Ei, Salz und die lauwarme Butter-Milch zu Mehl und Vorteig geben, alles zu einem glatten Teig verkneten, so lange an einem warmen, windgeschützten Ort stehen lassen, bis der Teig das doppelte Volumen erreicht hat.
In der Zwischenzeit Zucker und Vanillepudding mit wenig Milch verrühren, die restliche Milch aufkochen lassen, das angerührte Puddingpulver einrühren, einmal kräftig aufkochen lassen. Regelmäßig mit dem Schneebesen rühren, aufpassen, dass sich keine Pudding-

haut bildet. Ist die Masse lauwarm, das Eigelb zugeben. Weiter mit dem Schneebesen rühren.

Den fertigen Hefeteig jetzt ausrollen und auf ein mit Backtrennpapier ausgekleidetes Backblech legen.

Für den Guss Sahne, Butter, Honig und Zucker erhitzen, bis eine dickflüssige Creme entstanden ist. Zum Schluss die Mandelblättchen zugeben. Die Masse gleichmäßig auf den ausgerollten Hefeteig verteilen. Den Kuchen noch mal 10 Minuten gehen lassen, dann in den vorgeheizten Backofen stellen und bei 175 Grad 20 bis 30 Minuten backen.

Den Kuchen auskühlen lassen, vom Blech nehmen, halbieren, dann vierteln und, damit die Creme eingefüllt werden kann, in der Mitte durchschneiden. Die Viertel mit der Mandelmasse nochmals vierteln. (Wenn die Creme aufgetragen ist, lässt sich das viel schwerer schneiden!)

Jetzt die Sahne steif schlagen und unter den gut gekühlten Pudding rühren. Erst wenn der Kuchen komplett ausgekühlt ist, die Puddingmasse auf den unteren Vierteln verteilen, die schon portionierten Mandelmasse-Stückchen draufsetzen, den Kuchen komplett in Stücke schneiden und servieren.

Anmerkung:
Für den klassischen Bienenstich gibt es noch eine gehaltvollere Füllung, die geht so:

45 g Speisestärke
2 Eigelb
500 ml Milch
100 g Zucker
2 Päckchen Vanillezucker
1 Prise Salz
100 g Butter
250 ml Sahne

Zubereitung:
Speisestärke mit Eigelb und etwas Milch verrühren. Die übrige Milch mit Zucker, Vanillezucker und Salz zum Kochen bringen. Die angerührte Speisestärke hineinrühren, kurz aufkochen lassen und

unter häufigem Rühren erkalten lassen. Die Butter mit dem Schneebesen des Handmixers schaumig rühren. Die erkaltete Vanillecreme
löffelweise einrühren. Die Sahne steif schlagen und unter die Va-
nille-Butter-Creme heben.
Auf dem Kuchen wie oben beschrieben verteilen.

Imkerbraten
(wie ihn der Badische Imkerverband empfiehlt)

Zutaten für vier Portionen:
8 EL Blütenhonig
750 g Kartoffeln
500 g Äpfel
1 große Zwiebel
1 Knoblauchzehe
500 g mageres Lammfleisch
1 unbehandelte Orange
250 ml Apfelwein
6 frische Salbeiblätter oder
½ TL getrocknete Salbeiblätter
Salz und Pfeffer
50 g Butter

Zubereitung:
Kartoffeln waschen, schälen und in dünne Scheiben schneiden.
Äpfel waschen, halbieren, entkernen, ebenfalls in dünne Scheiben
schneiden. Zwiebel schälen und in Ringe schneiden, Knoblauch
schälen und zerdrücken. Orangenschale abreiben, Orange auspres-
sen. Frische Salbeiblätter in Streifen schneiden. Lammfleisch in dünne Scheiben schneiden.
Kartoffeln, Äpfel, Zwiebeln und Fleisch abwechselnd in einer ge-
fetteten Auflaufform schichten, Kartoffeln sollten die letzte Schicht
bilden.
Orangensaft und -schale mit Knoblauch, Apfelwein, Salbei und
Honig mischen. Salzen und Pfeffern. Die Mischung über den Auf-
lauf geben. Die Kartoffeln mit Butterflöckchen versehen.

Im vorgeheizten Backofen bei 150 Grad circa 2 Stunden garen. Wird die Oberfläche dunkel, mit Alufolie abdecken. Abschmecken und servieren.

Schwarzwälder Tannenhonig-Parfait

Tannenhonig gewinnen die Bienen aus dem Honigtau der Weißtanne. Dieser Honig ist stets dunkel, besitzt ein sehr würziges Wald-Aroma und gilt als Spezialität der Schwarzwälder Imker.

Zutaten für vier Portionen:
125 g Tannenhonig
2 Eigelb
250 ml Sahne
½ Gläschen Schwarzwälder Kirschwasser

Zubereitung:
Eigelb und Tannenhonig im heißen Wasserbad schaumig schlagen, bis sich große Blasen bilden und das Ganze sämig wird. Jetzt die Masse in Eiswasser stellen und kalt rühren.
Das Kirschwasser zugeben. Die Sahne steif schlagen und unterheben. Die Masse in kleine Förmchen oder eine große Form füllen und mindestens 8 Stunden, am besten über Nacht, in die Gefriertruhe stellen.

Honigkuchen

Zutaten:
250 g Honig
200 g Rohrzucker
350 g Dinkelmehl, fein gemahlen
3 Eier
100 g Haselnüsse
100 g Mandeln
1 Prise Salz
1 TL Zimt
½ TL Kardamom
½ TL Nelken
½ Päckchen Backpulver
1 Eigelb
etwas Hagelzucker

Zubereitung:
Die Mandeln mit kochendem Wasser übergießen, dann häuten.
Die Haselnüsse grob hacken.
Mehl und Backpulver vermischen. Den Honig erwärmen, bis er
flüssig ist. Eier mit dem Zucker schaumig schlagen, den flüssigen
Honig, die Haselnüsse, die Gewürze und das Mehl dazugeben. Den
Teig circa 3 bis 4 cm hoch in eine gut gefettete Springform füllen.
Die Masse mit Eigelb glasieren, mit den geschälten Mandeln und
dem Hagelzucker garnieren.
Bei 170 Grad zwischen 45 und 60 Minuten backen. Danach aus-
kühlen lassen.
Packt man den Kuchen in Alufolie oder in eine Dose, so ist er wo-
chenlang haltbar.

Dank

Mein ganz besonderer Dank gilt Ekkehard Hülsmann, dem Vorsitzenden des Badischen Imkerverbandes, der mich mit Informationen zum Bienensterben versorgt hat und mir immer wieder geduldig und kompetent alle Fragen zu Bienen und zum Bienensterben beantwortet hat.
Meiner Kollegin Ulrike Rudolf für ihr außerordentlich konstruktives Erstlektorat.

Gern bedanke ich mich darüber hinaus bei all den Menschen, die mich bei der Arbeit an diesem Buch begleitet haben, sowie bei denen, die mir mit Rat und Fachwissen zur Seite gestanden haben:

Klaus Düformantel für ortskundige Freiburg-Tipps.
Gebhard Glaser für Informationen über Baulandentwicklung und überhaupt für seine Geduld und Offenheit, mit der er sich um alles gekümmert hat, was ich sonst noch wissen wollte.
Martina Glaser und Hubert Bader-Glaser, denen ich die Idee zu diesem Buch verdanke.
Meiner Lektorin Marion Heister für die wunderbare Zusammenarbeit.
Elke Isselhorst fürs Probelesen.
Martina Kaimeier für das Lösen von Konstruktionsfehlern.
Meinen Kolleginnen und Mörderischen Schwestern Gisa Klönne, Ulla Lessmann, Mila Lippke und Ulrike Rudolf für mehrere hervorragende Mahlzeiten und inspirierende Gespräche über die Kunst des Schreibens und Mordens bei unseren Ladies Wine Nights.
Götz Lechler für ein Gespräch über die Landwirtschaft im Oberrheingraben, insbesondere über den Maisanbau.
Meinen Kolleginnen Jasna Mittler und Andrea Steinert für ihre Einschätzung, Kritik und Ermutigung als Erstleserinnen des Buches.
Beate Morgenstern für die Hilfe bei medizinischen Fragen.
Irene Schoor und Rainer Smits, meinen begleitenden Lesern, die mich während des Schreibens schon auf Unstimmigkeiten hingewiesen haben.

Heiner Spitzmüller für den ersten Einblick in die Arbeit eines Imkers und in das interessante Leben eines Bienenvolkes.
Wolfgang Stechele und Wilfried Jörger für ihre Hilfe bei der Hausschlachtung.
Dem Team des Emons Verlags.

Brigitte Glaser
LEICHENSCHMAUS
Broschur, 288 Seiten
ISBN 978-3-89705-292-5

»*Ein Leckerbissen für alle Freunde des Kochens.*«
Kölnische Rundschau

»*Endlich ein kulinarischer Krimi, in dem die Beschäftigung
mit der gehobenen Küche nicht nur ein Vorwand für verbre-
cherische Aktivitäten ist. Spannende Lektüre für Genießer.*«
essen & trinken

www.emons-verlag.de

Brigitte Glaser
KIRSCHTOTE
Broschur, 320 Seiten
ISBN 978-3-89705-347-2

»*Witzig und spannend.*«   Frau im Spiegel

»*Hier ist Spannung garantiert: Ein sinnliches und üppiges In-die-Töpfe-Gucken bei der Starköchin Katharina Schweizer.*«   Buchhändler heute

www.emons-verlag.de

Brigitte Glaser
MORDSTAFEL
Broschur, 320 Seiten
ISBN 978-3-89705-400-4

»Spannend und amüsant zu lesen.«   Rheinische Post

»Mit viel erzählerischem Schwung und Sinn für tragikomi-
sche Szenen schildert Brigitte Glaser die Geschehnisse in einem Spitzen-Restaurant.«   Live Magazin

www.emons-verlag.de

Brigitte Glaser
EISBOMBE
Broschur, 256 Seiten
ISBN 978-3-89705-514-8

»Authentisch und lebendig erzählt die Autorin von den kriminellen Ereignissen im Küchenkosmos der pfiffigen Köchin.« Köln Sport

»Spannend und liebevoll geschrieben.« koeln.de

www.emons-verlag.de

Brigitte Glaser
TATORT VEEDEL
Die ersten 33 Fälle von Orlando & List
Mit Illustrationen von Carmen Strzelecki
Gebunden, 256 Seiten
ISBN 978-3-89705-487-5

»Brigitte Glaser bevorzugt nicht zwingend glatte Lösungen:
Zwischen Gut und Böse zeichnet sie viele Grautöne, die den
Leser zuweilen nachdenklich zurücklassen.«   Rheinische Post

»Ein Stadtführer der etwas anderen Art.«   Kölner Stadt-Anzeiger

www.emons-verlag.de